Jonathan Woods

Die Tote von San Miguel

W0358606

atb aufbau taschenbuch

Jonathan Woods begann erst im Alter von sechzig Jahren zu schreiben und gab dafür seine erfolgreiche Anwaltskarriere auf. Er lebt in Florida und Dallas, Texas.

Amanda Smallwood, eine Amerikanerin, wird nachts um zwei auf der Plaza von San Miguel tot aufgefunden. Jemand hat ihr den Hals gebrochen und ihr die Augen herausgeschnitten. Inspector Diaz hat den Kampf gegen die Kriminalität eigentlich längst aufgegeben. Zerstört von zu vielen Zigaretten und Alkohol, macht er sich trotzdem an die Arbeit – in der Hoffnung, dass ein wenig Gerechtigkeit seiner geschundenen Seele etwas Ruhe verschafft. Er findet heraus, dass die Tote nicht am Fundort umgebracht worden ist. Von einer Freundin der Toten erfährt Diaz, dass Amanda in einen Maler verliebt war und dass sie ihm Modell stand. Doch der Maler ist verschwunden.

Jonathan Woods

Die Tote von San Miguel

Kriminalroman

Aus dem amerikanischen Englisch von Winfried Czech

atb aufbau taschenbuch

Die Originalausgabe unter dem Titel
A Death in Mexico
erschien 2012 bei A NEW PULP PRESS BOOK.

FSC
www.fsc.org
MIX
Papier aus verantwortungsvollen Quellen
FSC® C003147

ISBN 978-3-7466-3007-6

Aufbau Taschenbuch ist eine Marke
der Aufbau Verlag GmbH & Co. KG

1. Auflage 2014
© Aufbau Verlag GmbH & Co. KG, Berlin 2014
© 2012 by Jonathan Woods
Published by Arrangement with New Pulp Press Book,
Longmont, CD, USA
Umschlaggestaltung morgen, Kai Dieterich
unter Verwendung eines Motivs von © Kai Dieterich/bobsairport
Satz LVD GmbH, Berlin
Druck und Binden CPI – Clausen & Bosse, Leck
Printed in Germany
www.aufbau-verlag.de

Kapitel 1

Ein winterlicher Nebel hatte sich über den *Jardín Principal* von San Miguel de Allende, Mexiko, hoch in den zerklüfteten Sierra Madres gelegt wie der milchige Schleier über die Augen eines Toten. Die steinerne Fassade der Hauptkathedrale *La Parroquia* verschwand wie abgeschnitten übergangslos im weißen Dunst. Das trübe Licht einer Straßenlaterne ließ die schwarzen Armlehnen einer schmiedeeisernen Bank vor Nässe glänzen.

Eine Kirchenglocke schlug zwei Uhr morgens.

Zwei Nachtschwärmer stolperten Arm in Arm die Stufen an der Nordseite des *jardín* empor. Oben angekommen, schwankten sie wie Tänzer hin und her.

Ein schwarzer, mit Glasperlen durchwirkter Schal lag auf den nackten Schultern der Frau. Das pechschwarze, auf modische Art geschnittene Haar fiel ihr wie ein Vorhang in die Stirn. Trotz des Halbdunkels glitzerten die in die Taille ihres trägerlosen Kleides eingelassenen Bergkristalle. Der Mann, der einen adretten dunklen Anzug trug, war deutlich kleiner als sie. Als sie sich an ihn schmiegte, umfasste er ihre Brüste mit beiden Händen. Sie stieß ihn heftig zurück.

»Nimm die Pfoten weg, du Scheißkerl!«

»Ach, komm schon, hab dich nicht so, Baby. Du weißt, dass ich dich liebe.«

»Du bist betrunken. Und ich bin hundemüde. Ich will nichts wie rein ins Bett und drei Tage lang nur schlafen. Aber nicht mit dir.«

Sie drehte sich um und eilte über die Plaza davon. Ihre hochhackigen Absätze klapperten wie falsche Zähne nervös über das Steinpflaster; der feuchte Nebel benetzte ihr Gesicht.

Der Mann stolperte desorientiert rückwärts auf den Rand des *jardín* zu, der ohne schützendes Geländer zwei Meter tief steil zur Straße hin abfiel. Einen Moment lang balancierte er direkt an der Abbruchkante. Ein kleiner Fehltritt, und er würde in die Tiefe stürzen und sich den Schädel auf dem Pflaster zerschmettern. *Sayonara.*

Irgendwie entging er dem Verhängnis.

»Warte!«, rief er in Richtung der Frau. »Du hättest mich gerade fast umgebracht, du verrückte *puta!*«

Er taumelte ihr hinterher.

Seine Schritte hallten wie laute Trommelschläge durch die neblige Stille. Vor ihm durchquerte die Frau gerade den Lichtkegel einer Straßenlaterne. Ein Schauder schüttelte ihren Körper. War es Angst? Ärger? Abscheu? Oder einfach nur die nächtliche Kälte?

Der spitze Absatz eines ihrer Schuhe verfing sich in einem Spalt zwischen zwei Steinplatten. Als sie versuchte, ihn loszureißen, riss der Schuhriemen. Sie kippte vornüber und landete mit einem Aufschrei auf Händen und Knien. Die raue Oberfläche des Straßenpflasters schürfte ihr die Handflächen und Knie auf. Der Schmerz bohrte sich ihr wie ein Pfeil ins Gehirn und ließ sie für einen kurzen Moment ohnmächtig werden.

Als der Mann sie erreichte, schüttelte sie schmerzbenommen langsam den Kopf.

»Jesus, Consuela! Bist du okay?«

»Natürlich bin ich *nicht* okay!«

Der Mann half ihr auf die Füße. Ein dunkler Blutfaden rann aus einer Schramme an ihrem Knie ihr Schienbein hinab.

»Du blutest ja.«

»Ach, was du nicht sagst, Leo!«

Consuela bückte sich, streifte den anderen Schuh ab und schleuderte das Paar so weit sie konnte in die Dunkelheit. Dann setzte sie sich barfuß und hinkend wieder in Bewegung. Leo ergriff ihren Arm.

Sie durchquerten den *jardín* von Nordwesten nach Südosten und schlugen dabei einen Bogen um den kuppelförmigen Pavillon, wo im Sommer Blaskapellen spielten. Weiter voraus duckten sich dunkle Säulengänge entlang des östlichen Randes des *zócalo*. Ein Nieselregen setzte ein.

Zwei wilde Katzen fauchten das näher kommende Pärchen an und zogen sich widerwillig in ein Gebüsch zurück.

»Was ist das?«, fragte Leo.

»Was?« Consuelas Stimme klang ungehalten.

»Da drüben.« Leo deutete auf einen dunklen Schemen auf dem Boden. »Das, woran die verdammten Katzen so interessiert waren.«

»Ein Beutel Müll, den irgendwer weggeworfen hat. Komm schon, Leo, ich will vor dem Morgengrauen zurück im Hotel sein.«

Doch Leo weigerte sich weiterzugehen. Er ließ Consuela los und folgte einige Schritte weit einem Seitenweg, der in Richtung des vermeintlichen Müllbeutels führte.

»Leo. Bitte! Können wir nicht einfach weitergehen?«, rief Consuela drängend.

»Es ist ein Mensch.«

»Oh, um Christi willen! Das ist garantiert ein Indianer, der sich mit *pulque* abgefüllt hat. Geh nur nicht zu nahe ran. Sonst fängst du dir noch einen Haufen Flöhe ein. Oder Schlimmeres.«

Der Mann beugte sich hinab.

»Leo! Der hat bestimmt die Pest!«

Doch ihren Worten zum Trotz folgte sie ihm dichtauf, fasziniert von diesem kleinen Mysterium in einer stillen und dunklen Nacht. Sie beugte sich über Leos Schulter und spähte auf die Gestalt mit den fließenden Konturen hinab, die, unter einer schwarzen Plane verborgen, auf dem Pflaster ausgestreckt lag.

»Das ist eine Frau«, sagte Leo.

Er ließ sich auf ein Knie nieder und riss ein Streichholz an. Im Licht der Flamme lugte der Stoff eines schwarzen Bauernkleides, das mit orangefarbenen und blauen Blumen bestickt war, unter einer groben, handgewobenen grauen Decke hervor. Unter dem Saum des Kleides waren zwei kleine nackte Frauenfüße zu sehen.

»Ist sie tot?«, fragte Consuela. »Ich habe noch nie einen Toten gesehen, außer meine Großmutter in ihrem Sarg.«

Leo streckte einen Arm nach dem Rand der Decke aus. Consuela legte ihm eine Hand auf die Schulter. Ihre Finger krallten sich in den Stoff und das Fleisch darunter, als Leo die Decke zurückzog.

Auf dem feuchten Boden lag der Leichnam einer jungen Frau. Wallendes blondes Haar schimmerte im schwachen Lichtschein des Streichholzes. An einem dünnen goldenen Kettchen um ihren Hals hing ein goldenes Kruzifix, das wie der verdorrte Kadaver eines exotischen Insekts auf den Pflastersteinen lag. Die Vorderseite des Kleides war zerfetzt worden, die Knöpfe waren gewaltsam aufgerissen, so dass das nackte Fleisch der Frau auf obszöne Art entblößt wirkte.

Das Streichholz in Leos Fingern erlosch flackernd. Er riss ein weiteres an.

Die ausgeprägten Wangenknochen der Toten waren die eines Starlets. Zwei Reihen kleiner weißer Zähne grinsten zwischen geschwollenen Lippen hervor. Leo und Consuela nahmen jede dieser Einzelheiten mit überdeutlicher Klarheit wahr. Doch ein Detail stand beherrschend im Vordergrund. Die Augenhöhlen der Frau waren gähnende, mit eingetrocknetem Blut umrahmte dunkle Löcher. Ein Anblick wie aus einem Alptraum, der auch nach dem Erwachen nicht verblassen sollte.

Leos Gesicht erschlaffte wie ein geplatzter Autoreifen. Hinter seinem Rücken wollte Consuela einfach nicht mehr aufhören zu schreien.

Als er ihr schrilles Heulen nicht länger ertragen konnte, drehte er sich um, holte aus und schmetterte ihr eine Faust auf die Nase. Betäubt durch den plötzlichen Schmerz, verschluckte sie ihre Schreie und würgte an dem Blut, das ihr aus der Nase schoss. Tränen sammelten sich wie glitzernde Glasperlen in ihren Augenwinkeln.

Kapitel 2

Obwohl er sich hinterher an nichts erinnern konnte, hinderten die Nachwirkungen des Traumes Inspector Hector Diaz daran, wieder einzuschlafen. Eine undefinierte Zeitspanne lang lag er in der Dunkelheit wach und lauschte dem rhythmischen Rauschen seines Blutes.

Schließlich schaltete er das Licht an, stand auf und ging ins Badezimmer, um zu urinieren. Seine Arm- und Beinmuskeln waren hart und dünn wie verknotete Seile, seine graugrünen Augen so durchscheinend wie Wassertropfen auf einer blechernen Regenrinne. Er nahm einen Anzug aus grauem Wollstoff aus dem Kleiderschrank – eine von vier identischen Garnituren, die dort hingen – und eine burgunderrote Seidenkrawatte. Dazu ein gestärktes weißes Hemd aus der Kommode.

Nachdem er sich angekleidet hatte, blieb er einen Moment lang in dem engen Eingangsbereich des Apartmenthauses stehen, in dem er wohnte. Ein kalter Nieselregen sickerte seinen Nacken hinab. Heute Nacht würden selbst die Bettler zu Hause bleiben, dachte er. Er stellte den Kragen seines Jacketts hoch und tauchte in den nächtlichen Straßen unter. Hinter einer Biegung stieß er auf eine Treppe, die in undurchdringliche Schwärze hinabführte. Diaz zögerte kurz, als liefe er Gefahr, erneut in den Alptraum hineinzugeraten, der ihn aus dem Schlaf gerissen hatte. Dann schritt er zügig die Stufen hinunter. Kies knirschte unter seinen Schuhsohlen. Er ertastete einen Türknauf in der Dunkelheit, durchquerte eine Gasse, deren anderes Ende nur spärlich von einem trüben gelben Lichtschein erhellt wurde, und betrat eine verräucherte Nachtkneipe, in der fünf oder sechs Stammgäste hockten.

Der Priester, getarnt durch einen formlosen navyblauen Sweater und ein wollenes Barett, saß an einem Tisch auf der anderen Seite des Raumes, ein Schnapsglas mit dunklem Rum vor sich. Er sah mit dem leeren Blick eines Fisches zu ihm auf, als sich Diaz auf dem Stuhl ihm gegenüber niederließ. Die Haut um seine Nasenlöcher herum war straff gespannt und farblos wie eine Eierschale. *Stinkbesoffen wie immer*, dachte Diaz.

Der Priester hob sein Glas und stürzte den Rum in einem Zug hinunter. In seinen Augen blitzte ein Funke von Wiedererkennen auf.

»Wurde allmählich Zeit, dass du dich blicken lässt«, sagte er. »Heute Nacht geht das Böse um.«

»Sollte mich das überraschen, Philippe?«

»Die Unschuldigen werden abgeschlachtet.«

»Und dein Gott sieht dem Geschehen tatenlos zu.«

Die dichten Augenbrauen des Priesters zogen sich verunsichert zusammen. Er strich sich mit zwei Fingern über das Kinn, das die Schnittspuren seiner letzten Rasur zeigte. »Es ist an uns, das Böse zu überwinden. Um so den Weg zu Gott zu finden. Das haben uns die Padres gelehrt, Hector. Das kannst du doch nicht vergessen haben.«

Der Priester schlug laut mit dem Schnapsglas auf die Tischplatte, um seinen Worten Nachdruck zu verleihen. Oder um einen neuen Drink zu bestellen. Diaz war sich nicht sicher, was der andere damit bezweckte. Vielleicht beides.

»Ich habe ihren Vorträgen nie Glauben geschenkt«, sagte er. »So weit ich das sehe, sind wir dabei, den Krieg zu verlieren. Falls wir ihn nicht schon längst verloren haben.«

»Nein, mein Freund.« Der Priester lächelte. »Nicht, solange Leute wie du für uns kämpfen.«

»Ich bin hundemüde«, murmelte Diaz. »Und ich habe Angst davor, wieder einzuschlafen.«

»Dann bleib hier sitzen und trink einen. Oder auch drei.« Der Priester vollführte eine segnende Geste, das leere Schnapsglas noch immer in der Hand.

In diesem Moment erschien Tia, die Besitzerin der *bodega*. Sie brachte zwei Geschenke in Form eines weiteren Glases Rum und eines Mezcals mit, eine freundliche Frau in den Fünfzigern mit ausladenden Hüften. Tia hatte das Grauen gesehen und überlebt. Es gab nichts mehr, das sie hätte erschüttern können.

»Inspector Diaz, welche Freude, Sie heute Nacht zu sehen.« Bevor er irgendwie reagieren konnte, hatte sie ihn auch schon aus seinem Stuhl gerissen, ihn liebevoll umschlungen und mit der Nase tief in ihren üppigen, stark parfümierten Busen gedrückt. Diaz wehrte sich nicht. Der überwältigende Duft ihres Körpers ließ ihn mit der Wucht einer hereinbrechenden Naturgewalt schlagartig steif werden. Gleich darauf ließ Tia ihn wieder los und wandte sich dem Priester zu. »Und jetzt zu Ihnen, Philippe. Kein weiteres Rumschlagen mit den Gläsern auf den Tisch, keine anzüglichen Tiraden oder irgendeinen anderen Unfug dieser Art. Oder Sie finden sich auf der kalten Straße wieder.«

Sie beugte sich zu ihm hinab und knabberte ihm spielerisch am Ohr. Der Priester zog sie in seinen Schoß, wo sie sich einen Moment lang kokett wand, bevor sie sich aus seinem Griff löste und verschwand, um sich um die anderen Gäste zu kümmern. Diaz trank einen Schluck von seinem Mezcal, während er den übertriebenen Hüftschwung, den Tia an den Tag legte, mit den Blicken verfolgte.

»Was für eine liebe, warmherzige Fotze«, lamentierte der Priester. »Hätte ich meine *cojones* nicht bereits dem Heiligen Geist geweiht …«

»Ein perfektes Beispiel dafür, wie beschissen das Leben in unserem guten alten Mexiko ist«, sagte Diaz. Er zündete sich eine Zigarette an. »Du hast dich ganz tief in irgendeinem Puff des Geistes verkrochen, wo du es mit dem Heiligen Geist treibst, während sich die Schwachen und Getretenen bis an die Zähne bewaffnen, um ihr Drogenrevier zu verteidigen. Und mir bleibt es überlassen, Recht und Gesetz für die Reichen und Berühmten aufrechtzuerhalten, die meistens viel zu beschäftigt damit sind, sich Unmengen von Koks reinzuziehen, als dass sie bemerken würden, wie der Himmel über ihnen einstürzt. Manchmal wünschte ich mir, Mexikos alte Götter würden zurückkehren, um hier gründlich aufzuräumen. Sie mögen zwar ein blutrünstiger Haufen gewesen sein, aber wenigstens haben sie den Laden in Ordnung gehalten.«

Die Augen des Priesters wurden plötzlich lebendig. »Vorsicht, Hector! Du hast ja keine Ahnung, was du dir da wünschst. Was das alte Mexiko damals beherrscht hat, war das reine Böse.«

Diaz lachte. »Auch nichts Böseres als das, was heute da draußen durch die Nacht schleicht. Waren das nicht deine eigenen Worte, als ich mich zu dir gesetzt habe?«

Er trank seinen Drink in einem Zug aus und erhob sich. Das Brennen des Mezcals in seiner Kehle rief Erinnerungen an die Menthol-Brustsalbe in ihm wach, mit der seine Mutter ihn bei jeder Erkältung malträtiert hatte.

Während er an der Bar eine weitere Runde Drinks bestellte, klingelte sein Mobiltelefon. Einen Moment lang überlegte er, ob er den Anruf so lange ignorieren sollte, bis die Mailbox ansprang. Denn ein Anruf bei einem Bullen um drei Uhr in der Frühe konnte nur eins bedeuten: Irgendwo war irgendwer gestorben oder gerade dabei, es zu tun.

Doch allen guten Vorsätzen zum Trotz klappte Diaz das Telefon auf und hielt es sich ans Ohr. »Diaz.«

Kapitel 3

Die zentrale Außenstelle der *Policía Preventiva* von San Miguel bestand aus einem einzelnen großen Raum im ersten Stock eines Gebäudes an der Westseite des *jardín*. Momentan war das Zimmer mit der hohen Decke nicht besetzt, die farblosen Wände kahl bis auf ein Schwarzes Brett für offizielle Verlautbarungen und eine große schmucklose Wanduhr. In einem abgedunkelten Verschlag am Ende der Polizeistation lag Sergeant Ramon Silva zufrieden schnarchend lang ausgestreckt auf einer Pritsche.

Als Consuela draußen zu kreischen begann, verwandelte sich das unheimliche Echo ihrer Schreie, das durch die Tiefen seiner Träume hallte, in das Weinen seiner Mutter auf der Suche nach ihrem verlorenen Sohn. »Hier bin ich, hier bin ich!«, wimmerte Silva, doch seine Mutter konnte ihn nicht finden. Ihr Weinen wurde zuerst lauter und entfernte sich dann wieder. Der Sergeant stieß ein gequältes Stöhnen aus.

Er erwachte übergangslos und stemmte sich auf den Ellbogen hoch, die Augen in seinem grobschlächtigen Gesicht zu schmalen Schlitzen zusammengepresst. Abgesehen von dem kaum hörbaren Trippeln von unsichtbaren Mäusepfoten hinter den Wänden und dem melancholischen Ticken der Wanduhr herrschte Stille.

Silva setzte sich auf den Rand der Pritsche und rieb sich die Augen. Hatte er gerade von irgendwoher einen Schrei gehört? Unablässig passierte irgendeine Scheiße, nur um ihm selbst die kleinsten Freuden zu verderben, die das Leben ihm gönnte. Ständig wurden Bürger belästigt, ausgeraubt, vergewaltigt oder ermordet. Und von ihm, Ramon

Silva, erwartete man, dass er jedes Mal augenblicklich zur Stelle war, zur Rettung der Opfer herbeieilte.

Er hasste die Nachtschichten. Und wenn er sich selbst gegenüber ehrlich war, musste er zugeben, dass er sein Leben als Bulle ganz allgemein hasste. Die Bezahlung war lausig, sogar die Kosten für seine Dienstwaffe und Munition musste er aus eigener Tasche bezahlen. Außerdem war die Arbeit viel zu gefährlich. Tag und Nacht lauerten irgendwelche Möchtegern-*Los-Zetas*, die sich einen Namen machen wollten, hinter der nächsten Straßenecke nur auf eine günstige Gelegenheit, einem Bullen eine Kugel in den Rücken zu jagen.

Über das Waschbecken gebeugt, spritzte sich Silva kaltes Wasser ins Gesicht. Er betrachtete sich im Spiegel, und einen Moment lang blickte ihm ein völlig fremder Mann entgegen. Schmale gierige Augen, schlaff herabhängende, stoppelbärtige Wangen, eine flache, mongolisch anmutende Nase und ein breitlippiger Mund, der jetzt wütend zu einem schmalen Strich zusammengekniffen war. Ein Hemd mit offenem Kragen, speckig und abgewetzt, enthüllte einen bulligen Nacken. Silva spuckte angewidert einen Klumpen Schleim in das Porzellanbecken und wandte sich ab.

Wo, zur Hölle, steckte Corporal Florio? Vermutlich trieb er sich wieder irgendwo draußen mit seiner fetten *puta* von einer Freundin herum. Silva beschloss, nach unten zu gehen, um ein bisschen frische Luft zu schnappen und eine Zigarette zu rauchen. Und um Florio aus den Klauen dieser Verführerin zu retten.

Kurz darauf stand er unter der Kolonnade, eine massige, gedrungene Gestalt, und starrte finster in die neblige Dunkelheit, eine selbst gedrehte Zigarette im Mundwinkel. Irgendwo in der Nähe sprang der Motor eines VW-Käfers mit dem schrillen Jaulen eines Rasenmähers an. Fuhr Florios Freundin nicht einen Käfer?

»Florio, du Sohn eines syphilitischen Mulis!«, rief Silva. *»Donde usted?«*

Wie als Antwort auf seine Frage tauchten unvermittelt drei Gestalten aus dem dicken Dunst auf, der den *jardín* verschleierte. Silva erkannte Florio sofort anhand seiner schlanken Statur, die zu einem Langstreckenläufer gepasst hätte. Die anderen beiden, ein Mann und eine Frau, waren ihm unbekannt. Die Frau, die ein Cocktailkleid trug, war barfuß.

Silva erwartete die drei breitbeinig, die Füße einen halben Meter weit gespreizt, die Arme vor der Brust verschränkt.

»Que pasa?«, erkundigte er sich, als sie den Rand der Parkanlage erreicht hatten und die beiden Stufen zur Straße herabstiegen.

Selbst aus dieser Entfernung konnte er die Erschütterung in Florios Gesicht erkennen. Der Corporal war so bleich wie ein Schuljunge, den eine der Nonnen beim Masturbieren erwischt hatte.

»Im *jardín* liegt die Leiche einer jungen Frau«, sagte Florio. »Ermordet. Und entsetzlich verstümmelt.«

»Ermordet, sagst du?«

Die Hände der Frau bewegten sich in nervöser Fahrigkeit. Ihre Zungenspitze fuhr über ein dünnes Rinnsal aus Blut und Schnodder, das ihr aus der Nase lief. Was hatte es *damit* auf sich? Silva betrachtete den teuren Anzug des Mannes und die goldenen Perlenohrstecker der Frau. Touristen aus Mexico City auf Kurzurlaub in San Miguel, vermutete er, die ganz unvermittelt in einen Mordfall hineingeschlittert waren.

Als sie alle unter der Kolonnade standen, ergriff Silva

eine Hand der Frau. Er sah ihr in die Augen und ließ den Blick über ihren Ausschnitt hinunterwandern, die Zigarette noch immer im Mundwinkel. Sie war unverkennbar attraktiv, auf die typisch ausgezehrte Art einer Großstädterin. Eine eingebildete Nutte aus der Hauptstadt.

»Es tut mir leid, dass Sie einen solchen Schock erleiden mussten, *señora*. Akzeptieren Sie bitte meine Entschuldigung dafür, dass Ihr Besuch unserer kleinen Stadt von so etwas Schrecklichem wie einem Mord verdorben worden ist.«

Ihre Worte waren wie ein billiges *dulce*. Klebrig süß. »Irgendjemand war sehr grausam zu der Kleinen, bevor er sie getötet hat«, sagte sie.

Der Blick ihres Begleiters huschte zwischen Silva und ihr hin und her. Silva begegnete ihm angriffslustig, während er eine Qualmwolke ausstieß. Er wandte sich Florio zu. »Geh zurück zu der Leiche und pass auf, dass sich niemand am Tatort zu schaffen macht. Ich begleitete die Herrschaften in der Zwischenzeit nach oben und rufe die *Judiciales*.«

Florio wirkte ängstlich. Er hüpfte nervös von einem Fuß auf den anderen.

»Sie ist doch schon tot, um Christi willen«, knurrte Silva. »Es gibt nichts, worüber du dir jetzt noch Sorgen machen müsstest. Oder glaubst du etwa an wandelnde Untote, Corporal?«

Oben im ersten Stock, außerhalb des Nebels, war es wärmer. Die Frau ließ sich auf eine Sitzbank sinken, das Gesicht in den Händen vergraben. Der Mann lehnte sich über den Tresen, der den beengten Bürobereich voller Schreibtische vom Warteraum für all diejenigen trennte, die nicht der Polizei angehörten, die Schuldigen wie die Unschuldigen.

Silva nahm eine Flasche *Tradicional* aus einem Schrank und stellte sie zusammen mit drei Schnapsgläsern auf den

Tresen. »Trinken Sie einen Schluck, *señor*. Das hilft, die Kälte zu vertreiben. Ich denke, Ihre Freundin könnte auch einen vertragen.«

Er ging zu seinem Schreibtisch, wählte eine Nummer und sprach eine Weile mit gedämpfter Stimme in den Telefonhörer. An der Decke summte eine Leuchtstoffröhre. Der Mann begann, im Wartebereich auf und ab zu gehen.

Nachdem er das Telefonat beendet hatte, kehrte Silva zum Tresen zurück und schenkte sich ein Glas ein. »Ein Inspector von unserer *Policía Judicial* wird in wenigen Minuten hier sein. Er musste geweckt werden und wird keine gute Laune haben.«

Silva trank seinen Tequila. »Wie heißen Sie?«, fragte er den Mann.

»Leo. Leo Bremmer. Aus *Ciudad de México*. Ich kann nicht glauben, in was wir da reingeraten sind. Hätte ich nur auf sie gehört«, er nickte in Consuelas Richtung, »wären wir einfach weitergegangen.«

»Und ihr Name?«

»Consuela Domingue. Eine Geschäftspartnerin.«

Na klar, dachte Silva. Wenn es offiziell wurde, hießen Huren immer Geschäftspartnerinnen. Er ließ sich den Tequila langsam durch die Kehle rinnen und betrachtete Leo dabei eindringlich. Dann hob er die Flasche, füllte sein Glas erneut und beobachtete die Frau auf der anderen Seite des Tresens, die sich aufgesetzt hatte, nachdem ihr Name gefallen war. Sie überprüfte mit hoffnungsloser Miene ihr Make-up in einem winzigen Schminkspiegel, befeuchtete zwei Fingerkuppen mit der Zunge und wischte einen eingetrockneten Blutfleck unter ihrer Nase fort.

»Vielleicht, *señor* Bremmer«, sagte Silva, »wird es ja gar nicht nötig, dass Sie oder *señora* Domingue tiefer in diese furchtbare Sache hineingezogen werden müssen. Sie sehen nun wirklich nicht wie Mörder aus.«

Bremmer sah ihn mit ausdrucksloser Miene an. »Sie war bereits tot, als wir sie gefunden haben.«

»Natürlich. Aber wie konnten Sie das wissen? Haben Sie ihren Puls gefühlt? Sie irgendwie berührt?«

»Wie meinen Sie das?«

»Um festzustellen, ob sie bereits tot war. Vielleicht hat sie sich ja noch warm angefühlt. Eine attraktive junge Frau, offenbar im *estado borrachera*? Bis zur Bewusstlosigkeit betrunken. Die perfekte Gelegenheit für ein kleines spätnächtliches Vergnügen, *sí*? Wozu Sie nur etwas Hilfe von Ihrer Freundin Consuela gebraucht haben, ein kleines bisschen Fellatio, um so richtig in Fahrt zu kommen. Schließlich waren Sie ebenfalls alkoholisiert, nicht wahr, *señor*? Und im ganzen Überschwang der Dinge ist sie dann leider irgendwie ums Leben gekommen.«

»Wovon, zur Hölle, reden Sie da?«

»Nur eine von mehreren Theorien darüber, die mir so durch den Kopf gehen, wie es zur Ermordung einer jungen Frau im *jardín* gekommen sein könnte.«

Consuela sprang auf und beugte sich weit über den Tresen hinüber, die Lippen nur einen Finger breit von Silvas Nase entfernt, die so pockennarbig wie die Oberfläche des Mondes war. Ihre Augen loderten wie brennende Signalfackeln, die einen Verkehrsunfall absichern. In ihrer Wut wirkten ihre Brüste, die von dem dünnen Stoff des Abendkleides kaum verborgen wurden, irgendwie geschlechtslos. »Sie können mich mal, Sergeant! Wir lassen keine derartigen Spielchen mit uns treiben! Sobald es hell wird, fahren wir nach Mexico City zurück. Und ich hoffe, weder Sie noch dieses Kaff jemals wiedersehen zu müssen!«

Silva zog den Kopf zurück, als würde Consuelas Atem stinken. »Ein Spielchen?«, fragte er. »Das ist kein Spiel, *señora.*« Seine breiten Lippen bewegten sich kaum, während er sprach. »Wenn Sie diesen Gerichtsbezirk verlassen wollen, müssen vorher gewisse Sicherheitsmaßnahmen getroffen werden. Sie sind zumindest wichtige Zeugen in einem Mordfall. Und im schlimmsten Fall ...«

Die Müdigkeit kehrte unvermittelt in Consuelas Gesicht zurück. Plötzlich war erkennbar, wie sie kurz nach ihrem Tod aussehen würde. Die Wanduhr zeigte drei Uhr zehn in der Frühe an. Die Nacht floss so träge dahin wie eine aufgeblähte Wasserleiche, die einen Fluss hinabtreibt. Als wollte die Morgendämmerung niemals anbrechen.

Leo legte Consuela eine Hand auf die nackte Schulter. Sie schüttelte sie mit einem Achselzucken ab und ließ sich wieder auf die Sitzbank des Wartebereichs sinken. Die Verbitterung grub tiefe Furchen in ihre Stirn. Sie starrte die gegenüberliegende Wand an, die bis auf ein rustikales Kruzifix schmucklos kahl war.

Leo leckte sich mit der Zungenspitze über die Lippen. »Wie viel, damit wir von hier verschwinden können?«

Silva öffnete ein Päckchen Tabak und drehte sich eine frische Zigarette. Seine kurzen dicken Finger bewegten sich schnell und geschickt. Er zündete die Zigarette an und rauchte. Sein Blick ruhte erneut auf Consuela, die jedoch keinerlei Reaktion zeigte.

»Aus Sicherheitsgründen, damit Sie ohne unnötige Verzögerung nach *Ciudad de México* zurückkehren können? Ich denke, 10 000 *pesos* dürften dafür ausreichen. Und natürlich eine unterschriebene eidesstattliche Erklärung, die besagt, dass Sie das tote Mädchen gefunden haben.«

»Ich habe nicht so viel Bargeld bei mir.«

»Die Bankautomaten sind 24 Stunden am Tag in Betrieb, *señor* Bremmer.«

Leo griff in seine Jackentasche und zog ein Lederportemonnaie hervor. Eins der Fächer war voller Banknoten. Seine Lippen bewegten sich lautlos, während er das Geldbündel durchblätterte. »3000 *pesos*«, sagte er schließlich.

»Lassen Sie mich sehen.« Silva streckte eine Hand nach dem Portemonnaie aus. Plötzlich schoss eine andere Hand scheinbar aus dem Nichts hervor und schloss sich wie ein Fangeisen um Silvas Handgelenk. Da Leo das Portemonnaie bereits losgelassen hatte, landete es mit einem satten Klatschen auf dem Boden.

»Komme ich vielleicht ungelegen, Sergeant?«, fragte eine raue Stimme.

Der Neuankömmling, übertrieben penibel in einen grauen Anzug und ein gestärktes weißes Hemd mit burgunderroter Krawatte gekleidet, war groß und beinahe geisterhaft dünn. Sein schwarzes Haar war lang, aber sorgfältig frisiert.

Die mit Nikotinflecken übersäten Finger ließen Silvas Handgelenk los. Der Sergeant zog den Arm zurück und massierte sich das rot verfärbte Druckmal mit der anderen Hand. »Inspector Diaz«, murmelte er. »Ich hatte Sie nicht so schnell hier erwartet.«

Kapitel 4

Trotz seiner Höhe hatte der Raum etwas Klaustrophobisches an sich. Vielleicht lag es daran, dass er sehr schmal geschnitten war, ursprünglich die rückwärtige Eingangshalle eines *palacios* aus dem 18. Jahrhundert. Oder waren es die in den 1930er Jahren nachträglich angebrachten braunen und gelben Bodenfliesen, deren lebhafte geometrische Muster das sonst so minimalistische Ambiente geradezu erschlugen? Höchstwahrscheinlich aber war in erster Linie der Leichnam des jungen Mädchens auf dem Seziertisch aus Edelstahl daran schuld.

Inspector Diaz hakte die Absätze seiner auf Hochglanz polierten Schuhe über den Rand eines metallenen Papierkorbs und schob ihn dann wieder von sich, bis er halsbrecherisch weit zurückgelehnt auf den beiden Hinterbeinen des Holzstuhls balancierte. Sein Gesicht strahlte die asketische Leblosigkeit eines Konquistadors aus, dessen Liebe sich auf Gott und aztekisches Gold beschränkte. Doch irgendwo in den Tiefen seiner Augen, die an bodenlose *cenotes* erinnerten, glomm noch immer die fast erloschene Glut seiner Maya-Vorfahren. Zwischen seinen rötlich braunen Lippen klemmte ein Zigarettenstummel.

Diaz' Blick folgte einer braunen Spinne, die an der weißgetünchten Wand neben ihm hinaufkrabbelte. Er hätte sie jederzeit mit einem beiläufigen Schlag der flachen Hand in einen konturlosen bräunlichen Matschfleck verwandeln können, doch er hegte keinen Groll gegen die Spinne.

»Ihr Genick ist gebrochen. Die Augen wurden erst nach ihrem Tod entfernt. Deshalb gab es auch nur so wenig Blut am Fundort. Da die Leichenstarre noch nicht vollständig eingesetzt hat, schätze ich, dass sie ungefähr zwei Stunden vor ihrer Entdeckung gestorben ist.«

Die knappe Zusammenfassung des Untersuchungsergebnisses stammte von einem Mann in einem weißen Kittel, der Diaz den Rücken zuwandte und sich mit penibler Sorgfalt die Hände über einem Waschbecken aus Edelstahl einseifte. Seine grauen Haarstoppeln waren so fein und samtweich wie die Fasern einer Plüschtapete in einem Bordell.

»Also handelt es sich bei dem Mörder um einen Mann.«

»Oder um eine sehr starke Frau.« Nachdem er das Reinigungsritual beendet hatte, drehte sich Dr. Nicholas Moza zu Diaz um und trocknete sich die Hände an einem frischen Leinentuch ab.

»Sie ist nicht im *jardín* getötet worden«, fuhr er fort. »Ihre Fersen weisen deutliche Abschürfungen auf, die daher stammen, dass sie über das raue Straßenpflaster geschleift worden ist, bevor man sie dort abgelegt hat, wo sie gefunden wurde.«

»Wenn sie auf diese Weise transportiert worden ist, bedeutet das, dass sich nur eine Person an ihr zu schaffen gemacht hat.«

»Vermutlich.«

»Aber warum sollte der Täter sie an einem so öffentlichen Ort zurücklassen?«

»Vielleicht ist er in Panik geraten. Oder es handelt sich um irgendeine perverse Art von Exhibitionismus.«

Diaz ließ seinen Stuhl mit einem abrupten Ruck wieder in die Waagrechte kippen und stand auf. Er nahm einen letzten tiefen Zug von seiner Zigarette und drückte den Stummel in einem gläsernen, von einem schmiedeeisernen

Ständer gehaltenen Aschenbecher aus, in dem bereits sechs Zigarettenstummel derselben Marke lagen.

»Oder als Botschaft, als unmissverständliche Warnung an andere«, sagte der Arzt.

Diaz konnte die weichen Rundungen des toten Mädchens am anderen Ende des Raumes sehen. Die bleiche Haut schimmerte im fluoreszierenden Licht in einem dunklen Blau. Der Inspector durchquerte den Raum mit zwei Schritten und starrte auf den Seziertisch hinab. Die Brüste des Mädchens waren zu üppig für ihren zierlichen Körperbau, der schmal, beinahe ausgemergelt wirkte. Rötlich blondes Haar kräuselte sich in ihren Achselhöhlen und zwischen ihren Beinen, die nicht rasiert waren. Ein dunkelroter Fleck an ihrem Nacken verriet die Stelle, wo ihr das Genick gebrochen worden war. Moza hatte ein Tuch über ihrem verstümmelten Gesicht ausgebreitet.

In wessen Armen mochte sie wohl am letzten Morgen ihres Lebens aufgewacht sein? Die Frage blitzte unvermittelt in Diaz' Kopf auf. Oder hatte sie die Nacht allein verbracht? Hatte sie vielleicht einen Joint zu ihrem Kaffee geraucht, in der Sonne gesessen und ihre Lieblingskatze gestreichelt und dabei ein Dutzend Mal denselben Abschnitt in ihrem Roman gelesen? Hatte sie am Nachmittag Freunde besucht und über einen müden kleinen Seitenhieb gelacht, der einem gemeinsamen Bekannten galt, der gerade nicht da war? Ihr letzter Tag musste auf eine so unspektakuläre Art verlaufen sein, denn es war einfach unvorstellbar, dass eine so junge Frau gewusst haben konnte, dass der Tod gleich hinter der nächsten Straßenecke auf sie gelauert hatte.

Diaz richtete seine Aufmerksamkeit wieder auf Moza, der hinter seinem Schreibtisch Platz genommen hatte und in einem ledergebundenen Notizbuch schrieb.

»Gibt es sonst noch irgendetwas, das Sie mir sagen könnten?«, erkundigte er sich.

»Alter Anfang zwanzig. Möglicherweise magersüchtig. Keine Nadeleinstiche. Eine alte Narbe von einer Blinddarmoperation am Bauch. Ein Tattoo in Form eines Geckos auf dem rechten Schulterblatt, aber keine Piercings. Außerdem hatte sie sich eine Weile nicht mehr die Zähne geputzt.«

Diaz schnaubte leise. »Und sie ist eine *gringa* und nicht irgendeine unbedeutende Einheimische.«

»Sie ist ihrem Mörder bestimmt nicht rein zufällig zum Opfer gefallen«, stimmte ihm Moza zu.

»Jeder wird von mir erwarten, dass ich den Fall innerhalb von zwei Tagen löse. Möglichst, ohne dass etwas darüber in den Zeitungen erscheint. *Gringa*-Mörder sind nicht gut fürs Geschäft. Machen die *touristas* nervös, und dann bleiben sie weg. Als wären die Kartelle und ihre endlosen Blutfehden nicht schon schlimm genug.«

Diaz trat an Mozas Schreibtisch und griff nach einer kleinen Briefmappe, die in einer Tasche der Toten gefunden worden war. Es war ein altmodisches Stück, dessen Verschluss wie zwei ineinander verschränkte Arme gestaltet war. Er ließ ihn aufspringen und den Inhalt, den er bereits kannte, auf die Schreibtischplatte fallen. Ein zusammengeknüllter 50-*peso*-Schein. Drei kleine Münzen. Ein Sankt-Christopher-Medaillon. Und ein texanischer Führerschein.

Der Führerschein war auf den Namen Amanda Smallwood in Dallas, Texas ausgestellt. Geboren am 28. 1. 1989. Größe: 1,60 Meter. Augenfarbe: Braun. Geschlecht: Weiblich. Besondere körperliche Merkmale: Tot.

Das amtliche Foto auf dem Führerschein war zweifellos das der jungen Frau, die auf dem Edelstahltisch am anderen

Ende des Raumes zu verwesen begann. Doch es wurde ihrer Schönheit nicht gerecht, die selbst der Tod nicht hatte auslöschen können. Nach einer Weile verstaute Diaz den Inhalt wieder in dem Mäppchen und schob es sich in die Jackentasche.

»Kein großer Nachlass«, stellte er fest.

Dr. Moza klappte sein Notizbuch zu. »Mag sein«, sagte er. »Aber Sie wissen ja, Inspector, dass eher ein Kamel durch ein Nadelöhr geht, als dass ein Reicher in den Himmel kommt.«

»Nur wenn Sie an diesen Hokuspokus glauben.« Diaz schüttelte eine weitere Zigarette aus der zerknautschten *Montana*-Packung in seiner Jackentasche und zündete sie an.

»Sie schicken die Leiche für eine vollständige Obduktion nach Guanajuato?«

»Natürlich.«

»Lassen Sie es mich wissen, sollte dabei noch irgendwas Interessantes herauskommen.«

Diaz' Absätze klapperten auf dem gefliesten Fußboden, als er zum Ausgang ging. Er blieb noch einmal an der Tür stehen und warf Moza einen kurzen Blick zu. »Und kein Wort über die Sache zu den Reportern oder irgendwem sonst.«

Als Diaz aus Dr. Mozas Klinik auf eine schmale kopfsteingepflasterte Gasse hinaustrat, die nach Urin und Fäkalien stank, spürte er eine Welle der Erschöpfung über sich zusammenschlagen. Die Gasse war in beiden Richtungen von Stuckfassaden gesäumt, die in allen erdenklichen Farben bemalt waren. Ein schmutzig brauner Straßenköter blieb kurz stehen, um das Bein wie als Parodie eines Grußes in

Diaz' Richtung zu heben, bevor er weiterlief und am Ende der Straße verschwand.

Das alles war Diaz nur zu gut vertraut. Abgesehen von seiner Zeit an der Universität von Monterey, wo er Strafrecht studiert hatte, einem Jahr beim Militär und fünf Jahren als angehender junger Polizist in Guanajuato, hatte Diaz sein ganzes bisheriges Leben in San Miguel zugebracht. Eine überschaubare Welt.

Die frühe Morgensonne begann bereits, den nächtlichen Nebel aufzulösen. Die überall in der Stadt läutenden Kirchenglocken riefen die Gläubigen zur Morgenmesse.

Ein Café an einer Straßenecke öffnete gerade. Diaz ging hinein und bestellte eine Tasse Kaffee und einen Teller *churros*. Da er der erste Kunde des Tages war, schenkte ihm die Frau des Besitzers hinter der Kasse ein warmes Lächeln. Er war hier kein Unbekannter. Nachdem er seine *churros* verzehrt hatte, wischte er die Zuckerkrümel fort, die ihm auf die Hose gerieselt waren, und zündete sich eine Zigarette an.

Es ereigneten sich glücklicherweise nur wenige Morde in San Miguel. Und der Mord an einer *gringa* war ein wirklich *rara avis*. Die Gemeinde der hiesigen Exilanten war eine ganz eigene Welt. Vor fünf Jahren hatte eine Frau aus Philadelphia in San Miguel ihren Ehemann erschossen. Er war regelmäßig geschäftlich unterwegs gewesen, und sie hatte behauptet, ihn bei seiner Rückkehr für einen Einbrecher gehalten zu haben. Wie sich schließlich herausstellte, waren bei der Geschichte eine Geliebte und eine größere Versicherungssumme im Spiel gewesen. Die Geliebte hatte es sowohl mit dem Geschäftsmann aus Philadelphia als auch mit seiner Frau getrieben.

Claro, dachte Diaz, vermutlich hatte das tote Mädchen das

typische Leben eines Bohemiens am Rande der Exilantengemeinde von San Miguel geführt. Wer außer einer New-Age-Hippiefrau würde schon bäuerliche *indio*-Kleidung tragen und sich weder die Beine noch die Achselhöhlen rasieren? Zweifellos hatte sie gehört, dass das Leben in San Miguel billig war und es dort jede Menge Wohnraum gab.

Er hielt es für äußerst wahrscheinlich, dass irgendjemand aus der gleichen in sich abgeschotteten Gemeinde das Mädchen stranguliert und verstümmelt hatte. Irgendeine virulente Mutation der *gringo*-Kultur. Er musste nur einen Zugang zu dieser Welt finden.

Doch der Beginn der Suche würde noch ein paar Stunden warten müssen.

Als Diaz den *Jardín Principal* überquerte, steckten die Bettler bereits ihre Territorien ab. Die Zeitungsverkäufer hockten halb schlafend auf der niedrigen Mauer auf der Seite der Plaza, die der Kathedrale zugewandt war, und warteten auf ihre ersten Kunden. Zwei uniformierte Beamte der *Policía Preventiva* hatten sich rechts und links des mit Seilen abgesperrten Bereichs postiert, wo das tote Mädchen gefunden worden war. Diaz marschierte die Plaza hinauf, wobei er sorgfältig darauf achtete, nicht in einen Hundehaufen zu treten. Vor einer unscheinbaren Holztür in einer alten Hausfassade blieb er stehen und drückte auf einen von mehreren Klingelknöpfen. Nichts geschah. Er klingelte weiter. Schließlich klang eine verschlafene Frauenstimme aus der Gegensprechanlage auf.

»Wer ist da?«

»Ich bin's. Hector.«

Ein langanhaltendes Schweigen löschte seine Worte aus.

»Bist du wieder eingeschlafen?«, fragte er. »Oder ist das deine Art, mir zu zeigen, wie viel ich dir bedeute?«

»Es ist noch zu früh. Und warum sollte ich dich überhaupt reinlassen? Du hattest es schon seit Wochen nicht mehr nötig, dich einmal bei mir blicken zu lassen. Vielleicht habe ich ja mittlerweile einen Freund, der über Nacht geblieben ist.«

»Es hat in letzter Zeit jede Menge Verbrechen gegeben. Ich war sehr beschäftigt.«

»Lügner.«

Doch Diaz hörte das Schaben eines Metallbolzens, der zurückgezogen wurde, und dann das Klicken des aufspringenden Schlosses. Die Tür schwang nach innen auf, und Diaz schlüpfte hindurch. Eine Frau, die einen Morgenmantel dichter um ihren Körper legte, zog sich vom Eingang zurück. Diaz und sie betraten einen kleinen Innenhof, ohne einander zu berühren.

Das über die Hofmauern fallende Sonnenlicht entriss das Gesicht der Frau dem Halbdunkel. Sie hatte ein stark konturiertes Kinn und ebensolche Wangenknochen, die ihr ein selbstbewusstes Aussehen verliehen. Die vollen Lippen des Mundes, der ein wenig zu schmollen schien, fügten ihrem Gesicht eine sinnliche Note hinzu. In ihren bernsteinfarbenen Augen schimmerte noch immer so etwas wie ein Rest von Unschuld, auch wenn sie diesen Eindruck durch einen unsteten Blick zu verhindern versuchte. Als Diaz ihr ins Gesicht sah, strich sie sich über das kurzgeschnittene schwarze Haar.

»Du siehst gut aus, Martina.«

»Das soll wohl ein Witz sein. Ich hatte letzten Mittwoch meinen 42. Geburtstag und bin gerade erst aufgewacht. Ist das etwa der neue warmherzige und sensible Hector Diaz? Aber offenbar nur, wenn es ihm gerade in den Kram passt oder er Lust auf eine Nummer hat.«

»Sei nicht so unnachsichtig mit mir. Ich habe eine lange Nacht hinter mir.«

Ihre Mundwinkel zuckten.

»In Ordnung. Komm rein! Zwei Tassen Kaffee machen auch nicht mehr Mühe als eine.«

Diaz folgte ihr eine steinerne Treppe hinauf und einen Flur entlang, der zu einem kleinen Apartment führte. Vor einem Kaffeetisch, der aus einer antiken Holztür gezimmert worden war, stand eine übertrieben weich gepolsterte Couch. Diaz zog die Anzugjacke aus und legte sie vorsichtig auf das Sofa. Die Krawatte faltete er ordentlich zusammen und verstaute sie in einer Jackentasche. Durch einen Balkon fiel Tageslicht in das Zimmer. Auf einem kleinen Tisch vor der Balkontür standen schmutzige Teller und mit Fingerabdrücken übersäte Gläser vom vergangenen Abendessen. Eines Essens für zwei Personen.

Martina räumte den Tisch ab und trug das schmutzige Geschirr in eine kleine Küchennische. Diaz setzte sich und ließ den Blick über die mit Terrakottaziegeln gedeckten Hausdächer der Stadt wandern. Ein Bild voller Unschuld wie auf einer Ansichtskarte. Im Geist drehte er die Karte um und las:

Liebe Mom, lieber Dad. Ich verlebe eine herrliche Zeit hier in San Miguel. Es ist kühl, aber sonnig. Jeden Abend grandiose Sonnenuntergänge. Ich habe viele neue Freunde aus den Staaten gefunden. Mein Spanisch wird langsam besser. Ich hoffe, bei Euch in Dallas ist alles okay. Liebe Grüße, Amanda.

Später würde er versuchen müssen, Amandas Eltern anzurufen. Er nahm an, dass sie in Dallas lebten. Er würde ihnen mitteilen, dass ihr kleines Mädchen tot war, aber am Telefon keinerlei Einzelheiten preisgeben. Diaz fragte sich, ob sie den Leichnam zurück in die Staaten überführen lassen würden. Vielleicht aber ließen sie sie auch hier beerdigen, wo niemals irgendjemand ihr Grab besuchen würde, um ihr einen Strauß Blumen zu bringen oder ein Gebet für sie zu sprechen.

Martina stellte ein Tablett mit zwei winzigen Porzellantassen auf Untersetzern und einem dampfenden Espressokännchen auf den Tisch. Sie schenkte den Kaffee ein. Diaz trank einen Schluck, und im nächsten Moment vertrieb der bitter-würzige Espressogeschmack den Schrecken der Nacht. Wenn auch nur für einen kurzen Moment.

»Hättest du vielleicht einen Brandy?«

»Hector, du bist nie mit dem zufrieden, was man dir gibt. Ich weiß nicht, warum ich mich überhaupt mit dir abgebe.« Martina zuckte resigniert die Achseln und holte eine Flasche *El Presidente*. Diaz schüttete etwas davon in seine halb geleerte Tasse und stürzte die Mischung in einem Zug hinunter, ohne dabei eine Miene zu verziehen. Er schenkte sich noch zweimal nach – jeweils Brandy pur – und stellte die kleine Tasse jedes Mal wie ein Schnapsglas mit einem harten Ruck auf den Tisch zurück.

»So schlimm?«, fragte Martina.

»Gestern Nacht ist eine 22-jährige Frau getötet worden. Man hat sie verstümmelt und im *jardín* abgeladen.«

Martinas Gesicht zuckte. »Auf welche Art ist sie verstümmelt worden?«

»Das musst du nicht wissen.«

»Tut mir leid.«

»Und außerdem war sie eine *gringa*. Meine Vorgesetzten werden meine *cojones* in Geiselhaft nehmen, bis ich ihnen den Mörder geliefert habe.«

Martina stand auf, ging um den Tisch herum und schlang Diaz von hinten die Arme um die Schultern. Als sie sich vorbeugte, klaffte ihr Morgenmantel auf. Diaz erhob sich und drehte sich zu ihr um. Ihr Morgenmantel öffnete sich weiter. Er legte eine Hand auf ihren warmen Bauch, ließ sie aufwärts wandern und umfasste ihre vollen Brüste, deren Brustwarzen so hart wie Glasperlen waren.

Sie knöpfte sein Hemd mit flinken Fingern auf und fuhr mit den Händen über seine Brust. Ein Sonnenstrahl fiel auf die fast flüssig anmutende Oberfläche einer kleinen goldenen Kreatur, die an einer Lederschnur von Diaz' Nacken herabbaumelte. Teils Raubvogel, teils Gottheit. *Ehécatl*, der Gott des Windes, den sich Diaz zusammen mit seinem Großvater vor langer Zeit aus einem verschollenen aztekischen Grab in den Bergen ausgeliehen hatte, blies seinen fiebrig heißen Atem über Martinas Brüste und wanderte weiter abwärts, um ihre geöffneten Schenkel zu küssen.

Ein ungeduldiges Stöhnen entschlüpfte ihren Lippen. Sie zog den Reißverschluss seiner Hose herunter, schob ihre Hand hinein, schloss sie um Diaz' Schwanz, der bereits stahlhart geworden war, und zog ihn mit sich auf die offene Tür ihres Schlafzimmers zu.

Schon vor der Tür registrierte Diaz bereits, dass das Bett noch von der Nacht zerwühlt war. Und ein weiteres wichtiges Indiz: In diesem Bett hatten erst kürzlich zwei Personen geschlafen.

Er zuckte die Achseln. Was sollte er schon tun? Er war nicht allzu häufig für Martina als Liebhaber verfügbar, und Frauen hatten nun mal ihre Bedürfnisse.

Wie um seine Gedanken zu bestätigen, ließ sich Martina rücklings auf das Bett fallen, die Beine weit zu einem V wie als Symbol ihres Triumphes gespreizt. Ein Lächeln irgendwo zwischen dem der Mona Lisa und dem einer Priesterin des Goldenen Kalbes, die auf ihren Liebeslohn wartet, kräuselte ihre Lippen.

Hol dir das Gold, dachte Diaz. Er streifte seine Schuhe, die Hose und die mit Herzen in unterschiedlichen Pastellfarben bedruckten Boxershorts ab und stürzte sich auf sie. Nach hektischen Versuchen, die richtige Position zu finden, stopfte sie sich ein Kissen unter den Arsch und lag mit fast geschlossenen Augen da, während er sie wie entfesselt leckte. Als sie sich lustvoll zu winden begann, schob er sich über sie und stocherte mit dem Schwanz in ihr herum.

Martina packte seinen Schwanz und führte ihn geschickt ein, während sie ihm leise Obszönitäten zuflüsterte. Diaz begann, mit den Hüften zu stoßen, und der Druck in seinen Lenden steigerte sich wie der eines Dampfkessels unmittelbar vor der Explosion. Martina keuchte unter ihm und stöhnte, dass sie sterben würde, wenn sie nicht bald käme. Warum hielt er sich weiter zurück? Warum, zum Teufel, ließ er sich nicht einfach gehen? »Komm schon, Baby«, stöhnte sie heiser. »Komm!«

Diaz war völlig in seinem Rhythmus versunken, seine Eichel kalibrierte wie der empfindlichste seismologische Messfühler. Als er in Erwartung des Höhepunktes schneller zu keuchen begann, wehrte sich Martina plötzlich gegen ihn und stemmte sich mit aller Kraft gegen seine Brust. Er rutschte aus ihr heraus, und sein völlig überlastetes Gehirn pendelte hilflos zwischen vager Desillusionierung und der Erkenntnis hin und her, schon viel zu weit gegangen zu sein, als dass es ihn noch kümmerte.

»Du benutzt kein Kondom!«, rief Martina. »Spritz draußen ab.«

Genau in diesem Moment kam er auch, sein weißer Strahl

spritzte über ihre Schenkel hinweg und klatschte auf die handbestickte Tagesdecke.

Martina stieß ihn beiseite. »Scheiße! Der Fleck geht nicht mehr raus.« Sie war kaum aufgestanden, um einen feuchten Lappen zu holen, als sich Diaz auch schon auf den Rücken rollte und in einen todesähnlichen Schlaf fiel.

Kapitel 5

Als Hector Diaz am Freitag um zehn Uhr morgens an dem mit einer Maschinenpistole bewaffneten Wachposten vorbei das Revier der *Policía Judicial* betrat, entdeckte Sergeant Roberto Ortiz ihn sofort. Ortiz telefonierte gerade. Er hielt den Hörer in einer Hand und deckte die Sprechmuschel mit der anderen ab. Seine Augenbrauen zuckten in die Höhe wie explodierende Feuerwerksraketen, seine Lippen formten lautlos zwei Wörter: »Der Bürgermeister.«

Diaz klopfte die Taschen seines Anzugjacketts ab und fand seine Zigaretten. Er fingerte eine aus der Packung, zündete sie an und ging in sein Büro. Dann beugte er sich über seinen Schreibtisch und nahm den Telefonhörer ab. »Diaz hier.«

»Inspector Diaz.« Die Stimme klang schneidend und unpersönlich. »Ich habe mich schon gefragt, wann du eintreffen würdest.«

»Wie kann ich dir behilflich sein, *Don* Cedillo?«

»Der Mord an der *mujer norteamericana* ist Thema in jeder Zeitung und jedem Radiosender.«

Scheiße!, fluchte Diaz stumm. Er hatte gewusst, dass die Nationalität des toten Mädchens früher oder später zu einem Alptraum in Sachen Öffentlichkeitsarbeit führen würde. Allerdings hatte er gehofft, dass es erst deutlich später dazu kommen würde.

»Wie du bestimmt verstehen wirst – dessen bin ich mir sicher, Inspector –, ist das eine beschissene Katastrophe mit unabsehbaren Folgen. Ich möchte über alles informiert werden, was in diesem Fall unternommen wird. Über jeden

Schritt, der diese widerwärtige Geschichte zu einem befriedigenden Ende bringt.«

»Wir arbeiten daran.«

Diaz stellte sich das schmale, spitze Gesicht einer riesigen Ratte in einem Nadelstreifenanzug am anderen Ende der Leitung vor. Einen Nager, der sich weit in einem Ledersessel zurückgelehnt und den Telefonhörer hinter ein Ohr geklemmt hatte. Behaarte Pfoten mit spitzen Klauen, die aus seinen Hosenbeinen hervorragten, übereinandergeschlagen und auf den Schreibtisch gelegt.

»Nachdem die Zeitungen erst einmal Witterung aufgenommen haben«, fuhr die Ratte fort, ohne Diaz' knappe Antwort zu beachten, »werden sie so erbarmungslos hinter der Geschichte her sein wie eine Hure hinter ihrem Liebeslohn. Ich bin jetzt schon unzählige Male nach einem Kommentar zu dieser Abscheulichkeit gefragt worden.«

So viele Zeitungen, Radio- und Fernsehsender gibt es im gesamten Bundesstaat Guanajuato nicht, dachte Diaz. »Ich bin mir sicher, dass du die richtigen Worte finden wirst, um die öffentliche Ruhe wieder herzustellen«, sagte er.

»Natürlich werde ich das. Und was dich betrifft, Inspector Diaz, bring mir einfach bis Montagmorgen den Kopf des Killers.«

»Wir werden tun, was in unseren Kräften steht, *Don* Cedillo.« Diaz ließ den Hörer auf die Gabel fallen, ohne eine Antwort abzuwarten, und stieß seine Zigarette so unbeherrscht in den Aschenbecher, dass glühende Tabakkrümel über seinen Schreibtisch flogen. *Arschloch!*

Schon seit die Nonnen sie damals so weit wie möglich voneinander entfernt im Klassenzimmer platziert hatten, bestand eine unerklärliche leidenschaftliche Rivalität zwischen Cedillo und Diaz. Cedillos Wahl zum Bürgermeister von San Miguel hatte diesen alten Wettstreit neu befeuert. Er nutzte gnadenlos jede sich bietende Gelegenheit, Diaz wegen dessen beruflicher Leistung und verpfuschten Privatlebens zu schikanieren. Diaz wiederum streute Gerüchte über Cedillos angebliche Tobsuchtsanfälle und bizarre sexuelle Vorlieben aus. Persönlich kümmerte es ihn einen Scheißdreck, aber es bereitete ihm Vergnügen, seinen Rivalen damit zu provozieren. Schon sehr bald würde irgendein Geschäftsmann Cedillo wegen einer übertriebenen Forderung am Anteil einer zwielichtigen Unternehmung über die Klinge springen lassen. Bis dahin sorgte Staatsanwalt Ortega, Diaz' Zimmergenosse während ihrer gemeinsamen Studienzeit, dafür, dass Cedillos Schikanen keine größeren Konsequenzen nach sich zogen.

Momentan galt Diaz' Interesse allerdings ausschließlich einer Sache: herauszufinden, wer die blutjunge Amanda Smallwood stranguliert und verstümmelt hatte.

Er lehnte sich in seinen Türrahmen und beobachtete die alltäglichen Aktivitäten im Großraumbüro des Reviers. Ortiz telefonierte wieder und gestikulierte dabei heftig herum. Mit seinem grauen Hemd, der straff geknoteten Krawatte und dem schwarzen italienischen Sportsakko bediente er perfekt das Klischee des typischen Fernsehbullen. Sergeant Armando Ruiz, rosagesichtig, frisch gewaschen und wohlgenährt, tratschte mit Corporal Felicia Goya vom Innendienst. Gerade lachte sie über eine seiner Bemerkungen, und ihr Retro-Pferdeschwanz schwang dabei wie ein alter afrikanischer Fliegenwedel zwischen ihren Schultern hin und her. García Sanchez, der dienstjüngste Sergeant, starrte trübselig ins Nichts. *Was für ein Haufen von Verlierern*, dachte Diaz resigniert.

Er schlug so kräftig mit der offenen Hand gegen den Türrahmen, dass Armando vor Schreck zurückzuckte und heftig mit den Armen ruderte, um nicht mit seinem Stuhl umzukippen. Ortiz beendete sein Telefonat mitten im Satz. Felicia knabberte nervös an einem Fingernagel. Alle Augen richteten sich auf Diaz, der verstohlen seine schmerzende Hand massierte.

Einzig García zeigte keinerlei Reaktion und stierte weiter wie entrückt vor sich hin. Diaz fragte sich, ob der junge Sergeant ein Drogenproblem hatte oder am Gegenteil des Aufmerksamkeitsdefizitsyndroms litt.

»Hört zu, *cabróns*. Wie ihr alle wisst, ist gestern Nacht eine *gringa* im *jardín* ermordet worden.«

Allgemeines Nicken antwortete ihm.

»Wie die Zeitungen so schnell davon erfahren konnten, werden wir später besprechen. Vorerst interessiert uns nur eins: den Killer zu finden. Ich möchte alles wissen, was über die Verstorbene in Erfahrung gebracht werden kann. Wo sie gewohnt hat, wer ihre Freunde waren, wie oft sie pissen gegangen ist, was ihre Lieblingsfarbe war, mit wem sie ins Bett gegangen ist oder warum sie nichts dergleichen getan hat.«

»Vor einer halben Stunde hat eine Frau angerufen«, meldete Ortiz eifrig. »War völlig durch den Wind, hat geweint. Sie hat gesagt, sie hätte mit der Toten zusammengewohnt.«

»Okay, Roberto. Wir beide werden uns mit dieser Frau unterhalten. Armando, ich möchte, dass du das Pärchen befragst, das die Leiche gefunden hat. Die beiden wohnen im *Hotel San Sebastián*. Felicia, du klemmst dich hinters Telefon und versuchst, so viel wie nur möglich über die Tote herauszufinden, einschließlich der Adresse und Telefonnummer ihrer Familie.«

Felicia seufzte.

»García kümmert sich um alles andere, was mit dem Fall zu tun hat.« Diaz' Miene verfinsterte sich. »Und wenn dieser Rattenarsch von einem Bürgermeister wieder anrufen sollte, stellt euch dumm.«

Das *Hotel de los Tres Santos* war ein heruntergekommenes Haus in der Innenstadt, ein paar Häuserblocks westlich des *mercado publico*. Die Zimmer in den beiden Etagen mit ihren zerbröckelnden Luftziegelfassaden gingen hufseisenförmig auf einen ungepflasterten Hof hinaus, wo sich eine einzelne schäbige Palme in dem kargen Boden hartnäckig ans Leben klammerte.

Im Schatten der Palme saßen zwei Männer Anfang zwanzig, die Schach spielten und rauchten. Sie verströmten das Flair von *gringos*, die ziellos ins Blaue hineinlebten. Ihre Garderobe bestand aus T-Shirts, Khaki-Shorts und Flipflops. Beide hatten langes, ungewaschenes blondes Haar. Wären ihre T-Shirts nicht mit den Logos unterschiedlicher Biermarken bedruckt gewesen, hätte man sie nicht auseinanderhalten können.

Das plötzliche Auftauchen von Diaz und Ortiz, die ganz offensichtlich nicht zu ihrem Vergnügen unterwegs waren, interessierte die beiden Schachspieler herzlich wenig. Sie setzten ihre Partie in bekiffter Versunkenheit fort.

Diaz nickte ihnen zu, als er auf seinem Weg zu einer offenen Tür mit der Aufschrift *Oficina* an ihnen vorbeiging. Er klopfte an den Türrahmen, doch es ließ sich niemand blicken oder hören.

»Sie ist unterwegs«, sagte einer der beiden jungen Burschen. »Aber Sie sehen sowieso nicht so aus, als wollten Sie ein Zimmer mieten.«

Der zweite Mann stieß ein wieherndes Lachen aus, das sich in ein ersticktes Husten verwandelte. Diaz verzog angewidert das Gesicht.

»Wir suchen *señorita* Gates.«

»Die kleine Sylvia? Die ist völlig fertig. Ihre Freundin Amanda ist gestern Nacht vergewaltigt und ermordet worden.« Der Amerikaner rotzte einen Speichelfladen durch die Vorderzähne in den Staub. »Ihr seid wahrscheinlich die Bullen.«

»Und Sie sind?«, erkundigte sich Diaz.

Der Mann starrte wieder auf sein Schachbrett, ohne die Frage zu beachten. Die Zeit schleppte sich wie ein altersschwacher Esel dahin.

Diaz beendete das Geplänkel brutal, indem er einen Schritt vortrat, einen Arm des Mannes packte, ihn ihm auf den Rücken drehte und ihn hochzog. Die Schachfiguren flogen in den Staub. Der zweite Mann sprang erschrocken auf, die Arme ausgestreckt, die Handflächen beschwichtigend nach oben gedreht. »Whoa!«, stieß er hervor und wich zurück.

Diaz verdrehte den Arm des ersten Mannes stärker und zog ihn weiter hoch. Der Amerikaner beugte sich so weit vor, bis er die Tischplatte mit der Stirn berührte. »Scheiße, Mann!«, ächzte er. »Sie tun mir weh!«

»Ich glaube, Sie haben vergessen, meine Frage zu beantworten«, sagte Diaz.

»Bobby. Ich heiße Bobby McVey.«

Diaz ließ den Arm des Mannes genauso überraschend los, wie er ihn gepackt hatte. McVey stürzte zu Boden, blieb auf den Knien im feinen Staub liegen und massierte sich den schmerzenden Arm.

»Wohnen Sie hier, Bobby?«, fragte Diaz.

McVey schwieg, das Gesicht mürrisch verzogen.

»Wenn Sie nicht wollen, dass ich Ihnen den Arm breche, beantworten Sie meine beschissene Frage!«, zischte Diaz.

McVeys Augen huschten wie zwei verängstigte Kakerlaken, die sich unversehens dem grellen Tageslicht ausgesetzt sahen, hin und her. »Ja, ich wohne hier.«

»Wie lange?«

»Ein paar Wochen.«

»Also kannten Sie Amanda Smallwood?«

»Sie hat schon in diesem Loch gewohnt, als wir hergekommen sind.«

»Was hat sie hier in San Miguel gemacht?«

»Ich weiß nicht. Rumgehangen. Sich zugedröhnt. Was soll man denn sonst schon in Mexiko tun?« McVey schob sich zurück und versuchte, einen möglichst großen Abstand zwischen sich und Diaz zu bringen. Sein Kumpel, der ein paar Meter entfernt dastand, zündete sich eine Zigarette an und rauchte nervös.

»Waren Sie Freunde?«

»Amanda hat mit Sylvia oben in Nummer 14 gewohnt. Manchmal hat sie mir das Tarot gelegt, oder wir haben zusammen gekocht. Aber sonst hat sie immer mit der Künstler-Clique rumgehangen. Wir waren ihr nicht hip genug.«

»Sie haben also nicht mit ihr geschlafen?«

»Scheiße, nein, Mann!«

Diaz ging so vor McVey in die Hocke, dass der junge Amerikaner die Glock im Schulterholster unter der Jacke des Inspectors sehen konnte. Er streckte eine Hand aus und tippte McVey mit dem Finger auf die Stirn. »Verarschen Sie mich nicht, *hombre*.«

»Okay, okay. Sie war ein heißes kleines Luder. Manchmal

waren wir zusammen, haben Bier getrunken und ein bisschen Pot geraucht. Aber mehr ist zwischen uns nie gelaufen. Dafür hatte sie Sylvia und ihre Künstlerfreunde.«

»Und wie steht es mit Ihrem Schachkumpel hier?«

Der zweite Mann zuckte überrascht zusammen, als die Sprache auf ihn kam. Er fingerte so nervös an seiner Zigarette herum, dass sie zu Boden fiel. »Hey, ich hatte nichts mit ihr, Mann! Ich habe sie kaum gekannt.«

»Weiß einer von Ihnen beiden, ob sie Feinde hatte? Irgendwelche Beziehungen, die vielleicht in die Brüche gegangen sind?«

»Sie hat ihr eigenes Ding gemacht, Mann. Damit hatten wir beide nichts zu tun.«

»Das hoffe ich für Sie.« Einen Moment lang überlegte Diaz, ob er McVey zum Abschied einen Tritt in die Eier verpassen sollte, doch dann überquerte er einfach den öden Hof und stieg die rissige Betontreppe zu den Zimmern im ersten Stock empor. Ortiz folgte ihm. Sie gingen den Gemeinschaftsbalkon entlang und blieben vor der offenen Tür zu Nummer 14 stehen. In dem nur dürftig erhellten Zimmer gingen Licht und Schatten ineinander über. Als sich Diaz' Augen auf das Halbdunkel eingestellt hatten, entdeckte er die Umrisse einer Frau, die auf einer alten, auf dem Boden liegenden Matratze hockte. Sie schaukelte im Rhythmus einer unhörbaren Melodie hin und her. Neben ihr leuchtete eine Kerzenflamme wie der erste Abendstern.

»Sylvia?«, rief Diaz.

Die Frau blickte auf. Ihre Augen schimmerten feucht im Kerzenschein. *Noch so ein verlorenes Hippiemädchen in einem geblümten Kleid*, dachte Diaz. *Amandas Doppelgängerin.* Nur hatte sie ihre Augen noch, atmete ein und aus, und ihre Seele wohnte noch immer in ihrem Körper.

»Ich bin Inspector Diaz von der *Policía Judicial.* Sie haben uns vorhin angerufen.«

Ein Weinen, ein urtümliches Wehklagen entschlüpfte der Kehle des Mädchens. Ihr Oberkörper wippte noch stärker hin und her. Tränenströme liefen ihr die Wangen hinab.

»Wir versuchen, die Person zu finden, die Amanda das angetan hat«, sagte Diaz behutsam. »Ich habe gehofft, dass Sie uns dabei behilflich sein könnten.«

»Sie ist tot, sie ist tot, sie ist tot ...!«

Ihre tonlos hervorgestoßenen Worte klangen wie ein Mantra aus der Hölle. Diaz ließ sich vor Sylvia in die Hocke nieder und nahm sie in den Arm. Ihr Körper bebte, als hätte sie einen Anfall von Schüttellähmung. Ihre Arme waren weich wie Pudding, ihre Tränen fühlten sich kühl auf Diaz' Wangen an. Nach einer Weile ließ ihr Zittern nach. Diaz half ihr aufzustehen und führte sie auf den Balkon hinaus. Im Sonnenlicht konnte er sehen, dass eine ihrer Haarsträhnen zinnoberrot gefärbt war.

Sie setzten sich auf eine Bank in die wärmende Sonne. Diaz gab Ortiz ein Zeichen, nach unten zu gehen. »Es tut mir leid für Ihre Freundin«, sagte er.

»Es geht mir schon wieder besser«, erwiderte die junge Frau.

»Erzählen Sie mir von Amanda«, bat Diaz. Sein Blick wanderte hinauf in den makellos blauen Himmel. Ganz weit oben kreiste ein Adler im Aufwind. Vielleicht war es aber auch *Mictlantecihuatl*, die Göttin der Unterwelt, die Amanda Smallwoods Seele ins Paradies trug.

Sylvias Augen waren auf den Boden gerichtet, ruhten auf den zerfransten Blättern der Palme, der es irgendwie gelungen war, in der Ödnis des Hofs zu überleben. Über einen der Palmwedel huschte eine Eidechse. Es sah so aus, als liefe eine winzige grüne Welle über den braunen Mittelstrang. Als Sylvia schließlich zu sprechen begann, klang ihre Stimme so leblos wie das Herz ihrer toten Freundin.

»Wir sind uns zum ersten Mal vor zwei Monaten auf der Hauptplaza von San Miguel begegnet. Ich glaube, wir hatten beide ein wenig Heimweh. Wir haben uns darüber unterhalten, woher aus den Staaten wir kommen. Amanda hatte bereits seit einem Jahr hier gelebt. Ich war gerade erst mit dem Bus aus Cuernavaca gekommen, nachdem ich eine Weile kreuz und quer durch Mexiko gereist war, Sie wissen schon, die üblichen Sehenswürdigkeiten abgeklappert hatte. Wir haben zu Mittag gegessen, und sie hat mich gefragt, ob ich schon eine Unterkunft hätte. Als ich nein sagte, hat sie gefragt, ob ich bei ihr wohnen wollte. Da ich nicht viel Geld hatte, habe ich das für eine gute Idee gehalten.«

»Sie haben also die letzten beiden Monate zusammengewohnt?«

»Amanda war wie meine ältere Schwester. Und wie eine Freundin, die ich vor langer Zeit verloren hatte. Sie kannte sich gut in San Miguel aus, was es mir leichtgemacht hat, mich hier zurechtzufinden. Wir waren beide Vegetarierinnen, und sie lernte gerade, das Tarot zu legen, was ich auf dem College in Albuquerque eine Weile studiert hatte. Sie hat mir einen Teilzeitjob in einem Buchladen verschafft.«

»Dann kennen Sie ihre hiesigen Freunde?«

»Amanda kannte eine ganze Menge Leute in San Miguel. Hauptsächlich Künstler und Musiker.«

»Gab es außer Ihnen noch jemanden, mit dem sie besonders eng befreundet war?«

»Sie ist mit allen Leuten gut ausgekommen, aber sie hatte keinen Freund, wenn es das ist, worauf Sie hinauswollen. Für sie waren die Kerle reine Zeitverschwendung.«

»Erzählen Sie mir von gestern.«

Diaz hatte den Satz kaum beendet, als er sah, wie die Trauer in Sylvias Augen zurückkehrte, sich wie der Gischtschleier eines Wasserfalls über ihren Geist legte. Die Trauer war fort gewesen, solange sie über ihr und Amandas früheres Leben in San Miguel gesprochen und sich an den Alltagstrott erinnert hatte, an all die unbedeutenden Kleinigkeiten. Doch das alles hatte irgendwann gestern Nacht sein Ende gefunden.

»Gestern Morgen ist Amanda mit dem Flugzeug aus Dallas zurückgekommen. Sie ist da einmal im Monat hingeflogen. Ich glaube, ihr Vater ist schwerkrank, auch wenn sie kaum jemals darüber gesprochen hat. Ich habe sie abgeholt, als sie mit dem Bus vom Flughafen in Guanajuato gekommen ist, und dann sind wir losgezogen, um fürs Abendessen einzukaufen. Aber sie ist irgendwie nicht ganz bei der Sache gewesen. Einen Moment lang aufgedreht, dann wieder völlig in sich versunken. Ich habe mir gedacht, dass es ihrem Vater vielleicht nicht gutgegangen ist.«

»Haben Sie sie darauf angesprochen?«

»Nein. Ich wollte nicht, dass sie mich anfaucht. Amanda konnte ziemlich jähzornig werden, besonders wenn es um persönliche Dinge ging. Nachdem wir in unser Apartment zurückgekehrt waren, sagte sie, dass sie noch einmal im *Instituto de Bellas Artes* vorbeischauen müsste, um zu sehen, wie die Arbeitsschichten eingeteilt worden waren. Sie hat dort gemodelt. Ich nehme an, dass Sie das wahrscheinlich schon wissen. Sie ist gut dafür bezahlt worden. Und sie hat ihren eigenen Körper geliebt.«

Sylvia schwieg einen Moment lang, vielleicht um eine bestimmte Erinnerung an Amandas Körper festzuhalten, bevor sie fortfuhr. »Wir wollten uns zum Abendessen hier wieder treffen, aber sie ist nicht gekommen. Ich habe angenommen, dass sie auf irgendeine Party gegangen ist. Amanda hat Partys geliebt. Ich hasse Partys.«

Diaz nickte mitfühlend. Er hasste Partys ebenfalls.

»Als es mir zu langweilig geworden ist, auf Amanda zu warten, bin ich runtergegangen und habe ein paar Biere mit Bobby und Jim getrunken. Dann habe ich mich schlafen gelegt. Ich hatte einen Alptraum, und als ich daraus aufgewacht bin, hatte ich eine böse Vorahnung.«

Sie leckte sich über die trockenen Lippen. »Draußen war es stockdunkel. Ein kalter Nebel ist ins Zimmer gekrochen, weil ich die Tür für Amanda offengelassen hatte. Aber sie war nicht zurückgekommen. Also habe ich die Tür zugemacht und eine Kerze angezündet, weil ich Angst hatte. Dann muss ich wieder eingeschlafen sein.«

»Aber heute Morgen haben Sie die Polizei angerufen«, sagte Diaz. »Da wussten Sie bereits, dass Amanda tot war.«

»Als ich aufgewacht bin, hatte sich der Nebel aufgelöst. Die Sonne hat hell und ganz normal geschienen, so wie sie es hier immer tut. Amandas Seite des Bettes war immer noch unberührt. Es war nicht das erste Mal, dass sie über Nacht fortgeblieben ist.«

Sie machte eine Pause, um über irgendetwas nachzudenken. Dann kam sie zum Ende. »Ich habe mich irgendwie verkatert gefühlt und deshalb vier Gläser Wasser getrunken. Danach habe ich mich mit einem Buch in die Sonne gesetzt. Dann ist Jimmy mit einem Exemplar der *Atención* hochgekommen. So habe ich erfahren, dass Amanda tot war. Durch eine schäbige Schlagzeile in der Zeitung. Ich habe die *policía* von einem Münztelefon unten an der Straße angerufen.«

»Haben Sie irgendeine Idee, wer vorgehabt haben könnte, Amanda etwas anzutun?«

Sylvia schüttelte den Kopf. Wieder rannen ihr Tränen die Wangen hinab.

Diaz zog ein Taschentuch aus einer Jackentasche, stellte fest, dass es sauber war, und reichte es ihr. »Vielen Dank für Ihre Zeit, *señorita*. Es tut mir schrecklich leid. Bitte rufen Sie mich an, falls Ihnen noch etwas einfallen sollte.«

»Ich habe sie geliebt«, flüsterte Sylvia.

Am Fuß der Treppe stieß Diaz laut die Luft aus. Bobby und Jim waren verschwunden. Ortiz lehnte an der Hauswand aus Adobeziegeln, säuberte sich gewissenhaft mit einer kleinen Nagelfeile einen Fingernagel nach dem anderen und glättete gekonnt ihre Ränder.

Diaz ging an ihm vorbei auf die Straße hinaus. Ortiz ließ die Nagelfeile in seiner Tasche verschwinden und folgte ihm eilig. Als sie nebeneinander durch die Stadt gingen, sah Diaz ihn an und sagte: »Weißt du, Roberto, falls du es als Bulle zu nichts bringen solltest, kannst du dir immer noch einen Job als Maniküre besorgen.«

Kapitel 6

Diaz' Mobiltelefon klingelte, während er mit Ortiz zu Mittag aß. Es war Sergeant Armando Ruiz, der anrief, um Diaz mitzuteilen, dass das Pärchen, das er hatte befragen sollen, nicht im Hotel war. Doch wie er Diaz versicherte, hatten die beiden noch nicht ausgecheckt.

Der Inspector warf einen Blick auf seine Rolex, ein Geschenk seiner Exfrau. Zwei Wochen, nachdem sie ihm die Uhr geschenkt hatte, reichte sie wegen seelischer Grausamkeit die Scheidung ein. Die Rolex aber war auch sieben Jahre später noch immer eine gute Uhr, ein klassisches Modell. Ihr automatisches Federwerk bannte Diaz' ständige Angst davor, an eine defekte Batterie zu geraten, die im entscheidenden Augenblick versagte. Was ihn natürlich nicht davon abhalten konnte, irgendetwas anderes zu finden, das ihm Unbehagen bereitete.

Als Reyna ihm die Uhr überreicht hatte, verpackt in schickes Silberpapier, war das Scheitern ihrer Ehe schon allgemein bekannt gewesen. Nur wenige Ehen überstanden den Tod eines Kindes, das im Alter von zwölf Jahren durch eine verirrte Kugel in der Silvesternacht den Tod fand. Letzte Woche hätte Estella ihren 19. Geburtstag gefeiert.

Diaz fragte sich ständig, weshalb ihm seine Frau zu diesem Zeitpunkt ein derart teures Geschenk gemacht hatte. Vielleicht hatte sie ein günstiges Angebot von ihrem Onkel bekommen, der ein Pfandleihgeschäft in Leon betrieb. Vielleicht aber auch aus Schuldgefühlen heraus, weil sie schon damals mit Diaz' Nachfolger geschlafen hatte.

»Armando, es ist jetzt drei Stunden her, seit wir das Büro

verlassen haben«, sagte er. »Wie kommt es, dass du mich erst jetzt über dieses Problem informierst?«

»Carmen hat mich voller Panik angerufen, gleich nachdem du gegangen warst. Sie dachte, sie würde eine weitere Fehlgeburt erleiden. Ich musste sofort nach Hause, um sie zum Arzt zu bringen. Er hat gesagt, es wäre nur eine Verdauungsstörung. Gott sei Dank! Sie ist jetzt wieder zu Hause. Aber als ich endlich im Hotel angekommen war, waren *señor* Bremmer und *señora* Domingue ausgegangen, um sich mit irgendjemandem zum Essen zu treffen.«

Ja, Gott sei Dank, dachte Diaz. Armandos Frau hatte bereits zwei Kinder durch Fehlgeburten verloren. Eine dritte Fehlgeburt innerhalb von nicht einmal zwei Jahren hätte ihre Ehe bestimmt nicht verkraftet. Die gesamte *Judiciales*-Truppe drückte ihnen die Daumen.

»Haben sie an der Rezeption Bescheid gesagt, wann sie zurück sein werden?«, wollte er wissen.

»Nein.«

»Dann warte solange in der Lobby, bis sie wieder auftauchen.«

»Ja, *jefe*.«

Armando war ein gewissenhafter Bulle, wie Diaz wusste. Er setzte nur die Prioritäten falsch. Oder vielleicht auch nicht. Diaz fragte sich, ob er heute immer noch verheiratet sein würde, wenn er sich damals nicht in seine Arbeit vergraben hätte. Aber wäre er überhaupt noch gern mit Reyna verheiratet? Und was war mit Martina? Unbeantwortete Fragen, die eine ganze Palette verworrener emotionaler Seitenpfade und Sackgassen eröffneten.

Er stopfte sich einen weiteren Brocken gegrillten *cabrito* in den Mund und schob eine eingelegte *jalapeño*-Scheibe hinterher. Letztere rief ein geradezu erotisches Kribbeln in seinem Gaumen hervor. »Ruf mich an, wenn die beiden wieder auftauchen«, sagte er und trennte die Verbindung.

»Hat Armando wieder Scheiße gebaut?«, erkundigte sich Ortiz.

»Ich möchte das Thema nicht weiter vertiefen«, erwiderte Diaz ausweichend.

Ortiz stierte zur offenen Tür des Restaurants hinaus, wo gerade eine aufgedonnerte Sekretärin vorbeischlenderte, deren extralange Beine durch einen extrakurzen Rock zusätzlich betont wurden. Ihre hohen Absätze kippelten prekär auf dem unebenen Pflaster des Bürgersteigs. »Und wie würde es dir gefallen, dich stattdessen in das da zu vertiefen?«, fragte er.

Vielleicht spürte die Frau, dass sie von zwei männlichen Augenpaaren ausgezogen wurde, jedenfalls drückte sie die Schultern gerade durch und beschleunigte ihre Schritte.

Diaz nickte weise, enthielt sich aber jeden Kommentars, während seine Blicke an den wohlgeformten Rundungen des Frauenhinterns klebten, bis er außer Sicht verschwand. Es ziemte sich nicht unbedingt für den Leiter der Mordabteilung der *Policía Judicial* von San Miguel, sich in lüsternen Bemerkungen über die vorbeidefilierende Fauna zu ergehen. Schließlich war dies das neue Jahrtausend. Die Geschlechter hatten eine bis dato unbekannte Gleichheit erreicht, die nahezu an Brüderlichkeit grenzte. Außerdem musste er die Position Felicias, der neuen Innendienstmitarbeiterin, berücksichtigen. Wie attraktiv sie auf ihre etwas burschikose Art auch sein mochte, in drei Monaten würde sie die neue angehende Ermittlerin der Einheit sein, bewaffnet mit einer Glock neun Millimeter wie alle ihre Kollegen auch.

Diaz wischte sich den Mund mit einer Papierserviette

von der Größe einer Briefmarke ab, knüllte sie zusammen, warf sie zu den Essensresten auf seinem Teller und zündete sich eine Zigarette an. Was hatten sie bisher? Ein totes amerikanisches Hippiemädchen, dem die Augen herausgerissen worden waren. Eine junge Frau, die ihr Geld als künstlerisches Modell verdient und mit mindestens einer Frau geschlafen hatte, vielleicht auch mit anderen Frauen und/oder Männern. *Claro*, sie war eine Frau gewesen, die sich, um es mit Sylvia Gates' Worten zu sagen, in San Miguel gut ausgekannt hatte. Bis sie zu tief in irgendetwas hineingeraten war.

Es lag ein Hauch von sexueller Perversion in der Luft. Möglicherweise eine tief verwurzelte und abartige Obsession, die in der Gestalt von Mord und Verstümmlung durch die Oberfläche gebrochen war. Es wurde allmählich Zeit, dem *Instituto de Bellas Artes* einen Besuch abzustatten.

»Dann fick dich doch selbst!«

Die schlanke junge Frau, die diese anatomisch schwer in die Tat umzusetzende Aufforderung äußerte, wirbelte herum und stürmte an Diaz vorbei. Sie hielt ihren Körper dabei so steif und unnachgiebig wie ein frisch gestärktes Hemd.

Das Ziel ihres Zorns war ein Mann mit schütter werdendem Haar, einem Ziegenbart und verschlagenen Augen, der hinter einem mit Papieren übersäten Schreibtisch saß. Wäre Diaz gefragt worden, hätte er ihn auf Anfang fünfzig geschätzt. Der Mann nahm die Beschimpfung ohne eine erkennbare Gemütsregung hin, während seine Lippen irgendeine beleidigende Erwiderung murmelten, die ihm leider zu spät eingefallen war, als dass es sich noch gelohnt hätte, sie laut auszusprechen. Einer seiner Finger tippte in einem unregelmäßigen Takt auf den Schreibtisch, der seinen Ärger verriet.

Diaz, der bereits seit einer Weile in dem winzigen Vorraum gewartet hatte, betrat das Büro. Ihre Blicke trafen sich kurz und trennten sich sofort wieder. Die Lippen des Mannes verzogen sich abfällig. »Hier halten sich alle für Genies«, knurrte er. »Für die nächste Frida Kahlo. Aber keine von ihnen ist bereit, sich den Arsch aufzureißen, um es tatsächlich so weit zu bringen. Alle glauben, es würde sich von selbst ergeben, wenn sie nur lange genug in den Cafés rumhocken, Bier saufen und Kette rauchen.«

»Eine aufgebrachte Schülerin?«, erkundigte sich Diaz.

Der Mann stieß geringschätzig den Atem aus. »Sie wird schon darüber hinwegkommen. Dann wird sie entweder klein beigeben und ihre Arbeit abliefern oder aus dem Kurs aussteigen. Meistens sind es die Attraktiven, die sich am lautesten beklagen, aber am wenigsten zu tun haben. Sobald sie einmal gemerkt haben, dass ihnen alle anwesenden Männer und die Hälfte der Frauen an die Wäsche wollen, glauben sie, dass ihnen alles auf dem silbernen Tablett präsentiert werden müsste.« Er rieb sich nervös eins seiner Ohrläppchen, in dem ein winziger goldener Ring steckte.

Plötzlich schien ihm bewusst zu werden, dass er seinem Ärger vor einem ihm völlig fremden Besucher Luft machte, und stand auf. Wie um Halt zu suchen, legte er die Fingerspitzen auf die Schreibtischplatte. »Eduardo Flores, *Director*«, stellte er sich vor. »Womit kann ich Ihnen helfen, *señor*?«

Diaz reichte ihm seinen Dienstausweis. Im selben Moment schob sich Ortiz in die letzte noch freie Lücke des winzigen Raums und setzte sich.

»Inspector Hector Diaz«, sagte Diaz. »Und das hier ist Sergeant Ortiz.«

Flores beäugte Diaz' Ausweis, als könnte er eine verborgene kabbalistische Botschaft enthalten – oder einen Coupon für ein Spezialdinner zum halben Preis. An der Wand hinter ihm hing zwischen gerahmten Diplomen und anderen Urkunden von *el Director* eine Schwarzweißfotografie einer Gruppe Studenten, die einen mürrisch dreinblickenden García Bustos umringte, den Protegé von Diego Rivera. Unter den Studenten entdeckte Diaz das Gesicht des noch sehr jungen Flores.

»*Ciertamente*, Inspector Diaz. Es ist mir ein außerordentliches Vergnügen, Sie kennenzulernen. Ihr Name ist ein Synonym für die Verbrechensbekämpfung in San Miguel. Bitte, nehmen Sie Platz.« Er deutete auf die zwei Stühle vor seinem Schreibtisch, von denen einer bereits von Ortiz belegt war. »Wie kann ich Ihnen behilflich sein? Würden Sie gern etwas trinken?«

»Wir untersuchen den Mord an Amanda Smallwood. Sie hat hier im *Instituto* als Model gearbeitet.«

Flores ließ sich in seinen Sessel fallen und schüttelte müde den Kopf. »Schrecklich«, stöhnte er. »Es war ein gewaltiger Schock, als ich heute in der Zeitung von ihrer Ermordung gelesen habe. So eine empfindsame junge Frau, und dann wird ihr Leben wie eine Kerzenflamme ausgelöscht.« Sorgenfalten furchten seine Stirn. »Das ist sehr schlecht fürs Geschäft, wie Sie bestimmt verstehen. Viele unserer Schüler stammen aus Austauschprogrammen mit Universitäten in *Los Estados Unidos* und Kanada. Jetzt werden es sich ihre Eltern wahrscheinlich zweimal überlegen, ob sie ihren Töchtern oder Söhnen erlauben, zu einem so primitiven und gefährlichen Ort wie San Miguel zu reisen.«

»*Director* Flores, was können Sie uns über *señorita* Smallwood erzählen?«

»Sie ist vor rund einem Jahr zu uns gekommen. Aufgrund

einer Anzeige, die wir für Studio-Models aufgegeben haben. Sie hatte keinerlei Erfahrung als Model, aber sie war sehr attraktiv und besaß eine aus anatomischer Sicht hervorragende Figur. Wenn ich ganz offen sprechen darf, ihre Brüste waren mehr als üppig. Als ersten Versuch habe ich sie in einem Zeichenkurs eingesetzt. Sie hat sich ohne Scham ausgezogen und auf dem Podium Platz genommen. Von da an hat sie regelmäßig für uns Modell gesessen. In der Regel drei- bis viermal pro Woche. Und jetzt ...« Flores breitete die Arme aus.

»Hatte sie näheren Kontakt zu den Schülern und Professoren?«, fragte Ortiz.

»Während ihrer Arbeit im *Instituto* war sie immer sehr reserviert. Einige der Schülerinnen beneideten sie um ihre Schönheit, aber sie hat sich immer sehr professionell verhalten und nie mit den Schülern oder dem Lehrpersonal geflirtet. Es gab natürlich ständig einige Männer und Frauen, die sich in sie verliebt haben. Sie hat es aber immer verstanden, Abstand zu ihnen zu halten, ohne dabei jemanden vor den Kopf zu stoßen.«

»Sie wollen damit also sagen, dass sie keine Feinde hatte?«, unterbrach Diaz. »Nicht einmal den einen oder anderen enttäuschten Verliebten?«

»Natürlich haben einige Leute schlecht über sie gesprochen. Von dem Lehrpersonal hat sich zum Beispiel Dr. Duncan ständig darüber beklagt, sie hätte ihre Posen nie lange genug durchgehalten und wäre zu dünn für ein gutes künstlerisches Model. Aber Duncan ist nie mit irgendwas zufrieden. Und dann gab es da natürlich noch die üblichen Gerüchte über ihr Leben außerhalb der Schule.«

Diaz unterdrückte ein Gähnen. Angehörige des Verwaltungsapparats neigten überall auf der Welt zur Weitschweifigkeit. Er wusste, dass er nicht so schwer zu Mittag hätte essen sollen, nachdem er die Nacht zuvor nur wenig Schlaf abbekommen hatte. Er tastete nach seinen Zigaretten und schob sich eine zwischen die Lippen.

»*Dispenseme*«, sagte Flores. »Ich wäre Ihnen sehr verbunden, wenn Sie hier nicht rauchen würden. Es ist so ein kleines Zimmer.« Er vollführte eine Handbewegung, die sein Büro von den Ausmaßen eines Wandschranks umfasste. »Und ich leide unter Asthma.«

In einem plötzlichen Anfall von Zorn zerquetschte Diaz die Zigarette zwischen den Fingern, ließ die Bruchstücke zu Boden fallen und beugte sich in seinem Stuhl vor. Die harte Kante der Sitzfläche schnitt ihm schmerzhaft in die Innenseite der Unterschenkel. »Was für Gerüchte?«

»Tratsch fällt nun wirklich nicht in mein Fachgebiet, Inspector.«

Diaz stützte sich mit einem Arm auf die Schreibtischplatte und schob den Oberkörper einschüchternd vor.

»Ich gebe einen Fliegenschiss auf Ihre Sensibilität, *Director*. Wir versuchen hier, den Mörder einer jungen Frau zu finden, die von ihrem Alter her problemlos Ihre Tochter hätte sein können. Wahrscheinlich sitzt er genau in diesem Moment irgendwo da draußen, trinkt ein Bier, zündet sich eine Zigarette an und beobachtet die Passantinnen. Sucht sich sein nächstes Opfer aus. Wenn wir ihn rechtzeitig aufspüren wollen, müssen wir alles über Amanda Smallwood in Erfahrung bringen, was es über sie zu wissen gibt.«

Er war noch nicht ganz damit fertig, *el Director* anzufauchen, als sein Gesicht blass wurde. Ein stechender Schmerz kroch durch seine Eingeweide wie ein Parasit, der sich als Ninja verkleidet hatte. Vielleicht aber erlitt er auch gerade wie Armandos Frau eine Fehlgeburt – wenn auch nur eine seelische. Der zynische Vergleich ließ ihn innerlich grinsen. *Was bin ich doch für ein Riesenarschloch*, dachte er.

Ein dünner Schweißfilm schimmerte auf Flores' Stirn. Er förderte ein nicht mehr allzu sauberes Taschentuch zutage und wischte sich damit das Gesicht ab. »Der Wahrheitsgehalt dieser Geschichten ist äußerst fragwürdiger Natur«, gab er zu bedenken.

»Natürlich. Fahren Sie fort.«

»Wie Sie vermutlich bereits wissen, hat *señorita* Smallwood zusammen mit einem anderen amerikanischen Mädchen irgendwo im Stadtzentrum gewohnt. Ihr Name ist Sylvia Gates.«

Diaz nickte.

»Auch eine sehr hübsche junge Frau mit einem exquisiten Alabasterteint. Ich habe sie einmal gesehen, als sie Amanda zu einer Veranstaltung hier im *Instituto* begleitet hat.« Flores zuckte die Achseln. »Wie auch immer, es hieß, Sylvia und Amanda wären miteinander intim.«

»Hatten Sie ein Faible für die beiden?«, warf Ortiz ein.

Flores versteifte sich und richtete sich kerzengerade auf, die Wangen gerötet. »Das soll wohl ein Witz sein!«

»Haben Sie vielleicht von etwas eher Ungewöhnlichem geträumt?«, bohrte Ortiz nach. »Einer *ménage à trois*?«

Flores ballte die Fäuste. »Ich verlange von Ihnen, dass Sie diese Unterstellung sofort zurücknehmen!«

»Beachten Sie Ortiz nicht weiter«, sagte Diaz. »Er spielt gern die Rolle des bösen Bullen. Wir wussten bereits von Smallwoods Schwäche für Sylvia Gates. Können Sie uns irgendetwas Interessanteres berichten, *Director*?«

Seiner Körpersprache nach zu urteilen, stand Flores kurz davor, seine Kooperationsbereitschaft zu verweigern. »Nur das Übliche. Sie hat mit diesem und jenem Künstler in San

Miguel geschlafen. Aber keiner davon hatte mit dem *Instituto* zu tun.«

»Namen, Dr. Flores«, knurrte Ortiz. »Von allen, mit denen sie es angeblich getrieben oder auch nur in Erwägung gezogen hat, es zu treiben. Männer oder Frauen. Flora oder Fauna.«

Das Schweigen zog sich unbehaglich in die Länge wie ein Wassertropfen, der an einem Wasserhahn hängt. Aus dem Vorzimmer oder Empfangsraum, der sogar noch winziger als Flores' Büro war, drang das Klappern von Fingernagelverlängerungen aus Kunststoff herüber, die über eine ebenfalls aus Kunststoff bestehende Tastatur flogen. Bei Diaz' und Ortiz' Ankunft war das Büro der Sekretärin mit dem Computer und der Telefonanlage nicht besetzt gewesen. Die Tür zu Flores' Zimmer hatte die ganze Zeit über offen gestanden.

Endlich löste sich der zähe Tropfen. »Ich glaube wirklich nicht, dass ich Ihnen mit Namen weiterhelfen kann, Inspector«, sagte Flores steif.

»Weil Sie ein rücksichtsvoller Mann sind, *Director*, davon bin ich überzeugt. Ich hoffe nur, dass Ihr Name nicht dabei ist, wenn irgendwann doch Namen genannt werden.« Diaz erhob sich. In seinen Eingeweiden rumorte es vor Anspannung. »Jetzt hätten wir gern eine Führung. Um uns ein Bild davon zu machen, wo Amanda Smallwood gearbeitet hat.« Einen Moment lang hatte ihm die Formulierung »Wo sie ihrem Gewerbe nachgegangen ist« auf den Lippen gelegen, doch er verkniff sich die Worte.

Flores streifte eine Kordsamtjacke mit Wildlederflicken an den Ellbogen über und ging voraus. Eine Frau in den Vierzigern mit stark aufgetragenem purpurfarbenem Lidschatten und rabenschwarzem Haar, das sie sich mit einem

Band aus rotem Samt im Nacken zusammengebunden hatte, saß hinter dem Sekretärinnenschreibtisch. Sie blickte flüchtig von ihrer Tastatur auf, als die drei Männer das Vorzimmer durchquerten.

»Ich führe Inspector Diaz und seinen Kollegen durch das *Instituto, señora* Pinto«, sagte Flores.

Er geleitete Diaz und Ortiz einen dämmrigen Flur mit ockerfarben gestrichenen Wänden und einem rot gefliesten Fußboden hinunter. Diaz fühlte jedes Mal, wenn es in seinem Gedärm gurgelte, eine seltsame Verbundenheit mit der Wandfarbe.

»Das *Instituto* ist ursprünglich um die Jahrhundertwende herum als *palacio* erbaut worden«, erzählte Flores mit ausdrucksloser Stimme. »Nicht besonders alt, verglichen mit den meisten Gebäuden im Herzen von San Miguel. Aber der Bauherr hatte hochfliegende Pläne. Als er unerwartet starb, brachen seine Erben das Projekt ab, obwohl es bereits kurz vor seiner Vollendung stand. Seither wird es als Schule genutzt. Zuerst war es eine private Militärakademie, dann, nach dem Ende des Zweiten Weltkriegs, ein Zufluchtsort für Künstler.«

Er bog in einen engen Seitenkorridor ab. »Hier befindet sich unser größtes Maler- und Zeichnerstudio. Dort findet gerade ein Kurs statt.«

Sie traten aus dem Halbdunkel heraus in einen lichtdurchfluteten Raum. Das Licht fiel durch mehrere übereinanderliegende Reihen kleiner Fenster, die den größten Teil einer der Wände einnahmen. Der Himmel hinter den Fenstern war makellos blau.

Etwa fünfzehn Männer und Frauen standen mit aufgeschlagenen Zeichenblöcken an Tischen oder saßen auf Metallhockern. Holzkohlestangen huschten wie vielbeinige

Insekten über grobes Papier. Auf einem erhöhten Podest in einer Ecke des Raumes saß eine nackte Frau auf einem Holzstuhl. Sie hatte den Oberkörper wie ein Schlangenmensch um eine Armlehne geschlungen, eine Hand auf den Boden gelegt, den anderen Arm wie ein Schwimmer mitten in der Bewegung hoch in die Luft gereckt. Ein kompliziertes Muster greller Tattoos wand sich ihre Arme hinunter und über die Ansätze ihrer Brüste. Beide Brustwarzen, die von ihrer Größe und Farbe her an seltene, verwitterte römische Münzen erinnerten, waren mit Goldringen gepierct.

Diaz verzog das Gesicht, als er sich die Schmerzen vorstellte, die mit dem Anbringen von derartigem Körperschmuck einhergingen. »Wie ich sehe, haben Sie ziemlich schnell einen Ersatz für die Verstorbene gefunden.«

»Wir haben jede Woche sechsmal anatomische Zeichenkurse sowie ein Malerseminar für die Darstellung des menschlichen Körpers«, erklärte Flores. »Amanda war nur eins unserer Models.«

Einige der Schüler blickten von ihren Zeichenblöcken auf.

Eine hohlwangige Frau näherte sich ihnen mit energischen Schritten. Das lange, mit grauen Strähnen durchsetzte Haar fiel ihr locker über die Schultern. Sie hatte einen Zeigefinger auf die Lippen gelegt. Ihre glänzenden kleinen Augen wirkten verstört, als hätte sie gerade einen herabstürzenden Raubvogel entdeckt.

»Kann ich Ihnen irgendwie helfen, *Director*?«, säuselte sie leise, wobei sie ein Pferdegebiss entblößte.

Flores versuchte vergeblich, seine Angst vor diesem pittoresken Geschöpf hinter einem wackligen Lächeln zu verbergen. »Ich führe diese Herrschaften über unseren Campus. Wir werden nur einen kurzen Blick auf Ihren Kurs werfen und gleich wieder verschwinden, *Profesor* Stein.« Bei dem letzten Satz bedachte er Diaz mit einem hoffnungsvollen Blick.

Diaz zwinkerte der Frau mit einem Auge zu. Vielleicht war es aber auch nur ein unwillkürliches Muskelzucken, hervorgerufen durch seine Müdigkeit. *Profesor* Stein starrte ihn feindselig an.

»Kannten Sie Amanda Smallwood, *Profesor* Stein?«, fragte er.

»Darum geht es also.« Ihr Blick huschte zu Flores hinüber und wieder zurück zu Diaz. »Sie sind von der *policía*?«

Statt zu antworten, drehte sich Diaz auf dem Absatz um und verließ den Raum. Er konnte nicht vernünftig mit aggressiven Frauen umgehen, wenn sich sein Gedärm in Aufruhr befand. Flores und Ortiz folgten ihm im Gänsemarsch.

Im Hauptkorridor sah Diaz nach rechts und links, während er sich fragte, wo wohl die nächste Toilette war.

»Die Brustwarzenringe sind doch bestimmt nicht echt, oder?«, erkundigte sich Ortiz.

»Ich glaube, doch«, erwiderte Diaz. »Ich stelle mir vor, dass Frauen von ihrem Schlag ziemlich einfallsreich im Bett sind. Aber ich warne dich. Möglicherweise sammelt sie Schwänze als Trophäen. So wie andere Schrumpfköpfe sammeln.«

Ortiz zuckte zusammen. Einige Schüler, die gerade vorbeikamen, lachten. Die Krämpfe in Diaz' unteren Körperpartien ließen allmählich nach. Er wandte sich Flores zu, der nervös die Hände knetete. »Hat Amanda Smallwood auch in *Profesor* Steins Kurs Modell gestanden?«

»Natürlich.«

»Dann wird Sergeant Ortiz die Professorin und ihre Schüler befragen müssen.« Diaz sah einen Anflug von Enttäuschung in Ortiz' Augen aufflackern. »Und das tätowierte Model ebenfalls«, fügte er hinzu.

»Natürlich. Aber könnte er damit vielleicht bis zum Ende des Unterrichts warten? Ich hasse es, wenn die Lehrpläne umgeworfen werden.«

Diaz zuckte die Achseln. »Ich kann Ihren Wunsch, *Profesor* Stein nicht zu provozieren, durchaus nachvollziehen. Ich bin mir sicher, dass sie einem fürchterlich auf den Sack gehen kann.«

Flores schlug die Hacken zusammen wie ein dankbarer Soldat. »Der Zeichenkurs endet in einer halben Stunde. Ich werde *señora* Pinto anweisen, dafür zu sorgen, dass Sergeant Ortiz mit allen Schülern einzeln sprechen kann. Unser Kartenzimmer dürfte sich dafür bestens eignen.«

»Vergessen Sie nicht das Model und *Profesor* Stein.«

»Gibt es sonst noch irgendetwas, das ich für Sie tun kann, Inspector?«

»Vorläufig nicht.«

»Gut. Dann müsste ich jetzt dringend einen Termin wahrnehmen.«

»Wir wollen Sie nicht aufhalten, *Director*.«

Diaz und Ortiz sahen Flores hinterher, der den Korridor entlangeilte.

»Der Mann hat irgendwas Unaufrichtiges an sich«, sagte Ortiz schließlich.

»Er ist ein Bürokrat in leitender Funktion«, erwiderte Diaz. »Er verheimlicht alle möglichen Dinge, um die Einrichtung vor Angriffen und Anfeindungen zu schützen, die ihr von überall her drohen – von Schülern, Lehrern, Angestellten und Außenstehenden. Aber bei all diesen Verschwörungen, die er wittert, handelt es sich lediglich um Phantasiegespinste. Stalin war ein extremes Beispiel für diese Art von Paranoia. Er hat wahllos Menschen umbringen lassen und sich dann selbst eingeredet, alles nur zum Wohl der Allgemeinheit getan zu haben.«

Diaz zündete sich eine Zigarette an und nahm einen tiefen Zug. Ortiz lehnte geistesabwesend an der Wand, die Hände in den Taschen seines Blazers vergraben.

»Hey, Roberto, zügle bitte deine Begeisterung über dein Nachmittags- und Abendprogramm. Vielleicht kommt ja irgendwas Nützliches bei den Verhören heraus. Auch wenn ich da so meine Zweifel habe. Bis später dann auf dem Revier.«

Diaz rückte seine Krawatte zurecht, bis sie exakt senkrecht herabhing, die Zigarette zwischen die Lippen geklemmt. »Und versuch lieber nicht, dich mit dem Model zu verabreden. Das wäre deiner Gesundheit garantiert nicht förderlich.«

Als Diaz an Flores' Büro in der Nähe des Eingangs vorbeikam, sprang ihm *señora* Pinto geradezu in den Weg, eine Hand hoch über den Kopf erhoben. Einen Moment lang dachte er, sie wollte sich auf ihn stürzen, eine Variation der berühmten Duschszene aus *Psycho*. Doch dann erkannte er, dass sie kein Messer, sondern ein Stück Papier in der Hand hielt.

»Inspector Diaz, es hat jemand für Sie angerufen.« Sie reichte ihm den Zettel.

»Danke, *señora* Pinto.« Diaz erkannte Armandos Mobiltelefonnummer.

»Inspector Diaz …?«

»*Sí?*«

»Wegen *señorita* Smallwood … Es tut mir schrecklich leid für sie und ihre Familie …« *Señora* Pinto nagte aufreizend an ihrer Unterlippe, bevor es aus ihr herausbrach: »Ich habe gehört, wie Sie *Director* Flores nach ihren Liebhabern gefragt haben. Es gab da einen Künstler, von dem sie mir im Vertrauen erzählt hat. Er ist oft zu uns ins *Instituto* gekommen und hat sie abgeholt. Ein Mann aus L. A., nicht aus irgendeinem mexikanischen Provinzkaff. Amanda war ganz verrückt nach ihm. Aber es gab da wohl einige Schwierigkeiten. Er war mit einer anderen Frau zusammen. Und Amanda musste ja auch an Sylvia denken. Sie wollte ihr nicht weh tun.«

»Und wie lautet der Name des Ladykillers?«

»Gregori Gregorowitsch. Er hat heute Abend eine Ausstellung in der *Galería Rana*.«

»Kein sonderlich *norteamericano* klingender Name.«

Ein Anflug von Verwirrung ließ die Augen der Sekretärin schmaler werden.

»Schon gut. Danke für die Information.« Die Schmerzen gruben sich erneut in Diaz' Eingeweide wie die rasiermesserscharfen Zähne eines hungrigen Piranha. Er eilte auf die Straße hinaus.

Es war ein zehnminütiger Fußweg zurück zum *Judiciales*-Revier. Die alterslose Taco-Verkäuferin stand an ihrem üblichen Platz unter dem Bogen der alten Brücke. Ihr Vater, dessen Gesicht so zerfurcht war wie die Oberfläche eines vom Zahn der Zeit angenagten Ziegels, hockte reglos hinter ihrem Karren, einen altmodischen indianischen Strohhut auf dem Kopf. Als Diaz an ihm vorbeiging, verwandelte sich der Alte für einen kurzen Moment in einen aztekischen Schamanen, der in einen Jaguarpelz gehüllt war. Vor seiner Brust baumelte das goldene Abbild des *Coxcox*-Vogels. *Ich muss Fieber haben*, dachte Diaz.

Über der verzierten Mosaikkuppel des *Templo de la Con-*

cepción trieben ein paar Wolkenfetzen, die von den Strahlen der untergehenden Sonne in Gold und Rosa getaucht wurden. Über die schmalen Seitenstraßen krochen bereits lange Schatten wie spitze Messer.

Es war annähernd fünf Uhr, als Diaz das Revier betrat. Er stand noch in der Eingangshalle und überlegte sich, was er tun sollte, als Corporal Goya mit einem selbstzufriedenen Lächeln auf ihn zutrat. Sie reichte ihm einen Zettel mit der Telefonnummer von Amanda Smallwoods Vater in Dallas, Texas.

Diaz nahm den Zettel, murmelte ein oder zwei kaum verständliche Worte der Ermutigung und eilte fluchtartig den Flur entlang Richtung Unisex-Toilette. Danach saß er lange vornübergebeugt in der feuchten Kabine, das Gesicht ein Spiegel allgemeiner Unzufriedenheit. Irgendwer hatte das Wort »Schwanzlutscher« in Augenhöhe auf die geflieste Wand gekritzelt.

Kapitel 7

Gregori Gregorowitsch, *artiste de erotica* und Exilant aus L. A., beäugte interessiert die große Blondine mit dem Strohhut, die durch den *Jardín Principal* schlenderte. Sie erinnerte ihn an einen sehr langen, trägen Opiumtraum. Obwohl sie eigentlich deutlich älter als die Frauen war, auf die er normalerweise stand.

Das Morgenlicht spiegelte sich grell auf ihren rot bemalten Lippen. Die eng sitzende schwarze Hose und die rote Spitzenbluse betonten ihre Figur. Gregorowitsch warf dem Zeitungsverkäufer eine Zehn-*peso*-Münze zu, schnappte sich ein Exemplar der *Atención* und eilte über den *jardín*, um die Frau einzuholen.

Der Zeitungsverkäufer rief ihm etwas hinterher. Gregorowitsch hatte sein Wechselgeld vergessen, lief aber einfach weiter.

Die Blondine verließ den *jardín*, bummelte im Schatten der Arkaden auf der anderen Straßenseite entlang und sah sich die Schaufenster an. Gregorowitsch verlangsamte seine Schritte und tat so, als fesselte der Anblick der Kathedrale vor dem kristallklaren blauen Himmel seine Aufmerksamkeit. Vor der Kathedrale waren einige bäuerlich aussehende Männer und Frauen damit beschäftigt, einen Torbogen aus Blumen für irgendein religiöses Fest zu errichten. Aus den Augenwinkeln heraus verfolgte Gregorowitsch, wie die blonde Frau in einer Boutique verschwand.

Er lehnte sich an einen von der Sonne beschienenen Pfeiler der Arkade und schlug seine Ausgabe der *Atención* auf. Die Hauptschlagzeile lautete: »Frau im *jardín* ermordet«, doch Gregorowitsch fand nicht die Zeit, den Artikel auch nur zu überfliegen, denn im gleichen Moment kam das derzeitige Objekt seiner Begierde wieder aus der Boutique heraus, marschierte die Arkade in einem atemberaubenden Tempo entlang und bog an der nächsten Kreuzung in die *Calle San Francisco* ein. Gregorowitsch stopfte die Zeitung in eine Tasche seines zerknitterten Leinenblazers und folgte ihr eilig.

Ich bin ein Idiot, dachte er, weil er nicht auf der Stelle zu Fran Kovacs zurückkehrte, um sie um Verzeihung zu bitten. Schließlich hatte sie ihn aus der Gosse gezogen. Hatte ihm einen Platz zum Malen gegeben, kostenlos. Gelegentlich, wenn ihr danach zumute war, teilten sie sogar für eine verschwitzte Nacht das Bett.

Gestern Abend hatte sie darauf bestanden, gemeinsam auf Brians Geburtstagsparty zu gehen. Gregorowitsch hatte Tequila getrunken, Fran zur Musik der Liveband getanzt. Nach der obligatorischen Geburtstagstorte war er mit ein paar Leuten aufs Dach gegangen, um Pot zu rauchen. Irgendjemand verteilte Vicodin. Als Fran später zu ihm kam, weil sie nach Hause gehen wollte, übergab er sich auf sie. Zu diesem Zeitpunkt saß er, nur noch mit seinen Boxershorts bekleidet, neben einer kleinen *chica*, die ihrerseits bereits völlig nackt war.

Bis sich Gregorowitsch wieder angekleidet hatte und Fran hinterherlief, war sie schon den Hügel hinuntergegangen und vom Nebel verschluckt worden. Er fand ihr Haus verschlossen und verriegelt vor. Alle Fenster waren dunkel.

Eine Weile wanderte er ziellos durch die nebelverhangenen Straßen. Die Bäume im *Jardín Principal* sahen wie Trolle aus, die sich vor der Nacht duckten. Schließlich trieben ihn die feuchte Kälte und seine Erschöpfung in eine der zahllosen Kirchen San Miguels. Kerzen flackerten vor einer Statue der Heiligen Jungfrau. Es roch nach feuchtem Putz und Schimmel in der großen düsteren Kirche. Gregorowitsch schlief auf einer Sitzbank ein, das Leinenjackett über den Kopf gezogen, die Hände zwischen die Oberschenkel geklemmt, um sie zu wärmen. Und jetzt, im dünnen Morgenlicht eines neuen Tages, fühlte er sich unwiderstehlich von der unbekannten Blondine angezogen, anstatt nach Hause zu Fran zurückzukehren.

Vor ihm schoss die blonde Granate plötzlich wie ein launischer Korallenfisch in ein berühmtes Café. Als er vor dem geöffneten Fenster vorbeiging, sah er sie allein an einem Ecktisch sitzen. Das Café war voll besetzt. Ein Stechen in der Magengegend erinnerte ihn daran, dass er seit letztem Mittag nichts mehr gegessen hatte.

Einen halben Straßenblock hinter dem Café blieb Gregorowitsch vor einem Schaufenster stehen und begutachtete sein Spiegelbild in der Glasscheibe. Schwarzes T-Shirt, Jeans und ein fast immer noch weißes Leinenjackett. Das Haar hatte er sich an einem öffentlichen Brunnen mit Wasser bespritzt und aus der Stirn gestrichen. Mehr oder weniger akzeptabel, urteilte er. Er schnupperte unter einer Achselhöhle. Auch wenn er ein wenig ranzig roch.

Er machte kehrt und betrat das Café, ignorierte den *primero camarero*, der ihn aufhalten wollte, und steuerte zielstrebig den Tisch der Blondine an, an dem noch zwei freie Stühle standen.

»Sind diese Plätze schon besetzt?«, fragte er auf Englisch.

Die Frau warf ihm einen prüfenden Blick zu.

»Gregori Gregorowitsch, zu Ihren Diensten«, stellte er sich vor. Ein Jahrhundert früher, in der Uniform der Zarengarde, hätte er zackig die Hacken zusammengeschlagen und sich verbeugt. So aber zog er einfach einen der Stühle heran, ohne eine Antwort abzuwarten, und setzte sich.

»Kenne ich Sie?«, erkundigte sich die Blondine.

»Es gibt hier keine freien Tische, und ich bin am Verhungern«, erwiderte er.

Sie musterte ihn kurz, bevor sie den Blick abwandte. »Ich warte auf ein paar Freunde.«

»Ich hoffe, sie sind unterhaltsam.«

Ein Lächeln kroch wie ein gefährliches Insekt über ihre Lippen und nahm einen verächtlichen Zug an. »Was Sie betrifft, Mr. Gregorowitsch, könnte man Sie zumindest als ziemlich dreist bezeichnen. Wahrscheinlich sind Sie aber einfach nur ein Trottel.«

Aus der Nähe konnte Gregorowitsch kleine Fältchen um ihre Augenwinkel herum entdecken. Die Haut unter ihren Augen hatte den Farbton dunklen Weins. Er schätzte sie auf Ende dreißig. Vermutlich schlief sie nicht besonders gut. Ihre Brüste zeichneten sich flach und breit unter dem elastischen Stoff der Bluse ab, die Brustwarzen waren andeutungsweise als Flachrelief erkennbar. Trotz der dunklen Augenringe war sie erstaunlich attraktiv.

»Gregori«, sagte er und setzte sein bestes schuljungenhaftes Lächeln auf. »Da ich aus L. A. stamme, bin ich von Natur aus aufdringlich. Eine Frage des Überlebens. Sind Sie Engländerin?«

Sie trank einen Schluck von ihrem Wein. »Kanadierin. Aber ich wohne hier in Mexiko.«

Er bemerkte einen Ehering mit einem bescheidenen Diamanten. »Leben Sie allein in San Miguel?«

»Ich glaube nicht, dass Sie das etwas angeht.«

Gregorowitsch gab sich angemessen zerknirscht. »Tut mir leid.«

»Mein Mann arbeitet für die Kanadische Botschaft. Momentan ist er wieder in Ottawa. Wegen einiger Konferenzen. Und friert sich dort den Arsch ab.«

Ein Kellner erschien.

»Ich warte noch auf einige Freunde«, sagte die Frau in fließendem Spanisch. »Aber der Herr hier möchte gleich bestellen.«

Gregorowitsch warf einen flüchtigen Blick in die Speisekarte. *»Enchiladas de pollo con salsa verde. Agua mineral.«*

»Ihre Aussprache ist grauenhaft«, stellte die Blondine fest.

Er zuckte die Achseln und blickte an ihr vorbei auf die Rückwand des Raumes, die mit Fotos und Karikaturen der hübschen TV-Moderatorin aus Mexico City gepflastert war, der das Café gehörte.

»Warum haben Sie sich ausgerechnet an meinen Tisch gesetzt? Es gibt hier noch etliche andere freie Sitzplätze.«

»Also, um ehrlich zu sein, Sie sind mir bereits im *jardín* aufgefallen, und ich bin Ihnen bis hierher gefolgt. Als Sie dann in das Café gegangen sind, ist mir bewusst geworden, dass ich am Verhungern bin. Und da ich völlig abgebrannt bin, habe ich mir gedacht, dass Sie vielleicht Mitleid mit mir haben und mir ein Essen spendieren würden.«

»Ich finde es sehr schmeichelhaft, dass Sie mich für ein so leichtes Opfer halten.«

»Ich fand, dass Sie einfach umwerfend aussehen. Deshalb hatte ich gar keine andere Wahl, als Ihnen zu folgen.«

Plötzlich huschte ein Anflug von Argwohn über ihr Gesicht. War er zu weit gegangen? Hatte er zu sehr den Eindruck erweckt, eine Art Jack the Ripper zu sein? Einen Moment lang befürchtete er, sie könnte den Oberkellner rufen und ihn auf die Straße werfen lassen. Doch da erschien zum

Glück die Bedienung mit den *enchiladas*. Gregorowitsch griff nach dem Besteck und begann, mit Appetit zu essen.

Die Frau nippte an ihrem Wein, während sie ihm zusah. Er blickte zwischen den Bissen hin und wieder kurz zu ihr auf. Als sein Teller leer war, lehnte er sich zurück und sah sie ruhig an. »Es tut mir leid, wenn ich …«, begann er.

»Nicht«, sagte sie. »Sie waren am Verhungern.«

»Sie hätten nicht zufällig eine Zigarette für mich?«

Sie lachte. »Ich denke, es ist Zeit für Sie zu gehen.«

»Sollten Sie heute Abend nichts Aufregenderes vorhaben, sind Sie hiermit zu einer Ausstellungseröffnung in der *Galería Rana* eingeladen. In der *Calle 16 de Abril*. Ich präsentiere dort zusammen mit ein paar anderen Künstlern von 20 bis 23 Uhr einige neue Gemälde.«

Die Frau blickte an ihm vorbei, hob einen Arm und winkte. Als sich Gregorowitsch halb umdrehte, entdeckte er einen Mann in einem dunklen Geschäftsanzug und eine große Frau in einem Minikleid, die sich ihrem Tisch näherten. »Sie können gern Ihre Freunde mitbringen«, fügte er hinzu.

Seine blonde Wohltäterin stand auf. Sie umarmte zuerst die Frau und dann den Mann, den sie auf beide Wangen küsste.

Die große Frau nickte neugierig in Gregorowitschs Richtung. »Jane«, sagte sie, »möchtest du uns nicht deinen Freund vorstellen?«

Jane wirkte überrascht. »Oh, tut mir leid. Das ist *señor* Gregorowitsch. Consuela und Leo. Wir haben uns gerade erst auf der *plaza* kennengelernt. Ein verhungernder Künstler. Er wollte gerade gehen.«

»Ja«, bestätigte Gregorowitsch. »Ich bin praktisch schon weg.«

Der Kellner schwebte mit der Rechnung für die *enchiladas* herbei und zog sich wieder zurück, als Jane ihm sagte, dass das Essen auf sie ginge. Gregorowitsch schenkte Consuela ein Lächeln und Leo ein Nicken. Als er sich zu Jane umdrehte, berührten sich ihre Hände kurz. Jane zuckte zurück, als hätte sie sich verbrannt.

»Vielleicht sehe ich Sie ja heute Abend wieder«, sagte Gregorowitsch.

Sie wirkte irritiert.

»Auf der Ausstellung.«

»Ach, ja. Vielleicht.«

Nachdem er keinen Grund mehr hatte, länger zu bleiben, verließ er zügig das Café, ohne sich noch einmal umzudrehen.

Während er zurück Richtung *jardín* schlenderte und müßig auf einem Zahnstocher herumkaute, wollte es ihm einfach nicht gelingen, Janes Gesicht vor seinem geistigen Auge auszublenden. Nachdem er rund eine Stunde lang ziellos in den Straßen herumgeirrt war, betrat er die Kathedrale *La Parroquia* und betete um den Weltfrieden – und darum, dass Jane beschließen würde, zur Eröffnung der Galerie zu erscheinen.

Als er wieder im Freien stand und wie ein Maulwurf in der Helligkeit blinzelte, fragte er sich, ob er nach Hause zurückkehren sollte, um die Wogen mit Fran zu glätten. Doch die Aussicht darauf, Jane wiederzusehen, erfüllte ihn mit einem völlig neuen und erregenden Gefühl. *Du dämlicher, verrückter Bastard!*, dachte er.

Einige Minuten später stand er in der *Cantina Gato Negro* und trank ein Glas Tequila. Da er einen gewissen Ruf in der Bar hatte, war man dort immer bereit, ihm einen kleinen Kredit einzuräumen. Gregorowitsch schlug seine Ausgabe der *Atención* auf und las den Bericht über die Frau, die man im *jardín* ermordet aufgefunden hatte. Amanda Smallwood, so hieß die Tote.

Der Name kam ihm irgendwie vertraut vor. War es möglich, dass er in einem früheren Leben mit ihr geschlafen hatte?

Plötzlich traf es ihn wie ein Blitz aus heiterem Himmel. Heilige Scheiße! Amanda Smallwood war das schamlose Luder, das für seine letzten Gemälde posiert hatte!

Gregorowitsch gab dem Barkeeper hastig ein Zeichen, ihm noch einmal nachzuschenken.

bisher haben sie mir noch nichts zuleide getan.

aber sie sind dort draußen, flüstern in den finsteren winkeln miteinander, mit stimmen, die gerade eben noch zu hören sind.

manchmal verstecken sie sich in den spiegeln, knapp unterhalb des rahmens, wo man sie nicht sehen kann, solange man sich nicht ganz dicht vor den spiegel stellt und schräg von oben über die kante nach unten blickt. manchmal erhasche ich einen flüchtigen blick auf ihre bewegungen am äußersten rande meines blickfeldes, ein silbernes oder schwarzes aufblitzen oder einen roten spritzer.

rot ist immer am schlimmsten, denn dann weiß ich, dass sie erfolgreich auf der jagd gewesen sind und nun die erlegte beute verschlingen. dann sind ihre münder und wangen blutverschmiert.

manchmal kann ich nur hören, wie sie hinter meinem sofa herumschnüffeln, die hände auf ihre münder und nasen gelegt, oder ich höre sie flüstern, während sie auf zehenspitzen über das dach des studios huschen. wenn ich dann später hinter dem sofa nachschaue, sehe ich die kleinen gelben pfützen, wo sie uriniert haben. wenn sie auf dem dach waren und zwischen den blumentöpfen mit bougainvillea und geranien gespielt haben, lassen sie dort immer verräterische spuren zurück. abgeknickte pflanzenstängel. heruntergefallene und zerquetschte blüten. manchmal stelle ich ihnen einen teller mit essensresten hin oder bringe ihnen eine tote katze. das scheint sie jedesmal für eine weile zu befriedigen.

am schlimmsten waren sie während des letzten jahres, das ich in l.a. gelebt habe. damals, als ich den ärger wegen dem mädchen gekriegt habe. sie haben mich ständig bedrängt, sie zu ficken. danach hat ihre mutter dann gesagt, sie wäre zu jung, und hat mir damit gedroht, sich einen anwalt zu besorgen oder zur polizei zu gehen.

sie waren es auch, die mich ermutigt haben, von mir verlangt haben, es zu tun. eine übergangszeremonie.

als ich mich geweigert habe, haben sie mit rotem lippenstift drohungen auf meinen badezimmerspiegel geschmiert. ich hatte angst, dass sie nicht länger untätig bleiben würden.

als die mutter des mädchens dann später geld verlangt hat, habe ich l.a. verlassen und bin hierher gekommen. mehrere monate lang haben sie nicht gewusst, wo ich bin. aber es hat nicht lange gedauert, bis sie meine spur doch wieder aufgenommen haben.

jetzt sind sie hier, es werden immer mehr, und sie suchen mich wieder heim.

Kapitel 8

»Armando?«

Es rauschte und knisterte im Äther, dann senkte sich eine gewaltige kosmische Leere auf Diaz herab, als wäre sein Verstand unvermittelt in die Tiefen des Weltraums teleportiert worden.

»Hallo. Hallo! Armando, bist du da?« Das kleine silberne Kästchen mit seiner winzigen Tastatur und dem in phosphorisierendem Blau hintergrundbeleuchteten Bildschirm gab keinen Laut mehr von sich. Diaz verspürte das überwältigende Bedürfnis, das Mobiltelefon auf den gefliesten Boden zu schmettern und zuzusehen, wie es in Dutzende scharfkantige Fragmente zersprang, die nicht einmal mehr Schrottwert besaßen.

Stattdessen legte er es auf den Waschbeckenrand und betrachtete düster sein Gesicht im Spiegel. Seine Haut war so farblos wie eine Weizenmehltortilla. *Vielleicht sollte ich nach Hause gehen und ein bisschen schlafen*, überlegte er. Amanda Smallwoods Leichnam war so kalt wie die Oberfläche des Mondes. Nur Verrückte und Magier glaubten, dass es möglich war, Tote wiederauferstehen zu lassen. Wozu also diese Eile bei den Ermittlungen?

Die Antwort blitzte in seinem Kopf auf wie eine explodierende Schrift in grell leuchtenden Neonbuchstaben: WEIL SICH IRGENDWO DA DRAUSSEN EIN BESCHISSENER IRRER RUMTREIBT UND ES DEINE AUFGABE IST, IHN ZU FASSEN.

Er spritzte sich kaltes Wasser ins Gesicht. Das war schon besser, auch wenn sich langsam Kopfschmerzen wie eine giftige Chemikalie, die aus einer korrodierten Tonne sickerte, in seinem Frontallappen ausbreiteten.

Plötzlich klingelte das Mobiltelefon. »Hector? Hier ist Armando.«

»Wo bist du?«

»Zu Hause.«

Diaz blickte auf seine Uhr. Es war zehn Minuten vor sechs.

»Wie ist das Verhör mit dem Pärchen verlaufen, das die Leiche gefunden hat?«

»Genau das wollte ich dir gerade erzählen. Die beiden sind ins Hotel zurückgekehrt und haben es dann wieder verlassen.«

»Aber du hast doch mit ihnen gesprochen, oder?«

»Ich weiß nicht, wie das passieren konnte, Hector. Ich schätze, ich schlafe wohl nicht so gut, weil ich mir ständig Sorgen wegen Carmens Schwangerschaft mache. Ich habe, wie du es wolltest, in der Lobby gewartet. Irgendwann bin ich dann wohl eingeschlafen. Der neue Portier, der um fünf Uhr gekommen ist, hat mich schließlich wieder geweckt. Aber während ich geschlafen habe, sind die beiden da gewesen und wieder gegangen. Ich habe sie nur um ein paar Minuten verpasst.«

»Warum bist du ihnen dann nicht hinterhergelaufen?«

»Weil sie beim Portier eine Nachricht hinterlassen hatten, in der stand, dass sie noch nicht wussten, was sie bis acht machen würden. Dann wollen sie zur Eröffnung einer Kunstausstellung gehen. Also bin ich nach Hause gefahren, um nach Carmen zu sehen. Es geht ihr schon wieder viel besser. Außerdem habe ich das Mittagessen verpasst und gönne mir jetzt eine *comida.*«

Diaz verdrehte die Augen. Gleichzeitig verspürte er einen

Stich von Eifersucht auf Armandos geradezu zwanghafte Sorge um seine schwangere Frau.

»Bleib ruhig zu Hause, Armando. Ich gehe zur Eröffnung in der Galerie. Kümmere du dich heute Abend um Carmen. Wir sehen uns dann morgen früh auf dem Revier wieder.«

»Bist du sicher?«

»Aber ja.«

»Willst du denn gar nicht wissen, wie die Galerie heißt?«

»Lass mich raten: Es ist die *Galería Rana*.«

Am anderen Ende der Leitung blieb es lange still, bevor Armandos Stimme wieder aufklang. »Woher wusstest du das, Hector?«

»Gute Nacht, Armando«, sagte Diaz.

Sergeant Jorge Quevedo hatte sich auf einen Ellbogen gestützt, das Telefon zwischen Schulter und Ohr geklemmt und ein Bein lässig über die Stuhllehne gelegt. Er hatte Nachtdienst. Bis auf ihn war niemand mehr im Revier, als Diaz von seiner Darmakrobatik zurückkehrte. Quevedo nickte ihm zu, telefonierte aber mit gedämpfter Stimme weiter. Diaz fragte sich, ob der Sergeant ein dienstliches Gespräch führte oder einfach nur mit seiner Freundin plauderte.

Er stolperte etwas benommen in sein Büro und zog die Tür hinter sich zu. Als ihn die pechschwarze Finsternis umfing, fühlte er sich augenblicklich völlig desorientiert. Er tastete hektisch nach dem Lichtschalter, und die Deckenbeleuchtung flammte auf.

Diaz ließ sich in seinen Bürosessel fallen. Es war immer wieder beruhigend, wenn das Licht anging, nachdem man den Schalter gedrückt hatte, fand er. Angesichts der allgemeinen Entwicklung, die die Welt durchmachte, fragte er sich, wie lange man sich noch darauf verlassen durfte, dass solche selbstverständlichen Annehmlichkeiten des modernen Lebens gewährleistet waren. Schon bald würden die Terroristen damit beginnen, reihenweise die Staudämme von Wasserkraftwerken und die Atomreaktoren in die Luft zu jagen. Und überall auf der Welt würden die Lichter ausgehen. Was für ein Desaster!

Seine Stirn war nass vor Schweiß. Die letzten Nachwirkungen der Bazillen, die seine Innereien befallen hatten. Er nahm ein frisches Baumwolltaschentuch von dem Stapel in der untersten Schreibtischschublade, zog den mit einer ätherischen Lavendellösung gefüllten Zerstäuber aus derselben Schublade und sprühte das Tuch damit ein. Dann drückte er sich das Taschentuch mit geschlossenen Augen auf die Stirn, lehnte sich in seinem Sessel zurück und begann, langsam und rhythmisch tief ein- und auszuatmen.

Nach einer Weile öffnete er wieder die Augen, beugte sich vor und griff nach dem Telefon. Aus dem Hörer ertönte das Freizeichen. Ein weiteres Wunder. Er tippte die Nummer, die Felicia ihm gegeben hatte, in die Tastatur.

Nach dem achten Klingelton wollte er schon wieder auflegen, als der Hörer am anderen Ende der Leitung abgenommen wurde und sich ein Amerikaner mit einer tiefen Stimme in einem ungehaltenen Tonfall meldete: »Hallo, wer ist da?«

»Ich würde gern mit Mr. Smallwood sprechen.«

»Wer will was von ihm?«, fragte die Stimme unwirsch.

»Hier ist Inspector Diaz von der Kriminalpolizei in San Miguel de Allende, Mexiko.«

»Mexiko? Polizei? Soll das ein Witz sein? Wer, zur Hölle, ist da?«

»Spreche ich mit Mr. Smallwood?«

»Natürlich bin ich Smallwood – Bass Smallwood. Wer, zur Hölle, dachten Sie denn, wäre sonst hier?«

Diaz stellte sich einen grobschlächtigen Mann mit einer breiten Brust, abgetragenen Cowboystiefeln und ausgefransten Bluejeans am anderen Ende der Leitung vor, der das Telefon wie ein zerbrechliches Spielzeug in seiner riesigen Pranke hielt. Bass Smallwood klang ganz und gar nicht wie ein von einer schweren Krankheit gezeichneter Mann.

Es gab sie nicht, die richtigen Worte, mit denen man ihm die furchtbare Nachricht schonend hätte überbringen können.

»Haben Sie eine Tochter namens Amanda?«

»Ja.« Übergangslos schwang nackte Angst in der Stimme mit. »Was ist mit ihr?«

»Es tut mir leid, Ihnen mitteilen zu müssen, Mr. Smallwood, dass Ihre Tochter verstorben ist.«

Stille senkte sich herab. Es war wie der Moment, unmittelbar bevor ein Piano aus heiterem Himmel herabstürzt, um einen unschuldigen Passanten zu zerquetschen.

»Das ist ein grausamer Scherz, den Sie sich da leisten, Sir!«, stieß Smallwood schließlich heiser hervor. »Damit werden Sie nicht davonkommen!«

»Ich bin von der Polizei in San Miguel de Allende, Mexiko. Ihre Tochter Amanda hat hier gewohnt. Sie ist letzte Nacht ermordet worden.«

Aus dem Telefon ertönte ein lautes Krachen, als wäre der Hörer am anderen Ende der Leitung zu Boden gefallen. Diaz hörte ein unterdrücktes Stöhnen. Er wartete, ohne an irgendetwas zu denken.

Schließlich drang ein kratzendes Geräusch aus dem Hörer, gefolgt von Smallwoods Stimme, diesmal leise und tonlos. »Sie sagten, Ihr Name ist Diaz?«

»Inspector Diaz von der *Policía Judicial* in San Miguel de Allende.«

»Und Sie sind sich wirklich ganz sicher, was die Tote betrifft … dass es Amanda ist?«

»Sie hatte einen texanischen Führerschein mit ihrem Foto bei sich. Es tut mir leid.«

»Ich werde den ersten Flug morgen früh nach Guanajuato nehmen.«

»Glauben Sie wirklich, dass Sie in der Lage sind, hierherzufliegen?«

»Natürlich kann ich fliegen. Es geht schließlich um meine Tochter.« Bass Smallwoods Stimme brach, und ein Aufschrei abgrundtiefer Verzweiflung drang aus dem Telefon. Dann brach die Verbindung übergangslos ab.

Diaz verspürte das Bedürfnis nach etwas Hochprozentigem, doch er wusste, dass sich seine Eingeweide dafür rächen würden. Also zündete er sich stattdessen eine Zigarette an. Er lehnte im Türrahmen seines Büros und sah zu, wie Quevedo emsig in die Computertastatur tippte, während er einen Tatortbericht verfasste. Oder aber seiner Freundin eine E-Mail schrieb.

»Wie geht es in der Sache mit den Hoteldiebstählen voran?«, erkundigte er sich.

Quevedo hörte auf zu tippen und drehte sich mit seinem Bürostuhl herum. Er fuhr sich mit der Hand durch das lange, allmählich schütter werdende Haar.

»Wer, zur Hölle, weiß das schon? Ich suche einen Kerl mit Schnurrbart, schlechter Haut und einem goldenen Schneidezahn. Ein Mann dieser Beschreibung ist angeblich etwa zu der Zeit im Hotel beobachtet worden, als sich einige der Einbrüche ereignet haben, bei denen Schmuck gestohlen worden ist. Die Beschreibung trifft vermutlich auf die Hälfte aller Strauchdiebe in ganz Mexiko zu.«

»Viel Glück bei der Suche.«

Quevedo massierte sich nachdenklich das Kinn mit Daumen und Zeigefinger. Den anderen Arm hatte er auf seinen Bauch gelegt, der durch regelmäßiges Gewichtheben und Situps straff und fest war. »*Claro*, es muss jemand aus dem Hotel gewesen sein«, sagte er. »Kaum ein Tourist nimmt viel Schmuck mit, wenn er nach Mexiko fährt. Der Dieb muss genau gewusst haben, in welchem Zimmer die Frau oder Freundin eines Gastes abgestiegen ist, die darauf besteht, ihre kostbaren Klunker in den Restaurants oder Bars spazieren zu tragen. Und um das zu wissen, muss er im Hotel arbeiten.«

»Bleib am Ball. Irgendwann wird schon etwas durchsickern. Schließlich muss der Dieb den Schmuck ja irgendwo verkaufen.«

»Das Problem ist, dass bis jetzt bereits drei hochklassige Hotels betroffen sind, die zu viele Angestellte haben, als dass ein einziger Polizist sie alle verhören könnte.«

»Vielleicht kann ich dir morgen Armando zuteilen, wenn dir damit geholfen ist.«

»Ich nehme, was ich kriegen kann.«

Diaz kehrte in sein Büro zurück und überprüfte den Anrufbeantworter. Der Bürgermeister hatte wieder angerufen, außerdem ein gewisser Morales von der Bundespolizei in Guanajuato. Diaz wusste, dass *Don* Cedillo ihm nur den Arsch dafür aufreißen wollte, dass er bisher noch niemanden festgenommen hatte. Dagegen hatte er nicht die geringste Ahnung, wer dieser Morales war oder warum er angerufen haben könnte. Allerdings war ihm nicht danach zumute, irgendeinen der beiden zurückzurufen. Und da es nach sieben Uhr und zudem noch Freitagabend war, würde er sie ohnehin kaum noch in ihren Büros erreichen.

Dr. Moza hatte dagegen nicht angerufen, um ihm den

Autopsiebericht durchzugeben. Diaz runzelte die Stirn. Er rief in Mozas Büro an, landete aber nur auf dem Anrufbeantworter.

»Nicholas. Diaz hier. Ich hoffe, Sie verschwenden nicht Ihre ganze Zeit darauf, sich um die Lebenden zu kümmern. Ich brauche die Untersuchungsergebnisse von dem toten Mädchen. Wieso diese Verzögerung? Sie können mich noch bis Mitternacht zurückrufen.«

Diaz schätzte die Wahrscheinlichkeit, dass Moza seinen Anrufbeantworter heute noch abhörte, auf rund fünfzig Prozent. Schließlich ließ sich niemand nur deshalb davon abhalten, zu sterben oder einen Arzt zu benötigen, weil es Freitagabend war. Er warf einen Blick auf seine Schreibtischuhr – ein Geschenk zu seinem zwanzigjährigen Dienstjubiläum. Vier pseudogriechische Säulen in Form eines miniaturisierten Erkers. In die Stirnseite des Daches waren sein Name und die Stationen seiner Polizeikarriere eingraviert. Das Ziffernblatt der Uhr befand sich hinter einer konisch geformten Glasscheibe. Der Messingüberzug des Gehäuses hatte längst seinen Glanz eingebüßt und löste sich bereits an einer der Säulen von dem darunterliegenden Blech ab.

Nachdem er die Uhr mehrere Sekunden lang irritiert angestarrt hatte, erkannte er endlich, was nicht mit ihr stimmte. Sie war stehengeblieben. Entweder fünf Minuten vor Mittag oder vor Mitternacht. Als ihn ein plötzlicher Anflug von Erschöpfung zu überwältigen drohte, schloss er die Augen und massierte seine Nasenwurzel zwischen Daumen und Zeigefinger. Er konnte genau nachvollziehen, wie einer Uhr zumute sein musste, die einen endlosen Kreis von Tagen durchlief, der nirgendwo hinführte.

Dann erst entdeckte er den weißen Umschlag, der vor der

Uhr lag. Er hob ihn auf. Die Vorderseite war unbeschriftet. Kein Absender, keine Adresse. Doch Diaz' Fingerspitzen ertasteten sofort das eingeprägte Siegel vom Büro des Staatsanwalts auf der Verschlussklappe der Rückseite. Er schlitzte den Umschlag auf und entnahm ihm eine Karte mit Büttenrand, die das gleiche Siegel trug. Unter dem Siegel standen zwei Sätze in Staatsanwalt Ortegas vertrauter altmodischer Handschrift:

Dieser Fall hier ist nicht so, wie er erscheint.
Achten Sie auf Ihren Rücken.

Auf der Karte standen kein Datum und keine Unterschrift.

Diaz zerriss sie in kleine Fetzen, die er in seinem Aschenbecher verbrannte. Es dauerte eine Weile, bis sie Feuer fingen, weil die Pappe ziemlich dick war. Als die kleinen Flammen langsam in die Höhe leckten, kam ihm plötzlich der beunruhigende Gedanke, dass der aufsteigende Rauch die erst kürzlich installierte Sprinkleranlage auslösen könnte. Zum Glück passierte nichts.

Einen Moment lang fragte er sich, ob die Sprinkleranlage überhaupt funktionierte. Oder hatte möglicherweise ein korrupter Unternehmer lediglich Attrappen in ihrem Revier installiert? *Ach, scheiß drauf!*, dachte er.

Als sich der letzte Pappfetzen in schwarze Asche verwandelt hatte, sah Diaz auf seiner Rolex mit ihrem zuverlässigen automatischen Uhrwerk, dass er bis zur Ausstellungseröffnung in der *Galería Rana* noch fast eine halbe Stunde totschlagen musste. Also beschloss er, vorher doch noch etwas trinken zu gehen.

Kapitel 9

Jane Ryder betrachtete die vertrocknete Nagelhaut an ihrem linken Zeigefinger. Sie klemmte den Nagelreiniger in den Spalt zwischen Fingernagel und Haut und bewegte ihn mehrmals hin und her. Dann nahm sie eine rasiermesserscharfe Hautschere und schnitt den sichelförmigen Fetzen des toten Gewebes ab.

Nach jeder vollendeten Maniküre eines Fingers trank sie einen Schluck von einem großen dunklen *mojito.*

Was habe ich mir eigentlich dabei gedacht?, fragte sie sich.

Vor gerade einmal sechs Stunden hatte sie in einem in San Miguel angesagten Café gesessen, Weißwein getrunken und mit einem unverschämten, ihr völlig unbekannten Künstler geflirtet, der nach dreister Selbstüberschätzung und billigem Deodorant gestunken hatte. Ein bleicher Bursche mit hohlen Augen, die Wangen und das Grübchenkinn mit Bartstoppeln übersät, das lange Haar nur mit den Fingern gekämmt. Mit der Ausstrahlung des verarmten Nachkommens eines russischen Adligen, der 1917 von einem Exekutionskommando der Bolschewisten erschossen worden war.

Warum war sie nicht überrascht gewesen, als sie erfahren hatte, dass er nicht nur russischer Herkunft, sondern auch noch ein mittelloser Maler war?

Sie hätte Gregori Gregorowitsch gleich auf die Straße werfen lassen sollen, als er sich zu ihr an den Tisch gesetzt hatte. Stattdessen hatte sie ihm ein Essen spendiert.

Sein weißes Leinenjackett sah verdächtig danach aus, als hätte er in ihm geschlafen. Er wirkte unterernährt und bedurfte dringend einer Rasur, einer Dusche, eines Haarschnitts und einer Entlausung. Seine Augen verrieten, dass er letzte Nacht kaum geschlafen hatte. Als er sagte, er wäre hungrig, wusste sie sofort, dass er nicht log. Er benötigte Hilfe, jemanden, der sich seiner annahm. Bevor er völlig abstürzte und in der Gosse landete.

Jane hatte schon immer ein Herz für streunende Katzen und verwaiste kleine Klapperschlangen gehabt. Und jetzt würde sie Gregori in nicht einmal zwei Stunden wiedersehen.

Einen Moment lang fragte sie sich, was wohl ihr Mann Niles während seiner Freizeit in Ottawa trieb, wenn er nicht gerade damit beschäftigt war, in der bürokratischen Hierarchie Werbung für sein neuestes mexikanisches Entwicklungsprojekt zu machen. Sie hatte es abgelehnt, ihn zu begleiten. Es gab nur ein oder zwei Leute in Ottawa, die sie gern besucht hätte, aber auch die nicht gerade im Februar, wenn einem bei jedem Schritt der Schnee unter den Stiefeln knirschte und der Rotz in der Nase gefror, sobald man vor die Tür trat. Außerdem machte es sowieso kaum einen Unterschied für sie, ob Niles zu Hause oder verreist war.

So hatte sie beschlossen, mit ihren Freunden Leo und Consuela übers Wochenende nach San Miguel zu fahren.

Und jetzt steckte sie bis zum Hals in der Klemme. Als Leo und Consuela das Café betreten hatten und Gregori Gregorowitsch aufgestanden war, um zu gehen, hatte seine Hand ganz leicht die ihre gestreift. Im selben Moment war sie unvermittelt von einer unglaublichen Leidenschaft erfasst worden.

Wie unreif war das denn?

Sie wusste, dass sie im Begriff war, Hals über Kopf die Kontrolle über ihre Gefühle zu verlieren. Doch es war ihr egal. Sie hatte Leute gekannt, die jünger als sie und heute bereits tot waren.

Das könnte meine letzte Chance sein, dachte sie. *Mein letzter guter Fick.*

Sie nahm ihr Buch zur Hand, einen Krimi von James Crumley, und begann zu lesen. Doch gleich darauf ließ sie es wieder sinken und kehrte im Geist ein paar Stunden in der Zeit zurück.

»Vielleicht sehe ich Sie ja heute Abend wieder«, hatte er gesagt. Wahrscheinlich hatte sie ihn ziemlich verständnislos angestarrt, denn er hatte hinzugefügt: »Auf der Ausstellung.«

»Vielleicht«, hatte sie in einem möglichst gleichgültigen Tonfall geantwortet, während alles in ihr laut schrie: *Ja, ja, ja!*

Nachdem Gregorowitsch mit einem Nicken und Zwinkern verschwunden war, bestellten Consuela und sie Cobb-Salat, Leo *enchiladas suizas*. Während sie aßen, erzählte Consuela eine wilde Geschichte darüber, wie sie letzte Nacht auf dem Rückweg zu ihrem Hotel im *jardín* die Leiche einer jungen Frau gefunden hatten. Ein hübsches blondes weißes Mädchen, das erdrosselt in der Dunkelheit gelegen hatte, die Augen herausgerissen.

Ein Klopfen an der Tür riss Jane aus ihrer Versunkenheit. »Einen Moment, bitte!«, rief sie.

Sie stellte ihr Manikürset auf das Nachtschränkchen, trank einen letzten Schluck von ihrem *mojito* und schlang den Morgenmantel enger um ihren Körper. Sie hatte kaum die Tür entriegelt, als Consuela auch schon in das Zimmer stürzte.

»Also, wer ist dieser Gregori Gregorowitsch, den du heute Abend auf der Ausstellung treffen wirst?«

»Ein Künstler, den ich im *zócalo* kennengelernt habe.«

»Natürlich. Ein Künstler. Ich hoffe, er ist auch ein Künstler im Bett.«

»Tja, das werde ich dann wohl rausfinden müssen, oder?«

»Was, wenn Niles …?«

»Was, wenn Niles …?«, wiederholte Jane mit einer hohen atemlosen Stimme wie von Truman Capote.

»Das wäre dein Begräbnis.«

»Nein, wäre es nicht. Das Leben ist bestenfalls kurz und unbeständig. Schlimmstenfalls bist du schon vom Tag deiner Geburt an am Arsch. Krebs, AIDS, eine verirrte Kugel aus einem vorbeifahrenden Wagen. Das tote Mädchen, das ihr gestern gefunden habt, ist dem Verhängnis über den Weg gelaufen, und das Schicksal hat ihm den Rücken zugewandt. Es gibt keine Sicherheitsgarantie im Leben.«

»Aber was, wenn dieser Typ der Mörder ist? Er hat auf mich den Eindruck eines Rumtreibers gemacht, eines Heimatlosen. Irgendjemand hat Leo gesagt, die *policía* glaubt, dass der Mörder ein Streuner ist.«

»Bitte! Er ist kein Mörder. Das wüsste ich.« Jane bedachte Consuela mit einem gereizten Blick. »Und jetzt verzieh dich, damit ich ein Bad nehmen kann.«

Nachdem sich die Tür hinter Consuela geschlossen hatte, bestellte Jane einen weiteren *mojito*. So bewaffnet, vergaß sie in ihrem Schaumbad eine Stunde lang die Welt. Als sie wieder aus der Wanne stieg, sah sie an ihrem rosafarbenen Körper hinab und zuckte zusammen. *Warum sollte sich ein großkotziger lebenshungriger Künstler mit mir abgeben?*, fragte sie sich.

Doch als er am Tisch ihr gegenübergesessen und seine *enchiladas* verschlungen hatte, war er ihr wie ein Mann kurz vor dem Ende seines Weges vorgekommen, wie ein Kater, der bereits zu viele seiner Leben verbraucht hatte. Sie zählte darauf, dass Gregori Gregorowitschs Motor schon auf Reserve lief.

Mit wachsender Verzweiflung rieb sie sich mit einer Vielzahl von Salben und Feuchtigkeitscremes ein. Bis auf einen tomatenroten Lippenstift und einen Tupfer Lidschatten verzichtete sie auf Make-up.

Vielleicht habe ich ja Glück, und er übersieht das Kleingedruckte, dachte sie ironisch.

Sie probierte alle drei Cocktailkleider aus, die sie eingepackt hatte, und entschied sich schließlich für ein silbernes Stück Petrochemie mit nur einem Schulterträger.

Um halb neun am Abend quetschte sie sich mit Leo und Consuela in ein Taxi. Eingeklemmt zwischen beiden, die Unterseite der nackten Oberschenkel auf der Rücksitzbank aus Vinyl festgeklebt, kam sie sich wie eine drittklassige Vagabundin vor, die in einem schäbigen Alptraum gefangen war. Eine Jean-Rhys-Heldin.

Als sich Leo eine Zigarre anzündete, explodierte ein heftiger Kopfschmerz hinter ihrer Stirn. Ihr Magen brannte wie Feuer. Sie beugte sich über Consuela hinweg, kurbelte hektisch die Seitenscheibe des Taxis hinunter und spie ein Gemisch aus *mojitos* und Galle auf die Straße hinaus. Kurz darauf hielten sie vor einer Apotheke, damit sie sich ein Fläschchen Mundwasser besorgen konnte.

Wiederum ein paar Minuten später stiegen sie vor einer von pulsierendem Licht durchdrungenen Glasfassade, die die *Galería Rana* war, aus dem Taxi. Inmitten der Schickeria von San Miguel, die die Galerie bevölkerte, entdeckte Jane den russischstämmigen Künstler auf der anderen Seite des Raumes. Zu ihrer Überraschung hatte er sich tatsächlich rasiert und ein frisches Hemd angezogen. Der Mann, mit dem er sich gerade unterhielt, besaß die billige Ausstrahlung eines Verkäufers, den der Zufall in die Riege der Leute mit einem sechsstelligen Jahreseinkommen katapultiert hatte. Zum Kotzen!

Doch dann sagte sie sich, dass er auch ein wohlhabender Sammler sein konnte. Ein Mann mit gutem Geschmack, auch wenn der ihn selbst nicht mit einschloss. *Und nach allem, was ich weiß*, dachte sie, *ist Gregori Gregorowitsch vermutlich nur ein talentloser Aufschneider.*

Plötzlich schlug erneut eine Welle der Übelkeit in ihrem Magen zusammen.

Oder ein Mörder.

Kapitel 10

Gregori Gregorowitsch ließ den Gestank von Schweiß, Schnaps und Einsamkeit im *Gato Negro* hinter sich und wanderte durch die uralten Straßen von San Miguel. Er betrachtete die ernsten indianischen Gesichter um sich herum und versuchte, sich an die Vorstellung zu gewöhnen, dass Amanda Smallwood ermordet worden war. Doch statt ihres schelmischen Blicks tauchte vor seinem geistigen Auge immer wieder das Bild der Blondine namens Jane auf. Ob sie wohl heute Abend in der *Galería Rana* auftauchen würde? Oder war ihre Begegnung nicht mehr als ein weiteres zufälliges Zusammentreffen einer Ansammlung von Molekülen in einem seelenlosen gleichgültigen Universum gewesen?

Das Schicksal oder das Fehlen irgendeiner Alternative führte Gregorowitsch schließlich vor die Eingangstür der Galerie. Er ging davon aus, dass Brian Dillinger, der Besitzer der *Galería Rana*, bereits alle Anwesenden über Amandas schockierendes Ende ins Bild gesetzt haben würde, doch als er die Galerie betrat, fand er sie menschenleer vor. Abgesehen von Gilberto Schlag-mich-tot, dem Assistenten des Managers, der gerade dabei war, einen Karton mit Weißwein aufzureißen und die Flaschen in einen Weinkühler zu stellen.

»*Hola*«, grüßte Gregorowitsch.

Gilbertos Erwiderung bestand aus einem angedeuteten hochnäsigen Nicken.

Gregorowitsch warf ihm eine Kusshand zu und stieg in das Kellergewölbe der Galerie hinunter. Ein unterirdisches

Reich, das von Spinnen bewohnten Stauraum und einen Konferenzraum beherbergte, in dem die Geschäfte mit den Bildern der Galerie abgeschlossen wurden. Nachdem er sich eilig im Badezimmer neben dem Konferenzraum gewaschen hatte, rasierte er sich mit einer schon ziemlich stumpfen Rasierklinge, die er in dem Schränkchen neben dem Waschbecken fand. In einem Wandschrank entdeckte er drei frisch gereinigte und gebügelte blaue Hemden, die zweifellos Dillinger gehörten. Gregorowitsch probierte eins davon an. Es passte *más o menos*, auch wenn es über dem Bauch ein wenig spannte und die Arme etwas zu lang waren. Ein plötzlicher Anfall von Erschöpfung überfiel ihn wie ein heftiger Regenschauer. Er kroch unter den Konferenztisch und glitt augenblicklich in ein Märchenland der Träume hinüber, in dem Jane Ryder nackt durch eine wie von Dalí gemalte surrealistische Landschaft schlenderte.

Ein unbekümmertes Frauenlachen weckte ihn.

»Falsche Tür, Süße«, kicherte eine andere Frauenstimme.

Während er sich aufsetzte und sich den Schlaf aus den Augen rieb, konnte er durch die papierdünne Wand hören, wie die Frauen mit vom Alkohol gelösten Zungen die Mängel ihrer männlichen Begleiter auflisteten. Dann ertönte das Rauschen einer Toilettenspülung.

Seine japanische Digitalarmbanduhr zeigte 20:32 Uhr an. Die Ausstellungseröffnung musste bereits in vollem Gang sein.

Er stieg die Treppe hinauf und blieb einen Moment lang an ihrem Ende stehen, um einen Blick auf das bunt gemischte Publikum zu werfen, das wie ein tanzender Mückenschwarm durch die Galerie wogte. Die meisten Frauen waren schön, einige sehr exzentrisch, ein paar andere völlig grotesk herausgeputzt. Die Männer ließen sich grob in zwei

Kategorien aufteilen, auf der einen Seite reiche Geschäftsleute, auf der anderen verarmte Künstler und Drogenabhängige. Es war die perfekte Mischung, um Prinz Prosperos Maskenball wiederaufleben zu lassen. Aber wer sollte die Rolle des Roten Tods übernehmen?

Gregorowitsch bahnte sich seinen Weg durch die Menge, bis er Brian Dillinger fand, der von einer uralten Matrone, die sich genug Diamanten um den faltigen Halt gehängt hatte, um damit ein Pferd erdrosseln zu können, im hintersten Winkel des Raumes gestellt worden war. Brian führte ihre Hand, deren Haut so runzlig wie die einer Kröte war, mit einer aalglatten formellen Geste an seine Lippen. Die andere Klaue der Frau ruhte auf dem Arm eines mittellosen Verwandten, der ihr wie ein Schatten auf Schritt und Tritt folgte. Das Gesicht ihres Beschützers, der eine Sonnenbrille mit runder Schildpattfassung trug, war so emotionslos wie das eines Auftragsmörders.

»*Señora* Limon«, sagte Brian gerade, »die beiden Gemälde werden morgen zu Ihrer *estancia* geliefert werden. Dann können Sie ganz in Ruhe das Bild auswählen, das am besten in Ihren Salon passt. Es ist mir eine außerordentliche Ehre, Ihnen zu Diensten sein zu dürfen, *señora.* Ihr Geschmack ist wie immer unbestechlich.«

Unterwürfigkeit kommt gleich nach Frömmigkeit, dachte Gregorowitsch. *Zumindest wenn man sich in den begüterten Kreisen des alten Mexikos bewegt.*

Julia, eine hübsche junge Frau mit hinreißenden Brüsten, die in der Galerie arbeitete, stand geduldig wartend in der Nähe. Brian blickte an der buckligen Inkarnation von Reichtum und Privilegien vorbei und entdeckte Gregorowitsch am Rande dieses pittoresken lateinamerikanischen Ensembles.

»Wenn Sie mich jetzt entschuldigen würden, *señora.* Julia wird alle logistischen Details mit Ihnen erörtern.« Er schlüpfte an der geschlechtslosen Kreatur vorbei und umklammerte Gregorowitsch mit dem Griff eines Berufsringers. Gemeinsam schoben sie sich durch die Menge, die Köpfe vertraulich zusammengesteckt, als würde ein Investmentbanker seinem Jünger die neusten Insiderinformationen zuflüstern.

»Du hast die schreckliche Nachricht schon gehört? Irgendjemand hat Amanda kaltgemacht. Es heißt, sie wäre entsetzlich zugerichtet worden. Der Sargdeckel wird während der Trauerfeier geschlossen bleiben. Das bist doch nicht etwa du gewesen, nicht wahr, Gregori?« Brian stieß ein gepresstes Lachen aus.

Gregorowitsch riss sich aus Brians Griff los. »Was, zum Teufel, stimmt nicht mit dir?«, fragte er. »Natürlich habe ich es nicht getan!«

Ein schmales Lächeln spaltete Dillingers gebräuntes Gesicht in der Mitte. »Man erzählt sich, sie wäre von einem durchgeknallten Rumtreiber aus den Staaten ermordet worden.« Er zuckte die Achseln, die Hände in einer übertriebenen Geste erhoben, als wäre dies eine Szene in einer Sitcom. »Da musste ich natürlich sofort an dich denken, Gregorowitsch. Dein Ruf, in L. A. minderjährige Dinger flachgelegt zu haben, macht dich zum perfekten Kandidaten.«

»Fick dich!« Doch noch während Gregorowitsch wütend herumwirbelte, hatte ihm Dillinger schon wieder einen Arm um die Schultern gelegt. »Armer Gregorowitsch, sei nicht eingeschnappt. Komm schon. Ich spendier dir einen Wein oder stell dich einer schönen Frau vor.«

Gregorowitsch wusste genau, dass er Brian Dillinger unmöglich verprellen durfte. Der Mann war nicht nur reich und mächtig, sondern auch noch der Besitzer einer der drei wichtigsten Galerien in San Miguel. Und zwar genau der, in der Gregorowitsch hoffte, sein Comeback zu schaffen.

»Ich denke, du schuldest mir beides«, murmelte er.

Sie gingen zur Bar hinüber, wo Gilberto Gläser mit *tinto o blanco* an die Besucher austeilte. Dillinger wies ihn an, eine besondere für ihn reservierte Flasche zu entkorken. Als er ihm den Rücken zuwandte, bedachte Gilberto Gregorowitsch mit einer Grimasse.

Nachdem er ihnen eingeschenkt hatte, standen Dillinger und Gregorowitsch wie alte Schulkameraden dicht beieinander, kosteten den teuren Wein und beobachteten die Szenerie.

»Ein gutes Publikum heute Abend«, sagte Dillinger. »Die Leute scheinen in Kauflaune zu sein. Drei deiner Bilder sind bereits verkauft worden. Ich bin mir sicher, dass das an Amandas Ermordung liegt. Schließlich wird es keine neuen Bilder mehr von ihr geben. Jedenfalls keine Porträts der lebenden Amanda.«

Er leerte sein Glas mit zwei großen Schlucken. »Vielleicht sollten wir vor jeder Ausstellung das führende weibliche Model umbringen lassen«, fuhr er fort. »Als eine Art postmodernes aztekisches Ritual, um die Gunst der Götter zu gewinnen. Man könnte es im Kabelfernsehen in den Spätnachrichten übertragen, gleich nach den Berichten über die Unruhen im Nahen Osten.«

Als sich eine Lücke in der Menschenmenge auftat, entdeckte Gregorowitsch plötzlich Jane Ryders unverkennbare Wespentaille im Licht der blinkenden Neonleuchten über dem Eingang. In der grellen Beleuchtung schimmerten ihre Haarlocken wie Katzengold. Eine ungewohnte Nervosität ließ sein Herz schneller schlagen. Er tippte Dillinger auf den Arm und deutete in Richtung des Eingangs.

»Die da«, sagte er. »Stell mich ihr vor.«

Dillinger kniff die Augen zusammen. »Welche?«

»Die große Blondine.«

»Aber ich habe nicht die leiseste Ahnung, wer sie ist. Obwohl ich zugeben muss, dass sie von hier aus ziemlich geil aussieht. Nenn mir einen guten Grund, weshalb ich sie dir überlassen sollte.«

»Weil du es mir versprochen hast.«

»Für so ein Versprechen und fünftausend *pesos* wird man dich noch irgendwann erstechen und in einem Müllcontainer hinter dem Justizpalast von *Ciudad de México* entsorgen.«

Währenddessen bahnte sich Jane, die Gregorowitsch ebenfalls entdeckt hatte, einen Weg durch die wogende Menschenmenge. Sie trug ein silbernes, minimalistisch geschnittenes Kleid. Ihre zu einem schiefen Lächeln verzogenen Lippen schimmerten im gleichen Rot, das im *jardín* in der Morgensonne geleuchtet hatte, als sie sich den beiden Männern näherte.

Gregorowitsch war überwältigt.

Dillinger trat ihr unvermittelt in den Weg. »Ich bin ja so froh, dass Sie heute Abend kommen konnten«, sagte er galant, beugte sich vor und küsste die Luft rechts und links von ihren Wangen, die Hände auf ihre Schultern gelegt, die sich kühl anfühlten. »Sie sehen einfach hinreißend aus.« Er ergriff ihre Hand. »Bevor Sie irgendetwas sagen, würde ich Ihnen gern zuerst jemanden vorstellen.« Er schob sie in einem Halbkreis auf Gregorowitsch zu. »Gregori Gregorowitsch ist einer der Künstler, die heute Abend ihre Werke bei uns ausstellen. Er besitzt das einzigartige Talent, Schönheit in Pornografie zu verwandeln. Oder war es genau umgekehrt?«

»Eigentlich sind Gregori und ich bereits alte Freunde«, erwiderte sie munter. Ihr Duft, eine Mischung aus Seife, Parfüm, Schweiß und Moschus, brannte Gregorowitsch wie Feuer in der Nase. Sie sah Dillinger direkt an. »Ich fürchte, Sie verwechseln mich mit irgendjemandem aus Ihrer Vergangenheit. Wir haben uns nie zuvor gesehen.«

Ein bedauerndes Zucken umspielte Dillingers Lippen. »Was für eine Schande!«

»Das ist Jane«, unterbrach Gregorowitsch, bevor Dillinger zu einer weiteren bissigen Bemerkung ausholen konnte.

Sie streckte eine Hand aus. »Jane Ryder.«

»Brian Dillinger. Ich bin der Besitzer der Galerie.«

»Wie schön für Sie.«

In diesem Moment stieß Janes Gefolge, bestehend aus Consuela Domingue und Leo Bremmer, zu ihnen, was zu einer weiteren Runde gegenseitigen Vorstellens führte. Dillinger gab eine amüsante Geschichte auf Kosten einer Berühmtheit zum Besten, die einen Wohnsitz in San Miguel hatte, und entschuldigte sich dann. Leo steuerte zielstrebig die Bar an, dicht gefolgt von Consuela.

Als er endlich mit Jane allein war, kam sich Gregorowitsch, auf einmal um Worte verlegen, unbeholfen wie ein Schuljunge vor.

Jane hakte sich bei ihm unter. »Kommen Sie schon, *señor* Gregorowitsch«, sagte sie. »Stehen Sie nicht so steif wie eine Statue herum. Zeigen Sie mir Ihre Gemälde. Ich würde gerne selbst beurteilen, ob Mr. Dillingers Kritik gerechtfertigt ist.«

In dieser Sekunde wurde Gregorowitsch bewusst, dass er völlig verrückt nach dieser Frau namens Jane Ryder war. Sie sah nicht nur sündhaft scharf aus, sondern war garantiert auch jede Sünde wert. Die bloße Vorstellung raubte ihm den Atem.

Sie durchquerten gemeinsam die Ausstellung und blieben vor einem seiner Bilder stehen. Es zeigte die nackte Amanda Smallwood, die mit himmelwärts gerecktem Hinterteil die Liebesdienste eines stattlichen Satyrs erwartete. Halb verborgen hinter einer zerfallenden griechischen Säule am Rand des Gemäldes stierte ein tölpelhaft wirkender Schäfer hervor, das Gesicht eine Maske lüsterner Erwartung.

»Jemand aus Ihrem engeren Bekanntenkreis?«, fragte Jane.

»Der Satyr?«

»Nein, Sie Dummkopf. Die schamlose *puta*.«

»Nur ein Model.«

»Wenn sie hier in San Miguel lebt, habe ich wohl ein Problem.«

»Wie es der Zufall will, wurde sie letzte Nacht ermordet.«

»Machen Sie sich nicht über mich lustig.«

»Es ist aber wahr.«

Janes Fingernägel gruben sich ihm in den Arm wie die Zähne eines erregten Frettchens. Gregorowitsch hatte das Gefühl, den Geruch nackter Angst durch ihr Parfüm hindurch riechen zu können, ausgelöst durch die Gedanken an einen brutalen Tod, die in ihrer Phantasie wie giftige Pilze aus den Tiefen des Unterbewusstseins hervorbrachen.

Er ergriff ihre Hand. Sie zitterte, als stünde sie unter Strom.

»Ich habe den ganzen Tag an dich denken müssen«, flüsterte sie kaum hörbar. Ein leises Geständnis, um das Entsetzen zu vertreiben, das Amandas blutiges Ende in ihr wachgerufen hatte.

Gregorowitsch blickte ihr in die Augen, in denen sich Hoffnung und Leidenschaft spiegelten. »Lass uns von hier verschwinden«, gab er ebenso leise zurück.

Als sie beinahe fluchtartig die Galerie verließen, warf Gregorowitsch noch einmal einen Blick zurück über die Schulter. Durch die Schwaden von Zigaretten- und Zigarrenrauch hindurch sah er Brian Dillinger auf der Treppe stehen, die zu den oberen Ausstellungsflächen führte. Aus irgendeinem unerfindlichen Grund war er überzeugt, dass Dillinger sie beobachtete.

Zehn Minuten später hielt ein Taxi, auf dessen Rücksitzbank sich Jane Ryder und Gregori Gregorowitsch eng umschlungen atemlos keuchend wanden, auf der schotterbedeckten Einfahrt des *The Pines Hotels*, eines doppelstöckigen Gebäudes mit zerbröselnden roten Backsteinziegeln, aus dessen Fugen der Mörtel rieselte.

In dem weiß getünchten Büro schob ein schläfriger Mexikaner, der eine verschlissene Weste mit Rautenmuster und eine mit Fettflecken übersäte Krawatte trug, Gregorowitsch wortlos ein Anmeldeformular über den Tresen.

»Ist die Brautsuite frei?«, erkundigte sich Gregorowitsch.

»Nur eine Suite frei, *señor*«, sagte der Portier in gebrochenem Englisch. »Die können Sie haben. Aber Dusche geht nicht. Wenn Sie wollen, können Sie andere benutzen, den Gang runter.«

»No problemo.«

Irgendwie gelang es Jane, das Geld für drei Nächte im Voraus zusammenzuzählen, während Gregorowitschs Hände über ihren Rücken wanderten. Dann waren sie auch schon wieder draußen und hasteten einen Betonweg entlang durch einen verwilderten Garten zu dem am weitesten von der

Rezeption entfernt gelegenen Hotelflügel. Über einer Eingangstür aus Metall warf eine alters- und leistungsschwache Glühbirne einen trüben Lichtkegel auf den Boden. Der nächtliche Wind war kühl, die Sterne am Himmel funkelten wie billige Glasperlen. Eine einsame Fledermaus schoss immer wieder zwischen zwei Palmen hin und her.

Jane fragte sich einen Moment lang, ob Gregori schon einmal zuvor im *The Pines* abgestiegen war – unter ähnlichen Umständen wie an diesem Abend. Doch es war keine Frage, auf die sie wirklich eine Antwort haben wollte.

Er hielt die Metalltür für sie auf. Ein Bewegungsmelder schaltete das Licht im Treppenaufgang an. Sie stürmten die Treppe hinauf, immer zwei Stufen auf einmal nehmend. Gregorowitsch lief voraus.

»Warum hast du nach der Brautsuite gefragt?«, keuchte Jane.

»Ich habe gedacht, ich könnte vielleicht ein bisschen im Nebenzimmer malen … Du weißt schon, zwischen den …«

»Bastard!« Doch sie hatte ihm die Hände bereits in die Hose geschoben und tastete nach seinem Schwanz und seinen Eiern, während er noch mit dem Zimmerschlüssel herumhantierte.

Als sie die Suite betreten und die Tür hinter sich geschlossen hatten, ohne den Lichtschalter finden zu können, stolperten sie in der Dunkelheit über scharfkantige Rattanmöbel. Sie ließen sich einfach auf den Boden sinken und begannen, sich unter wildem Küssen die Kleider vom Leib zu reißen und achtlos beiseitezuschleudern, als versuchten sie, die lang zurückliegende Highschoolzeit wieder aufleben zu lassen. Während er an ihren Brustwarzen nuckelte und saugte, umfasste sie seinen Schwanz, der lang, hart wie Eisenholz und gebogen wie ein Bumerang war. Sie wollte ihn in sich spüren, *pronto*. Noch während der Gedanke in ihrem Kopf Gestalt annahm, spürte sie, wie sein Schwanz in ihrer Hand wie ein Feuerwehrschlauch zu zucken und zu pulsieren begann, und einen Augenblick später spritzte ihr eine Ladung heißes Sperma auf den Bauch.

Jesus, keine beschissene E. p.!, fluchte sie stumm. Niles hatte in der ersten Zeit ihrer Ehe unter vorzeitigem Samenerguss gelitten. Es hatte jahrelanger Therapiesitzungen bedurft, um die Ursache der Störung zu finden und auszumerzen.

Der knorrige Schwanz des Künstlers war jetzt nur noch ein schlaffer Schatten seiner selbst.

»Tut mir leid«, murmelte Gregori. »Ich war wohl ein bisschen übererregt.«

Jane leckte sich seufzend über die trockenen Lippen, dann beugte sie sich über ihn und machte sich an die langwierige Arbeit, das erloschene Feuer von neuem zu entfachen.

Kapitel 11

Die *Galería Rana* sah wie ein gigantischer weißer Zuckerwürfel aus, den ein Riese zwischen modischen Geschäften und Bars in einem Neubauviertel der Innenstadt hatte fallen lassen. Sie lag einen gut zwanzigminütigen Fußmarsch von San Miguels altem kolonialem Zentrum entfernt oder nur einen kurzen Moment per Taxi.

Um Viertel nach neun hielt ein weiß-grün lackiertes Taxi mit extrem abgenutzten Bremsbelägen laut quietschend vor der Galerie. Kurz darauf schob Inspector Hector Diaz seinen schlanken Körper in einem Zustand wackliger Trunkenheit ungeschickt auf der falschen Seite des Wagens durch die Hintertür. Er kam mehr als eine Stunde zu spät. Aber besser zu spät als überhaupt nicht, wie er fand.

Noch bevor er sich umdrehen konnte, um die Tür zuzuschlagen, schoss das Taxi auch schon wieder davon, wobei es eine Staubwolke von der nur teilweise gepflasterten Straße aufwirbelte. Diaz blieb eine Weile stehen und sah zu der Galerie empor, ein frisches Taschentuch auf Mund und Nase gedrückt. Grünes und rosafarbenes Neonlicht blitzte wie ein neurotisches Mantra rhythmisch aus den transparenten Tiefen der Glassteinfassade auf. Aus einer Nische über dem Eingang erwiderte ein von Grünspan überzogener Frosch reglos Diaz' Blick.

Das pulsierende Neonlicht schien Diaz abwechselnd zu locken und abzustoßen. Welche Bazillen er sich auch immer mit dem Mittagessen eingefangen hatte, ihre Nachwirkungen ließen seine Eingeweide immer noch rumoren. Die drei Mezcals, die er im *El Iris* auf nüchternen Magen getrunken hatte, waren ein Fehler gewesen. Mit etwas Glück erwartete ihn in der Galerie eine reichhaltige Auswahl an Snacks, mit denen er die Wirkung des Alkohols bekämpfen konnte. Oder zumindest ein Moment erholsamer Ruhe in einer geschlossenen Toilettenkabine.

Irgendetwas bewegte sich am Rand seines Sichtfeldes. Ein streunender Hund, dürr wie ein Phantom, lief mitten auf der Straße. Als er sich zu Diaz umdrehte, schien das Gesicht des Teufels den Inspector mit einer Feindseligkeit anzustarren, die ihm das Blut in den Adern gefrieren ließ. Diaz strauchelte, und instinktiv griff er nach seiner Brust, wo bis zu seinem vierzehnten Geburtstag ein Silberkreuz an einer Kette gebaumelt hatte. Stattdessen strichen seine Finger über die goldene *Ehécatl*-Figur. Ob ihn der uralte Gott der Stürme wohl vor dem christlichen Teufel beschützen konnte? Weder er noch die anderen alten Gottheiten hatten *Montezuma* hilfreich gegen Cortés' blutiges Gemetzel beigestanden. Aber dies war ein neues Zeitalter. Die Zeit, alte Überzeugungen zu neuem Leben zu erwecken.

Die satanische Kreatur wandte sich knurrend von ihm ab und lief immer schneller werdend weiter, wurde nach und nach von den Schatten verschluckt. Diaz schloss die Augen. Als er sie wieder öffnete, war der Teufelshund endgültig verschwunden. Vielleicht aber war er auch nie da gewesen. Wie auch immer, Diaz' Stirn war schweißbedeckt.

Wenn du in diesem Tempo weitermachst, landest du auf der Erste-Hilfe-Station, noch bevor die Nacht vorüber ist, dachte er. *Reiß dich zusammen!*

Er wischte die blinkenden Lichter der Neonleuchten wie einen Schwarm lästiger Mücken mit einer Hand beiseite, überquerte den Bürgersteig mit schnellen Schritten und stieg die Treppe der Galerie hinauf.

Eine zweiflüglige Tür aus irgendeiner Metalllegierung stellte ihn vor ein neues Hindernis. Als Diaz mit dem unbeweglichen Türknauf kämpfte, schob sich ein Pärchen von hinten an ihn heran. Der Mann griff an ihm vorbei und drückte auf einen Knopf in der zurückgesetzten Wand. Das Türschloss öffnete sich mit einem vernehmbaren Klicken, die Türflügel schwangen auf, und das Pärchen schob sich hindurch.

Diaz ließ sich wie Treibgut in ihrem Kielwasser mitreißen, folgte blindlings dem wellenförmigen Auf und Ab, mit dem die nackten Schultern der Frau vor ihm tanzten. Das Pärchen stürzte sich in die wogende Menge und wurde von ihr verschluckt. Ein dröhnender menschlicher Ozean aus Reichtum, Dekadenz, Affektiertheit und Exzentrik erfüllte die Galerie. Einige Gäste standen in kleinen Gruppen herum, rauchten, tranken Wein und tauschten den neuesten Tratsch aus. Andere wanderten einzeln oder paarweise ziellos umher und blieben von Zeit zu Zeit stehen, um das eine oder andere Gemälde zu betrachten. Diaz stürzte sich seufzend in den bunten Trubel.

Drei der fünf Maler, deren Werke hier ausgestellt wurden, hatten Amanda Smallwood als Model benutzt. Einer hatte sie als sinnesfrohe Imitation der Bilder Lucian Freuds gemalt, Brüste, Schenkel, Schoß und Achselhöhlen übertrieben hervorgehoben mit dicken Pinselstrichen in Farbtönen von Lavendel, Ocker und Moosgrün. Der zweite stellte sie als Femme fatale im Stil des Film noir aus den Fünfzigern dar. Die Arbeiten des dritten Künstlers zeigten Amanda in einer Serie pornografischer Akte mit grinsenden Satyren inmitten zerfallender griechischer Tempel und mediterraner Landschaften.

Diaz beugte sich dicht an ein Bild des Letzteren der drei

Künstler heran und betrachtete ein unentzifferbares Gekritzel, hinter dem er die Signatur des Malers vermutete.

»Eine interessante Position«, vernahm er eine Frauenstimme hinter sich. »Haben Sie sie jemals ausprobiert?«

Er drehte sich um und blickte direkt in die zwielichtgrauen Augen von Consuela Domingue. Sie hatte die Lippen zu einem bösartigen Lächeln verzogen.

»Ich schätze, dazu müsste man über ausgeprägte gymnastische Fähigkeiten verfügen«, erwiderte Diaz. »Nicht gerade meine Stärke. Außerdem ist es schwer, einem alten Hund neue Tricks beizubringen.«

»Ich persönlich würde es durchaus auf einen Versuch ankommen lassen«, sagte Consuela. »Oder was auch immer ein alter Hund so alles im Sinn haben könnte.«

Diaz ließ das großzügige Angebot verstreichen.

»Also, Inspector. Ich habe nicht erwartet, Sie heute hier anzutreffen. Sammeln Sie Kunst?«

»Die Frau auf dem Bild und die Tote, die Sie im *jardín* gefunden haben, sind ein und dieselbe Person. Sie hat als künstlerisches Modell gearbeitet.«

»Wie unglaublich bizarr.« Consuela warf einen erneuten Blick auf das Gemälde. »Sie sich jetzt anzusehen erscheint beinahe wie ein Akt von Nekrophilie.«

Vor Diaz' geistigem Auge tauchte das Bild von Amandas Leichnam auf dem OP-Tisch von Dr. Mozas Klinik auf. Er spürte, wie seine Kehle staubtrocken wurde, gerade als ein Kellner mit einem Tablett voller perlender Champagnerflöten vorbeikam. Diaz nahm sich zwei Gläser, reichte eins davon an Consuela weiter und leerte das zweite in einem Zug.

»Durstig, Inspector?«, erkundigte sie sich.

Statt einer Antwort griff Diaz nach einer weiteren Champagnerflöte und stürzte auch deren Inhalt hinunter.

»Leo und ich haben den ganzen Vormittag und einen Teil des Nachmittags in unserem Hotel darauf gewartet, dass jemand von den *Judiciales* vorbeikommen würde, um uns zu befragen. Doch es ist niemand erschienen.«

»Ich entschuldige mich für eine derartige Dritte-Welt-Schlamperei«, sagte Diaz. »Hoffentlich haben Sie sich zumindest etwas ausruhen und von dem Schock der letzten Nacht erholen können.«

»Dieses Mädchen dort mit leeren Augenhöhlen sehen zu müssen ... Wer sollte sich jemals von einem solchen Anblick erholen können?«

»Ich verstehe. Aber wenn Sie ausreichend ausgeruht sind, könnten wir vielleicht nach diesem ...« Diaz machte eine unbestimmte Handbewegung. »Vielleicht könnten wir nach diesem Spektakel irgendwo hingehen und etwas trinken.«

»Versuchen Sie gerade, mich abzuschleppen, Inspector?«

»Nein, nein. Ich meinte Sie und *señor* Bremmer. Damit ich Sie in der ruhigeren Umgebung einer Cocktailbar befragen kann.«

»Was für eine einsame Art, einen Freitagabend zu beschließen – sich bei einem Martini über Vergewaltigung und Mord zu unterhalten. Aber Leo und ich sind mit einer Freundin in die Galerie gekommen. Ich muss erst in Erfahrung bringen, wie ihre Pläne aussehen. Wir sehen uns etwas später wieder. Genießen Sie solange die Kunst, Inspector.«

Damit tauchte Consuela in der Menschenmenge unter. Ihr provokativer Hüftschwung ließ fast die Säume ihres wintergrünen Kleides platzen.

Auf seinem Weg durch den Trubel lief Diaz einer hübschen jungen Frau mit purpurrotem Haar über den Weg. Ein Plastikschildchen auf ihrer Brust verriet, dass sie in der Galerie arbeitete und Julia hieß. Diaz deutete eine Verbeugung an, die sie mit einem freundlichen Lächeln erwiderte.

»Inspector Diaz von der San Miguel *Policía Judicial*«, stellte er sich vor.

Julias Lächeln verwandelte sich in ein Stirnrunzeln. Bevor sie ihm entkommen konnte, ergriff er sie am Arm und dirigierte sie durch den Raum zu dem größten der im Lucian-Freud-Stil gemalten Bilder. Es lag eine verhaltene Spannung in der Luft, als sie vor dem Gemälde stehenblieben.

»Ich möchte Sie bitten, mir die drei Künstler vorzustellen, für die diese Frau Modell gestanden hat«, sagte Diaz. »Sie ist gestern Nacht ermordet worden.«

Julias pechschwarze Augenlider flatterten wie verängstigte kleine Schmetterlinge. Einen Moment lang befürchtete er schon, sie würde in Ohnmacht fallen, doch dann erkannte er, dass das Adrenalin in ihren Adern von Erregung und nicht etwa von Angst herrührte.

»Wie wunderbar *fantastico* und furchtbar zugleich. Natürlich werde ich Ihnen die Künstler vorstellen.«

Sie geleitete ihn zu einer kleinen Bar, die unterhalb des Treppenaufgangs zur Balkonetage aufgebaut worden war. Ihr Duft drehte kleine Pirouetten in Diaz' Nase.

An der Bar lehnte ein großgewachsener, auffallend gutaussehender Mann Mitte dreißig. Seine mandelförmigen blauen Augen schätzten die an der Bar vorbeidefilierenden Besucher mit kühler Berechnung ab.

Zwei furchteinflößende Harpyien mit zweifarbig bemalten Lippen und hochtoupiertem Haar, die Brüste in Pushup-BHs angriffslustig in die Höhe gereckt, umkreisten ihn lauernd, als könnte er ihre nächste Beute werden.

Eine der Frauen gab den einen oder anderen pikanten Tratsch zum Besten, während die andere ihr die Zunge ins

Ohr schob. Der Mann nahm mit gelangweiltem Gesichtsausdruck eine Weinflasche vom Tresen und begann, das Glas der Quasselstrippe geistesabwesend aufzufüllen. Der Spiegel des dunklen Weins stieg gefährlich weit in die Höhe, bis er sich schließlich über den Glasrand auf die Brust der Frau ergoss.

»Oh, tut mir leid«, murmelte der Mann.

Die Frau wischte sich voller Panik mit einer Serviette über das besudelte Kleid. Ihre Freundin lachte.

»Jetzt musst du Gilberto für die Serviette bezahlen«, sagte der Mann.

»Brian«, unterbrach ihn Julia. »Ich möchte dir jemanden vorstellen.«

»Wenn ihr mich bitte entschuldigen würdet, *señoras*«, sagte der junge Mann namens Brian. Er schob sich an den beiden Harpyien vorbei und glitt schwerelos durch den Raum, wobei er allen Leuten, die er kannte, ein strahlendes Lächeln zuwarf. Diaz und Julia folgten in seinem Schlepptau. Plötzlich blieb er neben der einzigen Skulptur stehen, die Teil der Ausstellung war, einem uralten toltekischen Gesicht aus korrodiertem Metall, wo er wie eine Yacht an ihrem Ankertau in der Dünung dümpelte. Seine Augen richteten sich auf Diaz.

Diaz begegnete dem Blick mit unbewegter Miene. »Inspector Diaz von der *Policía Judicial.*«

»Brian Dillinger.« Dillingers Händedruck war mörderisch.

»Irgendwie verwandt mit dem gleichnamigen Gangster?«, erkundigte sich Diaz.

»Man munkelt, er wäre ein entfernter Cousin von mir, aber ich habe das niemals überprüft. Meine Familie stammt aus Chicago. Da wir schon beim Thema Polizei und Gangster sind, ich hätte nie damit gerechnet, dass sich San Miguels Spitzenbulle einmal auf einer meiner Ausstellungen blicken lässt.«

»Genau genommen bin ich nicht der Spitzenbulle, wie Sie sich ausdrücken. Aber ich bin hier, weil ich im Mordfall Amanda Smallwood ermittle.«

»Grauenhaft!« Dillinger sprach das Wort so aus, als würde er eine Flasche schlechten Wein beurteilen.

»Wenn die heutige Ausstellung Rückschlüsse auf sie zulässt, muss sie eine hinreißende Inspiration für die Künstler gewesen sein.«

»›Heiß‹ wäre wohl die beste Charakterisierung von Amanda Smallwood. Sie war ein absolutes Luder. Aber sie wird mir fehlen. Sie war wie besessen von der Vorstellung, dass sich Künstler bemühten, ihren geilen kleinen Körper in die lüsterne Inkarnation der Sinnlichkeit zu verwandeln.«

»In welchem Verhältnis standen Sie zu ihr?«

»Ich habe sie größer und farbiger als das Leben gemalt. Die großen Gemälde stammen von mir.« Dillinger schwenkte einen Arm in einer besitzergreifenden Geste. »Sonst ist nichts zwischen uns gewesen. Keine heißblütige Sexaffäre, fürchte ich. Sie hat mir nicht mal einen runtergeholt. Außerhalb des Studios waren wir wie Öl und Wasser.« Er lächelte Julia zu, als wollte er sie beruhigen. Sie sah nicht gerade beruhigt aus.

»Haben Sie Amanda gestern Abend gesehen?«

»Ja. Sie war eine Weile auf meiner Geburtstagsparty und ist dann mit ein paar Leuten verschwunden.«

»Erinnern Sie sich an die Leute?«

»Ein paar Typen, die ich vorher noch nie gesehen hatte. Sie müssen sich irgendwie reingeschlichen haben. Aber da waren sie nicht die Einzigen. Gestern Abend haben sich eine Menge Leute, die ich nicht kenne, in meinem Haus rumgetrieben und meinen Schnaps gesoffen.«

»Haben all diese Schnorrer Sie nicht wütend gemacht?«

»Eigentlich nicht. Ich schmeiße eine Menge Partys, Inspector. Ich mag Partys.« Dillinger machte eine unbestimmte Geste, die die Menschenmenge umfasste. »Offenbar tauchen dabei jedes Mal etliche Leute auf, die nicht eingeladen sind.«

»Ich habe immer geglaubt, alle Maler wären arm.«

»Entschuldige«, mischte sich Julia in das Gespräch ein. »Ich habe ganz vergessen, Inspector Diaz zu sagen, dass die *Galería Rana* dir gehört.«

»Als Maler bin ich ein absoluter Dilettant. Eigentlich bin ich Geschäftsmann. Ich bin vor acht Jahren mit etwas Geld in der Tasche nach San Miguel gekommen und habe es sehr gut investiert. Die Galerie ist nur eine Art Hobby.«

»Ah.« Diaz hob und senkte die Augenbrauen in seiner besten Imitation einer großen schlanken Latino-Version von Hercule Poirot.

»Und fragen Sie mich jetzt bitte nicht, ob ich alle Leute kenne, die Amanda möglicherweise etwas hätten antun wollen. Alle haben sie geliebt. Jeder wollte mit ihr ins Bett. Besonders die Frauen. Aber das war ein Vergnügen, das sie nur sehr wenigen gewährt hat. Also, falls Sie nicht weitere Fragen an mich haben, da sind noch einige andere Leute, mit denen ich sprechen müsste.«

Bevor Diaz antworten konnte, schoss Dillinger auch schon durch den Raum. In seinem Kielwasser tauchte eine pferdegesichtige Frau in einem melodramatisch geschnittenen Kleid aus schwarzer Seidenspitze auf. Er legte ihr einen Arm um die Taille und wirbelte sie herum. Sie stieß ein schrilles Kichern aus, als er ihren Hals küsste.

Diaz musterte Julia fragend. »Und, glauben Sie, dass Ihr Boss fähig wäre, irgendjemanden umzubringen?«

»Ganz unter uns?«

»Natürlich. Ich könnte eine schöne Frau niemals in eine missliche Situation bringen.«

»In diesem Fall lautet die Antwort ja.« Sie ergriff Diaz' Arm. »Aber wären wir nicht alle unter bestimmten Umständen fähig, einen Mord zu begehen?«

Sie stiegen die Stufen zur Balkongalerie hinauf, wo ein pummeliger Mann mit einem Ziegenbart Hof hielt. Eine weinfarbene Krawatte ragte wie eine exotische Blume unter seinem Kinnbart hervor. Die breiten roten Streifen auf seinem Hemd verliehen der Fülligkeit der mittleren Jahre eine amüsante Note. Er ergriff Diaz' Hand, als wäre sie ein Blatt, das vom Himmel herabgeschwebt war. Seine Fingernägel waren perfekt gefeilt und poliert, seine kleinen Hände rosa und weich. *Profesor* Montalban sprach mit einem kastilischen Lispeln.

»Welch eine Freude, Sie kennenzulernen, Inspector Diaz. Könnten Sie sich vielleicht vorstellen, irgendwann einmal für mich Modell zu sitzen? Es wäre mir eine Ehre, einen authentischen Kriminalpolizisten zu malen. Gefällt Ihnen meine Arbeit?«

Sie drehten sich gemeinsam zu einigen der im Stil noir gehaltenen Bilder an der Wand hinter ihnen um. Dunkle Gassen und unterschwellige Gewalt, pralle Brüste und leichtbekleidete Frauen, Pistolen und Zigaretten. Letztere erweckten in Diaz das plötzliche Bedürfnis zu rauchen. Er schob sich eine Montana zwischen die Lippen und zündete sie mit seinem Feuerzeug an.

»Ich verehre das italienische Kino«, erzählte Montalban. »Besonders die klassische Periode nach dem Krieg. Und

Sie, Inspector? *Riso amaro*. Kennen Sie den Film? Oder *La dolce vita* oder *Divorzio all'italiana*? So starke Emotionen. Und dann die Filmplakate. So wunderbar trivial.«

Die ganze Zeit über hielt er Diaz' Hand weiter in seinem schlaffen verschwitzten Griff. *Filmplakate*, dachte Diaz. Das war also die Muse des *Profesors*.

»Aber Sie sind kein Fan des italienischen Kinos, nicht wahr, Inspector? Und auch nicht der Kunst des Emilio Montalban.« Der *Profesor* seufzte. »Nein, Sie sind nur wegen der grotesken Ermordung der kleinen Amanda hier. Ein süßes, aber ungeliebtes Kind, schwach und formbar. Ihr morbider Charakter war perfekt für meine Arbeit. Wie auch ihre Kurven.«

Ein wehmütiger Ausdruck schlich sich in *Profesor* Montalbans Augen. *Bestimmt gilt diese Trauer dem Verlust Amandas als Person*, dachte Diaz, *nicht als künstlerischem Kleiderständer*. Montalban erschien ihm nicht wie ein Mann, der auf Titten stand, jedenfalls nicht im traditionellen Sinn.

»Was können Sie mir über Amanda erzählen, *Profesor*?«

»Sie gehörte zu den Verirrten. Hat sich hier durch San Miguel treiben lassen wie ein hübsches Stück Papier in einem Rinnstein nach einem Wolkenbruch. Drogen, Partys, Sex. Die warme Nachmittagssonne. Sie hat mir erzählt, dass sie früher einmal davon geträumt hatte, Künstlerin zu werden. Aber dazu hat ihr das Talent gefehlt. Also ist sie stattdessen zum feuchten Traum anderer Künstler geworden.«

»Hatte sie mit irgendeinem der Künstler, für die sie posiert hat, eine ernsthafte Beziehung?«

»Ich fürchte, sie war nur eine Hure.« Montalban machte eine wegwerfende Handbewegung. »Sie hat gleichermaßen Männer wie Frauen geliebt. Aber nie auf eine ernsthafte Art und Weise. Sie hat mit der Liebe gespielt. Alle Models sind

Flittchen, Inspector. Das ist es, was sie zu so guten Models macht.«

»Könnte einer der Künstler, mit denen sie gespielt hat, ihr Böses gewünscht haben?«

»Nach meiner Theorie – und ich bin mir sicher, es würde Sie umbringen, sie nicht zu hören – ist sie von irgendeinem Vagabunden, der unsere malerische Stadt besucht hat, gefickt und anschließend erdrosselt worden. Von einem menschlichen Raubtier, dessen satanischen Pfad sie zufällig gekreuzt hat. Wer außer einem Psychopathen könnte dem kleinen Ding die Augen aus den Höhlen gelöffelt haben?«

Diaz öffnete und schloss lautlos den Mund, völlig überrumpelt von Montalbans bildhafter Beschreibung. Derartige Details hatten nicht in den Zeitungen gestanden. Julia blinzelte entsetzt. Wie war der Maler an diese Insiderinformationen gelangt? Hatte Dr. Moza vielleicht unabsichtlich etwas verraten? Nein. Diaz war sich ziemlich sicher, dass Silva, dieser Kotzbrocken, geplaudert hatte. Als Entschädigung für die gescheiterte Erpressung von *señor* Bremmer.

»Diese Fakten sind nicht allgemein bekannt, *Profesor*«, sagte er.

Montalban sah ihn prüfend an. »Ich fürchte, da täuschen Sie sich, Inspector. Sie selbst haben soeben das Gerücht bestätigt, das schon den ganzen Abend wie ein kleiner blutsaugender Vampir in San Miguel umhergeistert.«

»Ich muss darauf bestehen, dass Sie mit niemandem sonst über dieses Detail sprechen.«

»Darauf haben Sie mein Wort.« Montalban streckte erneut seine Hand aus. Diaz schüttelte sie, obwohl er wusste, dass Montalbans Versprechen lediglich eine Formalität war. Die Katze war bereits aus dem beschissenen Sack, sozusagen.

Er stieg mit Julia zusammen schweigend die Treppe hinab. Sie suchten vergeblich sämtliche Winkel der sich allmählich leerenden Galerie nach dem dritten Künstler ab, der sich von Amanda hatte inspirieren lassen, doch Gregori Gregorowitsch war wie vom Erdboden verschluckt.

»Ich habe ihn früher am Abend gesehen«, sagte Julia. »Er muss mit Freunden verschwunden sein. Aber Sie können ihn sehr leicht finden. Er wohnt bei einer Keramikkünstlerin namens Fran Kovacs. Sie hat ein Atelier in der *Calle Terrapien.*«

»Sie waren mir eine große Hilfe. Und eine bezaubernde Begleitung.« Aus einem spontanen Impuls heraus fügte Diaz hinzu: »Vielleicht könnten wir ja irgendwann einmal etwas trinken gehen.«

Julia betrachtete ihn skeptisch.

»Finden Sie ältere Männer nicht attraktiv?«, erkundigte er sich.

»Manchmal schon.« Sie reichte ihm ihre Visitenkarte. »Ich werde mir Ihr Angebot durch den Kopf gehen lassen, Inspector. Rufen Sie mich an.«

Es entmutigte Diaz, dass die einzige Telefonnummer, die auf der Karte stand, eine der Galerie war.

Später beobachtete er Julia vom Rande der Menge aus. Sie war bei einer Frau in einem Kostüm stehengeblieben, das wahrscheinlich von Chanel stammte, und unterhielt sich mit ihr und einem Mann, der einen Nadelstreifenanzug trug. Welcher Irrsinn hatte ihn nur bewogen, sie auf einen Drink einzuladen? Sie konnte höchstens 23 Jahre alt sein. Kaum älter als die ermordete Frau. Was trieb ihn dazu, jedes attraktive Paar Melonen anzubaggern, das ihm über den Weg lief? In seinem Alter sollte er allmählich weniger impulsiv sein.

Er erwog einen Moment lang, Martina anzurufen. Trotz ihrer manchmal streitlustigen Art gab es eine gewisse Vertrautheit zwischen ihnen.

»Inspector, Sie sind ja immer noch da.«

Es war Consuela. Ein paar Schritte hinter ihr torkelte und schwankte Leo Bremmer wie ein Segelboot in stürmischer See.

»Wir sind jetzt bereit, diesen Drink zu nehmen«, sagte Consuela. »Oder zumindest gilt das für mich. Leo ist schon sturzbesoffen.« Sie schnitt eine Grimasse.

»Ich dachte, Sie wären mit einer Freundin gekommen«, wandte Diaz ein.

»Jane Ryder? Die hat sich heute Abend von einem Künstler namens Gregorowitsch aufgabeln lassen. Ich gehöre also Ihnen ganz allein, Inspector. Vom Scheitel bis zur Sohle.«

ich habe im vorgarten als warnung an sie einen schweinekopf auf einer holzstange aufgespießt. haltet euch von mir fern, soll das heißen. die gefleckte schnauze ist blutverschmiert. blaue schmeißfliegen krabbeln in die nasenlöcher hinein und über die toten augen. sie fahren ihre saugrüssel mit ruckartigen bewegungen aus und ziehen sie genauso ruckartig wieder ein, während sie sich an dem verrottenden fleisch laben.

das war mein traum.

als ein flüchtiger lichtstrahl meine augen streift und ich erwache, sind sie immer noch hier.

sie sind kein bloßer traum.

während ich in den verschwitzten laken liege, höre ich sie gleich um die ecke im flur und auf dem ziegeldach über meinem schlafzimmerfenster flüstern. ihre worte sind unverständlich. sie bewegen sich wie schatten am rande meines blickfeldes.

das metallisch helle schaben einer messerklinge, die über einen eingeölten wetzstein gezogen wird, lässt mir die nackenhaare zu berge stehen.

ich gehe ins badezimmer und würge den schrei hinunter, der aus meiner kehle hervorquellen will. der säuerliche geschmack von erbrochenem brennt mir im mund. auf dem spiegel ist eine kinderzeichnung von einer ziege mit aufgeschlitzter kehle, aus der blutfontänen spudeln. mit dem gleichen roten lippenstift haben sie unter die zeichnung das wort opfer gekritzelt.

ich hocke auf dem rand der badewanne, die auf füßen steht. mein blick ist von den abständen zwischen den hexagonalen bodenkacheln gefesselt, gänzlich auf sie fixiert. meine beine wollen nicht aufhören zu zittern. als gehörten sie nicht mir, sondern jemand anderem.

ein unschuldiges silberfischchen flitzt über die kacheln. ich zerquetsche es mit meiner ferse. dann schnappe ich mir ein handtuch und wische die botschaft auf dem spiegel fort – und den silberfischchenbrei von meiner ferse.

ich brüte den ganzen tag über ihrer botschaft. sie verlässt das haus, weil meine laune unerträglich ist.

zur abenddämmerung, als ich den grill anzünde, um das essen zuzubereiten, verbrenne ich heimlich das handtuch mit den verräterischen lippenstiftspuren. später werden wir auf eine geburtstagsparty gehen.

ein dichter nebel wallt herein und überflutet die stadt. während ich zusehe, wie die kondensierte feuchtigkeit von der kante eines blechdachs tropft, stelle ich mir ein blindes augenpaar vor, das über die flachen pflastersteine im hof geworfen wird.

in meiner vision sehe ich, wie die besitzer der stimmen aus den dunklen winkeln hervorwuseln und sich um diese leeren gaben streiten.

Kapitel 12

Jeder Barkeeper in San Miguel hatte seine eigene Version einer perfekten Margarita, eine mystische Kombination aus frisch gepresstem Limettensaft, Cointreau und genug dreifach destilliertem Tequila aus blauen Agaven, um jeden Liebhaber dieses Cocktails aus den Socken zu hauen. Der Kellner mit dem Babygesicht aus dem *El Restaurante Y Bar Locuelo* stellte zwei dieser Kreationen auf dem Glastisch zwischen Diaz und Consuela ab. Die eine *con sal*, die andere *sin*.

Diaz hielt einen halben Limettenschnitz über das Glas. Als er die Finger in das saftige Fruchtfleisch grub, fiel ein Rinnsal milchiger Tröpfchen in seine Margarita. Sein Blick blieb die ganze Zeit unbeirrbar auf Consuelas Gesicht gerichtet.

Sie waren allein. Leo Bremmer, Consuelas Liebhaber, Kollege, Geschäftspartner, Zuhälter oder was auch immer, war von ihnen auf den Rücksitz eines Taxis verfrachtet und zurück zu seinem Hotel geschickt worden. Sie hatten den Fahrer im Voraus für seine Dienste bezahlt.

Consuela erwiderte Diaz' Blick etliche ungezählte Sekunden lang. Dann trank sie die Hälfte ihres Drinks in einem Zug aus und leckte sich den Limettensaft von den Lippen.

Am anderen Ende der Bar saß ein verloren wirkender korpulenter Mann halb über den Tresen gebeugt und sah dem Barkeeper bei der Arbeit zu. Außer ihm gab es keine weiteren Gäste. Aus den Lautsprechern drang die Hintergrundmusik irgendeiner Avantgarde-Jazzcombo. Irgendwo plätscherte ein Springbrunnen.

»Ich rauche zwar eigentlich nicht, aber hätten Sie vielleicht trotzdem eine Zigarette für mich?«, fragte Consuela.

Diaz zündete zwei Zigaretten an und reichte ihr eine. Sie zog nur einmal daran und drückte sie gleich wieder im Aschenbecher aus, wo ihre Überreste wie ein schwelender Autoreifen während eines Aufruhrs vor sich hin qualmten. Als der Kellner mit dem Babygesicht erschien, um einen sauberen Aschenbecher zu bringen, schickte sie ihn mit einem Winken fort.

»Also, *señor* Chief Inspector, was wollen Sie von mir über diese furchtbare Nacht vor nicht einmal vierundzwanzig Stunden wissen?«

»Es ist nur Inspector Diaz.« Er lächelte. »Aber bitte sagen Sie Hector zu mir.«

»Da ich nicht mal meinen Priester, *mi abogado* oder *mi ginecólogo* mit ihren Vornamen anrede, bin ich mir nicht sicher, ob ich bei Ihnen damit anfangen sollte.«

»Wie Sie wollen.« Diaz hob in einer besänftigenden Geste die Hände. »Erzählen Sie mir einfach, was Sie gesehen, gehört, gerochen oder gefühlt haben, als Sie um zwei Uhr morgens durch den *jardín* gelaufen sind.«

»Leo war ziemlich betrunken, als wir das Restaurant gegen halb zwei verlassen hatten.«

»Scheint eine Gewohnheit von ihm zu sein.«

»Seien Sie nicht so gehässig. Einige Leute trinken maßlos, andere vögeln wild herum, wiederum andere spritzen sich Heroin. Wir alle haben unsere dunklen Seiten. Ich hatte ebenfalls getrunken, wenn auch nicht ganz so heftig wie Leo. An diesem Abend hat er mich ständig begrabscht wie der letzte Penner.«

»Und wer ist jetzt gehässig?«

Consuela nippte an ihrer Margarita, ließ sich die pikante

Mischung langsam über die Zunge rinnen und erforschte die verzwickten Geschmacksnuancen. Limettensaft mit der metallischen Note einer Kupfermünze, Tequila aus blauen Agaven wie ein langer Kuss.

»Es war furchtbar kalt und feucht letzte Nacht«, berichtete sie. »Ich hatte nur ein kleines trägerloses Ding und einen dünnen Schal am Leib. Ich erinnere mich noch, dass ich halb erfroren und äußerst schlecht gelaunt war. Dass ich mir gewünscht habe, wir hätten ein Taxi genommen. Direkt vor dem *jardín* sind wir an einem privaten Wachmann vorbeigekommen.«

»Woher wussten Sie, dass es ein Wachmann und kein Polizist war?«

»Weil er nicht wie ein Polizist ausgesehen hat.«

»Wie hat er denn ausgesehen?«

»Eben wie ein Wachmann.«

»Können Sie ihn beschreiben?«

»Nein, wohl nicht. Er hat mir mit seiner Taschenlampe direkt ins Gesicht geleuchtet. Dann hat Leo versucht, mich zu befummeln. Ich war total sauer und bin die Stufen zum *jardín* hochgelaufen. Ich wollte nur noch zurück in mein Hotelzimmer und mich unter einem dicken Stapel von Decken verkriechen.«

Diaz gab dem Barkeeper ein Zeichen, ihnen eine weitere Runde Margaritas zu bringen.

»Oben am Ende der Treppe hatte ich Leo schon wieder am Hals«, fuhr Consuela fort. »Ich habe ihn weggestoßen und bin in den *jardín* hineingegangen. Dann habe ich ihn etwas schreien gehört. Ich habe mich umgedreht und die Umrisse eines Mannes gesehen, der die Straße unter ihm entlanggegangen ist.«

»Unten auf der *Calle San Francisco*?«

»Wie auch immer die Straße heißt.«

»Woher wussten Sie, dass es ein Mann war?«

»Sein Körperbau. Die Art, wie er sich bewegt hat. Glauben Sie mir, es war ein Mann. Ich kenne den Unterschied zwischen Männern und Frauen.« Sie bedachte Diaz mit einem missbilligenden Blick. »Er hatte ein weißes Hemd oder eine weiße Jacke an. Deshalb konnte ich ihn trotz des Nebels so deutlich sehen.«

»Konnten Sie sein Gesicht erkennen?«

»Das soll wohl ein Witz sein! Er ist nur durch den Lichtkegel einer einzelnen Laterne auf der anderen Straßenseite gegangen. Und es hat genieselt. Glauben Sie, dass er es getan hat?«

»Wer?«

»Der Mann, von dem ich Ihnen gerade erzählt habe.«

»Ich habe nicht die leiseste Ahnung.«

»Vielleicht war es dann der Wachposten?«

Diaz zündete sich eine neue Montana an, ohne auf ihre Frage zu antworten. Der Rauch der Zigarette stieg ihm in die Augen, und er kniff sie zusammen. Ihr Gespräch führte nirgendwo hin. Plötzlich glaubte er, die Nacht wie ein schweres Gewicht auf seinem Gehirn und seinen Hoden lasten zu spüren. Er fand Consuela auf die gleiche Art attraktiv, auf die der Anblick einer überreifen Mango eine unvorstellbare Süße verspricht. Aber er wusste nicht, ob er überhaupt in der Lage war, die körperliche oder mentale Kraft aufzubringen, um herauszufinden, ob das Bild der Realität entsprach.

»Danach wird alles ein bisschen verschwommen«, erzählte Consuela weiter. »Da war die Leiche dieses Mädchens oder der jungen Frau, die da in der Dunkelheit lag. Dann der schreckliche Anblick ihrer Verstümmlung. Ich habe angefangen zu schreien und konnte einfach nicht mehr aufhören.

Da hat Leo mich geschlagen. Der Bastard! Sehen Sie! Ich habe immer noch einen blauen Fleck auf der Wange.«

Sie beugte sich vor und berührte den Rand ihrer Wangenknochen, wo noch immer ein Fleck von der Größe und Farbe einer großen Martiniolive durch ihr Make-up hindurchschimmerte.

»Das Nächste, woran ich mich erinnere, ist, dass wir in der Polizeistation waren. Weil ich endlich aus diesem eiskalten Nebel raus war. Und dann sind Sie auf einmal wie ein Halbgott aufgetaucht und haben uns aus den Klauen dieses Arschlochs namens Sergeant Silva gerettet.« Sie lächelte lüstern.

»Gut«, sagte Diaz. Er stand auf und leerte sein Glas. »Würden Sie mich bitte für einen Moment entschuldigen?«

Der Kellner mit dem Babygesicht beschrieb ihm den Weg zur Herrentoilette, die den Flur entlang in Richtung der Straße lag. Diaz schlenderte durch den Eingangsbereich und warf dabei einen Blick in den Hauptspeisesaal, wo noch immer einige Gäste saßen, die ein spätes Abendessen einnahmen.

Er machte kehrt und ging den Flur entlang. Etwa auf halber Strecke befand sich schräg gegenüber der Herrentoilette eine Schallschutztür, durch die trotzdem gedämpfte Männerstimmen und ein gelegentliches Auflachen drangen.

Gerade als er die Toilette betreten wollte, schwang die Schallschutztür auf der anderen Seite des Korridors auf, und ein untersetzter Mann in einem schwarzen Anzug trat heraus. Für einen kurzen Moment stand die Tür weit genug offen, dass Diaz neun Geschäftsmänner sehen konnte, die mit Zigarren und Gläsern in den Händen um einen länglichen Tisch herum saßen. Dann hatte der Leibwächter, um den es sich bei dem untersetzten Mann offensichtlich handelte, die Tür hinter sich zugezogen.

Seine eiskalten Augen ruhten mehrere Sekunden lang reglos auf Diaz, während er abzuschätzen versuchte, mit welcher Wahrscheinlichkeit eine Gefahr von dem schlanken Mann ausgehen könnte. Unter seiner linken Achselhöhle wölbte sich der Anzugsstoff verräterisch über dem Griff einer großkalibrigen Waffe.

Reiche Bastarde, die sich an einem Freitagabend zu einem Geschäftstreffen zusammengefunden haben, um zu beraten, wen sie als Nächsten ficken sollen, dachte Diaz. Er starrte den Leibwächter aus schmalen Augen drohend an, doch der war anscheinend zu dumm, um auch nur mit der Wimper zu zucken. Diaz drehte ihm den Rücken zu und verschwand in der Toilette.

Nach einer längeren Zeit in einer der Toilettenkabinen stand er vor dem Waschbecken und betrachtete sich im Spiegel. Was er sah, beruhigte ihn nicht gerade. Er blendete sein eigenes bleiches Spiegelbild aus und ersetzte es durch den geistigen Schnappschuss, den er von den Männern an dem Tisch hinter der Schallschutztür angefertigt hatte.

Bei sieben der neun Männer handelte es sich um ältere Geschäftsleute mit dicken Bäuchen und geröteten Gesichtern, die von Jahren exzessiver Lebensführung kündeten. Auch wenn sie eine sorgsam einstudierte Lässigkeit mit ihrem hemdsärmligen Auftreten und den gelockerten Designerkrawatten an den Tag legten, schimmerte doch das Raubtierhafte unübersehbar durch die legere Oberfläche hindurch.

Diaz identifizierte den Mann am Kopfende des Tisches als Senator Abraham Limon, einen der mächtigsten Politiker der regierenden Partei im Bundesstaat Guanajuato. Neben ihm saß ein sehr viel jüngerer Mann, Nummer acht, durch die Ähnlichkeit der Gesichtszüge leicht als Abkömmling von *señor* Limon erkennbar. Und neben Limon junior lehnte schließlich – Überraschung, Überraschung! – *numero nueve*, Brian Dillinger. Kein Wunder, dass er mit seinen geschäftlichen Unternehmungen erfolgreich gewesen war.

Einen Moment lang dachte Diaz ernsthaft darüber nach, in das Hinterzimmer zu stürmen und alle Anwesenden wegen dringenden Tatverdachts festzunehmen. Aber das wäre bloß eine sinnlose Geste gewesen. Und eine selbstmörderische dazu.

Als er endlich in die Bar zurückkehrte, fand er Consuela in einen bunten indianischen Schal gewickelt am Tresen. Sie trank ein *agua gaseosa* und plauderte vergnügt mit dem Barkeeper.

»Sie haben sich ziemlich viel Zeit in der Toilette gelassen«, stellte sie fest. »Hat Sie irgendjemand aufgehalten?« Sie lachte. »Außerdem haben Sie mir die Rechnung überlassen.«

Während Diaz darauf beharrte, seinen Teil der Rechnung zu bezahlen, wandte sie sich wieder dem Barkeeper zu. »*Buenas noches*, Pedro.«

»*Adiós, señora.* Hoffentlich darf ich Sie bald wieder hier begrüßen.«

Die Straße vor der Bar bot – wie die meisten Straßen in San Miguel – Diaz und Consuela die Wahl, entweder hügelaufwärts oder hügelabwärts zu gehen. Sie folgten ihr, Arm in Arm wie Revolutionskameraden, hügelaufwärts in Richtung von Consuelas Hotel. Ihre Schritte waren etwas unsicher, was teils an der Großzügigkeit des Barkeepers beim Mixen der Margaritas, teils an dem unebenen Straßenpflaster lag.

»Ich muss mal pinkeln«, flüsterte Consuela, als sie an einem dunklen Türeingang vorbeikamen.

Sie zog ungeniert ihr Kleid hoch, hockte sich hin und pinkelte auf die Pflastersteine. Ihr Urin spritzte über das Pflaster wie der Strahl eines Trinkbrunnens, dessen Verschlussventil klemmt. Als sie sich wieder aufrichtete, fuhr sie mit der Hand über den Reißverschluss von Diaz' Hose und bestärkte so dessen plötzliche Erektion.

»*Oh Dios!*«, keuchte sie und presste sich gegen ihn. Er legte seine Hände auf ihren nackten Hintern. Ihre Haut fühlte sich weich und kühl unter seinen Fingern an. Sie griff ihm in den Hosenschlitz und zerrte seinen Schwanz hervor. Dann schob sie sich rückwärts gegen die Wand, ein Bein gehoben und um seine Hüften gehakt. »Besorg es mir jetzt!«, flüsterte sie kehlig.

Einen Moment lang war Diaz fast willenlos, ein Gefangener seiner Triebe. Doch dann erschien vor seinem geistigen Auge der entseelte Leichnam Amanda Smallwoods auf einer Metallplatte, der kälter war als das Metall, auf dem sie lag, jemals würde sein können. Er schob Consuelas Hand zurück.

»Es war ein langer Tag«, sagte er leise.

Kapitel 13

Nachdem Consuela die Straße so schnell hinaufgestöckelt war, wie es ihre zehn Zentimeter hohen Stilettoabsätze zuließen, beschloss Diaz, nicht sofort nach Hause zu gehen. Sein Mund schmerzte, wo sie ihn geschlagen hatte. Er hatte sich an einem seiner Schneidezähne die Lippe aufgeschlitzt, und seine Hemdbrust war blutverschmiert. Vielleicht war es aber auch die scharfe Kante ihres Rings mit dem Totenkopf aus Gold und den Augen aus Diamanten gewesen, der die Schnittwunde verursacht hatte.

Kalt wie ein Eisblock, dachte er. Im Grunde seines Herzens war Diaz Romantiker. Er brauchte mehr als nur einen gefühllosen Fick.

Vor dem städtischen Friedhof mit seinen weiß getünchten Mauern stieg er aus einem Taxi. Er folgte einem gewundenen Pfad durch die engen Gräberparzellen, vorbei an kleinen schmiedeeisernen Zäunen und flachen, weißen Mausoleen. Die Schatten, die das Laub der Bäume im Mondlicht warf, tanzten im Wind.

Nach kurzer Zeit erreichte er das Grab seiner Tochter Estella, ein sargförmiges Steingewölbe, das von einem massiven Kreuz überragt wurde. Die weiß gekalkte Oberfläche schien im Sternenlicht zu pulsieren und Signale in die Tiefen des Alls auszusenden. Diaz kratzte sich am Kinn und blickte in den Nachthimmel. Die Unermesslichkeit rührte etwas tief in ihm Verborgenes, erfüllte ihn mit einer unbestimmten Furcht. Er ließ sich auf dem Rand des flachen Mausoleums nieder. Der Stein war kalt und hart. Diaz beugte sich vor und stützte die Ellbogen auf seinen Oberschenkeln ab.

»Estella. Estella.« Er sprach ihren Namen mit einem kaum hörbaren Flüstern aus. Doch er wusste nicht, was er als Nächstes sagen oder auch nur denken sollte.

»Wage es ja nicht, deine Schuldgefühle Estella aufzubürden, Arschloch.«

Diese Stimme! Sie hallte in seinem Schädel nach wie eine metallische Fledermaus, die in einer schweren schmiedeeisernen Glocke herumflatterte.

Seine Augen zuckten nach links und dann nach rechts, aber er konnte niemanden in den tiefen Schatten des Friedhofs entdecken. Wo, zum Teufel, steckte Reyna, seine Ex? Kniete sie vielleicht hinter einem der Gräber? Wenn er den Gerüchten Glauben schenken durfte, lag sie in letzter Zeit ziemlich häufig auf den Knien. Und ging nicht mehr zur Heiligen Kommunion.

Er erhob sich. »Niemand hat dich gebeten, dich einzumischen. Das hier betrifft nur Estella und mich.«

»Sie hat es nicht nötig, noch mehr Zeit mit dir zu verbringen. Hättest du sie nicht an diesem Silvesterabend mit in den *jardín* genommen …«

»Hör auf damit!«

»Ich soll aufhören, nachdem du mein Leben zerstört hast?«

So melodramatisch. Reyna war unter ständiger Berieselung von *Univision telenovelas* aufgewachsen.

In der Dunkelheit konnte Diaz nicht ausmachen, woher ihre Stimme kam. Manchmal schien ihr Ursprung direkt in seinem Kopf zu sein.

Aber das war ein alter Trick von ihr.

»Komm raus aus deinem Versteck, Reyna«, sagte er. »Steh auf, damit ich dir eine scheuern kann.«

»Wie immer eine niedrige Schwelle zur Gewalttätigkeit.

Das ist es, was deine Arbeit dir antut, Hector. Je mehr Gewalt du auf den Straßen und in den Gefängnissen erlebst, desto gefühlskälter wirst du. Und dann beginnst du, die Gewalt zu genießen. Es bereitet dir Freude, irgendeinem Kerl in die Eier zu treten, nur weil er einem *gringo* Gras verkauft hat, um mit dem Geld seine Miete bezahlen zu können. Oder irgendjemanden mit dem Kopf gegen eine Wand zu rammen, bis sich sein Gehirn in Guavebrei verwandelt, nur weil er dich während eines Verkehrsstaus falsch angesehen hat. So als wärst du einem schwulen S&M-Club beigetreten. Wie in diesem Film mit Al Pacino. Wie hieß der noch mal? *Cruising*. Obwohl rein gar nichts an dir an Al Pacino erinnert. Nicht einmal annähernd.«

»Und schwul bin ich auch nicht«, erwiderte er.

Eine typisch feministische Verunglimpfung. Er konnte nur hoffen, dass sie nicht bewaffnet war und gleich anfing, blindlings in seine Richtung zu feuern. Seine Augen suchten immer noch die tiefsten Schatten ab.

»Okay«, sagte er. »Ich bin nicht perfekt. Aber das bist du auch nicht.« Er verschränkte die Arme vor der Brust. »Zeig dich, Reyna.«

»Ich bin in dir.«

»Das ist wirklich lustig. Wie so eine Art dämonische Besessenheit?«

»Nein, Arschloch. Wie eine perverse Phantasie, die sich Dr. Sigmund Freud zusammengesponnen hat.«

»Ich kann nicht mit dir sprechen, Reyna.«

»Das war schon immer dein Problem.«

»Genau wie deine Sauferei.«

Vor seinem geistigen Auge erschien plötzlich die Bühne eines Kasperletheaters. Zwei Marionetten, die eine unverkennbar eine Kopie von Hector Diaz, die andere eine überzeichnete Reyna, droschen erbarmungslos aufeinander ein.

Das ist verrückt, überlegte Diaz. *Reyna lebt jetzt in Cuernavaca.* Das war mehr als vierhundert Kilometer von San Miguel entfernt. Sie konnte unmöglich um ein Uhr nach Mitternacht auf dem Stadtfriedhof herumschleichen. *Diese Unterhaltung findet nur in meinem verdrehten Hirn statt. Was bedeutet, dass es sich langsam endgültig in einen Haufen Scheiße verwandelt.*

Vielleicht aber war es auch nur eine hartnäckige Nebenwirkung der Infektion in seinen Gedärmen und die von seinem Schlafmangel herrührende Erschöpfung. Nachdem er seinen psychotischen Schub als solchen akzeptiert hatte, konnte er den Spuk auch wieder verschwinden lassen.

»Okay«, sagte er ruhig mit lauter Stimme. »Verschwinde, Reyna. Ich muss mit Estella sprechen.«

Die Bühne des Kasperletheaters zerstob in einer Wolke aus Rauch, explodierenden Sternen und Ausrufezeichen.

Diaz' Stirn war schweißbedeckt, seine Unterarme klatschnass. Er zündete sich eine Zigarette an und paffte fahrig.

»Estella, Liebling. Würdest du noch leben, wärst du heute ungefähr neunzehn Jahre alt. Fast das Alter der jungen Frau, die letzte Nacht umgebracht und im *jardín* abgelegt worden ist. Es war unmöglich, den Ausgangspunkt der verirrten Kugel zu finden, die an diesem Silvesterabend dein Herz durchschlagen hat. Aber dieser Mord ist anders. Er ist nicht zufällig geschehen, sondern mit brutaler Absicht und Präzision durchgeführt worden. Ich werde den Bastard erwischen, der es getan hat. Das schwöre ich.«

»Tu, was du für richtig hältst«, erwiderte Estella.

Mit einem Gefühl, als wäre es ihm gelungen, seine Mistkugel auf die Spitze des Berges hinaufzurollen, richtete sich

Diaz auf, klopfte sich die Knie ab und wischte sich kleine Plättchen der weißen Kalkfarbe, die sich von der Grabplatte gelöst hatten, von seinem Hosenboden. Jetzt würde er wirklich nach Hause fahren und ins Bett gehen können.

Er hatte das Gefühl, dass es schon bald einen Durchbruch im Fall Amanda Smallwood geben würde. Er musste einfach nur weiter am Ball bleiben.

Aus dem Gedächtnis heraus folgte er dem verschlungenen Weg durch die Gräber, den er auf dem Hinweg eingeschlagen hatte. Nur ein einziges Mal landete er in einer Sackgasse und musste ein Stück zurückgehen.

Als er mit schnellen Schritten den bogenförmigen Eingang des Friedhofs durchquerte, stieß er beinahe mit einem langsam dahinschlurfenden nächtlichen Besucher zusammen, der einen schmuddeligen Schaffellumhang und eine schwarze oder dunkelblaue weit geschnittene Hose aus Kunstseide trug. Seine Füße steckten in handgemachten, aus alten LKW-Reifen geschnittenen *huaraches*.

Eine einzelne schwache Straßenlaterne spendete spärliches Licht. »*Hola*«, grüßte der Fremde und hob überrascht die Hände. Er blieb so abrupt stehen, dass er den schmalen Pfad blockierte, der vom Friedhofstor zur Straße führte.

Diaz entschied sich für die barsche Variante. »Geh mir aus dem Weg, du Müllsack!«

»Einen Moment, *amigo*«, sagte der Fremde. »Kenne ich dich nicht?« Er wich ein paar Schritte zurück und zog gleichzeitig eine großkalibrige Waffe unter seinem Schaffellumhang hervor. Diaz erkannte einen uralten Colt Kaliber .45, der besser in ein Museum als in die Hand eines Mörders und Banditen der Gegenwart gepasst hätte. In den Augen des *pistoleros* flackerte plötzliches Wiedererkennen wie die Flamme eines Streichholzes auf.

»Na, wenn das mal nicht der Bulle Hector Diaz ist. Sie sind aber noch spät unterwegs, *señor* Diaz.« Der Landstreicher fuchtelte ausgiebig mit dem Revolver herum, als sei er einem Spaghettiwestern entsprungen. »Erkennst du mich denn nicht wieder, Hector? Mir hat sich dein Gesicht jedenfalls unauslöschlich ins Gedächtnis eingebrannt. Wegen dir habe ich meine Jugend und meinen Verstand verloren.« Seine Augen glühten, als loderten in ihnen die Flammen der ewigen Verdammnis. Zumindest kam es Diaz so vor.

Das geht nicht gut, dachte er. Er überlegte, ob er einfach blitzschnell zwischen den Gräbern des Friedhofs untertauchen sollte, als sich hinter dem bewaffneten Fremden übergangslos zwei Gestalten aus der Dunkelheit schälten.

Diaz musterte die drei. Das Gesicht des Mannes mit der Waffe sah aus, als wäre jemand darauf herumgetrampelt: der Mund wie bröckeliger Teig, die Augen wie zwei ausgefranste Löcher, die Nase gebrochen, schief und platt. Langes verfilztes Haar. Ein schütterer Kinnbart. Ein primitives Gefängnistattoo, das eine um einen Dolch gewickelte Viper zeigte, auf einer Seite des Halses.

Wer war nur dieser Kotzbrocken, der seinen Namen kannte? Diaz' Gedanken überschlugen sich. Plötzlich kam ihm die Erleuchtung. Emile! Emile Zato, ein sadistischer Psychopath, den er vor sieben Jahren wegen Vergewaltigung, bewaffneten Raubs und schwerer Körperverletzung hinter Gitter gebracht hatte. Emile und sein älterer Bruder hatten ein amerikanisches Ehepaar in ihre Gewalt gebracht, den Mann wegen lumpiger dreißig Dollar fast totgeschlagen und die Frau dazu gezwungen, es ihnen mit dem Mund zu besorgen. Der Mann hatte bleibende Hirnschäden erlitten, die Frau war unheilbar traumatisiert worden. Diaz hatte Emiles Bruder mit einer Kugel zwischen die Augen direkt in die Hölle geschickt. Zu spät erkannte er, dass er das Gleiche mit dem Jüngeren hätte tun sollen.

Die anderen beiden Herumtreiber waren reine Nullen. Keiner von beiden wies irgendwelche individuellen Merkmale auf. Sie waren absolut austauschbar. Nichts weiter als zwei verlorene Seelen in Lumpen, die der Nachtwind vor sich hertrieb, auf der Suche nach Ärger oder dem Tod. Was auch immer das Schicksal für sie bereithielt.

Bei Tageslicht wären sie lediglich zwei Vagabunden gewesen, die sich vor ihren eigenen Schatten fürchteten, doch zu dieser nächtlichen Stunde waren selbst sie gefährlich. Aber Diaz wusste genau, dass Zato der ausschlaggebende Faktor war. Derjenige, der über Leben und Tod entschied.

Zato entblößte eine Reihe verrottender Zähne zu einem hämischen Grinsen. »Ja, mein Lieber. Ich würde sagen, es ist längst Schlafenszeit für dich.«

Genau in diesem Moment rannte eine fette Ratte in Augenhöhe über die Friedhofsmauer. Sie verharrte direkt vor Diaz und dem bewaffneten Psychopathen, reckte die Schnauze in die Höhe und wackelte mit ihren Schnurrhaaren wie ein Vaudeville-Darsteller mit seinem obligatorischen Schnauzbart. Ihre gebleckten Zähne schimmerten bösartig, ihr nackter Schwanz ragte wie die erhobene Peitsche eines Dompteurs in die Luft.

Ich muss mich mit dem Mezcal zurückhalten, fuhr es Diaz durch den Kopf.

Zatos Reaktion auf das Erscheinen der Ratte traf ihn völlig unerwartet. Der Psychopath stieß einen schrillen Schrei aus, als hätte er den Leibhaftigen erblickt, und fiel auf die Knie.

Diaz nutzte Zatos Aussetzer und sprang zurück durch das Friedhofstor, die Finger um den Griff der Glock in seinem linken Schulterholster geschlossen.

Emile Zato schüttelte seine Lähmung schnell wieder ab und begann, wild um sich zu schießen.

Die Ratte explodierte in einer Wolke aus Blut und Fell. Zwei weitere Kugeln jagten in die Dunkelheit, die Diaz verschluckt hatte.

Diaz huschte hinter einen makellos weißen Grabstein und warf sich flach zu Boden. In seiner Hast schlug er mit dem Handrücken gegen die Kante des Grabsteins, öffnete unwillkürlich die Finger, und die Glock segelte in die Nacht.

Wo war sie gelandet? Diaz robbte auf dem Bauch hinter der Deckung aus Ziegelsteinen und Stuck über den Boden und tastete hektisch nach seiner verschwundenen Waffe, konnte sie aber nirgendwo finden.

Während kostbare Sekunden verrannen, atmete er ein paar Mal tief durch und versuchte, seine Chancen einzuschätzen. Hatte Zato Reservemunition für seinen alten Colt dabei? Wenn nicht, blieben ihm höchstens noch drei Kugeln. Doch das war mehr als genug, um ihn zwei Meter tief unter die Erde zu befördern.

Mir läuft die Zeit davon, dachte er. Vermutlich kreisten ihn die drei Banditen ein, während er sich seine nächsten Schritte zurechtlegte. Er würde es riskieren müssen wegzurennen. Einfach zu rennen, als wäre ihm der Teufel auf den Fersen.

Ohne weiter nachzudenken, sprang er auf und sprintete im Zickzack durch das Labyrinth aus Grabstätten. Kies spritzte unter seinen Füßen.

»Schnappt ihn!«, heulte Zato.

Diaz hörte das Trommeln von Füßen in der Dunkelheit hinter sich. Plötzlich ertönte ein gellender Schrei, begleitet von einem dumpfen Klatschen, mit dem zwei Körper heftig zusammenprallten. Im gleichen Moment sah er das schwache Schimmern des Sternenlichts auf seiner Glock, die halb im Schatten auf dem Weg vor ihm lag. Er rannte darauf zu.

»Umzingelt von Idioten!«, schrie Zato wie in einer schlechten Imitation von König Lear.

Das Jaulen einer Polizeisirene durchschnitt die Nacht. Irgendjemand in der Nachbarschaft hatte wegen der Schüsse offenbar die Notrufnummer gewählt.

Aufgeschreckt durch die Polizeisirene, kletterte Zato hastig über eine Mauer aus zerbröselnden Adobeziegeln und hetzte einen schmalen, mit Müll übersäten Pfad entlang, der sich zwischen hohen Grundstücksmauern hindurchwand.

Diaz, jetzt wieder im Besitz seiner Waffe, machte sich auf die Suche nach den beiden anderen Angreifern. Den einen fand er tot vor, aufgespießt von einem verrosteten schmiedeeisernen Zaunpfosten. Der andere wälzte sich vor Schmerzen stöhnend auf dem Boden herum. Anscheinend hatte er sich beim Zusammenprall mit seinem Kumpel die Nase gebrochen.

Während hinter der Friedhofsmauer das rote Warnlicht des Streifenwagens wie das einer Signalboje rhythmisch aufblitzte, trat Diaz den wimmernden Strolch bewusstlos.

Als die beiden Beamten der *Policía Preventiva* mit gezogenen Waffen auf dem schmalen Weg erschienen, der zum Eingang des Friedhofs führte, fanden sie Diaz rauchend an die stuckverzierte Mauer gelehnt vor. Zu seinen Füßen lag der bewusstlose Gauner, aus dessen Mund und Nase Blut tropfte.

»Da drinnen ist noch ein anderer«, sagte Diaz mit einem Nicken in Richtung des Eingangs. »Hat sich selbst auf einem Zaunpfosten aufgespießt. Macht einen ziemlich toten Eindruck auf mich.«

»Alles mit Ihnen in Ordnung, *Inspector*?«, erkundigte sich der ältere der beiden Polizisten. Sein geschulter Blick registrierte Diaz' blutverschmiertes Hemd und die Risse in Kniehöhe der beiden Hosenbeine.

»Nur ein paar Kotzbrocken, die mich für ein leichtes Opfer gehalten haben«, erwiderte Diaz achselzuckend. »Pech für sie. Der Dritte ist hier über die Mauer geklettert und den Hügel runtergelaufen. Ist mittlerweile längst verschwunden.«

»Würden Sie ihn wiedererkennen, *Inspector*?«

»*Absolutamente*«, versicherte Diaz. »Schon allein an seinem Gestank.«

Bisher war San Miguel immer ein friedlicher ruhiger Rückzugsort gewesen. Doch plötzlich erschienen Verbrecher und Gauner auf der Bildfläche wie gefräßige Termiten, die sich den Weg aus ihren Verstecken im Holz frei genagt hatten. Wohin sollte das alles noch führen?

Diaz fühlte eine ungewohnte Last auf seinen Schultern ruhen. Es wurde höchste Zeit, nach Hause zu gehen und zu schlafen.

Kapitel 14

Von einem heftigen Schlag mit der Hand getroffen, segelte der Wecker quer durch das Zimmer, prallte mit dem trockenen Knacken von zersplitterndem Plastik gegen die Wand und fiel zu Boden. Doch trotz der brutalen Behandlung summte er beharrlich weiter wie ein liebestolles Insekt während der Paarungszeit.

Diaz stöhnte, als brächte der neue Tag seine Seele zum Schwingen, zerrte ihn aus einem tiefen finsteren Abgrund zurück ans Licht. Er blieb in einem Kokon aus Decken und Laken liegen, zu benommen, um die Quelle des nervtötenden Geräuschs zu finden und sein Zerstörungswerk zu beenden. Als ihm schließlich klar wurde, dass der japanische Wecker nicht freiwillig Harakiri begehen würde, schob er den Oberkörper über die Bettkante. Seine Hände tasteten wie zwei Mungos auf Beutejagd über die kühlen Bodenfliesen, bis sie die mechanische Lärmquelle gefunden und zum Schweigen gebracht hatten.

Danach lag er noch lange reglos in seinem zerwühlten Bett und rief sich den Traum, aus dem er gerade erst erwacht war, ins Gedächtnis zurück. Als ordnete er ein Kartenspiel, reihten sich die chaotischen Bilder in seinem Kopf wieder in der richtigen Reihenfolge aneinander.

Er kauerte im Schutz eines Säulenganges und starrte auf eine azurblaue Wasserfläche hinaus. Eine heftige Windbö peitschte ihm Sand und trockenes Laub ins Gesicht. Ein Schwarm Möwen, eine jede mit den Augen Amanda Smallwoods, die er nie gesehen hatte, landete neben dem Pool. In einem Anfall von Panik sprangen sie nacheinander ins Wasser und wurden in die Tiefe hinabgesogen. Irgendeine rätselhafte Macht hinderte Diaz daran, ihnen zu helfen. Der Wind wirbelte die schimmernde Wasseroberfläche zu Lichtbögen und metallischer Finsternis auf. Regenwolken jagten über einen blauen Himmel und verwandelten die Farbe des Swimmingpools von Azur in Schwarz und weiter in Aquamarin. In seinen Tiefen bewegte sich der dunkle Umriss eines Schwimmers. Die Gestalt tauchte auf, durchbrach die Wasseroberfläche nahe am Beckenrand, wo Diaz kauerte, und nahm die weichen Konturen eines nackten Frauenkörpers an. Sie schüttelte den Kopf, schleuderte ihr nasses Haar hin und her. Ihr Gesicht war Diaz unbekannt. Bis auf ein schreckliches Detail, denn sie hatte keine Augen. Nur bodenlose schwarze Augenhöhlen, aus denen Rinnsale aus Blut flossen, die das silberblaue Wasser rot färbten.

Diaz blinzelte. Einmal, zweimal, zehnmal. Die Traumbilder stoben in alle Richtungen auseinander. Er fuhr sich mit der Hand zwischen die Beine. Seine Genitalien hatten sich zusammengezogen und waren zu einer festen ledrigen Kugel geschrumpft.

Er warf die Bettdecke beiseite, stolperte ins Badezimmer und spritzte sich so lange kaltes Wasser ins Gesicht, bis er keuchend nach Luft schnappte. Sein Mund schmerzte. Als er über die wunde Stelle tastete, erinnerte er sich an den kräftigen Schlag, den Consuela ihm verpasst hatte, bevor sie in der Nacht verschwunden war. *Und wieder ein gescheiterter menschlicher Kontaktversuch*, dachte er. Ein weiteres Debakel im ewigen Kampf der Geschlechter.

Das kalte Wasser in seinem Gesicht riss ihn in die Realität zurück. Das war eine Rückkehr, die Amanda Smallwood für alle Zeiten verwehrt bleiben würde. In einem plötzlichen Wutanfall verspürte er das dringende Bedürfnis, das kleine

Fenster neben dem Waschbecken mit der Faust einzuschlagen. Stattdessen putzte er sich wie wild die Zähne, spülte sich den Mund aus, gurgelte und zündete sich die erste Zigarette des Tages an. Draußen vor dem Fenster schwenkten die Palmen ihre Blätter im leichten Wind. Das Sonnenlicht ließ die Glassplitter im Beton der Mauerkrone funkeln, die den Garten von der Straße trennte.

Als Diaz das Wohnzimmer der Wohnung betrat, fand er seinen Vater zusammengerollt schlafend auf der Ledercouch. Eine der Wolldecken war auf den Boden gefallen.

Seit dem Tod seiner Frau lebte Alonzo Diaz offiziell bei Hectors älterem Bruder Valerio. Doch das Verhältnis zwischen dem Vater und seinem älteren Sohn konnte bestenfalls als angespannt bezeichnet werden. Hector hatte Alonzo einen Zweitschlüssel für seine Wohnung gegeben, und sein Vater übernachtete regelmäßig auf seiner Couch.

Der langgestreckte Raum war nur spärlich möbliert. Ein schwarzes Ledersofa, ein antiker Tisch, sechs blau und golden lackierte Stühle mit geraden Rückenlehnen. Weiß getünchte Wände, von denen an einer ein bunter indianischer Wandteppich hing, während ein antikes Kruzifix aus Kupfer und bemaltem Blech eine der anderen zierte. Die hohe Decke wurde von alten Holzbalken getragen.

In einem schlichten Wandschrank mit Glastüren standen mehrere uralte Tonfiguren, Chimären aus unterschiedlichen Kulturkreisen, teils Mensch, teils Tier, teils Gottheit. Dazu eine Zeremonienmaske mit türkisfarbenen und roten Muscheln verziert, die wie ein bösartiger Faschingsdämon aussah. Reliquien, die Hector und sein Großvater väterlicherseits vor Jahren während ihrer Campingausflüge in die Sierras aus geheimen, nur dem älteren Diaz bekannten aztekischen Gräbern entwendet hatten.

Mehrere neben der Couch übereinandergestapelte Bücher waren umgefallen und lagen verstreut auf dem gefliesten Boden. In der Kochnische klapperte Diaz laut mit Töpfen und öffnete und schloss ein paar Mal den Kühlschrank. Schließlich erwachte sein Vater, setzte sich auf und massierte seine Beine, um den eingeschlafenen Blutkreislauf anzuregen. Sie hatten sich vor langer Zeit darauf geeinigt, nicht über Alonzos Verhältnis zu Valerio oder über die genauen Umstände zu sprechen, die ihn von Zeit zu Zeit in der Wohnung seines jüngeren Sohns Zuflucht suchen ließen.

»Wann bist du gekommen?«, fragte Diaz.

»Spät«, erwiderte sein Vater.

»Ich muss heute arbeiten. Du kannst nachher ins Schlafzimmer gehen.«

Diaz senior winkte gähnend ab.

»Möchtest du einen Kaffee?«

»Wenn noch genug da ist.«

»Das ist nicht die große Weltwirtschaftskrise.« Diaz stellte die italienische Espressokanne auf den Gasherd. Dann nahm er ein scharfes Messer aus einer Schublade und schälte eine halbe Papaya. Er schnitt sie in Scheiben, legte sie auf einen Teller und beträufelte sie mit Limettensaft.

»Wie ich sehe, schläfst du immer noch allein«, stellte sein Vater fest.

Diaz zuckte die Achseln und zündete sich eine weitere Zigarette an.

»Du brauchst eine Frau«, sagte sein Vater. »Oder zumindest eine Freundin, die bei dir wohnt. Dann würdest du weniger arbeiten und länger leben. Außerdem solltest du nicht so viel rauchen.«

»Du hörst nie auf meine Ratschläge, Papa. Also hast du auch kein Recht, mir welche zu geben.«

»Ein Vater gibt seinen Kindern ständig Ratschläge, ob sie die nun hören wollen oder nicht.«

Das Kaffeekännchen begann, Dampffontänen auszustoßen, als würde es jeden Moment explodieren. Diaz drehte das Gas ab, goss den Espresso in zwei kleine Tassen und stellte eine davon zu dem Teller mit den Papayascheiben auf den Tisch. »Trink deinen Kaffee«, sagte er leicht gereizt. »Und keine weiteren Ratschläge, ich habe so schon genug Sorgen. Ich muss mich jetzt anziehen und zur Arbeit gehen.« Er kehrte ins Schlafzimmer zurück, wobei er aus seiner eigenen winzigen Tasse trank.

Als er gerade dabei war, ein frisches gestärktes Hemd zuzuknöpfen, drang die Stimme seines Vaters zu ihm herüber. »Der Mord an dem amerikanischen Mädchen scheint dir ziemlich nahezugehen.«

Du weißt nicht einmal die Hälfte von dem, was in mir vorgeht, dachte Diaz. Er blieb in der Schlafzimmertür stehen und band sich eine golden und türkisfarben gemusterte Krawatte.

Sein Vater blickte vom Tisch auf und musterte ihn, eine Gabel mit Papaya auf halbem Weg zu seinem Mund. »Stimmt es, dass der Mörder ihr die Augen ausgestochen hat?«, wollte er wissen.

»Solche Informationen gehen nur die Polizei etwas an«, fauchte Diaz. »Das ist kein Stoff für den Tratsch mit deinen Kumpels.«

Nachdem er sich fertig angekleidet und den Schmutz des letzten Tages von seinen Schuhen gebürstet hatte, kehrte er ins Wohnzimmer zurück. Sein Vater lag wieder lang ausgestreckt auf der Couch, eins der Bücher aus dem umgekippten Stapel in den Händen. Er schwenkte es. »*Die geheime Geschichte der byzantinischen Kaiser*. Was ist denn das für ein Buch?«

»Darin geht es um das Ende des Römischen Kaiserreichs. Und manchmal kommt es mir fast so vor, als würde der Autor über unsere Zivilisation schreiben. Sofern man dieses Chaos überhaupt eine Zivilisation nennen kann.«

»Solltest du dir nicht lieber die Zeit damit vertreiben, *novelas de policía* zu lesen?«

»Das funktioniert nicht so herum. Meine Arbeit ist nun mal kein Roman.«

An der Wohnungstür blieb Diaz noch einmal kurz stehen und warf einen letzten Blick zurück auf seinen Vater, der bereits jetzt schon völlig in das Buch versunken war, das er gerade noch so geringschätzig betrachtet hatte. Das Alter hatte ihn zermürbt und zerstreut werden lassen.

»Vergiss nicht abzuschließen, wenn du gehst.«

Im *Judiciales*-Revier herrschten Stille und Anspannung, als Diaz eintraf. Vier Außendienstmitarbeiter, alle mit kurzgeschorenem Haar, und Felicia vom Innendienst mit ihrem Pferdeschwanz waren anwesend. Niemand hob den Kopf, um seine Ankunft zur Kenntnis zu nehmen.

Es konnten unmöglich alle verkatert sein. Irgendwas war offensichtlich faul im Staate Norwegen. Oder musste es Dänemark heißen?

»Was ist denn los mit euch?«, erkundigte er sich. »Erzählt mir bitte nicht, dass der Papst *in flagrante delicto* ertappt worden ist.«

»Ah, Hector, da bist du ja endlich.«

Die Stimme, die aus Diaz' offenem Büro kam, war unverkennbar die von *Don* Cedillo, der Bürgermeisterratte. Ihr klebriger, irgendwie sirupartiger Klang hatte die gleiche Wirkung auf Diaz wie Blut im Meerwasser auf einen vorbeischwimmenden Hai. Er durchquerte den Raum mit schnellen Schritten und betrat sein Büro, aufgeladen mit Adrenalin, bereit zum Angriff. Cedillo hatte seine bevorzugte Machtposition eingenommen: im Bürosessel hinter dem Schreibtisch zurückgelehnt, die Füße in den Schuhen aus Alligatorleder auf der Schreibtischkante. Ihre Augen begegneten einander mit eingespielter Feindseligkeit.

»Ich wäre dir dankbar, wenn du meinen Tisch räumen würdest«, sagte Diaz.

Don Cedillo ließ den Sessel zurück in die Waagerechte kippen und umrundete mit gelassenen Schritten den Schreibtisch. »Es war der bequemste Platz im Revier. Und da du ihn nicht gebraucht hast …«

Diaz umrundete den Tisch in der entgegengesetzten Richtung und setzte sich. Der Bürgermeister ignorierte die drei unbequem aussehenden Stühle auf der Besucherseite des Büros und blieb vor dem Schreibtisch stehen, die Hände hinter dem Rücken verschränkt.

»Welchem Umstand verdanke ich den erhabenen Besuch?«, fragte Diaz.

»Ich bin nicht vorbeigekommen, weil mir der Sinn nach belangloser Plauderei steht, Hector. Ich muss noch zu einem wichtigen Mittagessen der Rotarier nach Guanajuato fahren. Um zwei spiele ich mit dem Gouverneur Golf. Es dürfte ihn sehr interessieren zu erfahren, ob der Mörder der Amerikanerin schon hinter Gittern sitzt.«

»Ein wichtiges Mittagessen? Ich war schon immer der Meinung, dass das Mittagessen eine wichtige Mahlzeit ist. Der Höhepunkt eines jeden Arbeitstages.«

»Das Mittagessen ist hier nicht das Thema«, fauchte Cedillo. »Den Killer der *norteamericana* zu fassen ist dagegen *muy importante*. Ich muss alles wissen, was du unternimmst, um diesen tollwütigen Hund aus dem Verkehr zu ziehen.«

»Bisher habe ich noch keinen Verdächtigen, wenn es das ist, was du wissen willst. Und wozu überhaupt diese Eile? *Señorita* Smallwood wird nirgendwo hingehen. Wir sollten von den Toten ein wenig Geduld lernen.« Diaz zündete sich eine Zigarette an und blies Rauchringe in Richtung des geöffneten Oberlichts.

Der Bürgermeister verzog angewidert das Gesicht. »Wie ich erfahren habe, hast du dich gestern Abend in der Stadt rumgetrieben.«

»In der Stadt gearbeitet, wolltest du wohl sagen. Ich habe mir dabei einen tadellosen Anzug gründlich versaut. Wir tun alles, was möglich ist, um diesen …« Diaz musterte den Bürgermeister, als benötigte er Hilfe. »Wie hast dich noch mal so treffend ausgedrückt? Um diesen tollwütigen Hund zu fassen.«

»Ich brauche ein paar Einzelheiten.«

»Ich bin mir sicher, dass du dir mit deiner blühenden Phantasie schon irgendeinen unterhaltsamen Unfug für den Gouverneur zusammenspinnen wirst. Meine Dienststelle führt polizeiliche Ermittlungen durch und keine politische Imagekampagne.«

»Dieser Mordfall hat politische Auswirkungen.«

»Ist das nicht der Grund, warum du säckeweise *pesos* verdienst? Weil es deine Aufgabe ist, dich um die politischen Auswirkungen zu kümmern?«

»Du stellst mich nicht zufrieden, Hector.«

»Wann habe ich dich denn jemals zufriedengestellt? Vielleicht sollte ich unsere neue Kollegin Felicia bitten, dir gratis einen zu blasen. Auch wenn das nicht unbedingt in ihrer Stellenbeschreibung steht. Würde dich das vielleicht befriedigen?«

Don Cedillos Wangen wurden so rot wie die Nase eines

Clowns. In seinem Mundwinkel zuckte ein Muskel. Stand er vielleicht kurz davor, von einem tödlichen Aneurysma dahingerafft zu werden? War das möglicherweise das Ende einer lebenslangen Fehde? In Diaz' Kopf rangen Hoffnung und Bedauern um die Vorherrschaft.

Allmählich nahm Cedillos Gesicht wieder den üblichen erdbraunen Farbton an. Der Muskel in seinem Mundwinkel hörte auf zu zucken. Doch der Hass in seinen Augen loderte weiter wie ein Steppenbrand. »Du gehst wie immer einen Schritt zu weit, Diaz«, sagte er leise. »Eines Tages wirst du das noch bereuen.«

Er wirbelte herum und stürmte wie ein gereizter Stier aus dem Büro.

»Ich habe doch nur Spaß gemacht!«, rief ihm Diaz hinterher und setzte damit ein letztes öffentliches Ausrufezeichen hinter seinen Sieg.

Kapitel 15

Nachdem er Armando und Felicia zum Flughafen von Guanajuato geschickt hatte, um Bass Smallwood abzufangen – er fand, dass sich etwas weibliches Einfühlungsvermögen unter Umständen als hilfreich erweisen mochte –, rief Diaz Dr. Moza in dessen Klinik an.

»Was gibt's?«, meldete sich nach dem fünften Klingelton eine Stimme, die so rau und kratzig wie die eines Verdurstenden klang.

»Diaz hier. Sie klingen furchtbar.«

»Rufen Sie an, um einen philosophischen Standpunkt zum Ausdruck zu bringen, oder wollen Sie einfach nur meine Zeit vergeuden?«

»Sie haben sich gestern nicht mehr wegen der toten Amerikanerin bei mir gemeldet.«

Am anderen Ende der Leitung ertönte ein dumpfes Klatschen, als Dr. Moza mit der flachen Hand auf irgendetwas Festes schlug, vermutlich gegen seine Stirn. »Mein Gott, was habe ich mir dabei wohl gedacht? Da habe ich doch glatt fünf vergnügliche Stunden damit zugebracht, mich um die Opfer eines Frontalzusammenstoßes auf der Straße nach Queretaro zu kümmern, obwohl ich stattdessen mit Ihnen um Mitternacht über die verwesende Leiche einer Nutte hätte plaudern sollen.«

Diaz stellte sich vor, wie Nicholas vor seinem Schreibtisch hockte, die Augen fest geschlossen, die Stirn in eine Hand gestützt, als litte er unter heftigen Kopfschmerzen, das weiße Hemd zerknittert wie die faltige Haut eines Nashorns, die Manschetten blutverschmiert.

»Was, zum Teufel, tun Sie dann noch im Büro?«, murmelte er beschwichtigend. »Gehen Sie nach Hause und gönnen Sie sich ein bisschen Schlaf.«

»Wie Sie offenbar praktischerweise gelegentlich vergessen, Hector, halte ich jeden Samstagvormittag in der Klinik eine Sprechstunde ab. Die übrigens gerade beginnt. Ich kann jetzt schon die Schwachen und Geknechteten drüben im Wartezimmer wimmern, husten und sterben hören.«

»Nichts liegt mir ferner, als Sie von Ihrer gemeinnützigen Arbeit abzuhalten. Sagen Sie mir nur, ob die Autopsie irgendetwas ergeben hat.«

»Soweit ich weiß, nichts.«

Diaz seufzte. »Was hat das zu bedeuten?«

»Es bedeutet, dass der Rechtsmediziner in der glorreichen Hauptstadt unseres Bundesstaats noch nicht die Zeit gefunden hat, die Leiche aufzuschneiden.«

»Wie ist das möglich?«, stieß Diaz verärgert hervor.

»Ich habe mit Dr. Gupta gesprochen, dem Chefpathologen. Wie alle anderen überall auch, sind seine Leute überarbeitet und unterbezahlt. Für ihn hat gerade die Leiche eines Busfahrers Priorität, eines von acht Opfern, die ums Leben gekommen sind, als der Bus eine Kurve nicht richtig erwischt und versucht hat, ohne Flügel zu fliegen. Alle wollen wissen, ob der Busfahrer high von Amphetaminen war oder Mezcal getrunken hat. Danach stehen zwei Leute auf der Liste, die mehrere Stunden, nachdem sie im Privatzimmer eines sehr teuren *bordellos* in Guanajuato gegessen haben, unter furchtbaren Schmerzen gestorben sind. Einer der beiden war ein sechzehnjähriger Gangster, der andere ein Priester mit sodomistischen Neigungen. Niemand setzt einen *peso* auf eine Fleischvergiftung als Todesursache. Aber Dr. Gupta hat versprochen, dass er persönlich bei der Obduktion von Amanda Smallwood anwesend sein wird.«

»Wann, glaubt Dr. Gupta, kann er sich um unseren so unbedeutenden Fall kümmern?«

»Ihr unbedeutender Fall, *mi amigo*, nicht unserer. Vielleicht heute, falls er eine Nachmittagsschicht einlegt. Obwohl er irgendwas von wegen einer Partie Golf mit dem Gouverneur erwähnt hat. Ich würde auf Montag tippen, sofern zwischendurch nichts Wichtigeres reinkommt.«

»Kein Wunder, dass man uns immer noch für ein Dritte-Welt-Land hält.«

»Entspannen Sie sich. Atmen Sie tief durch oder machen Sie nackt einen Yogakurs. Sie scheinen der Einzige zu sein, der von einem Sexualmord an einer obskuren Fremden besessen ist. Was Sie brauchen, ist eine feste Freundin.«

»Genau das hat auch mein Vater gesagt.«

»Stoff zum Nachdenken, was?«

»Wenn ich Ihren Rat als Sextherapeut brauche, werde ich Sie danach fragen.« Diaz legte eine kurze Pause ein, während er feindselig eine schwarze Spinne beobachtete, die langbeinig über seinen Schreibtisch stolzierte und dabei eine tote Fliege wie einen Koffer mit sich schleppte. »Rufen Sie mich an, sobald Sie von Gupta gehört haben«, fügte er hinzu.

»*Jawohl, mein Führer*«, erwiderte Moza bissig.

Als Diaz sein Büro verließ, war das Revier verwaist. Nur die rotierenden Flügel der Deckenventilatoren und die leuchtenden Computermonitore zeugten davon, dass hier noch vor kurzem jemand gewesen war.

Wohin waren alle anderen verschwunden? Und wie kam es, dass sich nur er und Cedillo auf Amandas Ermordung konzentrierten? Was Cedillo betraf, lag die Antwort auf der Hand. Die potentielle Panik, die unter den Touristen und freiwilligen Exilanten ausbrechen konnte, sobald sich die Nachricht über den furchtbaren Tod des Mädchens herumsprach, stellte sowohl eine wirtschaftliche als auch politische Bedrohung dar. Aber wie sollte er seine eigene Fixiertheit auf den Fall erklären? Nur weil etwas Schönes und Produktives von einem Wahnsinnigen ausgelöscht worden war? Andererseits war Amandas ziellose Existenz unter den *artistas* und Rumtreibern von San Miguel schon vor ihrem Tod ein vergeudetes Leben gewesen. Erinnerte ihr frühes Ende ihn vielleicht nur schmerzhaft daran, dass die Zeit, die ihm blieb, um seinen Seelenfrieden zurückzugewinnen, allmählich knapp wurde?

Vergiss deine verpfuschte Seele, dachte er. *Mach einfach mit der beschissenen Ermittlung weiter*.

Er blätterte das Telefonbuch von San Miguel durch, bis er die Adresse von Fran Kovacs, der Freundin und Unterstützerin des verschwundenen Gregori Gregorowitsch, gefunden hatte. Da immer noch niemand zurückgekehrt war, als er gehen wollte, hinterließ er eine handschriftliche Notiz darüber, wo er bei Bedarf zu finden war, und klebte sie auf Ortiz' Computermonitor.

Diaz bahnte sich zielstrebig seinen Weg durch den *jardín* und die zahllosen Familien, die in ihrer besten Feiertagskleidung über die Wege spazierten oder die zahllosen Stände umlagerten, an denen gegrilltes Schweine- und Hähnchenfleisch sowie süße Getränke und alle Sorten von *dulce* verkauft wurden. Jedes Wochenende wurde irgendein religiöses Fest gefeiert, und die waren immer mit Trinkgelagen und Balzritualen verbunden, die unweigerlich schwere Körperverletzungen nach sich zogen.

Nachdem er in die *Calle Terrapien* abgebogen war, blieben die Menschenmengen hinter ihm zurück. Wie die meisten Straßen im Zentrum von San Miguel war auch die *Calle Terrapien* eng, steil und uneinheitlich gepflastert. Diaz überwand die Steigung so behände wie eine Bergziege.

Der Hauseingang Nr. 83 bestand aus einer schmalen, mit glänzender Türkisfarbe gestrichenen Holztür. Er drückte auf den Klingelknopf. Kurz darauf wurde die Metallabdeckung eines Sichtschlitzes in Augenhöhe zur Seite geschoben. Ein einzelnes Auge wie das eines Zyklopen musterte ihn misstrauisch, und eine gedämpfte Frauenstimme erkundigte sich, was er hier wollte.

»Inspector Diaz von der *Policía Judicial*«, stellte er sich vor. »Ich suche einen Künstler namens Gregori Gregorowitsch. Soweit ich weiß, wohnt er hier.«

»*Hat* hier gewohnt«, korrigierte die Stimme.

»Es wäre bequemer für uns beide, wenn Sie mich hereinlassen würden und wir uns von Angesicht zu Angesicht unterhalten könnten.«

Die Sichtschlitzblende schloss sich wieder. Dann klickte der Bolzen im Schloss, und die Tür öffnete sich nach innen auf einen Hof mit blendend weiß getünchten Mauern voll mit roten und rosafarbenen Geranien in Blumentöpfen.

Die Frau, die Diaz eine Hand entgegenstreckte, war nicht unbedingt attraktiv. Doch ihr unvorteilhaftes Äußeres wurde durch die Energie ihrer grünlichen Augen wettgemacht, die Diaz aufmerksam betrachteten. Ihr langes schmales Gesicht passte gut zu den kantigen Konturen ihres schlanken Körpers, den ein geblümtes luftiges Freizeitkleid aus Baumwolle umhüllte. Ihre Brüste waren klein, aber nicht unansehnlich. Das lohfarbene Haar trug sie in einer pflegeleicht geschnittenen struppigen Stufenfrisur.

Sie machte auf Diaz den Eindruck einer Frau, die sich ihren

Platz in der Welt durch Willensstärke erkämpft hatte – wie eine Blume inmitten von Steinen.

»Fran Kovacs«, sagte sie, als ihr Diaz die Hand schüttelte. »Ich habe gerade Tee gekocht.«

Sie führte ihn über den Hof und durch eine Glastür in einen Raum mit einer hohen Decke, dessen Wände genauso leuchtend weiß gestrichen waren wie die Hofmauern. Tageslicht flutete durch schmale, vom Boden bis zur Decke reichende Fensterschlitze. Entlang der Rückseite des Raumes waren zahlreiche Tonfiguren auf Gestellen und in Wandnischen arrangiert. Auf einem niedrigen Tischchen standen eine englische Teekanne aus Porzellan und eine einzelne Tasse auf einem Untersetzer.

Fran verschwand kurz in einem Flur und kehrte mit einer zweiten Tasse und der dazugehörigen Untertasse zurück. Sie nahmen einander gegenüber auf weißen Ledersesseln Platz. Diaz sah ihr einen Moment lang in die Augen und ließ den Blick dann wieder zur Rückseite des Zimmers wandern.

»Dieser Raum dient mir gleichzeitig als Wohnzimmer und als Atelier für meine Arbeit«, sagte sie, während sie Tee in eine der Tassen goss und sie Diaz reichte. Er trank einen Schluck. Oolong, ein dunkles feinaromatisches Gebräu, das er seit seiner Studienzeit nicht mehr getrunken hatte. Damals war er eine Weile mit einer Halbchinesin zusammen gewesen, die ihm jedes Mal, nachdem sie sich geliebt hatten, Oolongtee zusammen mit einem Glückskeks serviert hatte. Allerdings hatte sich keine der Prophezeiungen aus den Glückskeksen jemals erfüllt.

Diaz verdrängte die unerwartet in ihm aufgestiegene Erinnerung. »Ich habe Ihren Namen von Julia aus der *Galería Rana*.«

»Sie hat Ihnen erzählt, dass ich Gregori bei mir beherberge, nicht wahr? Vielleicht hat sie Ihnen aber auch eine etwas primitivere Beschreibung von unserem Verhältnis geliefert.«

»Sie hat lediglich erwähnt, dass er hier wohnt.«

»Und wie haben Sie das interpretiert?«

»Auf keine besondere Weise.«

»Nicht dass Gregori und ich Fickkumpel sind?« In ihrer Stimme klang ein Anflug von Ärger oder Bitterkeit mit.

Diaz zuckte die Achseln. »Das wäre nichts Besonderes, so oder so.«

Sie lächelte nicht. »Also, warum interessieren Sie sich für Gregori?«

»Ich untersuche den Tod einer Amerikanerin, die hier in San Miguel gelebt hat. Amanda Smallwood. Sie haben vielleicht schon von ihrer Ermordung gelesen.« Diaz deutete mit einem Nicken auf ein Exemplar der *Atención*, das auf dem Kaffeetisch zwischen ihnen lag. »*Señor* Gregorowitsch hat sie als Modell benutzt.«

Diesmal war er sich sicher, Bitterkeit in der Art zu entdecken, wie die Frau ihm gegenüber die Stirn runzelte und die Lippen verzog.

»Ja, Amanda war eine von Gregoris kleinen Nutten. Er hat sie regelrecht gesammelt. Aber sie war die Einzige, die nie die Beine für ihn breit gemacht hat. Obwohl er in dieser Hinsicht nie zurückhaltend war.«

Ihre Tasse und Untertasse klapperten wie Zähne aufeinander, als sie sie auf dem Tischchen abstellte.

»Das würde man nie vermuten«, sagte Diaz. »Wenn man seine Bilder von ihr betrachtet. Dass sie nicht die Beine für ihn breit gemacht hat, meine ich.«

»Ich fürchte, ich habe Gregoris letzte Arbeiten nicht gesehen. Die richtigen Bilder, nicht den billigen Kram, den er für die Touristen gemalt hat. Er hat in einem Schuppen auf der Rückseite meines Hauses gearbeitet und darum immer ein Geheimnis gemacht wie der KGB. ›Es bringt Unglück, wenn ich irgendjemanden meine Bilder vor einer Ausstellung sehen lasse‹, hat er gesagt. Sein Ego war so groß wie das eines zweitklassigen Politikers. Da ich mit ihm gevögelt habe, fand ich, dass ich das Recht hätte, als Erste einen kurzen Blick auf seine Geniestreiche werfen zu dürfen. Aber immer, wenn ich auch nur in die Nähe seiner Arbeit gekommen bin, hat er gesagt, ich solle abhauen. Ich bin nicht einmal jetzt in dem Schuppen gewesen.«

»Nicht einmal jetzt?«

»Oh, hatte ich das nicht bereits erwähnt? Gregori wohnt nicht länger hier. Nicht mehr seit letztem Donnerstag. Wir sind auf eine Party gegangen, und er hat sich wie das Arschloch benommen, das er im Grunde schon immer war. Ich bin nur bisher einfach zu blöde gewesen, etwas dagegen zu unternehmen. In der Nacht habe ich ihn dann endlich ausgesperrt. Seither habe ich ihn nicht mehr gesehen.«

Mit einer hastigen Bewegung öffnete sie eine dekorative Schatulle aus gebranntem Ton, die auf dem Tisch vor ihr stand, und entnahm ihr eine Zigarette. Diaz interpretierte das als ein Signal, dass er hier rauchen durfte. Er benötigte einige Sekunden, bis er das zerknautschte Päckchen Montanas in einer seiner Jackentaschen gefunden hatte. Fran wartete ungeduldig, während er nach seinem Feuerzeug suchte, einem glänzenden verchromten Zippo, und ihr Feuer gab. Dann blies sie eine Rauchwolke gegen die Decke, lehnte sich zurück und ließ die Schultern kreisen, die Brüste unter dem Baumwollkleid wie zwei Beaglewelpen vorgereckt.

Diaz verfolgte ihre erotischen Dehnübungen mit fatalistischem Grausen. Sie hätte ihm ebenso gut splitterfasernackt gegenübersitzen können.

»Aber Sie haben doch bestimmt *señor* Gregorowitschs Ausstellung in der *Galería Rana* besucht?«, fragte er.

»Warum hätte ich das tun sollen? Bis letzten Donnerstag war ich lediglich ein dummes Schulmädchen, das sich von dem gefährlichen *artiste* aus L. A. mit einem Namen wie aus einem Dostojewski-Roman hat umhauen lassen. Zum Glück hat mich die kleine Hure, mit der ich ihn an diesem Abend erwischt habe, endlich aus meinem Tagtraum gerissen.«

»Wann sind Sie und Mr. Gregorowitsch nach San Miguel gekommen?«

»So ist es nicht gewesen.« Fran beugte sich vor, drückte ihre Zigarette aus und lehnte sich wieder zurück, auf einmal völlig entspannt. »Ich wette, Sie sind in San Miguel geboren. Habe ich recht, Inspector?«

Diaz zuckte die Achseln.

»Und wahrscheinlich haben Sie auch nicht sonderlich viel für all die freiwilligen Exilanten übrig, die hierherziehen, Häuser kaufen und Geschäfte eröffnen. Aber ich habe nur einmal im Leben Glück gehabt. Ich hatte eine halbwegs reiche kinderlose Tante, die mich sehr gern gehabt hat. Das Erbe, das sie mir hinterlassen hat, war so groß, dass ich vor vier Jahren nach San Miguel ziehen, dieses Haus kaufen und das daraus machen konnte, was Sie jetzt sehen. Hier leben zu dürfen ist ein Traum für mich. Davor war mein Leben eine ziemlich beschissene Katastrophe.«

Mit einem Mal wurde Diaz ungeduldig. Er hatte keine Lust, seine Zeit mit einer einsamen fünfunddreißigjährigen Amerikanerin zu vergeuden, die ein viel zu gutes Leben im alten Mexiko führte und sich selbst schrecklich leidtat, weil sie herausgefunden hatte, dass ihr Hausfreund sie betrog.

Wie spannend es auch hätte sein können, dies war nicht der richtige Zeitpunkt, die erotischen Möglichkeiten eines ansonsten bedeutungslosen Samstags durchzuspielen. Nicht, solange eine junge Frau tot und ungerächt in der Leichenhalle lag.

Er stand auf und ging zum anderen Ende des Zimmers, um sich die dort aufgestellten Keramikskulpturen näher anzusehen. »Stammen die von Ihnen?«, fragte er.

»Ja«, bestätigte sie.

Zu seiner Überraschung gefiel ihm, was er sah, die geschwungenen, ineinander übergehenden Flächen, die Vermischung der Farben von Himmel und Erde. Er drehte sich zu Fran um. »Ihre Arbeit ist sehr beeindruckend. Gefühlvoll.«

»Danke.«

Ihm wurde bewusst, dass er dasselbe über sie dachte, seit sie von der Haustür zurückgetreten war, um ihn hereinzulassen. Er zündete sich eine weitere Zigarette an, um sich wieder auf den eigentlichen Grund seines Besuchs zu konzentrieren.

»Erzählen Sie mir von Gregori Gregorowitsch.«

»Da gibt es nicht viel zu erzählen. Er ist vor etwa sieben Monaten wie eine streunende Katze auf meiner Türschwelle aufgetaucht. Jeans, ein zerrissenes Ramones-T-Shirt und ein verschmitztes Lächeln auf den Lippen. Irgendjemand hatte ihm gesagt, dass ich einen Raum hätte, den er vielleicht als Atelier benutzen könnte. Ich wusste sofort, wer er war. Er war eine Zeitlang ziemlich bekannt in L. A., hat dann aber Ärger bekommen, nachdem er eine vierzehnjährige Schauspielerin gevögelt hatte. Ich habe ihm den Schuppen im Hinterhof gezeigt, und er hat ihm gefallen. Er ist noch am selben Nachmittag dort eingezogen. Hat auf einer alten Matratze darin geschlafen. Zwei Monate später ist er dann in mein

Schlafzimmer gezogen. Er war sehr charmant. Und falls Sie das wissen müssen, er ist ein verdammt guter Liebhaber. Was er natürlich seinem Ruf schuldig ist. Ich hätte es besser wissen müssen.«

Diaz hob in einer fragenden Geste die Hände. »Aber Sie haben vorhin gesagt, er würde nicht mehr hier wohnen.«

»Der andere Teil seines Rufs besagt, dass er praktisch mit allem schläft, was irgendwie weiblich ist und ihm über den Weg läuft, einschließlich einer reifen Papaya. An diesem Donnerstagabend, als ich ihn dabei erwischt habe, wie er sich mit einem nackten jungen Ding im Bett gewälzt hat, hatte ich die Schnauze voll.«

Wir drehen uns im Kreis, dachte Diaz. Obwohl die Vorstellung eines zügellosen minderjährigen Flittchens durchaus seinen Reiz hatte. »Wissen Sie, wo er jetzt steckt?«

»Warum sollte ich? Wahrscheinlich treibt er es mit der kleinen *puta*, die er letzte Nacht verführt hat. Oder schläft in Brian Dillingers Badehäuschen. Brian gehört die Galerie, in der Gregori seine Bilder ausstellt, falls Sie das nicht ohnehin schon wussten. Oder, wer weiß, vielleicht hat er auch die Stadt verlassen. Obwohl ich das bezweifle. Schließlich hat er sein großes Comeback als Künstler mit Hilfe von Brian und seinen Verbindungen geplant.«

»Ich würde mir gern sein Atelier ansehen, wenn das nicht zu viel Mühe macht.«

»Meinetwegen.«

Als Fran aufstand, ertappte sich Diaz dabei, wie er direkt auf ihre Brustwarzen starrte, die sich steil aufgerichtet hatten und sich deutlich unter dem weichen Stoff ihres Kleides abzeichneten. Er wandte eilig den Blick ab, der einen Moment lang an einem schwarzen Haarbüschel hängenblieb, das wie die Beine einer Tarantel unter einer ihrer Achselhöhlen hervorlugte. *Was hat es nur mit den* gringas *und ihrer Körperbehaarung auf sich?*, überlegte er und richtete den Blick hastig zu Boden, wo er zehn lila bemalte Zehennägel an zwei langen Füßen zählte. Er musste daran denken, dass er nackte Frauenfüße schon immer äußerst aufreizend gefunden hatte. Und zum zweiten Mal an diesem Morgen wurde ihm überdeutlich bewusst, dass Fran Kovacs offensichtlich völlig nackt unter ihrem geblümten Kleid war.

»Kommen Sie mit«, sagte sie.

Diaz schob alle in ihm aufsteigenden Gedanken beiseite und folgte ihr auf den Hof hinaus. Über einer Topfgeranie flatterte ein Schmetterlingspaar wie zwei falsch gesetzte Anführungszeichen.

Fran ging einen schmalen Weg entlang, der überraschend in einen weiteren sonnendurchfluteten Hof mündete, der fast völlig von einem azurblauen Swimmingpool ausgefüllt wurde. In einer Ecke wucherte eine üppige Bananenstaude. Ein Säulengang mit bequemen Liegestühlen verlief auf einer Seite des Schwimmbeckens. Die Szenerie kam Diaz vage vertraut vor. Er ignorierte das Gefühl der Verunsicherung, den der Anblick in ihm hervorrief. Sein linkes Nasenloch begann zu jucken. Auch das ignorierte er.

Am anderen Ende des Swimmingpools drückte Fran ein hohes Metalltor auf. Dahinter stand ein schwarzer Land Rover auf einem Schotterparkplatz. Auf einer Seite wurde der Parkplatz von einem niedrigen Gebäude aus Adobeziegeln mit verfallenden Fensterhöhlen und einem Wellblechdach begrenzt. Die anderen Seiten des Platzes bildeten Stuckmauern mit scharfen Glassplittern auf den Kronen und ein weiteres mit Stacheldrahtrollen gesichertes Metalltor, wie es für Grundstücke in Mexiko absolut typisch war. Sollten die so bewehrten Mauern und Tore verhindern, dass die Verzweifelten von außen eindrangen oder dass die Ängstlichen leichtsinnig ins Freie gelangten?

Fran zog einen Schlüsselbund aus einer Tasche ihres Kleides und öffnete ein Bügelschloss, das die Tür des Schuppens verriegelte. Dann schob sie einen Arm durch die dunkle Türöffnung, legte einen Lichtschalter um und winkte Diaz zu einzutreten.

Nackte Glühbirnen, die an uralten Kabeln von der Decke herabbaumelten, erhellten das Innere des flachen Gebäudes. Ein langer Tisch, übersät mit dicken Farbklecksen und Farbtropfen. Tuben, Dosen und Gläser standen in wildem Durcheinander auf dem Tisch und dem Boden. Pinsel, die wie wucherndes Unkraut aus Glaskrügen verschiedener Größen und Formen herausragten. Überall lagen leere Schnapsflaschen wie ohnmächtige Säufer herum. Eine einsame verstaubte Schreibmaschine stand auf einem Tisch. An eine Wand war ein weißes Laken geheftet worden, davor aufgebaut ein einzelner Holzstuhl wie als Vorbereitung auf ein existentielles Spiel. Hinter dem Tisch lehnte ein Stapel Leinwände mit der bemalten Seite an der Wand.

In der Mitte des Raumes stand ein großes, erst teilweise fertiggestelltes Gemälde auf einer Staffelei. Darauf Amanda in einem Negligé im realistischen Stil eines anrüchigen Penthouse-Fotos gemalt, bedroht von einem gigantischen, von dunkelroten Adern durchzogenem Schwanz im Vordergrund.

Fran Kovacs starrte eine kleine Ewigkeit lang auf Amanda Smallwood. Dann verzerrte sich ihr Gesicht von einem Moment zum anderen zu einer hasserfüllten Fratze. Sie sprang vor, ergriff einen Farbenspachtel, der auf dem Tisch lag, und hieb damit wie wild auf das Gemälde ein. Hässliche dunkle Schnitte ließen die Leinwand aufplatzen.

Ihre Kurzschlussreaktion hatte Diaz vollkommen überrascht. Zu spät erwischte er ihr Handgelenk, als sie mit dem Spachtel zu einem weiteren Schlag ausholte. Mit dem anderen Arm umfasste er ihren Oberkörper und zog sie an sich. Sie wehrte sich, bäumte sich in seiner Umarmung auf, testete seine Kraft. Mehrere Sekunden lang schwankten sie hin und her, zwei Tänzer, die sich im Takt eines neurotischen Tangos wiegten.

»Ruhig«, sagte er besänftigend. »Ganz ruhig!« Die Kraft, mit der er ihr Handgelenk umklammerte, war unbarmherzig. Der Farbenspachtel entglitt ihren Fingern und fiel klappernd zu Boden. Er ließ ihre Hand los.

Sie drehte sich in seinem Arm um und starrte ihm ins Gesicht. »Lecken Sie mich!«, fauchte sie.

»Ich hatte Angst, Sie würden sich selbst verletzen.«

Mit einmal Mal erlosch ihre Wildheit. Sie brachte ein halbes Lächeln zustande. »Ja, sicher«, murmelte sie und ging zur Tür. »Sehen Sie sich nach Herzenslust um. Sie finden mich am Pool.«

Obwohl Diaz gründlich in der Unordnung von Gregorowitschs Atelier herumstocherte, entdeckte er nichts Interessantes außer einem burgunderroten Spitzenhöschen und einer Packung Kondome. Er ließ beides in seinen Jackentaschen verschwinden. Der Leinwandstapel an der Wand hinter dem Tisch entpuppte sich als eine Serie klischeehafter Szenen bäuerlichen mexikanischen Lebens. Es war merkwürdig, als wie banal sich das kreative Künstlerleben erwies, wenn man sich die Mühe machte, genauer hinzuschauen, fand er. Zumindest hatte Gregorowitsch Vorkehrungen gegen ungewollte Schwangerschaften und die Verbreitung von Geschlechtskrankheiten ergriffen.

Bevor er das Atelier verließ, rief er Felicia mit seinem Mobiltelefon an. Ja, sie hatten Bass Smallwood am Flughafen abgeholt. Und ja, er hatte Amanda im Leichenschauhaus von Guanajuato eindeutig identifiziert. Danach hatten sie ihn in einem Hotel in San Miguel untergebracht, wo er sich sofort an die Bar begeben und zu trinken begonnen hatte.

Diaz gab Felicia die Adresse in der *Calle Terrapien* durch und wies sie an, ihn dort in zehn Minuten abzuholen.

Er fand Fran Kovacs auf einem Liegestuhl neben dem Schwimmbecken, die Augen geschlossen, die Beine leicht gespreizt. Das Kleid war ihr fast bis zur Hüfte hochgerutscht. Wie er bereits vermutet hatte, trug sie kein Höschen. Ihm kam der Gedanke, dass er ihr den Slip anbieten konnte, den er in Gregorowitschs Atelier gefunden hatte. Doch die Folgen, die damit einhergehen mochten, waren viel zu komplex, als dass er den Gedanken in die Tat umsetzte.

Frans helle Haut glänzte unter einem dünnen Schweißfilm. Er verspürte den Drang, sie zu berühren, beherrschte sich aber. Er hustete. Fran öffnete die Augen einen Spalt weit. Sie blickte mit mäßigem Interesse zu ihm auf, hob die Hüften an und zog den Saum ihres Kleids nachlässig ein Stückchen tiefer in eine etwas weniger aufreizende Position.

»Noch eine letzte Frage«, sagte er.

»Das kann ich nur hoffen«, erwiderte sie.

»Können Sie sich vorstellen, dass Gregori Gregorowitsch Amanda Smallwood umgebracht hat?«

Jetzt waren ihre Augen weit geöffnet. Sie stemmte sich auf die Ellbogen hoch.

»Gregori? Jemanden töten? Er könnte vielleicht jemanden zu Tode vögeln. Aber sie ermorden und verstümmeln? Nein. So ein Mensch ist er nicht. Das hätte ich gemerkt. Mein Vater war ein unfähiger Klempner und ein Säufer. Als ich elf Jahre alt war, hat er meine Mutter mit einem Bleirohr totgeschlagen.«

Das brutale Bild, das unvermittelt in Diaz' Vorstellung aufblitzte, traf ihn so hart wie der Tritt eines Schuhs mit verstärkter Stahlkappe gegen den Kopf.

Kapitel 16

Der Indianer in der Fahrerkabine des gestohlenen Dodge Ram wartete ungeduldig darauf, dass sich etwas tat. Er war wie immer so angespannt – nicht zuletzt dank des Drogenpegels in seinem Blut –, dass er kurz vor einem totalen Nervenzusammenbruch stand. Seine Finger trommelten in einem ununterbrochenen Stakkato über das Armaturenbrett. Eine seiner Wangen war von einer Brandnarbe in Form einer uralten Hieroglyphe verunstaltet. Jeder, der sie hatte entziffern können, war jetzt tot, denn die Erkenntnis ihrer Bedeutung war mit dem Moment seiner Auslöschung zusammengefallen.

Der Pick-up parkte schräg gegenüber der türkisfarbenen Tür des Hauseingangs *Calle Terrapien* Nummer 83 an dem hohen Bordstein. In den tiefsten Löchern und Senken der kopfsteingepflasterten Straße hatten der Nieselregen und der dichte Nebel, der in der Nacht von Donnerstag auf Freitag durch die Stadt gezogen war, schmutzigbraune Wasserpfützen hinterlassen.

Fünf Minuten nachdem der Indianer seinen Wachposten bezogen hatte, holperte eine halbwegs offiziell aussehende blaue Limousine mit gefährlich hoher Geschwindigkeit über das Kopfsteinpflaster der *Calle Terrapien* und hielt direkt vor der türkisfarbenen Tür. Der Indianer setzte sich kerzengerade hinter dem Lenkrad auf, alle Sinne bis zum Zerreißen angespannt. Jede Sekunde zog sich endlos in die Länge, wie in der Zeitlupenaufnahme eines Tropfs, der ein Unfallopfer mit lebenserhaltendem Plasma versorgt.

Zwei Tagelöhner stolperten die steile Straße hinunter und

ließen dabei eine Flasche Rum zwischen sich hin- und hergehen. Der Kräftigere der beiden, der ein kariertes Cowboyhemd mit Knöpfen aus falschem Perlmutt und eine schmutzige schwarze Hose trug, trank den letzten Schluck und hielt die leere Flasche in die Höhe. »Lass uns noch eine davon besorgen«, sagte er mit schwerer Stimme.

»Du hast alles allein ausgesoffen, du dreckiger *cabrón*!« Der zweite Säufer riss seinem Kumpel die Flasche aus der Hand und schleuderte sie angewidert über die Straße. Sie zerschellte an einem der vorderen Kotflügel des Pick-ups.

Die zwei Säufer glotzten den Wagen ungläubig an. Dann entdeckten sie den Indianer, dessen Kopf und Schultern von der Windschutzscheibe der Fahrerkabine wie ein Bild eingerahmt wurden. Er starrte sie mit abgrundtiefer Bösartigkeit an. Wie ein heller Sonnenstrahl bahnte sich die Ahnung, dass sie jeden Moment sterben könnten, ihren Weg durch den Nebel ihrer Trunkenheit.

»Entschuldigung«, murmelte einer der beiden, die Hände halb erhoben, entweder als Geste der Entschuldigung oder um den Bösen Blick eines Dämons abzuwehren.

In diesem Moment schwang die türkisfarbene Tür der Hausnummer 83 nach innen auf, und Diaz trat hervor. Er musste sich etwas bücken, um sich nicht den Kopf an dem niedrigen Türrahmen zu stoßen.

Sofort richtete sich die Aufmerksamkeit des Indianers ausschließlich auf Diaz' schlanke, ordentlich gekleidete Gestalt. Dies war ohne jeden Zweifel Inspector Hector Diaz von den San Miguel *Judiciales*. Das war der Name, der ihm von der flüsternden Stimme am Telefon mitgeteilt worden war, während der Indianer, nahezu komatös, das frühmorgendliche Wechselspiel von Licht und Schatten an der weißgetünchten Zimmerdecke verfolgt hatte. Er hatte die ganze

Nacht lang wach in dem kahlen Zimmer gelegen und auf den Anruf gewartet, gefangen in den Klauen einer psychotisch bedingten Schlaflosigkeit.

Er trat die Kupplung des gestohlenen Wagens durch und legte den ersten Gang ein. Dann schob er die rechte Hand unter die beige Windjacke auf dem Beifahrersitz und ließ die Finger beinahe zärtlich über die harten Konturen des Colt Python Kaliber .357 gleiten.

Diaz stieg die beiden niedrigen Stufen auf den Bürgersteig hinab und beugte sich in das offene Beifahrerfenster des marineblauen Polizeiwagens. Corporal Felicia Goya, die am Steuer saß, lächelte ihm kurz zu. »Irgendwas rausgefunden?«, erkundigte sie sich.

»*Nada.*« Diaz verdrehte die Augen. »Alle *gringos* sind *loco*. Aber ich würde gern diesen Künstler namens Gregorowitsch finden. Er ist eine unbekannte Größe in diesem Spiel. Wohnt nicht mehr hier, seit seine Freundin, die Besitzerin des Hauses, ihn im Bett mit einem Flittchen entdeckt hat. Dieser Gregorowitsch muss irgendwo ganz in der Nähe stecken. Wie geht es Smallwood?«

»Schlecht. Ich schätze, dass er einen langen Tag mit viel Alkohol vor sich hat. Als ich das Hotel verlassen habe, hat Armando gerade versucht, ihn aus der Bar loszueisen, wo er eine Stunde lang Unmengen von Scotch in sich reingeschüttet hat.«

»Dann sollte ich wohl besser mit ihm sprechen, bevor er sich bewusstlos gesoffen hat.« Diaz schob sich auf den Beifahrersitz und legte den Sicherheitsgurt an. »Fahr nicht zu schnell«, bat er. »Meine Innereien sind heute immer noch etwas empfindlich.«

Felicia hob wissend eine Augenbraue, die linke, von Diaz

aus gesehen. Sie drehte den Zündschlüssel um und fuhr mit einem kaum hörbaren Quietschen durchdrehender Reifen los.

Der Dodge Ram sprang aus dem Stand vor und schoss auf die Straße hinaus. Von seinen breiten Reifen und kräftigen Stoßdämpfern trotz des unebenen Kopfsteinpflasters auf Kurs gehalten, jagte er rücksichtslos durch die Schlaglöcher, drei Tonnen Stahl und Chrom, die sich rasend schnell dem nicht halb so kompakten Polizeiwagen näherten. Der Indianer hatte sich weit über das Lenkrad vorgebeugt, den Colt Python in der freien Hand. Eine allergische Reaktion auf anderes Leben ließ seine Haut prickeln und seinen Blutdruck unaufhaltsam in die Höhe steigen wie ein Raubvogel, der sich in einem Aufwind emporschraubt.

Der Dodge war deutlich höher als das Polizeifahrzeug. Mit einem scharfen Ruck des Lenkrads nach rechts und sofortigem Gegensteuern zwang der Indianer die Räder auf der Beifahrerseite über die hohe Bordsteinkante auf den Bürgersteig und schloss zu der dunkelblauen Limousine auf. Aus dieser Schräglage heraus hatte er freies Blickfeld auf Diaz' Kopf und Schultern. Ohne zu zögern, feuerte er einen Schuss ab.

Felicia hatte den heranrasenden Ram nur wenige Sekunden vorher im Rückspiegel entdeckt. *Mi Dios!*, schoss es ihr durch den Kopf. *Irgendein* paisano, *der sich den Verstand aus dem Hirn gesoffen hat!* Instinktiv riss sie das Lenkrad so heftig nach links, dass Diaz' Kopf gegen den Rahmen der Beifahrertür schlug. Der peitschende Knall der feuernden Python, das Zickzackmuster, das durch die Scheibe des hinteren Beifahrerfensters lief, bevor sie zerbarst, und der Adrenalinschub, der Felicias Herz rasend schnell schlagen ließ, folgten so dicht aufeinander, als ereignete sich alles gleichzeitig. Diaz riss die Hände in die Höhe, um sein Gesicht vor den umherschwirrenden Glassplittern zu schützen. Felicia biss sich die Unterlippe blutig. Mit einem Mal wirkten ihre Züge absolut konzentriert und wie versteinert, als die Reflexe ihrer früheren Laufbahn als Rallyefahrerin die Kontrolle übernahmen und der Wagen plötzlich beschleunigte.

»Scheiße! Scheiße! Scheiße!«, schrie der Indianer, der jetzt endgültig die Grenze zum Wahnsinn überschritten hatte, während er dem Polizeiwagen über die abschüssige Straße hinterherjagte. Der Ram schlingerte wild hin und her, seine Reifen quietschten wie panikerfüllte Schweine im Schlachthaus. Zwei Frauen, die Umhängetaschen mit den Einkäufen des Tages nach Hause schleppten, quetschten sich schutzsuchend in einen Türeingang. Einem alten Mann fiel das kostbare Gebiss aus dem Mund, als er mit vor Schreck heruntergeklapptem Unterkiefer dem Slalom fahrenden Pick-up hinterherstarrte.

»Kopf unten halten!«, befahl Felicia knapp. Ihre Stimme klang eiskalt und beherrscht. Die Heckscheibe implodierte in einer Kaskade herumwirbelnder Glasfragmente. Ein Splitter streifte ihre Kehle und hinterließ einen blutigen Schnitt in ihrer Haut. Eine zweite Kugel zertrümmerte das Radio im Armaturenbrett. »Ich muss raus aus der Schusslinie!«

Diaz lehnte sich halb aus dem Beifahrerfenster heraus und versuchte, einen Schuss auf ihren Verfolger abzugeben. Ein völlig aussichtsloses Unternehmen, da der Polizeiwagen die steil abschüssige Straße in einem irrsinnigen Tempo wild hüpfend und schlingernd hinabraste.

Vor ihnen kam die Einmündung einer schmalen Gasse in

Sicht, kaum mehr als ein Spalt in der ansonsten geschlossenen Häuserfassade. Felicia hielt darauf zu, während sie rhythmisch auf die Bremse trat, gleichzeitig herunterschaltete und das Lenkrad herumriss. Der ihm so plötzlich aufgezwungene Richtungswechsel ließ den Wagen bocken und quer zur Fahrrichtung über das Kopfsteinpflaster schlittern. Schließlich setzten sich die Naturgesetze durch und sorgten dafür, dass die Karosserie der Limousine mit einem markerschütternden Knirschen an der Steinwand entlangschrammte. Inmitten eines aufstiebenden Funkenregens und untermalt vom Kreischen zerreißenden Metalls zwängte sich der Wagen in die schmale Gasse.

In unbeherrschter Wut beschleunigte der Indianer und raste an der Einmündung der Gasse vorbei, die viel zu schmal für den breiten Dodge Ram war. Als er auf gleicher Höhe mit ihr war, jagte er noch einmal blindlings mehrere Kugeln durch das offene Beifahrerfenster, die jedoch ihr Ziel verfehlten und sich harmlos in die weichen Adobeziegel bohrten.

Als sie nach rund zehn Metern in der Gasse zum Stehen kamen, sprang Diaz aus dem Wagen und näherte sich wachsam der Straßenkreuzung, die Glock schussbereit in der Hand. Felicia bezog vor dem Kofferraum des Wagens Position.

Von dem Pick-up war nichts mehr zu sehen, als Diaz die Einmündung erreichte. Die Straße war menschenleer. Vom Zentrum San Miguels drangen die schlichten Trommelrhythmen der Feier herüber.

Felicia tauchte hinter Diaz auf. »Sieht ganz so aus, als hättest du irgendwen ernsthaft wütend gemacht«, stellte sie fest.

Kapitel 17

Die linke Seite des Polizeiwagens war hoffnungslos zerkratzt und zerbeult. Ein Scheinwerfer baumelte an seinen Kabeln herab wie die nackte Linse eines aus seiner Fassung gerissenen Roboterauges. Doch keiner der Reifen verlor Luft. Verwundet, ja, aber nicht tödlich getroffen.

Als Felicia in die überdachte Einfahrt des *El Palacio Real* einbog, des Vier-Sterne-Hotels, in dem Bass Smallwood sozusagen in Schutzhaft saß, bedachte der Chefpage den Wagen mit einem missbilligenden Blick. Diaz zeigte ihm seine Dienstmarke und betrat wortlos die Lobby. Die Marmorverkleidungen schimmerten so glänzend wie frisch polierte Stiefel. Ein künstlicher Wasserfall und etliche Farne in Kübeln verliehen der Lobby eine pseudotropische Atmosphäre.

Felicia holte Diaz vor den Aufzügen ein. Sie wirkte ungehalten.

»Gewöhn dich daran«, sagte Diaz. »Wenn du ein Bulle bist, wollen dich eine Menge Leute am liebsten tot sehen. Aber die Wahrscheinlichkeit, diesen Bastard zu schnappen oder auch nur den Pick-up zu finden, ist nahezu null. Bis Mitternacht ist der Ram längst in seine Einzelteile zerlegt und stückweise an jeden zweiten Schrottplatz in Leon verhökert worden.«

»Das ist nicht der Grund«, erwiderte Felicia. »Ich ärgere mich, weil der Portier darauf bestanden hat, dass ich den Wagen im hintersten Winkel der Parkgarage abstellen soll.«

»Fick den Portier.«

»Habe ich bereits getan. Der Typ war früher mein Freund.«

Die Fahrstuhltür öffnete sich, und sie fuhren schweigend in die zweite Etage. Diaz war damit beschäftigt, Felicias Enthüllung zu verarbeiten. Trotz des Rauchverbotsschildes über der Tastenleiste des Fahrstuhls klemmte eine qualmende Zigarette zwischen seinen Lippen.

Sie fanden Bass Smallwood, einen *gringo* von gut einem Meter neunzig und knapp hundertzwanzig Kilo, auf dem Kingsize-Bett liegend vor, alle viere von sich gestreckt. Bis auf ein Paar schwarze Socken und mit gelben Smileys bedruckte Boxershorts war er völlig nackt. Unter den Strahlen der Deckenbeleuchtung glänzte sein Körper vor Schweiß.

Der säuerliche Geruch von Erbrochenem hing in der Luft. In einer Zimmerecke stand ein Servierwagen mit den Überresten eines Steaks samt Beilagen. Auf dem abgenagten Steakknochen hatte sich ein kopulierendes Fliegenpärchen niedergelassen. Im stinkenden Luftraum über dem Bett drehte eine grün schillernde Fliege Loopings wie ein Doppeldecker aus dem Ersten Weltkrieg auf einer Flugshow.

Im Fernsehen lief eine *telenovela* ohne Ton.

»Was ist hier passiert?«, wollte Diaz wissen.

Armando betrat das Zimmer durch die gläserne Schiebetür vom Balkon, das Gesicht missmutig verzogen. »Nach der ganzen Sauferei hat er darauf bestanden, zu Mittag zu essen«, berichtete er. »Danach hat er gekotzt. Und jetzt fühle ich mich nicht besonders gut. Vielleicht hat er ja irgendeinen Virus aus *Tejas* eingeschleppt.«

»Sei nicht albern«, knurrte Diaz. An diesem Nachmittag würde er Armando unter keinen Umständen zu seiner geliebten Carmen nach Hause gehen lassen. »Schaff Smallwood unter die Dusche. Bestell beim Zimmerservice ein Kännchen Kräutertee. Und dann sorg dafür, dass er sich anzieht. Du findest mich auf dem Balkon.«

Nachdem Armando eine Weile an dem schlaffen Fleischgebirge gezerrt und gezogen hatte, das Bass Smallwood war, gelang es ihm, dem Texaner ein dumpfes Stöhnen zu entlocken. Smallwood schob den Oberkörper über den Bettrand und begann zu würgen. Dann verlor er das Gleichgewicht und rollte vollends aus dem Bett, wobei er Armando mit sich riss.

»Hilf mir hier raus, Felicia«, flehte Armando irgendwo unter Smallwood.

Felicia setzte sich angewidert auf das Fußende des Bettes und stellte den Ton des Fernsehers an. Auf dem Bildschirm fochten ein Mann mit einem bleistiftdünnen Schnurrbart und eine nur spärlich bekleidete Frau einen Streit aus. Kurz darauf wälzten sie sich auch schon ineinander verschlungen auf einer passenderweise bereitstehenden Couch. Umschnitt zur Werbung.

Diaz kehrte kopfschüttelnd vom Balkon zurück. Zu dritt gelang es ihnen, Smallwood in die gekachelte Duschkabine zu schleifen und zu hieven, wo sie ihn den prasselnden kalten Wasserstrahlen überließen.

Nachdem das erledigt war, wies Diaz Felicia an, sich den Rest des Tages freizunehmen. Das hatte sie sich verdient. Schließlich hatte sie nicht nur ihm, sondern auch sich selbst gerade erst den Arsch gerettet. Eine beherzte und professionelle Vorstellung von San Miguels erster Frau bei den *Judiciales*.

Irgendwann später kroch Smallwood aus der Duschkabine und setzte sich, in einen viel zu knappen Hotelbademantel gewickelt, zu Diaz und Armando auf den Balkon. Diaz goss eine Tasse Kamillentee ein und stellte sie vor Smallwood ab. Der Texaner starrte stumm in die Tasse, aus deren gelblichen Tiefen jedoch weder Hoffnung noch irgendwelche heilsamen Visionen emporstiegen.

Im Garten unter ihnen fiel Diaz ein Beet mit wild wuchernden blutorangefarbenen Lilien ins Auge. »Es tut mir leid«, sagte er, »aber ich muss Ihnen ein paar Fragen stellen.«

Smallwood zeigte keinerlei Reaktion. Diaz zündete sich eine Montana an.

Die Nasenlöcher des Amerikaners weiteten sich, als er die türkische Tabakmischung roch. »Geben Sie mir eine davon«, verlangte er. »Und schaffen Sie diese Katzenpisse weg!« Er warf die Tasse samt Inhalt über die Balkonbrüstung. »Was ich brauche, ist ein gottverdammter Drink!«

Während Diaz besänftigend auf ihn einredete, rief Armando erneut den Zimmerservice, der diesmal eine Flasche Johnnie Walker Black Label und drei Gläser brachte und die Teekanne samt Untertasse wieder mitnahm.

»Wie ich erfahren habe, ist Ihre Tochter vor einem Jahr nach San Miguel gezogen«, begann Diaz. »Warum?«

»Weil sie zu Hause unglücklich war«, sagte Smallwood. »Sie wollte ein neues Leben beginnen.«

»Wegen einer Liebesbeziehung, die in die Brüche gegangen ist?«

Smallwood blickte Diaz mit plötzlich aufflammender Feindseligkeit an. »Wer, zur Hölle, sind Sie überhaupt?«

»Diaz. Inspector der Polizei. Ich ermittle in dem Mord an Ihrer Tochter.«

Verwirrung spiegelte sich in Smallwoods Augen wider. Dann lüftete sich der Schleier. »Ach, richtig.«

»Sie haben gerade über Amanda gesprochen.«

»Yeah. Also, ich schätze, es war vor ungefähr einem Jahr, dass der Typ, mit dem sie damals gegangen ist, sich mit irgendeinem Barmädchen aus dem Staub gemacht hat. Oder so ähnlich. Zu dieser Zeit hatte ihre Mutter bereits alles zerstört, was es auch immer an Glück in unserer kleinen Familie gegeben haben mochte.«

»Wie das?«

»Alice war ständig geil. So ein Typ mit einem großkotzigen Palast am Ufer eines sumpfigen Sees meinte, er könnte sie da kratzen, wo es sie juckte. Außer seinem Haus hatte er noch eine zehn Meter lange Motoryacht auf dem See. Alice ist abgehauen, zu ihm gezogen und hat sich in der Yacht eingerichtet. Während einer Party zum vierten Juli ist sie dann besoffen ins Wasser gefallen und ertrunken. Danach ist alles zum Teufel gegangen.«

Smallwood leerte sein Glas in einem Zug, füllte es erneut bis zur Hälfte und ließ den dunklen Alkohol kreisen, vielleicht in der Hoffnung, in den Strudel hineingezogen zu werden und ebenfalls zu ertrinken. Diaz versuchte, sich zu erinnern, wie ihm zumute gewesen war, nachdem Reyna ihn verlassen hatte. Irgendwie erleichtert statt verzweifelt. Als hätte er Ballast abgeworfen und nicht etwa einen Verlust erlitten. Er verspürte nicht das Bedürfnis, sich weitere Einzelheiten über Smallwoods verpfuschte Ehe anzuhören. Es wurde Zeit, den Morast am Grunde des Teichs aufzuwühlen.

»Ihre Frau ist also in das große Haus mit Seeblick gezogen. Dann hat der Freund Ihrer Tochter mit ihr Schluss gemacht. War das der Punkt, an dem sie zu dem Schluss gekommen ist, lesbisch zu sein?«

Die Frage verhallte ungehört. Smallwood war geistig weit weggetreten. Eine Träne lief eine seiner unrasierten Wangen hinab. Diaz musste ihn wieder ins Hier und Jetzt zurückreißen.

»Soweit ich weiß, betreiben Sie immer noch eine Kunstgalerie in Dallas«, sagte er.

Es dauerte eine Weile, bis Smallwoods Augen wieder halbwegs klar wurden. »Was sollte ich denn sonst tun?«, fragte er barsch. »Vielleicht beschissene Banken ausrauben? Kunst zu verhökern ist nun mal alles, was ich kann.«

»Wussten Sie, dass Amanda als künstlerisches Modell in San Miguel gearbeitet hat?«

»Das hat sie bereits in Dallas getan.«

»Unbekleidet?«

»Seit ihrem achtzehnten Geburtstag hat Amanda so ziemlich alles gemacht, was ihr gerade in den Sinn gekommen ist.«

»Und Sie hatten keine Einwände?«

»Ich wollte nicht auch noch meine Tochter verlieren.«

Aber du hast sie trotzdem verloren, dachte Diaz.

Smallwoods Gesicht wirkte leer. Diaz war überzeugt, dass sich irgendwo unter der undurchsichtigen Oberfläche ein Geheimnis verbarg. Alle Familien hatten ihre Geheimnisse. Man musste nur den richtigen Ansatz finden, um sie ans Tageslicht zerren zu können, so wie man das Gift aus einem Schlangenbiss saugte. Wäre Ortiz hier gewesen, hätten er und Smallwood sich garantiert geprügelt. Danach wären Ortiz' modisches Hemd und Krawatte, die jedem Hollywoodbullen zur Ehre gereichen würden, blutbesudelt und unrettbar ruiniert gewesen.

Die Whiskeyflasche war bereits zu einem Drittel leer. Armando hatte sein Notizbuch gezückt und schrieb hektisch mit. *Vielleicht sollte ich ihn auf einen Kurzschriftkurs schicken*, überlegte Diaz.

»Eines Tages ist Amanda dann einfach verschwunden«, fuhr Smallwood fort. »Eine Woche später hat sie mir eine Karte aus L. A. geschickt. Und nach ein paar Monaten dann noch eine. Mit einer ausländischen Briefmarke darauf. Aus diesem Drecksloch hier.«

»Wissen Sie, ob sie einen Künstler namens Gregorowitsch in L. A. gekannt hat?«

Smallwood schürzte die Lippen und stieß ein lautes verächtliches Schnauben aus. Der Alkohol zeigte merkwürdige Auswirkungen.

»Was hat sie in San Miguel getrieben?«

»Das Gleiche wie in Dallas. Rumgehangen und gemodelt, sobald sie Geld gebraucht hat. Und was junge Frauen heutzutage auch immer sonst so tun.«

»War das die Zeit, als Sie erkrankt sind?«

»Was meinen Sie damit, dass ich erkrankt bin?«

»Amandas Mitbewohnerin hat gesagt, dass Amanda häufig nach Dallas geflogen ist, weil Sie unheilbar krank wären. Nicht mehr lange zu leben hätten.«

»Also, da hat sich ihre Freundin geirrt. Ich habe ein Unternehmen, um das ich mich kümmern muss. Damals hat mir Amanda den Vorschlag gemacht, die Werke einiger Künstler, die sie in San Miguel kennengelernt hatte, in meine Angebotspalette aufzunehmen. Warum eigentlich nicht, habe ich mir gedacht. Sie hat mir ein paar Bilder auf Kommissionsbasis mitgebracht, die ich auf Anhieb verkauft habe. An einen neuen Klienten. Also habe ich ihr gesagt, sie sollte mir mehr davon besorgen. Am Ende von …«

Smallwoods Stimme brach. Er zog die Beine bis zur Brust hoch, schlang die Arme um sie, vergrub das Gesicht zwischen den Knien und verwandelte sich in einen riesigen Haufen menschlichen Elends. Der Metallstuhl ächzte unter seinem Gewicht, als er vor und zurück zu wiegen begann.

»Hätte ich sie doch nur überredet, nach Dallas zurückzukommen«, jammerte er. »Dann wäre sie heute noch am Leben.«

Plötzlich sprang er auf und umklammerte das Balkongeländer, ein gramerfüllter Riese, der das Liebste in seinem Leben verloren hatte. Der viel zu kleine Bademantel klaffte vor seinem Cowboyschwanz auf, der so schlaff wie ein Windsack bei völliger Windstille zwischen seinen Schenkeln herabbaumelte. Das schmiedeeiserne Balkongeländer wackelte bedenklich im Griff seiner massigen Cowboyhände, die daran rüttelten, als wollten sie es aus seiner Betonverankerung reißen. *Heilige Scheiße!*, durchzuckte es Diaz. *Gleich springt er über das Geländer!*

»Ich bin gekommen, um meine Tochter nach Hause zu holen!«, heulte Smallwood, als wollte er es den Hotelgästen erklären, die am Swimmingpool unter ihm umherschlenderten. Dem leeren Himmel. Dem unbeseelten gleichgültigen Universum. Er wand sich hin und her, um Armandos und Diaz' Hände abzuschütteln, die sich mit ihrem vollen Gewicht an seinen Armen festklammerten. »Ich möchte sie einfach nur heimholen! Sie in Texas begraben, wo sie geboren worden ist!«

»Natürlich«, sagte Diaz besänftigend. »Wir können gleich aufbrechen und alle nötigen Vorkehrungen treffen. Aber Sie müssen sich zuerst anziehen.«

Unvermittelt beruhigte sich Smallwood wieder. »Wenn Sie mich belügen, bringe ich Sie um«, drohte er leise.

»Das hat irgendjemand während der letzten vierundzwanzig Stunden bereits zweimal versucht«, erwiderte Diaz. »Viel Glück dabei.«

Sie kehrten ins Hotelzimmer zurück, wo sich Smallwood anzukleiden begann.

Alle weiteren Fragen würden vorerst warten müssen, beschloss Diaz. Doch er war fest davon überzeugt, dass Amandas Vater Dinge über sie wusste, von denen niemand sonst etwas ahnte – Dinge, die ihm einen tieferen Einblick in ihr Leben hier in San Miguel ermöglichen würden. Um einen Zugang zu der unbekannten Welt zu finden, in der sie gelebt hatte.

Kapitel 18

Diaz rief Dr. Manuel Valdemario, San Miguels renommiertesten Bestatter – und zudem ein entfernter Cousin –, vom Telefon in Bass Smallwoods Zimmer aus an. Manuel erklärte sich bereit, sie in einer halben Stunde zu empfangen.

Sie verließen das Hotel, folgten der überdachten Zufahrt und kamen auf einer kleinen, von hohen Eukalyptusbäumen gesäumten Plaza heraus, auf der die einheimischen Künstler an den Vormittagen des Wochenendes ihre Werke feilboten. Jetzt war der Platz bis auf einen Hund verwaist, der im trockenen Becken eines Springbrunnens schlief. So lange sich Diaz erinnern konnte, war nie ein Tropfen Wasser aus den Messingrohren geflossen, eins von zahlreichen Projekten, die das typisch mexikanische Schicksal ereilt hatte, nie zur Vollendung zu gelangen.

Von der Plaza aus führte ihr Weg sie weiter durch die steilen kopfsteingepflasterten Straßen der Stadt.

Die Siestazeit war vorüber. Die Geschäfte öffneten wieder ihre Türen. Immer noch halb verschlafene Kinder beobachteten die vorbeiströmenden Touristen aus müden Augen. PKW und Lieferwagen füllten erneut die schmalen Straßen, zwangen die Passanten dazu, hintereinander zu gehen, verpesteten die dünne Gebirgsluft mit ihren Abgasen. Durch die Perlenvorhänge in der offenen Tür einer privaten *taqueria* drang der Geruch von gegrilltem Fleisch. Ein nackter kleiner Junge mit einem winzigen Penis, der so spitz wie ein Wespenstachel war, rannte plötzlich auf die Straße hinaus. Bremsen quietschten, eine Frau schrie. Verängstigt durch die ihm so unvermittelt zuteilgewordene Aufmerksamkeit, begann das Kind, das unverletzt geblieben war, zu plärren.

Als sich die beiden Polizisten und der trauernde Vater dem kolonialen Zentrum näherten, wurden sie vom Strudel des religiösen Festes aufgesogen, dessen Feierlichkeiten bereits am Morgen begonnen hatten. Halbnackte Bauern tanzten in gefiederten Kostümen. Kleine Mädchen in prächtigen Kommunionskleidern sprangen unter lautem Kreischen Seil. Familien schlenderten umher, aßen, lachten, diskutierten. Verrückte, in Lumpen gekleidete alte Frauen hockten in Hauseingängen und hielten bettelnd die Hände auf. *Caballeros* und Politiker ritten auf nervös tänzelnden Pferden. Indianische Mütter in handbestickten Kleidern schleppten Kinder und Säcke voll mit selbstgebasteltem Schmuck mit sich herum. Betrunkene und Touristen stießen zusammen und verfluchten einander. Bettler und Taschendiebe beobachteten wachsam das Treiben. Die gesamte Bevölkerung des Umlandes und der Stadt strömte über die Wege des *Jardín Principal* und die angrenzenden Straßen.

Die drei Männer bahnten sich fast unbemerkt im Gänsemarsch ihren Weg durch die wogende Menge. Diaz und Armando wie Raben in ihren dunklen Anzügen, Bass Smallwood wie ein deplatzierter Clown in seiner grellgelb und schwarz karierten Jacke, die ihm wie ein Stück zerknittertes Bonbonpapier über die breiten Schultern hing.

Schließlich betraten sie die von Säulen gesäumte düstere *plazoleta*, in der seit fünf Generationen das Bestattungsunternehmen des derzeitigen Besitzers, Dr. M. Valdemario, residierte. Der *Doctor*, spindeldürr, elegant in ein gestärktes weißes Hemd, eine lavendelfarbene Krawatte und einen schwarzen Anzug mit Samtkragen gekleidet, trat wie eine Erscheinung aus längst vergangenen Zeiten beim Läuten der Kupferglocke über der Tür aus seinem Büro. Er ergriff Smallwoods Hand, nickte gewichtig und flüsterte ihm einige unverständliche tröstende Worte zu.

An einem Ende des kryptaartigen Raumes bot eine aus viktorianischen Sesseln und einem Sofa bestehende Sitzgruppe das passende Ambiente für ein vertrauliches Gespräch über alle mit einer Bestattung einhergehenden Notwendigkeiten. Ein Schreibtisch mit Fischbeineinlagen aus den fünfziger Jahren des achtzehnten Jahrhunderts zum Unterschreiben der unvermeidlichen Vertragsdokumente stand ein Stückchen abseits.

Der Preis für Dr. Valdemarios Dienste wurde stets in voller Höhe fällig, bar und im Voraus zu zahlen. Ausnahmen waren nicht möglich. Wer diese Bedingungen nicht erfüllen konnte, wurde ohne Zögern an die unseriösen Bestatter weiterverwiesen, deren Geschäfte in der Neustadt am Fuß des Hügels in stetigem Wechsel eröffneten und wieder verschwanden.

Der Großteil des Raumes wurde von zweireihig aufgestellten Sargmodellen eingenommen, angefangen mit Särgen aus schlichtem Kiefernholz über handgewachste mexikanische Eiche bis hin zu edelstem malaiischem Teakholz, das von innen heraus zu leuchten schien. Alle Särge waren mit schwarzem Samt ausgelegt, der jeden Lichtstrahl in sich aufsaugte. Die Griffe und Zierleisten reichten von solidem Messing über Chrom bis hin zu Rotguss.

»Etwas Schlichtes, aber … Bedeutungsvolles«, murmelte Smallwood, als Valdemario ihn durch den Ausstellungsraum führte und dabei die Vorzüge der einzelnen Modelle anpries wie ein Obsthändler seine Bananen, Mangos, Papayas und Feigen.

»Es soll nicht exotisch bunt aussehen«, erklärte er Diaz

über die Schulter hinweg. »Nicht, wenn die Angehörigen meiner Ex in der Gegend rumschnüffeln. Die sind ständig auf der Suche nach weiteren guten Gründen, warum es völlig in Ordnung von ihr war, mit diesem beschissenen Yachtbesitzer durchzubrennen.«

Diaz folgte den beiden Männern, erstaunt über die Bandbreite der Truhen zum Verpacken der Toten. Armando war am anderen Ende des Raumes mit sorgenvoller Miene sitzen geblieben. Diaz fragte sich, warum er Carmen nicht einfach auf seinem Mobiltelefon anrief. Vielleicht bereitete es ihm ja ein masochistisches Vergnügen, sich in der passenden Umgebung mit der Vorstellung einer weiteren Fehlgeburt selbst zu quälen. Oder versuchte er vielleicht, in seinem Vorgesetzten Schuldgefühle hervorzurufen, weil der ihn zwang, an einem Samstagnachmittag zu arbeiten?

Mit Diaz als Dolmetscher wählte Smallwood einen unscheinbaren dunklen, aber teuren Sarg aus. Dr. Valdemario versprach, sich um den Leichnam zu kümmern, sobald ihn das Leichenschauhaus von Guanajuato freigab, und alle erforderlichen Vorkehrungen für seine schnelle Überführung nach Dallas zu treffen. »Er« war das Wort, das er benutzte. »Er« für Leichnam, nicht »sie« für Amanda. Amanda Smallwood war nicht länger eine Person, nur noch eine leere tote Hülle, deren Seele durch das Reich der Schatten wanderte.

Nachdem der Papierkram erledigt und alle Formulare unterschrieben waren, zog Smallwood seine American Express Card aus der Tasche.

»*Solamente* Bargeld.«

Smallwoods Fingerknöchel wurden weiß, als er die Hände vor Wut zu Fäusten ballte. Diaz biss in Erwartung einer Szene die Zähne zusammen.

»Es bereitet Ihnen wohl Schwierigkeiten, von den Toten Geld einzutreiben, was, Sie kleiner Bastard?«, fauchte Smallwood.

Diaz rief Armando zu sich. Mit gemeinsamen Kräften drückten sie den Texaner in das Sofa. Dann zog er Manuel in eine dunkle Ecke und entschuldigte sich bei ihm für Smallwood. Der Tod eines Kindes, ein *gringo* mit schlechten Manieren und so weiter.

Valdemario nickte, bestand aber weiterhin auf Bargeld. Man brachte eine Flasche Brandy und schenkte Smallwood mehrere Gläser ein. Je mehr er trank, desto mehr verwandelte sich seine Wut in weinerliche Verzweiflung und schließlich in stumme Lethargie.

Nachdem sie ihn mit einigen Ohrfeigen wieder halbwegs zu sich gebracht hatten, klapperte er mit Diaz' Hilfe mehrere Geldautomaten ab, bis sie die benötigte Summe zusammenbekommen hatten. Sie lieferten das Geld bei Valdemario ab und traten den deprimierenden Rückweg zum Hotel an.

Es schien Diaz, als hätte der Kummer alle Kraft aus dem riesigen *norteamericano* herausgesaugt. Er fragte sich, wie er sich fühlen würde, wenn sein Vater Alonzo eines Tages starb. Sie waren einander in Zuneigung verbunden. Doch Alonzos Tod würde dem normalen Verlauf der Dinge folgen und nicht mit dem Verlust eines Kindes vergleichbar sein. Ein Kind durch einen Mord zu verlieren! Diaz wusste aus eigener Erfahrung, wie sich das anfühlte.

Im *jardín* war die *fiesta*, die sich den ganzen Tag über wie eine Gewitterwolke immer weiter aufgebläht hatte, mittlerweile in vollem Gange. Indianer in vollständiger aztekischer Tracht, andere als Satan oder wie Totenköpfe kostümiert, wiederum andere bis auf eine ausgefeilte Körperbemalung praktisch nackt, wirbelten und tanzten zu hämmernden Trommelschlägen. Feuerschlucker spuckten Feuer, Wahrsager sagten die Zukunft voraus, Zauberer zogen Kindern Geldmünzen aus den Ohren. Zuschauer saßen überall auf den Steingeländern des *jardín* oder lehnten unter den schattigen Säulengängen, die die große Plaza kreisförmig umgaben.

Alle Cafés und Restaurants mit freiem Blick auf die Plaza waren bis auf den letzten Platz besetzt. Vor der Hauptkathedrale waren blumenbekränzte Holzbögen aufgestellt worden, bewacht von den Bauern, die sie selbst hergestellt hatten. In der Kathedrale murmelten Priester vom Vatikan gesegnete Gebete, während in den steinernen Gewölben die Trommelschläge heidnischer Rhythmen von den Straßen widerhallten.

In einer Ecke der Plaza ragte ein Café wie eine Bühne über die Straßenebene. Plötzlich wurde ein Tisch auf der Vorderseite frei. Smallwood umklammerte das Geländer, zog sich daran empor und besetzte einen der leeren Stühle. Zwischen der Bedienung und mehreren Gruppen von Gästen, die geduldig darauf gewartet hatten, dass ein Tisch frei wurde, entbrannte ein mit lateinamerikanischer Leidenschaft geführter wilder Streit. Smallwood weigerte sich stur, seinen Platz wieder zu räumen.

Heute spiele ich den Babysitter, dachte Diaz. *Morgen bin ich wieder ein Bulle.* Er steckte dem Manager des Cafés, der ein alter Bekannter und Sozialist war, einen Hundert-*peso*-Schein zu. Für die am lautesten protestierenden Gäste aus der Warteschlange wurden andere freie Tische gefunden. Diaz bestellte zwei *cervezas* und einen doppelten Scotch. Smallwood hatte sich in seinem Stuhl vorgebeugt, völlig gefesselt vom Anblick der saturnalischen Feierlichkeiten.

»Hab' noch nie so was gesehen«, murmelte er. »Nicht mal bei den Cowboyspielen.«

»Sí, es muy interessante«, erwiderte Diaz unverbindlich. Eine dunkle Vorahnung schwirrte beharrlich in seinem Kopf herum wie ein Insekt, dem ein Fliegengitter den Weg in die Freiheit versperrte. Eigentlich hätte er Smallwood auf kürzestem Weg ins Hotel zurückschaffen und dort gründlich ruhigstellen müssen. Stattdessen lehnte er sich in seinem Stuhl zurück und trank von seinem Pilsner.

Am Nachbartisch beobachtete er eine attraktive Frau in den Vierzigern. Eine Blondine mit einem Strohhut auf dem Kopf, die ein winziges gelbes Kleid trug, das die vollen Rundungen ihres Körpers noch betonte. Obwohl sie in fließendem Spanisch mit dem Kellner sprach, hatte sie einen ausländischen Akzent.

Diaz seufzte und richtete seine Aufmerksamkeit auf einen jüngeren Mann in einer besudelten Leinenjacke, der direkt neben ihr saß. Seine Lippen glitten schamlos die Wölbung ihres Halses entlang, eine seiner Hände tauchte zwischen ihre Oberschenkel. Als die Frau bemerkte, dass Diaz sie beobachtete, lachte sie unbekümmert und stieß den Mann von sich, worauf er schmollte wie ein heruntergekommener Aristokrat, der durch revoltierende Bauern von seiner ohnehin schon dreifach verpfändeten *estancia* vertrieben wurde.

Während Diaz noch überlegte, ob er ihr zulächeln sollte, bemerkte er, dass sie zwar in seine Richtung sah, aber durch ihn hindurchstarrte, als sei er unsichtbar. Er stand auf. »Ich muss mal pissen«, sagte er. »Bin gleich wieder da.«

Die Toiletten befanden sich im hinteren Bereich des Cafés. Diaz stieß die Tür zur Herrentoilette auf und bezog vor einem alten sargförmigen Urinal Stellung, das zwar rissig war und Rostflecken aufwies, aber noch immer seinen Zweck erfüllte. Er fügte seinen Strahl dem unermesslichen Strom menschlicher Ausscheidungen hinzu, in dem die Welt ersoff.

Als er aus der Toilette zurückkehrte, waren Smallwood und Armando verschwunden. Er warf einen Blick zur Bar hinüber, konnte aber auch dort keine Spur von den beiden entdecken. Voller Anspannung eilte er zur Brüstung der Terrasse und ließ den Blick langsam über die Menschenmengen auf der Straße wandern. Weder von Smallwoods massiger Gestalt noch von Armando, dessen Profil ein wenig an Alfred Hitchcock erinnerte, war etwas zu sehen. Auch die Kellner hatten nichts beobachtet. Eben waren die beiden noch hier gewesen und dann von einem Moment auf den nächsten verschwunden, als hätten sie sich in Luft aufgelöst.

Seine Unschlüssigkeit kostete Diaz wertvolle Sekunden. Schließlich machte er sich mit zügigen Schritten über eine Seitenstraße auf den Weg zum Hotel, schob sich rücksichtslos durch eine Gruppe streitsüchtiger Indianer, die der Alkohol in eine aggressive Stimmung versetzt hatte und die ihm wüste Flüche hinterherriefen. In Erwartung von Schwierigkeiten drehte er sich um und tastete nach der Glock unter seiner Jacke.

In diesem Moment materialisierten sich drei Tänzer mit überzeichneten Tiermasken, die nackten Arme, Beine und Körper mit primitiven Petroglyphen bemalt, wie aus dem Nichts vor Diaz und umringten ihn. Sie sangen uralte Gesänge, die sich mit Gelächter, dem Klingeln geschüttelter Glocken und den rhythmischen Schlägen einer einzelnen Handtrommel vermischten. Diaz erkannte sie als anthropomorphe Abbilder aztekischer Gottheiten. Einer der Tänzer, eine clownesk aussehende Kröte, packte Diaz an einem Handgelenk und riss es in die Höhe, während eine Jaguarhalbgöttin, deren nackte Brüste mit ockerfarbenen und schwarzen Punkten gesprenkelt waren, ihm ein aus bunten Schnüren geflochtenes Armband umlegte. Er konnte sich noch gut erinnern, wie sein Großvater jedes Mal das Gleiche mit ihm gemacht hatte, bevor sie zu einem ihrer Ausflüge in das Hinterland der Sierra aufgebrochen waren. Das Armband beschwor den Schutz durch die Teufel und Diener des Gottes der Unterwelt *Mictlantecuhtle* herbei, hatte ihm sein Großvater erklärt. Wobei jede Schnur für einen der kosmischen Kreise stand.

Dann waren die drei Tänzer auch schon wieder die Straße in Richtung *jardín* hinuntergewirbelt und wurden von der dichten Menschenmenge verschluckt. Nur die geflochtenen Schnüre an seinem Handgelenk bewiesen ihm, dass sie tatsächlich dagewesen waren. Diaz runzelte verblüfft die Stirn.

An der nächsten Straßenkreuzung bemühte sich ein uniformierter Polizist mehr oder minder vergeblich, den festgefahrenen Verkehr auf einer Straße, die gerade einmal Platz für eine Fahrspur bot, in beide Fahrtrichtungen zu lenken.

Diaz zeigte ihm seine Dienstmarke. »Haben Sie einen riesigen *gringo* in einer gelb und schwarz karierten Jacke gesehen, der in diese Richtung gegangen ist?«, fragte er. »Oder einen *Judiciales*-Inspector in einem dunkelblauen Anzug?«

Der Polizist musterte Diaz, als hätte dieser Peyote eingeworfen. »Warum sollte ich auf irgendwelche Leute achten, die hier vorbeikommen? Ich habe schon genug Probleme mit diesen beschissenen Autos. Jeder Fahrer hier ist betrunken. Ich müsste sie eigentlich alle verhaften!«

Diaz ging einen Block weiter, bevor er kehrtmachte und

wieder die Richtung zum *zócalo* einschlug. Vielleicht hatte Smallwood nur ein paar Erdnüsse oder Andenken kaufen wollen. Vielleicht saßen er und Armando längst schon wieder an ihrem Tisch und fragten sich, wo Diaz so lange blieb, ob er womöglich im Klo ausgerutscht war und sich den Kopf am Pissbecken aufgeschlagen hatte.

Am Tisch des Cafés im Epizentrum der Feier saß mittlerweile eine Gruppe melancholisch anmutender deutscher Touristen, die teure Digitalkameras schwenkten. Diaz hatte das Gefühl, an der Schwelle zu einem unaussprechlichen Unheil zu stehen.

Auf der Treppe, die zum Café hinaufführte, stieß er beinahe mit Consuela Domingue zusammen, die ein atemberaubendes, trägerloses weißes Chiffonkleid trug, das sich so eng wie eine zweite Haut an ihren Körper schmiegte. Ihr spöttischer Blick hielt ihn gefangen.

»Inspector! Ich hoffe, Sie sind gestern Abend gut nach Hause gekommen. Nachdem wir uns so abrupt getrennt haben, meine ich.«

»*No problemo*. Auch wenn sich eine Stelle in meinem Gesicht etwas unangenehm anfühlt. Ich muss wohl falsch gelegen haben.«

»Sie haben Glück, dass Sie überhaupt noch am Leben sind.«

Diaz blinzelte. »Ich dachte, Sie wollten heute Morgen zurück nach Mexico City fahren.«

»Leo wollte noch bleiben, um sich die *fiesta* anzusehen.« Consuela wirkte weder sonderlich glücklich noch unzufrieden. »Wir treffen uns gerade mit meiner Freundin Jane. Sie und dieser russische Maler sitzen in dem Café dort oben.«

Diaz spürte, wie ein Adrenalinschub durch seine Adern raste.

»Möchten Sie sich uns vielleicht auf einen Drink anschließen?«, fragte Consuela. »Dann könnten wir uns darüber unterhalten, ob es sich vielleicht lohnt, an den gestrigen Abend anzuknüpfen.«

Die Aussicht, endlich den verschollenen *señor* Gregorowitsch gefunden zu haben, beschäftigte Diaz viel zu sehr, als dass er sich auf Consuelas Worte hätte konzentrieren können. Er packte sie zerstreut am Arm. »Ich würde Jane sehr gern kennenlernen«, sagte er.

»Da bin ich mir ganz sicher. Genau wie all die anderen Hengste unter den Bullen.« Consuela lachte, während Diaz so tat, als würde sein Blick nicht von ihren weißverpackten prächtigen Möpsen angezogen. Sie hakte sich bei ihm unter und stieg mit ihm die Treppe hinauf.

Als sie oben ankamen, suchte sie die Tische mit den Blicken ab. »So ein Mist aber auch!«, stieß sie enttäuscht hervor. Auf ihrer Stirn erschien eine tiefe Falte. »Sie sind verschwunden. Wissen Sie, ich hatte eigentlich sogar den Eindruck, dass sie im Grunde keine Lust hatten, mich und Leo zu sehen.«

Es gab nur einen freien Tisch auf der Terrasse. Direkt neben dem, an dem Diaz mit Smallwood und Armando gesessen hatte. Der Tisch mit der Blondine und ihrem aufdringlichen jungen Liebhaber.

»Ist ihre Freundin Jane vielleicht eine Blondine, die einen Strohhut und ein gelbes Kleid trägt?«, erkundigte er sich.

Consuela musterte ihn erstaunt. »Woher wissen Sie das?«

Diaz fragte sich, wieso ihm das Schicksal ständig Steine in den Weg legte. Er schenkte Consuela ein kraftloses Lächeln. Vielleicht hätte er gestern doch mit ihr schlafen sollen. Als Balsam für gereizte Nerven.

Er malte sich ihre Nase tief in seinem *culo* vor, während

ihre Zungenspitze kitzelnd über seinen Sack tanzte. Dann sah er sie in seiner Vorstellung gebeugt über sich hocken, ihre beeindruckenden Brüste zwei tief herabhängende Früchte.

Diaz seufzte innerlich. Wahrscheinlich war Consuela eine erfahrene Swingerin. Viel zu gefährlich für einen Kleinstadtbullen wie ihn.

Zumindest aber wusste er jetzt, wie Gregori Gregorowitsch aussah. Es war nur noch eine Frage der Zeit, bis sie sich unterhalten würden.

Kapitel 19

Consuelas Finger strichen sanft über Diaz' Wange. »Machen Sie nicht so ein unglückliches Gesicht. Alle mexikanischen Männer haben eine Vorliebe für blonde Nordländerinnen. Aber das geht nur selten glatt. Kommen Sie und trinken Sie trotzdem etwas mit uns.«

Er schüttelte den Kopf. »Ich muss los«, erwiderte er. Jetzt hatte es Vorrang, dass er Bass Smallwood fand. Die Dinge wieder unter seine Kontrolle brachte.

Diaz wich Consuelas Lippen aus, verteilte stattdessen Luftküsse über ihre Wangen und wünschte ihr eine sichere Heimfahrt nach Mexico City. Er hatte ihr vorsorglich die Hände auf die Schultern gelegt, um einen schicklichen Abstand zu ihrem verheißungsvollen Körper gewährleisten zu können. Leo war gerade dabei, mit unsicheren Schritten die Treppe des Cafés zu erklimmen. Diaz nickte ihm kurz zu, als er an ihm vorbeieilte.

Bass Smallwood und Armando aufzuspüren, indem er einfach aufs Geratewohl durch die Straßen irrte, erschien ihm bestenfalls sehr blauäugig. Schlimmstenfalls als absolute Zeitverschwendung. Und Armando ging einfach nicht an sein gottverdammtes Mobiltelefon! Eine besser organisierte Suche war vonnöten. Diaz machte sich unverzüglich auf den Rückweg zur Zentrale der *Judiciales.*

Als er das Revier betrat, sprang Armando hinter seinem Schreibtisch auf, wobei er den Kriminalcomic zu Boden fallen ließ, in dem er gelesen hatte. Er wirkte zerknirscht und ängstlich. Wie ein Welpe, der dabei ertappt worden war, auf den Teppich zu pinkeln. Bevor Diaz irgendeinen offiziellen

Kommentar zu dem Vorfall abgeben konnte, sprudelte der Sergeant seine Erklärung hervor.

»Smallwood ist einfach ohne jede Vorwarnung aufgestanden, über die Brüstung gesprungen und in der Menge untergetaucht. Er war schon verschwunden, bevor ich auch nur mein Glas abstellen konnte. Ich …«

»Du meinst, bevor du deinen Arsch hochgekriegt hast. Du hast Scheiße gebaut, Armando. Warum hast du mich nicht wenigstens angerufen?«

Roberto Ortiz und García Sanchez, die hinter Armando aufgetaucht waren, schoben sich langsam zur Seite und schätzten ihre Chancen ab, sich unbemerkt durch den Flur zur Unisextoilette durchschlagen zu können. Den Zusatz »Unisex« trug die Toilette seit Felicias Ankunft im Revier.

Armandos walnussfarbenes Gesicht nahm einen rötlichen Farbton an. Seine Stimme schwankte leicht. »Der Akku war tot. Ich habe gestern Abend vergessen, ihn wieder aufzuladen.«

Diaz bemerkte Robertos und Garcías klammheimlichen Versuch, sich im Zeitlupentempo abzusetzen.

»Amigos.« Seine langen schlanken Finger bohrten sich in Garcías Schulter. »Meinen herzlichen Glückwunsch! Ihr drei seid hiermit für diesen Tag – oder zumindest für das, was noch davon übrig ist – dazu eingeteilt, Bass Smallwood aufzuspüren, der zweifellos völlig besoffen in irgendeiner kakerlakenverseuchten *taberna* herumliegt. Ich erwarte stündliche Rückmeldungen über eure Fortschritte, ganz egal, ob ich ans Telefon gehe oder nicht. Und fasst euch kurz!«

Nachdem die drei Polizisten verschwunden waren, war das Revier so verwaist wie ein Puff an einem Sonntagmorgen. Der Wachposten mit der Maschinenpistole hatte schon längst Feierabend. Die Deckenlampen warfen ihr Licht auf leere Schreibtische und erloschene Computermonitore. Diaz fragte sich, ob es tatsächlich irgendjemand wagen würde, die Computer der *Judiciales* zu klauen, wenn sie nicht bewacht wurden. Er kam zu dem Schluss, dass in diesem dunklen Zeitalter nichts unmöglich war, wie abstoßend es ihm auch erscheinen mochte. Um Strom zu sparen, aber auch, um seine durch Schlafmangel tränenden und brennenden Augen zu schonen, schaltete er das Licht aus, lehnte sich in der Dunkelheit seines Büros zurück und rauchte. Seine Füße schmerzten, und sein Schädel pochte. Langsam fielen ihm die Augen zu.

Ein Geräusch ließ ihn wieder hochschrecken. Der Rest seiner Zigarette qualmte noch immer zwischen seinen Fingern. Was hatte ihn aus dem kurzen Halbschlaf gerissen? Seine Augen versuchten, die ineinander übergehenden Schatten zu durchdringen, so wie sich der blinde Pew die mit Furchen durchzogene Straße zu seinem Tod entlanggetastet hatte.

Irgendjemand stand in der Tür zu seinem Büro! Eine Silhouette, die es eigentlich gar nicht hätte geben dürfen – schwarz auf schwarz. Diaz tastete nach der unter der Platte seines Schreibtischs befestigten stubsnasigen Pistole Kaliber .25.

»Wer, verdammte Scheiße, ist da?«, fragte er.

Er hatte die Frage kaum ausgesprochen, als die Deckenbeleuchtung aufflackerte. Ein Mann in olivgrauer kubanisch anmutender Arbeitskleidung, der Diaz mit einem amüsierten Gesichtsausdruck musterte, wurde in der Tür sichtbar. Seine Augen wirkten so undurchsichtig und rätselhaft wie die verborgenen Zuflüsse einer heiligen *cenote* der Mayas in Yucatán. Hohle Wangen. Ein lippenloser Mund, wie dafür geschaffen, das Letzte Gericht auszurufen. Eine sonnenverbrannte Hand, die über einen kahlrasierten Schädel strich.

»Wer, zum Teufel, sind Sie?«, wollte Diaz wissen.

»Sie haben mich nicht zurückgerufen«, erwiderte der Unbekannte.

Diaz spürte, wie es ihm vor Anspannung in einem seiner Finger juckte. Um das Gefühl zu vertreiben, setzte er sich gerade auf, ließ den Deckel seines Zippos aufspringen und zündete sich eine frische Zigarette an, alles mit einer Hand. Mit der anderen zog er die kleine Pistole aus ihrem Holster unter der Schreibtischplatte und legte sie sich auf den vom Schreibtisch verdeckten Schoß.

»Tut mir leid, aber ich habe Ihren Namen nicht mitbekommen.«

»Lieutenant Morales. Von den *Federales.*«

»Die Nachricht auf dem Anrufbeantworter von gestern.«

»Brillant.«

»Sie haben sich tatsächlich die Mühe gemacht, den ganzen Weg von Guanajuato bis nach San Miguel zu fahren, nur weil ich nicht zurückgerufen habe? Ich hoffe, es sind nicht zu viele Betrunkene auf der Straße herumgetorkelt. San Miguel und das gesamte Umland sind zurzeit berauscht von Religion, billigem *tequila* und *pulque.*«

»Es no problemo.«

»Wäre es Ihrer Nachricht irgendwie anzuhören gewesen, wie dringend die Angelegenheit offenbar für Sie ist, hätte ich Ihnen vielleicht die Reise ersparen können.«

Lieutenant Morales vergrub die Hände tief in den Taschen seiner Arbeitshose. Seine Stimme hatte einen kratzigen Unterton, wie beim Abspielen einer alten Jazzplatte.

»Als ich noch ein Kind war, damals in der Winterzeit, wenn es bereits früh dunkel wurde, habe ich mich immer auf das Dach der Werkstatt in unserem Hinterhof geschlichen, um zuzusehen, wie sich meine Schwester bei Kerzenlicht in ihrem Zimmer ausgezogen hat. Sie war fünfzehn und hatte bereits den Körper einer Frau.«

Während Morales redete, wanderte Diaz' Blick zum anderen Ende des Büros und dann wieder zurück zu dem rasierten Schädel seines Besuchers, der unter einem dünnen Schweißfilm schimmerte. Was wollte dieser Kerl von ihm? War dies ein Test, um ihn dazu zu provozieren, sich als heimlicher Pädophiler zu outen? Ließ vielleicht *Don* Cedillo Andeutungen in der Hauptstadt des Bundesstaats fallen, dass Diaz pervers war? Seit sieben Jahren geschieden und immer noch nicht wieder verheiratet …

»Ich hoffe, Sie haben nicht die ganze Fahrt auf sich genommen, nur um hier eine Beichte abzulegen«, sagte Diaz. »Dafür bräuchten Sie ohnehin einen Priester. Ich wäre gar nicht berechtigt, Ihnen die Absolution zu erteilen.«

Morales sprach einfach weiter, als hätte Diaz nichts gesagt.

»Eines Abends hat mich meine Schwester auf dem Dach gesehen und meinem Vater Bescheid gesagt. Er hat mich zu einem blutigen Klumpen Brei zusammengeschlagen und dann zum Priester unserer Gemeinde geschleppt. Der Priester hat mir erklärt, dass ich eine Todsünde begangen hätte. Die ganze Geschichte hat damit geendet, dass ich zum Bruder meines Vaters ziehen musste, der eine Schuhfabrik in Nuevo Laredo hatte. Mein Onkel war ein Sadist. Ich musste täglich vierzehn Stunden in seiner Fabrik arbeiten. Nachts habe ich auf dem nackten Lehmboden im Hof bei seinen Hunden und Hühnern geschlafen. Ich habe zwei Finger in einer Schuhpresse verloren, bevor ich endlich den Mut aufgebracht habe wegzulaufen.«

Diaz blinzelte. Dieser Morales war wirklich ein echter Spaßvogel. »Und trotz all dieser Entbehrungen haben Sie es bis zum allgemein respektierten Lieutenant bei den *Federales* gebracht.«

»Sie haben nicht richtig zugehört, *mi amigo*. Weil Sie viel zu sehr damit beschäftigt waren, den Witzbold zu geben.« Morales Stimme war ein raues Flüstern.

»Ach, ja? Wollten Sie mir mit Ihrer Geschichte irgendeine elementare Wahrheit verkünden? Einen Lichtstrahl auf meine dunkle verkommene Seele werfen?«

»Es gibt verbotene Dinge auf der Welt, Hector. Wenn man sich darauf einlässt, können einem schlimme Dinge zustoßen.«

Diaz verabscheute es, wenn ihn Leute, die er nicht kannte, mit dem Vornamen ansprachen, als wären sie alte Kameraden. »Worauf genau wollen Sie eigentlich hinaus?«

»Die Bundespolizei von Guanajuato ist mit einigen äußerst sensiblen Ermittlungen beschäftigt. Und wir wollen nicht, dass Sie darin herumpfuschen.«

»Ich habe nicht die geringste Ahnung, wovon Sie sprechen.«

Ein böses Lächeln kräuselte Morales' kaum vorhandene Lippen. »Ach, kommen Sie, Hector. Den Dummkopf zu spielen zieht nicht bei mir. Ich spreche von Amanda Smallwoods Tod. Halten Sie sich damit zurück, *amigo*. Lassen Sie einfach los.«

Er hob die rechte Hand. Dort, wo eigentlich Zeige- und Mittelfinger hätten sein sollen, befanden sich nur zwei mit weißem Narbengewebe überzogene Stummel.

Der Anblick der grotesken Entstellung katapultierte Diaz' Erinnerung zurück zu dem Silvesterabend, an dem seine Tochter von einer verirrten Kugel getötet worden war, die vielleicht ein betrunkener New Yorker in Feierlaune abgefeuert hatte. Er sah sie wieder vor sich, wie sie in seinen Armen gelegen hatte, das Gesicht von Verwirrung und Angst gezeichnet, während ihr das Blut zwischen den Lippen hervorgesprudelt war. Dann hatte sie die Augen verdreht und war gestorben.

Die Wut packte Diaz' an den *cojones* wie die Zähne eines zum Kampf gedrillten Rottweilers. Er wusste, dass er im Begriff war, etwas äußerst Dummes zu tun, aber es war ihm völlig egal. Er schoss wie von einer gespannten Sprungfeder losgeschnellt aus seinem Sessel hoch und hechtete über den Schreibtisch. Morales grunzte vor Überraschung und Schmerzen auf, als Diaz wuchtig mit ihm zusammenstieß und ihm den Unterarm so heftig in die Kehle presste, dass Morales mit dem Hinterkopf gegen den Türrahmen knallte. In Diaz' freier Hand tauchte plötzlich die vernickelte Pistole Kaliber .25 auf. Ihr kurzer Lauf bohrte sich in eins von Morales' Nasenlöchern.

»Amanda Smallwood wurde brutal ermordet!«, zischte Diaz. »Sie hatte es nicht verdient zu sterben. Ich habe vor, ihren Mörder zu finden. Schieben Sie sich also Ihre lustigen Anekdoten und pikanten Geschichten in den Arsch, Lieutenant. Und nennen Sie mich ja nie wieder *amigo!*«

Er zog die .45er aus Morales Hüftholster und drückte auf den Magazinauswurf. Das Magazin rutschte aus dem Griff und landete klappernd auf dem Schreibtisch. Als er den Unterarm von der Kehle des Bundespolizisten zurückzog, krümmte sich Morales zusammen und schnappte mühsam nach Luft. Diaz zerrte ihn mit sich und stieß ihn zur Tür des Reviers hinaus.

Draußen vor dem Eingang fand Morales das Gleichgewicht wieder und massierte seine gequetschte Kehle. Als er

Diaz anblickte, fiel das Licht der Lampe über dem Türeingang auf ein maskenhaft starres Gesicht, das keinerlei Emotionen verriet. Dann drehte er sich wortlos um und ging. Das Klappern der Nägel in den Sohlen seiner paramilitärischen Stiefel auf dem harten Pflaster wurde leiser, während er sich ohne Hast entfernte.

Diaz sah zu, wie Morales die Straße hinunterging und von der Dunkelheit verschluckt wurde. *Wenn ich ein Talent habe*, dachte er, *dann das, mir Feinde zu machen.*

Kapitel 20

Bass Smallwood wurde durch den Gestank seines eigenen Erbrochenen geweckt, mit dem er sich die Vorderseite des Hemdes und der Hose bekleckert hatte.

Er steckte mit dem Kopf in einem Winkel, der aus drei Flächen gebildet wurde, bestehend aus einer Längs- und einer Querwand sowie dem Fußboden eines engen Ganges, der in eine verdreckte Toilette führte. Sein Gehirn bäumte sich auf.

Smallwood stemmte sich mühsam hoch und torkelte zu einem schmalen Türdurchbruch am anderen Ende des Ganges. Dahinter lag ein Raum mit niedriger Decke, in dem es nach Alkohol, Tabak, Gras und verschwitzter Geilheit stank. Eine schäbige Bar mit kreuz und quer stehenden, aus ungehobelten Holzbrettern zusammengezimmerten Tischen. Auf einem davon lag ein toter oder bewusstloser *mestizo*. Eine Schwingflügeltür führte auf die Straße hinaus. Über und unter den Türflügeln sickerte Licht wie ein langsam wirkendes Gift in die Bar.

Smallwood benötigte eine Weile, bis ihm wieder einfiel, dass er sich in irgendeinem mexikanischen Provinzkaff befand, in das er gekommen war, um den Leichnam seines einzigen Kindes zu identifizieren. Dass seine Genlinie abrupt in einer Sackgasse angekommen war.

Draußen vor der *cantina* machte er sich im hellen Sonnenschein eines frühen Morgens ein Bild von seiner äußeren Erscheinung. Er sah aus wie der letzte Penner, die Kleidung verdreckt und zerknittert, das Gesicht schmutzverschmiert, braune Staubringe um beide Fußgelenke herum. Wie waren ihm seine Socken abhandengekommen?

Zwei Indianerinnen kamen vorbei und sahen durch ihn hindurch, als wäre er lediglich eine Peyotehalluzination. Smallwood klopfte seine Hosentaschen ab und vergewisserte sich, dass er wie durch ein Wunder noch immer im Besitz seines Portemonnaies war. Sein Kopf war ein schmerzhaft hämmerndes Schlachtfeld.

Er erinnerte sich an seine Begegnung mit dem Bestattungsunternehmer Dr. Valdemario, einem Gestalt gewordenen Arschloch mit dem arroganten Gehabe eines Stierkämpfers. Die Vorkehrungen für die Rückführung von Amandas Leichnam nach Dallas waren getroffen worden. Er hatte alles getan, was er für seine tote Tochter hier tun konnte. Es gab keinen Grund mehr, warum er noch länger in dieser teuflischen Stadt bleiben sollte. Smallwood schleppte sich durch die menschenleeren morgendlichen Straßen und fand wie durch ein Wunder zu seinem Hotel zurück.

Der vor sich hin dösende Portier ließ sich weder durch das frühe Auftauchen noch durch den desolaten Zustand seines Gastes die leiseste Überraschung anmerken. Smallwood duschte, zog frische Kleidung an und nickte für rund eine halbe Stunde ein. Eine Nachricht von Diaz mit der Bitte um Rückruf, die der Portier ihm ausgehändigt hatte, lag zerknüllt und unbeachtet auf dem kleinen Schreibtisch.

Als Smallwood fünf Minuten nach neun durch den Haupteingang des Hotels trat, winkte der Pförtner einen Mietwagen herbei, der bereits seit Mitternacht geduldig auf der anderen Straßenseite parkte. Der Pförtner, dem der Fahrer im Voraus einen Fünfhundert-*peso*-Schein zugesteckt hatte, verstaute Smallwoods Reisetasche im Kofferraum des Wagens und half ihm in den Fond.

Smallwood hatte sich eine Baseballkappe der Texas Rangers über den Schädel mit dem Bürstenhaarschnitt gestülpt.

Als sich der Wagen in Richtung des Internationalen Flughafens von Guanajuato in Bewegung setzte, bedauerte er, nicht noch eine Flasche Scotch aus der Bar mitgenommen zu haben.

Die zweispurige Autobahn von San Miguel zum Flughafen verlief achtzig Kilometer weit durch eine halbwüstenartige Landschaft, bevor sie die äußersten Ausläufer der Hauptstadt des Bundesstaats streifte, nach Süden abbog und weiter durch das Gewerbegebiet des Flughafens führte. Steile Felsböschungen erhoben sich zuerst nur auf der linken, dann auch auf der rechten Straßenseite. In weiten windgepeitschten Tälern fristeten Dornenbüsche und verkrüppelte breitblättrige Eichen ein kümmerliches Dasein.

Es gab nur wenige Lebenszeichen. Ein Mann mit staubbedeckter Kleidung und einem *sombrero* auf dem Kopf führte einen Esel einen schmalen Schotterweg entlang. Ein großer, Smallwood unbekannter Vogel flog über die Straße und verschwand in einem Kaktusdickicht.

Der Fahrer des Mietwagens trug ein blau kariertes Hemd und einen Schnurrbart. Sein Haar war sorgfältig gegelt und gekämmt. Hinter einer Kurve wurde er plötzlich langsamer und hielt am Straßenrand.

Bass Smallwood hob die Brauen. Hatten sie einen platten Reifen? Er hatte weder das charakteristische Schlingern gespürt noch das klatschende Geräusch eines platten Reifens gehört.

Die Augen des Fahrers richteten sich ruckartig auf den Rückspiegel. Smallwood warf einen Blick über die Schulter und entdeckte einen uralten VW-Käfer, der scheinbar aus dem Nichts aufgetaucht war und hinter ihnen hielt. »Ein Freund von Ihnen?«, fragte er.

Der einzige Insasse des zweiten Wagens war ein für seinen tödlichen Blick berüchtigter psychopathischer Indianer. Er saß einen Moment lang absolut reglos hinter dem Lenkrad und summte eine schlichte Melodie aus Kindheitstagen, bevor er plötzlich die Tür aufstieß und aus dem Käfer sprang. Schneidende Wüstenwinde und schlechtes Karma hatten tiefe Spuren in seinem dunklen Gesicht hinterlassen. Der Amphetaminspiegel seines Blutes verlieh seinen Augen ein irres Glitzern.

Mit drei schnellen Schritten stand er neben dem gemieteten Wagen. Doch anstatt sich zum Beifahrerfenster hinunterzubeugen und mit dem Fahrer zu sprechen, wie es Smallwood erwartet hatte, riss er die Hintertür auf und richtete eine kleinkalibrige Automatik auf den Texaner. Er drückte ihm die kühle Mündung an die Schläfe und schob sich neben ihn in den Fond. Smallwood rutschte verängstigt bis ans andere Ende der Rücksitzbank.

»*Adelante!*«, befahl der Indianer.

Der Wagen fuhr mit einem Ruck wieder los. Smallwood erzitterte in einem Wechselbad der Gefühle. Immer wieder wurde ihm für einen kurzen Moment klar, dass er vielleicht schon bald tot sein würde, bevor er die Möglichkeit wieder verdrängte. Was, zur Hölle, hatten die beiden Männer mit ihm vor?

Wie jeder Tourist, der unvermittelt Dritte-Welt-Entführern in die Hände fällt, leerte er seine Taschen und bot seinem Gegenüber alles an, was er mit sich führte: Geld, Kreditkarten, eine Handvoll wertloser mexikanische Münzen, eine Plastikdose mit Zahnseide. Das Gesicht des Indianers neben ihm war von einer Brandnarbe entstellt, deren totes weißes Gewebe eine geheime Botschaft enthielt, die sich Smallwoods Verständnis nur knapp entzog.

Der Wagen schlingerte um eine Kurve herum und bog dann mit quietschenden Bremsen scharf auf einen Schotterweg ein, der aus zwei tiefen Fahrrinnen bestand. Die knochenharte Erde in der Mitte der schmalen Fahrbahn wölbte sich weit genug hoch, um die Achsen aus ihren Verankerungen zu reißen. Von den Reifen hochgeschleuderte Steine prallten mit dumpfen Schlägen gegen die Ölwanne, während der Wagen die Böschung hinaufjagte und schließlich in einer Staubwolke außer Sicht der Autobahn zum Stehen kam.

Der Fahrer stieg aus, lief um den Wagen herum und riss die hintere Tür auf der Beifahrerseite auf, gegen die sich Smallwood gedrückt hatte, während der Indianer dem Texaner den Lauf der Pistole kräftiger in das kalkweiß gewordene Gesicht bohrte.

Jeglichen Halts beraubt, kippte Smallwood, fast besinnungslos vor Angst, rücklings auf den harten Boden. »Bitte …«, stammelte er und streckte dem Indianer, dessen Augen wie Katzengold glitzerten, flehend die Hände entgegen. »Was auch immer Sie haben wollen, es gehört Ihnen, versprochen!«

Einen undefinierbaren Moment lang sah er, wie seine Tochter gegen die Finger eines Unsichtbaren ankämpfte, die sich tief in ihre Kehle gruben. Wie ihr verzweifelter Wunsch zu leben wie ein stummer Schrei aus den Tiefen ihrer Augen emporstieg. Wie ihren Lippen der letzte Atemzug ihres Lebens entströmte.

Im gleichen Sekundenbruchteil drückte der Indianer auf den Abzug. Die Kugel glitt an Smallwoods Wangenknochen ab und pflügte eine tödliche Schneise durch sein Gehirn. Er hörte nicht einmal mehr den Schuss. Sein Körper sank zurück und erschlaffte.

Der Indianer sprang wie von einem Anfall gepackt auf und ab und feuerte zwei weitere Kugeln in Smallwoods Brust. Reine Munitionsverschwendung, eine Redundanz des Tötens.

Nachdem er sich wieder beruhigt hatte, schleifte er Smallwoods leblosen schweren Körper gemeinsam mit dem Fahrer durch das verfilzte Gestrüpp und zähe Gras und warf ihn in einen gewundenen tiefen Felsspalt. Dann knöpfte er seine Hose auf und pinkelte über den Rand der *barranca*. Als er sie wieder zuknöpfte, entdeckte er Smallwoods Rangers-Kappe im Staub. Er hob sie auf und ließ sie mit einem kurzen Ruck aus dem Handgelenk heraus wie einen Frisbee in den Abgrund segeln.

Danach war es, als hätte Bass Smallwood niemals existiert.

sie haben gelogen. sie haben gesagt, eine wäre genug. aber jetzt verlangen sie noch eine. ich habe gewusst, dass es kein zurück mehr geben würde, nachdem sie erst einmal auf den geschmack gekommen sind.

zuerst haben sie gewinselt und mich beschwatzt, bis ich keinen klaren gedanken mehr fassen konnte. dann haben sie mir gewalt angedroht. an dem punkt bin ich bereit gewesen, ihnen die erste zweibeinige ziege zu bringen.

ich war so dumm zu glauben, ich könnte sie zufriedenstellen, indem ich ihnen nachgebe.

aber während sie noch dabei waren zu schmausen und in den eingeweiden meiner gabe zu lesen, haben sie mich bereits ausgelacht. nachdem sie gesättigt waren, sind sie im schatten der bananenstaude neben dem swimming pool in den schlaf gefallen.

doch schon bald darauf haben sie eine weitere gabe verlangt. ihr kosmisches verlangen nach blut lässt mein gehirn vibrieren.

Kapitel 21

In einer Ecke von Diaz' Schreibtisch stand ein gerahmtes Foto. Es zeigte seine Mutter in einem luftigen Sommerkleid, ein Bild wie aus einem Melodram mit Barbara Stanwyck. Sie lächelte glücklich. Neben ihr blickte sein Vater, der eine gebügelte *guayabera* und einen kleinen runden Strohhut trug, mit finsterer Miene in die Kamera. Im Hintergrund ein 1955er Chevrolet mit verchromtem Kühlergrill. Das Bild war am ersten Tag ihrer Flitterwochen aufgenommen worden – einer Fahrt nach Houston und Galveston. Drei Kinder und 37 Jahre später war seine Mutter tot, an Bauchspeicheldrüsenkrebs gestorben.

Diaz rauchte zwei Zigaretten, doch weder Ortiz, noch Ruiz oder Sanchez riefen an. Vermutlich hatten sie sich in eine gemütliche *bodega* verkrochen, wo sie Karten spielten und *cervezas* tranken.

Als er in seine Jackentasche griff, um die Mailbox seines Mobiltelefons zu überprüfen, strichen seine Finger über die Seidenspitze des himbeerfarbigen Höschens, das er aus Gregorowitschs Atelier mitgenommen hatte. Er zog es hervor und hielt es sich unter die Nase. Es roch nach Staub und Schimmelpilzen.

Während er es um zwei Finger rotieren ließ, überlegte er, ob er es Dr. Nicholas Moza bringen und von ihm in Guanajuato untersuchen lassen sollte. Doch es konnte Tage oder sogar Wochen dauern, bis er die Ergebnisse bekam. Und was würde eine Laboranalyse bestenfalls beweisen können? Dass Amanda Smallwood ein Stück Unterwäsche in Gregorowitschs Unterschlupf zurückgelassen hatte. Und wie würde er dastehen, wenn sich herausstellte, dass es nicht einmal ihr Höschen war? Dass es möglicherweise sogar einer Mörderin gehörte?

Einen Moment lang ließ er es über dem Papierkorb baumeln. Dann überlegte er es sich anders und verstaute es in der untersten Schublade seines Schreibtischs hinter einer veralteten Strafgesetzsammlung.

Auf dem Weg nach draußen machte er in der Toilette Station, um sich die Hände zu waschen. Da wie üblich die Papierhandtücher in dem Spender fehlten, trocknete er sich die Finger mit seinem Stofftaschentuch ab. Anschließend verriegelte er gewissenhaft die Eingangstür, den Rücken der Straße zugewandt, während er mit dem Schlüssel hantierte.

Eine Schuhsohle kratzte über Stein. Diaz wirbelte in der Erwartung herum, dass es Morales war, der sich auf ihn stürzte, vor Rachedurst brennend, nachdem er eine Stunde lang in der Dunkelheit auf der Lauer gelegen hatte. Doch es war nur ein verirrter Säufer auf dem Heimweg von der *fiesta*.

Diaz wanderte durch die dunklen Straßen und ließ den Lärm der feiernden Menschen im *jardín* hinter sich zurück. Als er die Tür zu seiner Wohnung aufschloss und das Licht einschaltete, kam er sich wie ein Eindringling vor. Was tat er hier überhaupt? Eigentlich verspürte er das Bedürfnis, irgendwo unter vielen ausgelassenen Leuten zu sein, um nicht länger an das tote Mädchen denken zu müssen und dieses merkwürdige Gefühl loszuwerden, ihr verpflichtet zu sein. An einem Ort, wo sich die Menschen in drei Reihen vor dem Tresen drängten und der Barkeeper Blut und Wasser schwitzte, weil er kaum mit den Bestellungen hinterherkam und er auch noch entdeckte, dass ihm irgendwer ein Glas mit Lippenstiftflecken ins Regal geschmuggelt hatte.

Ortiz würde in Begleitung des tätowierten Models aus dem *Instituto* da sein, das vermutlich eine rauchige, von unzähligen Zigaretten heisere Stimme hatte. Auch Quevedo war gekommen, erschöpft von zu vielen Stunden der Überprüfung diverser Verdächtiger. Vielleicht sogar Felicia, die sich bemühte, von den anderen als Teil der Truppe akzeptiert zu werden. Jeder Polizist würde eine Runde schmeißen, während das Model verstohlen die Hand über Diaz' Schritt gleiten und die Vinylverlängerungen ihrer Fingernägel über seinen Reißverschluss ratschen ließ, unbemerkt von Ortiz, der einen Moment lang abgelenkt war, weil er gerade einen langen schmutzigen Witz zum Besten gab, in dem es um eine Platinblondine, einen Pinguin und einen Priester ging …

Diaz sehnte sich danach, nicht länger an tote Mädchen und verschwundene Väter denken zu müssen. An das Echo leerer Zimmer.

Seufzend betrat er die Wohnung und verriegelte die Tür hinter sich. Dann duschte er so lange, bis das heiße Wasser ausging. Danach legte er sich in Jeans und einem Sweatshirt auf die Couch und trank mit geschlossenen Augen langsam und genüsslich seinen Lieblingsmezcal auf Eis aus einem Kognakschwenker.

Mehrere Stunden später wurde er durch den beharrlichen Lärm seines Mobiltelefons geweckt. Die *Geheime Geschichte*, in der er gelesen hatte, fiel zu Boden. Laut seiner zuverlässigen Rolex war es zwanzig nach eins. Er erinnerte sich verschwommen daran, mit seinen Kollegen in einer Bar getrunken zu haben. War es lediglich ein Traumfragment? Oder die Erinnerung an einen Schnappschuss, den irgendjemand irgendwann mit der Kamerafunktion eines Mobiltelefons gemacht hatte?

Aus dem kleinen Lautsprecher drang Ortiz' Stimme. Sie wären hungrig und erschöpft, jammerte er. Und hätten mittlerweile die Hoffnung aufgegeben. Ihre ergebnislose Suche hätte sie durch dreißig Bars, *cantinas*, *bodegas*, Lounges, Privatclubs und *pulque*-Schuppen geführt, alle gerammelt voll mit Säufern, Aufreißern und dem letzten Abschaum. Dreimal wären sie zum Hotel zurückgekehrt, aber Bass Smallwood blieb verschwunden, als wäre er durch einen Riss im Universum gefallen.

»Okay«, sagte Diaz. »Ich möchte, dass Armando gleich morgen in aller Frühe wieder ins Hotel fährt. Falls Smallwood dann wieder aufgetaucht ist, soll Armando ihn dort festhalten, bis ich da bin. Ist das klar?«

Er konnte hörten, wie Ortiz seine Anweisungen für die Kollegen im Hintergrund wiederholte. »Und, Ortiz …«

»*Sí.*«

»Hast du nicht morgen Bereitschaftsdienst?«

»*Sí.*«

»Schön, da drei Viertel der Stadt verkatert sein werden, dürfte es ziemlich ruhig sein. Ich wünsche dir einen erholsamen Sonntag.«

»Danke, Hector«, erwiderte Ortiz. »Ich dir auch.«

Diaz wurde immer misstrauisch, wenn Ortiz den verständnisvollen Kameraden herauskehrte. War es nur Sarkasmus, oder wollte er ihn vielleicht für irgendeine unerfüllbare Forderung weichklopfen, wie zum Beispiel eine Gehaltserhöhung oder eine Woche Urlaub? »Möchtest du sonst noch irgendwas sagen?«, fragte er.

Am anderen Ende der Leitung herrschte Stille. Offenbar sparte sich Ortiz sein Anliegen für eine günstigere Situation auf.

»Sollte sich irgendwas ergeben, erreichst du mich ab elf

bei meiner Schwester«, sagte Diaz. »Ansonsten sehen wir uns in alter Frische am Montag wieder.«

Er beendete das Gespräch, ging ins Schlafzimmer und zog einen Baumwollpyjama gegen die winterliche Kälte an. Die nächsten drei Stunden lag er wach in der Dunkelheit, während ihm die Ereignisse der letzten beiden Tage wie in einer Endlosschleife durch den Kopf gingen. Besonders zwei Bilder tauchten immer wieder vor seinem geistigen Auge auf. Das eine zeigte Fran Kovacs' hassverzerrtes Gesicht, während sie Gregorowitschs Gemälde mit dem Farbspachtel zerstörte. Auf dem zweiten lag sie teilnahmslos halbnackt neben ihrem Swimmingpool.

Wenigstens ist es nicht mehr das tote Mädchen, das mich nicht zur Ruhe kommen lässt, dachte er.

Es war fast schon Mittag, als er erwachte, einen fauligen Geschmack wie von Brackwasser im Mund. Er spritzte sich kaltes Wasser ins Gesicht, zog sich hastig an und verließ eilig das Apartment. Seine Schwester Olivia würde böse werden, wenn er zu spät zum Mittagessen erschien. Sie war die Göttin der Pünktlichkeit.

Elisa, mit zehn Jahren die älteste Tochter, öffnete ihm die Tür. Sie quietschte vor Vergnügen, als er sie packte, in die Höhe hob und mit ihr den Flur entlangrannte. Olivia, die am Herd stand, sah lächelnd zu ihnen auf.

Diaz setzte Elisa ab und umarmte seine Schwester. Sie sah wie das exakte Abbild der Fotografie ihrer Mutter auf seinem Schreibtisch aus, wenn auch etwas ernster. Ihr schwarzes Haar war in der Mitte geteilt und straff im Nacken zusammengebunden. Ihre milchschokoladenbraunen Augen schauten misstrauisch in die Welt.

»Du bist tatsächlich pünktlich«, sagte sie.

Diaz verzog das Gesicht. »Ich hatte gerade einen Termin bei den anonymen Prostataerkrankten.«

»Wahrscheinlich hast du einfach nur Glück gehabt.«

Auf der hinteren Herdflamme köchelte etwas in einem großen Eisentopf vor sich hin, aus dem nach Knoblauch, Kreuzkümmel und Tomaten duftender Dampf emporstieg. Diaz hob den Deckel an und schnupperte.

»Maximino wird jeden Augenblick wieder da sein«, sagte Olivia. »Er ist mit Bianca in den Park gegangen.«

Olivias Ehemann Maximino war Versicherungsregulierer. Diaz war sich ziemlich sicher, dass sein Schwager die Hand aufhielt, jedenfalls verfügte er immer über beachtliche Mengen an Bargeld. Aber wer würde sich angesichts all der Auswanderer mit ihren überdimensionalen SUVs, die ständig zu schnell fuhren, nicht in Versuchung führen lassen? Diaz sah lieber nicht genauer hin. Maximino war den beiden Mädchen ein guter Vater, und Olivia schien rundum zufrieden zu sein.

»Coke oder Fanta?«, fragte sie.

»Mehr hast du nicht anzubieten?«

»Du weißt, dass ich keinen Alkohol im Haus habe. Das verleitet nur zum Trinken.«

Was bedeutete, dass Maximino irgendwo anders hingehen musste, wenn er etwas trinken wollte. Diaz fand, dass Olivia mit ihrer rigiden Haltung gegenüber Alkohol ein großes Risiko einging. In San Miguels zahlreichen Bars und *cantinas* gab es haufenweise Frauen, die bereit waren, Männern für eine gewisse Summe einzeln oder in Gruppen Gesellschaft zu leisten.

Bevor er irgendetwas erwidern konnte, kehrten Maximino und Bianca zurück. Während des Essens, bei dem er kaum sprach, begnügte er sich mit einer Fanta.

Später gingen er und Maximino nach draußen, um zu rauchen. Olivia erlaubte nicht, dass im Haus geraucht wurde. Sie hatten sich nur wenig zu erzählen. Anschließend las Diaz Bianca eine Geschichte vor. Elisa tat so, als wäre sie bereits zu alt dafür, hörte ihm aber von der anderen Seite des Zimmers her aufmerksam zu.

Nachdem er zu Ende gelesen hatte, wollte er eigentlich gehen, aber Olivia bestand darauf, ihm den neusten Komposthaufen zu zeigen, den sie im Garten angelegt hatte. Eierschalen und Zitronenbaumrinde, darüber eine Lage Humus. Diaz fragte sich, was wohl darunter hauste. Vermutlich die gleichen Würmer, die sich vom Fleisch der Toten ernährten. Er verzog das Gesicht.

»Hältst du nichts von fortschrittlichen Ideen?«, fragte Olivia. »Alle Bioabfälle aus unserem Haushalt kehren wieder in die Erde zurück. Das ist eine befriedigendere Beschäftigung, als seine Zeit mit Gangstern, Prostituierten oder Mördern zu verbringen.«

»Alles eine Frage der Perspektive«, erwiderte Diaz. »Irgendjemand muss schließlich die kleinen Geschäftsleute beschützen und die unschuldig zu Tode Gekommenen rächen. Und Prostituierte sind nun mal ein fester Bestandteil des Lebens, so wie Zahnschmerzen und Steuerbescheide.«

Olivia wirkte nicht überzeugt. »Du solltest wieder heiraten, Hector. Das würde dich besänftigen. Und dich davor bewahren, dir eine Geschlechtskrankheit einzufangen.«

»Ich muss allmählich los.«

»Ich nehme an, du machst Überstunden wegen dem Mord an dieser *norteamericana*. Es freut mich, dass du trotzdem ein bisschen Zeit für uns gefunden hast. Die Mädchen haben dich sehr lieb.« Sie küsste ihn auf die Wange. Ihr Atem roch nach Pfefferminze. »Halt dich von Ärger fern, Hector.«

»Sag Maximino, ich rufe ihn an, um mit ihm ein Glas trinken zu gehen.«

Bevor sie gegen diesen ruchlosen Vorschlag protestieren konnte, verließ er den Garten durch ein Zauntor und ging zu seinem alten Wrangler.

Diaz schaltete in den zweiten Gang hinunter, um nicht den Schwung auf der steilen Kopfsteinpflasterstraße zu verlieren, die zum kolonialen Stadtzentrum führte. Einige Sekunden später musste er das Lenkrad hart herumreißen, weil er sonst einen im Rinnstein schlafenden Indianer überfahren hätte. Ein Opfer der *fiesta* oder eine verlorene Seele?

Bei dem Stichwort »verlorene Seele« wurde ihm bewusst, dass er immer noch nichts von Armando gehört hatte. War Smallwood bisher noch nicht ins Hotel zurückgekehrt? Oder hatte Armando schon wieder gepatzt?

Verärgert trat Diaz das Gaspedal hinunter und machte einen Umweg über das Hotel, in dem sie den Texaner untergebracht hatten. Als er dort eintraf, teilte ihm der Dienst tuende Portier mit, dass *señor* Smallwood laut Computereintrag bereits am frühen Morgen abgereist war. Da seine Schicht erst vor einer halben Stunde begonnen hatte, wusste er *nada*, was zuvor geschehen war.

Diaz kam zu dem Schluss, dass es Zeit für ein ernstes Gespräch mit Armando wurde. Irgendjemand anderes würde solange die Ermittlungen fortführen müssen.

Als sie den Nachtportier ans Telefon bekamen, konnte er ihnen lediglich mitteilen, dass Bass Smallwood in den Fond einer dunklen Limousine gestiegen war, die auf der anderen Straßenseite geparkt hatte. Damit verlor sich seine Spur.

Diaz fiel etwas anderes ein.

Zehn Minuten später hielt er in der Sackgasse vor Brian Dillingers auffälligem Wohnsitz. Es war ein aus Fertigbeton- und polierten Holzelementen erbautes Haus mit einem verblüffend bunten, abstrakt gemusterten Glasfenster über der Eingangstür. Da die Straße vor dem Haus sehr schmal war, musste Diaz seinen Wrangler mit zwei Reifen auf dem hohen Bordstein stehend parken. Der Tag neigte sich dem Ende entgegen. Die Wolken verfärbten sich in leuchtenden Farben.

Dillinger persönlich öffnete die Tür. Er trug ein Green-Day-T-Shirt und eine Freizeithose. Sein Haar war völlig zerzaust. Er versperrte Diaz den Zutritt ins Haus, die Stirn missbilligend in Falten gezogen.

»Inspector, was für ein ungünstiger Zeitpunkt für einen Besuch. Hat das nicht Zeit bis morgen?«

»Ich muss unbedingt ein paar Punkte bezüglich unserer früheren Unterhaltung klären.«

»Natürlich. Ich werde in Ihr Büro kommen. Sagen wir, um zehn Uhr vormittags?«

»Es wird nur ein paar Minuten dauern.«

Sie starrten einander an. Diaz fragte sich, ob es das war, was man in der Filmbranche einen *Mexican standoff* nannte.

Dillinger blinzelte zuerst. »In Ordnung«, murmelte er. »Treten Sie ein.«

Er führte Diaz durch einen Gang und zwei Glasflügeltüren hindurch in einen Raum mit einer hohen Decke und schloss die Türen hinter ihnen. Bis auf eins von seinen plakativen Nacktgemälden wurden die Wände von Glasvitrinen eingenommen. Direkt im Eingangsbereich standen zwei im Art-déco-Stil gehaltene Ledersessel vor einem wuchtigen viktorianischen Schreibtisch. Dahinter entdeckte Diaz einen Computertisch, der von teurer Elektronik geradezu überquoll.

Dillinger deutete auf einen der Sessel. Diaz blieb stehen.

»Ein komfortabel eingerichtetes Haus, *señor* Dillinger«, sagte er. »Ihre Geschäfte müssen sehr gut laufen.«

»Etwas zu trinken?«, erkundigte sich Dillinger statt einer Antwort.

»Einen Mezcal, falls Sie so was haben.«

Dillinger trat an eine Minibar zwischen zwei Glasschränken. »Ich denke, Sie werden den hier bemerkenswert finden. Er kommt aus einem namenlosen Bergdorf außerhalb von Oaxaca.« Er reichte Diaz ein mundgeblasenes Schnapsglas mit einer lederfarbenen Flüssigkeit.

Diaz trank einen Schluck. »Sehr sanft.« Er legte eine kurze Pause ein, bevor er hinzufügte: »Ich erwarte gleich Montag früh eine Kiste davon in meinem Büro.« Er begleitete seinen Flirt mit der *mordida*, einer von vielen blumigen Bezeichnung für Schmiergeld in Mexiko, mit einem Lächeln.

Als er keine Antwort von Dillinger erhielt, beugte er sich über den nächsten Wandschrank und schaute durch die Glastür. Der Schrank war bis zum Bersten mit allerlei Krimskrams und Kuriositäten gefüllt. Schnupftabakdosen aus Ebenholz und Silber. Schmiedeeiserne Sparschweinchen. Tierschädel. Indianerschmuck aus Federn und Perlen. Silberne Zigarettenetuis mit den eingravierten Initialen ihrer früheren Besitzer. Ein aztekisches Ritualopfermesser mit Obsidianklinge. Zwei alte Schreibmaschinen, von denen Hemingway die eine und Leonardo da Vinci die andere benutzt haben mochte. Eine Sammlung exotischer Falter, in einem Schaukästchen aufgespießt. Und zu guter Letzt eine Duffy-Duck-Lunchbox.

»Wie ich sehe, haben Sie einen Sammlertick, Dillinger.«

»Ich kaufe alles, was mich interessiert, wenn ich durch Flohmärkte und Antiquitätengeschäfte schlendere. Eine Form der Freizeitgestaltung.« Dillinger schwieg einen Moment lang. »Können wir vielleicht noch vor Mitternacht zum Frage-und-Antwort-Spiel kommen? Ich habe nämlich noch andere Verpflichtungen.«

Diaz setzte sich in einen Sessel; Dillinger blieb stehen.

»Zuerst …« Diaz hielt mitten im Satz inne, als er ein Frauengesicht bemerkte, das körperlos hinter einer der Glastüren zu schweben schien und durch die Scheibe spähte. Rote Lippen, hohe Wangenknochen, eine rustikale Schönheit. Gleich darauf war sie auch schon wieder verschwunden.

Dillingers Frau? Diaz hielt Dillinger eher nicht für einen Familienmenschen. Also eine Freundin? Oder einfach nur ein Flittchen für den Sonntagnachmittag? Dillinger schien ihm mehr der Typ für Letzteres zu sein.

»Inspector?«

»Oh, entschuldigen Sie. Was ich Sie fragen wollte, ist … Gestern Abend haben Sie gesagt, die *Galería Rana* sei nur ein Nebenzweig Ihrer Unternehmungen. Ich habe mich gefragt, in welcher Branche Sie tätig sind.«

»Habe ich das gesagt?«, fragte Dillinger und fügte gereizt hinzu: »Sind Sie nur hierhergekommen, um das zu klären?«

»*Sí.*«

Einen Moment lang loderten Dillingers Augen wie ein vom Wind angefachter Steppenbrand auf, doch seine Wut verflog genauso schnell wieder, wie sie aufgeflammt war. »Freizeit und Entspannung. Das ist meine Branche. Sowohl für *gringos* als auch für reiche *mexicanos*. Ich besitze zwei Hotels und drei Restaurants in San Miguel.« Er nannte Diaz die Namen, darunter das Restaurant, in dem Diaz und Consuela Margaritas getrunken hatten. Alle Hotels und Restaurants gehörten zur gehobenen Kategorie.

»Ich hoffe, der Mord an der *gringa* hat nicht zu einem Umsatzrückgang geführt«, sagte Diaz.

»Bisher noch nicht. Ich rechne allerdings auch mit einer baldigen Verhaftung, bevor sich der nächste Mord ereignen kann.«

»Sie glauben, dass es einen weiteren Mord geben könnte? Was macht Sie so sicher?«

»Die Grausamkeit, mit der der erste ausgeführt worden ist. Seine Kunstfertigkeit scheint mir für einen Serienmörder zu sprechen.«

»Kunstfertigkeit. Eine hübsche Umschreibung.« Diaz lachte krächzend in Dillingers Schweigen hinein.

»Nächste Frage«, sagte Dillinger knapp.

»Ich brauche den Namen irgendeiner Person, die bezeugen kann, wo Sie sich am Donnerstag zwischen Mitternacht und zwei Uhr morgens aufgehalten haben.«

Dillinger stapfte wütend durch den Raum, fuhr plötzlich herum und lehnte sich gegen eine Kante des viktorianischen Schreibtischs. Seine Hände spielten mit einem heimtückisch aussehenden Nazidolch, der die Insignien der Waffen-SS trug. »Zu der Zeit war ich auf meiner eigenen Geburtstagsparty. Das können Dutzende von Leuten bezeugen.«

»Selbstverständlich können sie das. Aber es dürfte ein Leichtes für Sie gewesen sein, zwischendrin für eine halbe Stunde unbemerkt zu verschwinden. Besonders zu so später Stunde, nachdem alle stoned und nicht mehr bei klarem Verstand waren. Man braucht keine zwei Minuten, um jemanden zu erdrosseln. Bleiben also noch 28 Minuten, um

Amanda Smallwoods Leiche den Hügel hinunterzufahren und im *jardín* zu entsorgen.«

»Nur zwei Minuten? Haben Sie die Zeit mit einer Stoppuhr gemessen, Inspector?« Dillinger legte den SS-Dolch auf den Schreibtisch und nahm ihn gleich darauf nervös wieder in die Hand. »Amanda hatte meine Party bereits vor Mitternacht verlassen. Das weiß ich genau, denn als sie sich verabschiedet hat, hat die Band noch gespielt. Und zwar bis Viertel nach zwölf.«

»Gestern haben Sie gesagt, Amanda wäre mit zwei Männern verschwunden, die Sie nie zuvor gesehen hätten. Jetzt sind Sie sich sicher, dass sie bereits vor Mitternacht gegangen ist. Nennen Sie mir nur eine Person, die sich für Sie verbürgen kann. Irgendeinen beliebigen Namen.«

»Zwei Männer? Habe ich das gesagt? Vielleicht hatte ich da jemand anderen im Sinn. Nein, ich bin mir sicher, dass ich gesehen habe, wie Amanda mit Gregori verschwunden ist. Mit Gregori Gregorowitsch, dem Künstler.«

Da hat Fran Kovacs aber eine ganz andere Erinnerung, dachte Diaz. Plötzlich überkam ihn das überwältigende Bedürfnis, den untergetauchten Maler so schnell wie möglich aufzuspüren.

»Ich weiß von *señor* Gregorowitsch«, erwiderte er. Er leerte sein Glas und stellte es auf dem Tisch zwischen ihnen ab. »Da Sie soeben die Fakten verändert haben, gestatten Sie mir bitte eine andere Hypothese. Als Sie gesehen haben, wie Gregorowitsch an diesem Abend mit Amanda verschwunden ist, wurden Sie schrecklich eifersüchtig. Eine furchtbare Vorstellung, dass irgendein hergelaufener mittelloser Künstler die begehrenswerteste *ingénue* in San Miguel ficken konnte. Sie hatte nackt für Sie posiert, Ihnen aber nie einen geblasen. Also sind Sie den beiden mit Ihrem SUV gefolgt.

Als sie sich dann überraschend getrennt haben, haben Sie sich Amanda vertraulich genähert. Der Rest ist Geschichte. Könnte das vielleicht ein glaubwürdiges Szenario sein?«

»Das klingt wie eine Schundgeschichte, die von Raymond Chandler stammen könnte«, sagte Dillinger so kalt wie eine Hundeschnauze.

Plötzlich rammte er den SS-Dolch ohne Vorwarnung mit voller Wucht in die wunderschön polierte Schreibtischplatte. Diaz fuhr kerzengerade hoch, die Hände abwehrend mit den nach vorn gedrehten Handflächen erhoben. »Ich entschuldige mich dafür, wenn ich Sie verärgert habe«, sagte er.

»Wir sehen uns in der Hölle, Diaz«, knurrte Dillinger. Er verließ den Raum, ohne die Glastüren hinter sich zuzuziehen.

Diaz ging allein zum Ausgang, hoch erfreut, dass es ihm gelungen war, Dillingers Panzer aufzubrechen. Genau das, was der Armleuchter verdient hatte.

Kapitel 22

Als sich Diaz hinter das Lenkrad des Wranglers klemmte, bemerkte er, dass er eine Erektion hatte. *Ein heftiger Schlag für Brian Dillinger*, dachte er mit einem selbstzufriedenen Lächeln.

Die Erektion war etwas, worum er sich kümmern musste.

Er zog sein Mobiltelefon aus der Jackentasche und wählte Martinas Nummer. Nach mehrfachem Klingeln meldete sich der Anrufbeantworter. Scheiße!

Doch da ihre Beziehung äußerst sporadischer Natur war – sofern man überhaupt von einer Beziehung sprechen konnte –, hatte er wohl kaum das Recht, von ihr zu erwarten, dass sie neben dem Telefon auf einen der seltenen Momente wartete, in dem ihm die *cojones* vor Geilheit juckten.

Im Westen bohrte die untergehende Sonne ihre blutroten Lichtspeere in eine hohe Wolkenbank und verwandelte sie in die Vier Apokalyptischen Reiter, die sich anschickten, die Welt in Unheil und Verderben zu stürzen.

Irgendwo in der Nähe krähte ein Hahn. Noch ein Einwohner der Stadt, dem das Zeitgefühl abhandengekommen war. Krähen zum Sonnenuntergang!

Wen sonst konnte er anrufen?

Diaz ließ den Cursor durch das Adressbuch des Telefons wandern. Es war wirklich nicht auf dem neusten Stand, wie er feststellte. Er hangelte sich mit dem Daumen zu Namen vor, die für längst vergangene Zeiten standen und allmählich gelöscht werden sollten.

Wendy war ihm als draufgängerische spindeldürre Tennisspielerin in Erinnerung, die im Laufe der Zeit mehr Gefallen am Trinken als am Servieren von Assen gefunden hatte. Eine durchgeknallte *gringa*, die gratis in einer baufälligen *estancia* in San Miguel wohnte – mit eigenem roten Aschetennisplatz –, deren Besitzer einer ihrer Stiefonkel war, den sie gelegentlich vögelte. Ihr Verlangen nach einem viertel Stoli täglich hatte sich schließlich zwischen sie und Diaz gedrängt.

Dann war da Alejandra, die es ausschließlich für Bares machte. Keine Peitschen, Ketten oder Handschellen, keine Messer oder Olivenölmassagen. Alles andere wie es einem beliebte. Sie lebte mittlerweile in Cuernavaca. Diaz fragte sich, ob sie wohl Reyna kannte. Vielleicht tauschten sie gemeinsame Tricks und Tipps aus. Oder sie verglichen am Morgen danach diverse sexuelle Vorlieben ihrer Bekanntschaften bei einer Tasse *café con leche* im Schatten eines Eukalyptusbaums.

Felicias Nummer rollte in das Sichtfenster. *Lass die Finger davon*, dachte er, während sein Daumen im nächsten Moment auf die grüne Wahltaste drückte, als besäße er seinen eigenen Willen.

Sie meldete sich beim zweiten Klingeln. »Goya.«

»*Hola*. Wie geht's dir?«

»Ganz okay, denke ich.«

»Irgendwelche Neuigkeiten, was unsere Ermittlungen betrifft?«

»Wenn ja, weiß ich nichts davon, *jefe* …« Diaz stellte sich vor, wie sie verblüfft die Stirn runzelte, während sie schwieg. »Ich meine …«, stotterte sie, »… ich hätte dir Bescheid gesagt … du würdest längst alles wissen, was irgendwie von Bedeutung sein könnte.«

»Das stimmt nicht immer. Manchmal bin ich der Letzte, der bestimmte Sachen erfährt.«

Lag der Grund dafür an mangelndem Vertrauen innerhalb der Abteilung? Oder einfach nur an kleinlicher Inkompetenz? »Ich habe gerade zum zweiten Mal mit Brian Dillinger gesprochen«, sagte er. »Das ist der Besitzer der Galerie, deren Künstler Amanda als Model benutzt haben.«

»Ich weiß, wer Dillinger ist«, erwiderte Felicia kühl. »Es ist Sonntagabend«, fügte sie hinzu. »Gibst du denn niemals Ruhe?«

»Eigentlich ist das der Grund, warum ich anrufe. Wenn du gerade nichts anderes vorhast, könnten wir uns auf einen Drink treffen.«

»Und über den FALL sprechen, meinst du?« Sie brachte es irgendwie fertig, das Wort »Fall« in Großbuchstaben auszusprechen. Ihre Ironie kam so subtil wie eine Dampfwalze daher.

»Komm einfach rüber und trink was mit mir. Vielleicht können wir auch eine Kleinigkeit zusammen essen. Uns etwas besser kennenlernen.«

»Hältst du das wirklich für eine gute Idee? Du bist derjenige, der die abschließende Empfehlung für meine Einstellung bei den *Judiciales* geben muss. Ich möchte nicht, dass sich irgendwer vorstellt …«

Dass du dich die Karriereleiter hinaufgefickt hast, vervollständigte Diaz ihren unterbrochenen Satz in Gedanken.

»Der Himmel bewahre«, sagte er. »Das ist nur eine Gelegenheit, um unser Arbeitsverhältnis zu vertiefen. Sonst soll mich der Teufel holen.«

»Ich denke, ich lehne lieber ab.«

»Ich fände es aber furchtbar, wenn du einen schönen Sonntagabend verschwendest.« Trug er vielleicht zu dick auf?

»Ich habe wirklich noch ein paar andere Dinge zu erledigen. Wir sehen uns dann Montag wieder.«

Die Verbindung brach ab.

Ich bin ein Idiot, dachte Diaz. Er warf das Telefon auf den Beifahrersitz. Felicia hatte absolut und ohne jede Frage recht damit gehabt, sein Angebot eines Rendezvous zurückzuweisen. Es war praktisch eine Einladung gewesen, sich freiwillig nach Art der alten Azteken köpfen zu lassen.

Diaz startete den Motor und fuhr den Wrangler über die steilen Straßen zum höchsten Punkt der Stadt. In der Nähe der Stierkampfarena gab es eine kleine *bodega*, die er manchmal besuchte. Dort wurde ein hervorragender Fischeintopf serviert. Außerdem waren immer einige exklusive Mezcals erhältlich, um bis spät in die Nacht zu trinken.

Paco, der Besitzer des *Tio*, stand hinter der Kasse und wischte sich die fleischigen Pranken an einer nicht mehr ganz sauberen Schürze ab. Ein dünner Schweißfilm ließ seinen kahlen Schädel glänzen. Immer wenn sich genug Schweiß auf seiner Stirn gesammelt hatte, lief ihm ein dicker Tropfen im Slalom die Fleischwülste seines Gesichts hinunter bis zur Nasenspitze. Dort hing der Tropfen dann eine Weile in der Schwebe wie ein olympischer Turmspringer, bevor er, der Schwerkraft folgend, in die Schüssel mit Fischeintopf oder in irgendeine andere Delikatesse fiel, die er gerade einem Gast servierte.

Diaz setzte sich auf einen Barhocker.

»Inspector, welche Freude, Sie zu sehen. Was kann ich Ihnen bringen?«

Diaz bestellte eine *cerveza* und einen Teller *chicharrónes*, die er mit dem Saft von mehreren ausgepressten Limettenschnitz beträufelte und anschließend mit Chilipulver würzte.

»Und, wie sieht es aus in Sachen Recht und Gesetz?«, erkundigte sich Paco. »Scheinen unsichere Zeiten zu sein, nach allem, was ich so lese.«

Diaz zuckte die Achseln. Es war ein Tag für unverbindliche Gesten. Alles wirkte irgendwie vage, verschwommen. Wie ein Bild, das man durch die falsche Brille betrachtete.

Aus einer dunklen Ecke der *bodega* klang ausgelassenes Gelächter auf. Als Diaz einen Blick hinüberwarf, sah er, wie sich gerade zwei Personen von einem rustikalen Holztisch erhoben, die eine klein und schmal, die andere groß und breitschultrig. Der Mann schien nach der Frau zu grabschen, die ihn heftig von sich stieß.

Eine Dame in Bedrängnis? Diaz' Herzschlag beschleunigte sich.

»Lass das!«, rief die Dame. Der Unhold wich zurück, stolperte über die Bank hinter ihm und fiel zu Boden. Eine schöne Frau trat in strahlendem Triumph aus der Dunkelheit ins Licht und näherte sich Diaz, der nur noch Augen für die unbekümmert und wie liebestoll unter ihrem Kleid hüpfenden Titten und das wissende Lächeln hatte, das ihre Lippen umspielte. Eine Bergkristallbrosche im tiefen Ausschnitt ihres knappen schwarzen Kleides funkelte wie ein Versprechen für wollüstiges Vergnügen.

Diaz kannte ihr Gesicht nur zu gut, hatte es mehr als nur einmal aus nächster Nähe betrachtet und ihrem kehligen Stöhnen gelauscht, während er sie mit hämmernden Stößen seiner jugendlichen Hüften bearbeitet hatte. Er erinnerte sich an jede einzelne Pore, jeden Hautfleck, jede Aknenarbe. Sie war wirklich eine wunderbare Matratze gewesen. Aber ihr Name wollte ihm nicht mehr einfallen. Alicia? Oder hieß sie Alita? Er hatte ein wahrhaft katastrophales Namensgedächtnis.

»Sieh mal einer an, wenn das nicht der finstere Hector Diaz ist«, begrüßte sie ihn. »Hast du den Kopf immer noch nicht in einen Gasherd gesteckt?«

»Wie es aussieht, nicht.«

Sie umarmten einander. Ihre Brüste, die sich an ihn schmiegten, schienen ein Eigenleben zu entwickeln, wie zwei freche Albinokaninchen mit rosa Nasen.

»Erlaube mir, dir einen Drink zu spendieren«, sagte Diaz.

Der gestürzte Halunke war inzwischen wieder auf die Füße gekommen und verließ die *bodega* durch den Haupteingang, doch nicht, ohne Diaz zuvor noch mit einem starren Blick seiner eiskalten Augen geradezu abzuschlachten. »Ich sehe dich später, Alita«, knurrte er leise.

»Was für ein Arschloch«, sagte Alita. Sie pflanzte sich auf den Hocker neben Diaz.

»Das klang wie eine Drohung«, stellte er fest. »Vielleicht benötigst du ja Polizeischutz.«

»Oh, Hector.« Sie umfasste sein Gesicht mit beiden Händen, zog es zu sich heran und küsste ihn voller Hingabe. Dann ließ sie ihn genauso schnell wieder los und trank einen großen Schluck von der obligatorischen Rum-Cola, die Paco vor ihr auf dem Tresen abgestellt hatte.

»Und … wie läuft's so bei dir, Alita?«, fragte Diaz.

»Das Leben ist scheiße, und am Ende stirbt man.«

»Ich weiß, was du meinst.«

Er kaute auf einer *chicharróne* herum. Paco polierte ein kelchförmiges Glas. Die Zeit hing wie ein Räucherschinken aus der Ewigkeit herab. Die Nacht kroch durch die Eingangstür der *bodega*, als wäre sie ein Nagetier mit scharfen Zähnen.

»In letzter Zeit irgendwelche bemerkenswerten Fälle gelöst?«, erkundigte sich Alita.

»Momentan geht bei mir alles ein bisschen durcheinander.«

»Also hat sich nichts verändert, seit wir das letzte Mal rumgemacht haben.« Sie legte ihm eine Hand aufs Knie und drückte es. Die Geste jagte Diaz einen Schauer durch Mark und Bein. Er trank ganz lässig einen Schluck von seinem Bier.

»Ich denke, so könnte man es zusammenfassen«, bestätigte er, plötzlich niedergeschlagen. »Möchtest du etwas essen?«

»Warum nicht? Das ist alles, was ich heutzutage tue. Essen und ficken.« Alita betrachtete ihn mit einem lüsternen Grinsen. »Paco macht einen Fischeintopf, für den es sich zu sterben lohnt.«

»Mir ist nicht nach Sterben zumute. Eher nach einem bluttriefenden Steak.«

»In diesem Fall müssen wir woanders hingehen.«

Kurz darauf saßen sie auch schon in Diaz' Wrangler und holperten über die unregelmäßig gepflasterten Straßen. *Müssten wir die Stadt nicht für die Touristen in einem »authentischen« Zustand bewahren, hätten wir hier längst schon anständig gepflasterte Straßen*, dachte er. Nicht diese ausgetrockneten Bachläufe, in denen man sein Auto in seine Einzelteile zerlegte und einem beim Fahren die Organe aus sämtlichen Körperöffnungen zu hüpfen versuchten.

Während sie eine steil abfallende Straße an diversen Antiquitätenläden und Geschäften für hochwertige Möbel vorbeifuhren, rutschte Diaz' Hand ohne Absicht von der Gangschaltung und glitt über Alitas Schenkel.

Plötzlich erregte etwas in einem der Schaufenster seine Aufmerksamkeit. *Verdammte Scheiße, das darf doch wohl nicht wahr sein!*, durchzuckte es ihn. Er trat augenblicklich auf die Bremse. Der Wrangler hielt so abrupt, dass er und Alita heftig in ihre Sicherheitsgurte geschleudert wurden.

»Jesus, Hector!«, rief Alita. »Versuchst du etwa, mich umzubringen? Ich bin schon zu alt, um jetzt noch zu sterben!«

Doch Diaz war bereits aus dem Jeep gesprungen. Er eilte ein paar Schritte über die Straße zurück und blieb vor dem Antiquitätenladen stehen.

In der Mitte des Schaufensters stand eine etwa zwei Drittel Meter große Statue, die Verschmelzung der Oberkörper von drei anmutigen jungen Frauen, die natürlich völlig nackt waren. Jedes Detail ihrer Körper war im hyperrealistischen Stil modelliert worden. Sie lächelten verführerisch und protzten mit üppigen Titten. Die Statue bestand aus Keramik mit einem Hochglanzüberzug.

Es konnte nicht der geringste Zweifel daran bestehen, dass Amanda Smallwood für die Frau in der Mitte des Trios Modell gestanden hatte. Diaz würde ihr Gesicht bis zur Stunde seines Todes nicht mehr vergessen.

Die drei Nornen, dachte er. *Oder die drei Huren Babylons*.

In eine Ecke der Skulptur waren die Initialen C. V. eingraviert.

Im Inneren des Ladens herrschte absolute Dunkelheit. Laut einem Schild vor der verschlossenen Tür öffnete das Geschäft wieder am Montagvormittag um zehn Uhr. *Syd's Collectibles* stand in goldenen Lettern auf der oberen Hälfte der Schaufensterscheibe.

Syd war einer von diesen androgynen Namen, und Diaz fragte sich, wie irgendein Mensch sein Kind nur Syd nennen konnte.

Claro, es sollte keinerlei Problem geben, von Syd – wer er oder sie auch immer sein mochte – bis spätestens ein Uhr am nächsten Tag zu erfahren, für welchen Namen die Initialien C. V. standen und wo der Künstler wohnte. Er würde Felicia darauf ansetzen.

Alita erschien neben Diaz und sah zu, wie er zum zweiten Mal an der verschlossenen Tür rüttelte. »Ich würde sagen, der Laden ist nicht mehr geöffnet«, sagte sie. »Wozu überhaupt der ganze Aufstand? Ist dir plötzlich eingefallen, dass du ganz vergessen hast, deiner Freundin ein Geburtstagsgeschenk zu besorgen?«

»Das ist eine lange Geschichte«, erwiderte Diaz ausweichend.

Er führte Alita zurück zu seinem Jeep und fuhr weiter. Ihm war plötzlich der Appetit vergangen. Und auch jedes Verlangen nach einer sonntäglichen Nummer mit all den Emotionen, die er dabei würde befriedigen müssen, selbst wenn es sich bei der Gespielin um eine alte und nur allzu willige Bekannte handelte. Von einem Augenblick zum anderen schrie wieder alles in ihm danach, Amanda Smallwoods Mörder zu finden. Unvermittelt hatte sich eine neue Spur aufgetan. Er fühlte sich wie Professor Challenger aus dem Roman *Die Vergessene Welt* von Arthur Conan Doyle, als dieser durch die dichte Wolkendecke in die seit Millionen von Jahren vergessene Welt hinabgestiegen war. Nun ja, vielleicht war der Vergleich ein bisschen übertrieben. Auf die Initialen C. V. zu stoßen war nicht unbedingt genauso erregend wie einen Ort zu entdecken, der noch immer von Dinosauriern bevölkert wurde.

Als Diaz die nächste Biegung umrundete, fuhr er – wie der Zufall es wollte – genau auf den Strauchdieb Emile Zato zu, der gerade die kleine Plaza vor der Kirche des heiligen Franziskus überquerte. Der heimatlose Soziopath trug immer noch denselben dreckigen Schaffellumhang. Sein Haar, das die Farbe von ausgeblichenem gelbem Heu und Schafmist hatte, hing ihm tief in die Stirn.

War es denkbar, dass Zato Amanda Smallwood ermordet hatte? Eine zufällige Begegnung auf einer dunklen, von Nebelschwaden verhangenen Straße? Die Idee schwirrte wie eine in Diaz' Kopf gefangene Wespe umher.

Plötzlich drehte sich Zato zu ihm um und starrte ihn direkt durch die Windschutzscheibe an, als wollte er ihn mit seinem mörderischen Blick aufspießen.

Diaz hätte ihn einfach über den Haufen gefahren, doch der Vagabund schaltete von einer Sekunde auf die andere in einen von Amphetaminen aufgeputschten Hochleistungsmodus. Er duckte sich wie ein Sprinter, die Arme eng an den Körper gelegt, und jagte um eine niedrige Brustwehr herum und einen abschüssigen Weg hinab. Sein Umhang schleifte wie eine abgestreifte Schlangenhaut über den Boden. Diaz bremste unmittelbar vor dem Steilhang und warf Alita einen flüchtigen Blick zu.

»Du musst hier leider aussteigen«, sagte er hastig. »Ich muss dieses Tier verfolgen. Er wird wegen versuchten Mordes an einem Polizeibeamten gesucht.«

Alita, die anscheinend nicht so recht wusste, ob sie beleidigt oder eher erschrocken sein sollte, machte zögerlich Anstalten auszusteigen.

»Beeil dich!«, drängte Diaz. Sie hatte kaum einen Fuß auf das Straßenpflaster gesetzt, als er auch schon Gas gab und rücksichtslos den Hang hinabraste. Zato hatte bereits die nächste Biegung hinter sich gebracht. Diaz zwängte den Jeep durch die schmale Straße, während er die Dunkelheit mit zu schmalen Schlitzen zusammengekniffenen Augen zu durchdringen versuchte. Die Scheinwerfer des Wranglers tanzten über die auf einer Seite der verlassenen Straße parkenden

Autos und Lieferwagen. Diaz konnte keine Spur von Zato entdecken. Als er einen Gang hinunterschaltete und der Motor des Jeeps laut aufheulte, huschte dicht vor ihm der schwarze Schatten eines Katers wie ein Blitz über die Straße und schoss eine Ziegelmauer hinauf. Das Tier verharrte einen Moment lang auf der Mauerkrone, fuhr zu Diaz herum und fauchte ihn mit gelb glühenden Augen an, bevor es auf der anderen Seite der Mauer heruntersprang und von der Dunkelheit verschluckt wurde. Der flüchtige Vagabund war offenbar auf ähnliche Weise verschwunden.

Diaz umkurvte in halsbrecherischem Tempo zwei weitere Straßenbiegungen, doch Emile Zato schien in irgendeinem finsteren Loch untergetaucht zu sein.

Eines Tages gehörst du mir!, schwor sich Diaz.

Alita war verschwunden, als er zu der Straßenkreuzung zurückkehrte, an der er sie aus dem Wagen geworfen hatte. Er überlegte kurz, ob er in den Bars in der Umgebung nach ihr suchen sollte, entschied sich dann aber dafür, nach Hause zu fahren und schlafen zu gehen.

In seine Wohnung zurückgekehrt, schenkte er sich ein halbes Lunesta mit einem Schuss Mezcal ein. Dann legte er sich in seinen Boxershorts ins Bett und wartet darauf, dass ihn der Schlaf übermannte. Er hatte noch immer einen Steifen.

Kapitel 23

Der Montagmorgen erinnerte Diaz an die Tage in seiner Kindheit, wenn er sein Zimmer hatte aufräumen müssen, ein wirres Durcheinander gegensätzlicher Schritte, die zu keinem schnellen Erfolg führten. Die Hektik, die auf dem Revier herrschte, galt einem versuchten Einbruch gegen fünf Uhr in der Frühe, zwei Häuserblocks vom *zócalo* entfernt. Das Opfer war überraschenderweise bewaffnet gewesen. Als die Halunken ihren Fehler bemerkt hatten, war einer der beiden Einbrecher bereits tot gewesen. Der andere war mit einer Kugel im Arsch humpelnd in die Dunkelheit geflohen.

Die Presse fiel über die Geschichte her wie eine Nutte über einen schlaffen Schwanz und versuchte, zwischen dem vereitelten Einbruch und dem Mord an Amanda Smallwood einen Zusammenhang herzustellen. Schließlich war in beiden Fällen ein Mensch ums Leben gekommen.

»Nein, nein, nein!«, brüllte Diaz ins Telefon. »Es besteht nicht die geringste Verbindung!« Er schmetterte den Hörer entnervt auf die Gabel. Felicia saß auf der äußersten Kante eines Stuhls vor seinem Schreibtisch, den Oberkörper steif durchgedrückt. Sie trug einen blaugrauen Hosenanzug und eine züchtig geschnittene weiße Faltenbluse.

»Die kennen kein Erbarmen«, knurrte Diaz kopfschüttelnd.

Da Felicia nicht wusste, ob sie besser lächeln oder mitfühlend die Stirn runzeln sollte, tat sie vorsichtshalber weder das eine noch das andere.

»Wir wissen, dass Smallwood gestern Morgen einen Wagen vor seinem Hotel bestiegen hat«, erklärte Diaz. »Vermutlich sollte er ihn zum Guanajuato International bringen. Ruf die Fluggesellschaften an und finde heraus, ob er eine Maschine nach Dallas genommen hat. Oder irgendwo anders hin.« Er hatte bereits dreimal Smallwoods Nummer in Dallas angerufen und das Telefon jedes Mal endlos klingeln lassen. Wer hatte denn heutzutage noch einen Anschluss ohne Anrufbeantworter oder Mailbox? »Und schick mir Ortiz rein«, fügte er hinzu.

»Der ist noch nicht da.«

»Wo, zum Teufel, steckt er denn?«

»Vielleicht geht es ihm ja nicht gut«, sagte Felicia.

»Dann hätte er anrufen und sich krank melden sollen.« Diaz verzog das Gesicht. »Da er sich irgendwo anders herumtreibt, wirst du eben für ihn einspringen müssen. Besorg dir die Telefonnummer und Adresse von Smallwoods Kunstgalerie in Dallas. Und dann bring in Erfahrung, ob er heute Morgen dort aufgetaucht ist. Sollte er da sein, muss ich dringend mit ihm sprechen.«

Als Felicia Diaz' Büro verließ und ihm den Rücken zukehrte, schnitt sie eine Grimasse, die Zunge boshaft zwischen ihren hibiskusrosa angemalten Lippen hervorgestreckt.

»Warte!«, rief er.

Sie drehte sich zu ihm um, ein freundliches Lächeln im Gesicht. »Ja, *jefe*?«

»Ich habe einen anderen, vielleicht interessanteren Auftrag für dich. Auf der *Calle Frida Kahlo* gibt es ein Geschäft mit dem Namen *Syd's Collectibles*. Ich möchte, dass du diesen Syd aufspürst und ihn bis spätestens elf Uhr zu mir bringst, zusammen mit einer Skulptur von drei Frauen, die in seinem Schaufenster steht.«

»Sammeln wir jetzt Kunst, Chef?«

»Hector. Und was wir sammeln, nennt man Beweisstücke.«

»Hector.« Sie wälzte das Wort wie ein Bonbon in ihrem Mund herum. »Was hat es mit diesem Syd auf sich?«, wollte sie wissen.

»Der Künstler, von dem die Skulptur stammt, die du besorgen sollst, hat Amanda Smallwood als Model verwendet. Wir müssen ihn ausfindig machen.«

»Glaubst du, dass er der Täter ist?«

»Ich habe nicht die leiseste Ahnung, Felicia. Vielleicht ist Amanda ja auch von einem Hexenzirkel umgebracht worden. Aber der Künstler, dessen Initialen C. V. lauten, ist für den Fall von Relevanz.«

Felicia wandte sich zum Gehen.

»Bis elf Uhr hier bei mir«, schärfte ihr Diaz ein.

Felicia setzte wieder ihr boshaftes Gesicht auf, als sie mit zügigen Schritten sein Büro verließ und das Großraumbüro der Kollegen durchquerte.

Nachdem sie verschwunden war, zündete sich Diaz die fünfte Montana dieses Morgens an. Sein Mund fühlte sich an wie eine Baustelle.

Seine Laune verbesserte sich auch nicht, als Armando mit den Fingerknöcheln gegen den Türrahmen klopfte. Der Polizist schob sein Gesicht mit dem gewohnten entschuldigenden Grinsen durch die Tür. Seine Augen huschten wie zwei Flipperkugeln aus Obsidian hin und her, wobei er es sorgfältig vermied, seinen Vorgesetzten direkt anzusehen. »Wegen Sonntagvormittag …«, begann er.

»Heben wir uns das für später auf«, fiel ihm Diaz ins Wort. »Jetzt möchte ich erst einmal, dass du den Wagen und den Fahrer findest, der Bass Smallwood am Sonntagmorgen vor seinem Hotel abgeholt hat. Ich will ihn bis Mittag vor meinem Schreibtisch sitzen sehen. Wenn Carmen dich anruft, sag ihr, sie soll eine Pille gegen Magenübersäuerung einwerfen und die Füße hochlegen.«

Noch während er die letzten Worte aussprach, verspürte er bereits ein mulmiges Gefühl in der Magengegend. Was hatte es nur mit Armando und Carmen auf sich? Wie hatten sie es geschafft, sich von einem unzuverlässigen Bullen mit Übergewicht und seiner kontrollsüchtigen, passiv-aggressiven Frau in die Art von Ehepaar zu verwandeln, wie sie die morgendlichen Fernseh-Talkshows von *México D. F.* bevölkerten? Gott sei Dank hatten die Medien sie noch nicht entdeckt. Es war schon schlimm genug, dass sie in den Augen der unter chronischer Beziehungsarmut leidenden Veteranen von San Miguels *Policía Judicial* zur Verkörperung wahrer Liebe hatten werden können.

»Ich bin schon dabei, *jefe*.« Armando verschwand wie der Blitz.

Diaz blieb reglos wie eine Statue sitzen. Nur sein Daumen spielte geistesabwesend mit seinem Zippo, ließ die metallene Verschlusskappe, deren Chromüberzug durch die ständige Wiederholung schon lange stumpf geworden war, immer wieder auf und zu schnappen. Seine Gedanken kehrten wie in einer Möbiusschleife beharrlich zu ihrem Ausgangspunkt zurück.

An welchem Punkt ihrer Ermittlung waren sie angelangt? Alle Personen, die mit dem Fall zu tun hatten, waren verschwunden. Bass Smallwood, Gregori Gregorowitsch, jetzt sogar Ortiz. Gregorowitsch musste irgendwo ganz in der Nähe stecken, untergetaucht zusammen mit dieser verblühenden Blondine, mit der Diaz ihn in dem Café auf der Plaza gesehen hatte. Der berüchtigten Jane Ryder. Es würde ihnen wohl nichts anderes übrigbleiben, als alle billigen Hotels und Absteigen in San Miguel zu überprüfen. Oder hatten sich die beiden Liebenden vielleicht in ein abgeschiedenes Strandresort irgendwo in Yucatán abgesetzt?

Dann war da Brian Dillinger, der sich mit dem Senator und dessen Gefolge herumtrieb. Er hatte Diaz eine gute Geschichte aufgetischt. Ein neureicher *gringo*, der es südlich des Rio Grandes zu Wohlstand gebracht hatte. Doch in Mexiko kam niemand ohne stille Teilhaber aus, ob er es nun wollte oder nicht.

Und war es nur reiner Zufall, dass sowohl Bass Smallwood als auch Brian Dillinger Kunstgalerien auf beiden Seiten der Grenze betrieben?

Diaz glaubte nicht an Zufälle, das Schreckgespenst des existentialistischen Abendlandes. Nur an die Bestechlichkeit der menschlichen Seele. Und manchmal an Träume und Erscheinungen.

Und zu guter Letzt, wer war C. V.? Immer wieder kam ihm der Gedanke, dass die Buchstaben für *curriculum vitae* standen. Wie idiotisch war das denn!

Sein Kopf fühlte sich wie ein verstopfter Abfluss an. Als würden seine Gedanken von einem Klumpen aus klebrigem Schleim, verfilzten Haaren und abgeschnittenen Finger- und Fußnägeln blockiert. Er brauchte dringend frische Luft, um wieder klar denken zu können. Das und den Bericht über Amanda Smallwoods Autopsie.

Felicia telefonierte gerade, als er an ihrem Schreibtisch vorbeikam. »Ich gehe in die *Wonder Bar*«, sagte er. Sie blickte zu ihm hoch. »Auf einen Kaffee«, fügte er hinzu, als müsste er sich verteidigen. »Schick Ortiz vorbei, falls er auftaucht.«

Draußen war es kühl, der Himmel hatte sich bewölkt. Diaz

war froh, dass er sich gegen sieben Uhr morgens nach einem langen deprimierenden Blick aus dem Fenster für einen Anzug aus Wollstoff entschieden hatte. Nach den Ereignissen des vergangenen Abends hatte er schon wieder Dünnschiss gehabt. Er hoffte, dass er sich keine Amöbenruhr eingefangen hatte.

Schon der Kaffeeduft, der aus der Espressotasse aufstieg, die Felix, der Besitzer der *Wonder Bar*, vor ihm abstellte, weckte wieder seine Lebensgeister. Er winkte dankend ab, als Felix ihm fragend eine Brandyflasche hinhielt, und trank den ersten Schluck. *Aaahh!*

Felix wischte sich die Hände an einem Barhandtuch ab, schenkte sich selbst einen Brandy ein und leerte das Glas in einem Zug. In seinem buschigen, wie angeklebt aussehenden Schnurrbart blieben einige Tropfen des Alkohols hängen, die er gewissenhaft mit der Zungenspitze ableckte.

Diaz wählte mit der linken Hand die Telefonnummer von Dr. Mozas Klinik. *Das Geschenk des opponierenden Daumens ist schon ein unglaublicher Durchbruch gewesen*, dachte er. *Man stelle sich nur vor, wozu wir noch alles fähig wären, wenn wir zusätzlich einen Greifschwanz hätten*. Er gab Felix ein Zeichen, seine halbgeleerte Espressotasse mit Brandy aufzufüllen.

Moza meldete sich bereits nach dem zweiten Klingelton.

»*Que hay de nuevo*, Nicholas?«

»Wie es scheint, haben Sie es geschafft, ein weiteres Wochenende zu überleben«, antwortete Moza barsch. »Ich habe in den Nachrichten gesehen, wie einige Ihrer Kollegen Samstagnacht in Mexico City während eines Feuergefechts erschossen worden sind. Hatten sich wohl für die falsche Seite im Drogenkrieg entschieden.«

»Sie haben das Wochenende offensichtlich ebenfalls überstanden. Tatsächlich klingen Sie heute Morgen sogar eindeutig aufgekratzter als sonst. Haben Sie es sich zufällig mal wieder anständig besorgen lassen?«

»Derartige Informationen bleiben ausschließlich meinem päderastisch veranlagten Priester vorbehalten, falls ich – natürlich rein hypothetisch gesprochen – zur Beichte gehen sollte. Als Testlauf für mein unvermeidliches baldiges Ableben.«

»Tut mir leid, dass ich gefragt habe.«

»Ist nicht nötig.«

Ohne eine Bestellung abzuwarten, stellte Felix einen weiteren Espresso vor Diaz ab, diesmal von Beginn an mit Alkohol versetzt. Diaz stürzte ihn *muy rapido* hinunter. Aber nichts kam der ersten Tasse gleich, wie er wieder einmal mit Ernüchterung feststellte. Eine Erfahrung, die der mit Frauen nicht unähnlich war. Er konzentrierte sich wieder auf sein Gespräch mit Moza.

»Irgendwelche Nachrichten von Ihren Kumpels aus der Rechtsmedizin in Guanajuato?«

»Das sind nicht meine Kumpels«, entgegnete Moza. »Aber tatsächlich hat mich Dr. Gupta heute Morgen angerufen. Er hat sich gestern Nachmittag mit der Smallwood-Leiche beschäftigt. Die kleine Nutte war so high wie ein Wolkenkratzer, als sie gestorben ist. Heroin. Schore. H. Horse. Dope. *Mexican brown*. Welche Bezeichnung Sie auch immer bevorzugen.«

»Aber sie hatte keinerlei Einstiche am Körper.«

»Die meisten Frauen haben eine Abneigung gegen Nadeln. Zumindest so lange, bis ihnen schließlich alles egal ist. Aber wenn man den Stoff raucht oder schnupft, kommt man ebenso zum Ziel.«

»Was hatte Gupta sonst noch zu berichten?«

»*Nada.*«

»Schön.«

»Schön. Die Tatsache, dass Ihr kleiner feuchter Traum auf Heroin stand, ändert jedoch nichts an der Tatsache, dass das Mädchen brutal ermordet und verunstaltet worden ist.«

Nein, das tut es wirklich nicht, dachte Diaz.

»Wenn das alles war – ich habe hier noch alle Hände voll zu tun.« Moza beendete kurzerhand das Gespräch.

Diaz bestellte einen dritten Kaffee und ging mit der Tasse nach draußen. Ein Junge in sackartigen hellorangefarbenen Hip-Hop-Shorts bequatschte ihn, sich die Schuhe putzen zu lassen. Sie feilschten eine angemessene Zeitspanne lang um den Preis.

Während der Junge sich an die Arbeit machte, Diaz' Hosenbeine hochkrempelte und die Schuhcreme mit den bloßen Fingern auftrug, lösten sich die Wolken auf. Die Sonnenstrahlen fühlten sich warm auf Diaz' Wangen an. Er wandte das Gesicht der Sonne zu, neigte den Kopf in einem bequemen Winkel und schloss die Augen.

Die Informationen, die Nicholas ihm gegeben hatte, schienen ihm keine große Hilfe zu sein. Amandas Zimmergenossin und Liebhaberin hatte kein Wort von Drogen erwähnt. Andererseits, warum hätte sie das auch gegenüber einem Bullen tun sollen? Und Drogen, einschließlich Heroin, gehörten ganz einfach zum Leben von San Miguels Halbwelt.

Der Schuhputzer begann, beide Schuhe eifrig mit der Bürste zu bearbeiten, und riss Diaz damit aus seiner Versunkenheit. Als er die Augen wieder öffnete, wurde er von dem strahlenden Glanz seiner schwarzen Halbschuhe geradezu geblendet.

Irgendjemand kam die schmale Einbahnstraße hinauf, in

der die *Wonder Bar* lag, und hielt genau auf ihn zu. Doch es war nicht Ortiz' kräftige Gestalt, wie Diaz zuerst vermutet hatte, sondern Fran Kovacs, die eine enge schwarze Jeans und ein besticktes Seidenhemd trug. Die dunklen Höfe ihrer Brustwarzen zeichneten sich durch den dünnen Stoff wie Piratenmünzen auf einem weißen karibischen Sandstrand ab. Diaz fragte sich spontan, ob ein Gericht in diesem Fall eine Anzeige wegen unzüchtiger Zurschaustellung in der Öffentlichkeit zulassen würde.

»Inspector Diaz.« Sie lächelte unschuldig. »Da sind Sie ja, genau wie es mir die junge Frau auf dem Revier gesagt hat. Sie sehen wie ein zufriedener Kater aus, der sich die Sonne auf den Pelz brennen lässt.«

»Eigentlich haben die meisten meiner Vorfahren die Kröte als ihren Schutzgeist und spirituellen Führer verehrt. Ein paar andere den Kojoten. Beides Geschöpfe der Nacht.«

Sie bedachte ihn mit einem leicht irritierten Blick.

»Vergessen Sie, was ich gerade gesagt habe. Es freut mich, dass Sie mich gefunden haben. Sind Sie hier, um mir zu erzählen, dass *señor* Gregorowitsch zu Ihnen zurückgekehrt ist und Sie angebettelt hat, ihm zu vergeben? In diesem Fall hätten Sie mich viel bequemer auf meinem Mobiltelefon anrufen können, anstatt sich die Mühe zu machen, mich persönlich aufzusuchen.«

»Wäre Gregori wieder aufgetaucht, hätte ich keinen Grund gehabt, die Polizei zu informieren. Dann würde er sich jetzt vor Schmerzen winden, weil ich ihm dann sein *escroto* mit einem Schälmesser an die Wand genagelt hätte.«

Die Vorstellung erfüllte Diaz augenblicklich mit Unbehagen. »Es wäre ratsam, wenn Sie Ihre Rachephantasien nicht mit der Polizei teilen würden. Man könnte Sie ernst nehmen.«

»Aber ich möchte, dass Sie mich ernst nehmen, Inspector.«

»Ja, natürlich. In diesem Fall, darf ich Sie auf einen Kaffee oder einen Drink einladen?«

»Wenn Sie mir den Arm auf den Rücken drehen.«

Diaz fragte sich, ob sie wirklich so etwas von ihm erwartete. Er steckte dem Schuhputzer ein paar Münzen zu. Es war mehr als die vereinbarte Summe. Diaz hielt Fran die Tür der Bar auf und geleitete sie hinein, seine langfingrige Hand unbeholfen auf ihre schmale Taille gelegt. Er fühlte sich durch ihre Nähe ein wenig erregt. Sie nahmen einander gegenüber in einer Sitznische Platz. Gegen besseres Wissen bestellte er sich einen weiteren Kaffee. Fran entschied sich für ein Glas frisch gepressten Orangensaft mit einem Schuss Wodka. Er erwiderte ihren offenen Blick. Außer einem Yin-und-Yang-Anhänger aus Elfenbein und poliertem Obsidian trug sie keinerlei Schmuck.

»Wenn *señor* Gregorowitsch nicht zurückgekommen ist, warum sind Sie dann hier?«, brach er schließlich das Schweigen.

»Ich wollte Ihnen das hier zeigen.« Sie beugte sich vor und schob eine Hand in ihre Jeanstasche. Ihre Brüste zeichneten sich deutlich unter dem dünnen Stoff ab. Diaz versuchte, *tranquilo* zu bleiben. Mehrere Leute betraten die Bar für ein frühes Mittagessen oder ein verspätetes Frühstück. Fran reichte Diaz ein zusammengefaltetes, zerknittertes Blatt Papier.

»Das ist ein Brief von Gregori. Ich habe ihn heute Morgen unter meiner Türschwelle gefunden.«

Diaz faltete das Blatt auseinander und begann, den mit einer Schreibmaschine getippten Text zu lesen.

liebe fran

ich weiß, dass du mich bis in alle ewigkeit hassen wirst. aber ich habe nicht geglaubt, mich jemals wieder zu verlieben. ich meine damit nicht die kleine, mit der du mich bei brian erwischt hast. das tut mir leid. aber ich habe eine frau gefunden, die ganz anders als alle anderen ist.

sofern du diesen brief nicht schon zu kleinen fetzen zerrissen hast, möchte ich dir einfach nur sagen, welches glück ich gefunden habe. aus dem nichts heraus. und wenn so etwas sogar einem arschloch wie mir passieren kann, besteht für alle menschen hoffnung.

ich weiß, dass sich dein leben jetzt zum besseren wenden wird, nachdem du mich nicht mehr am hals hast.

xxx

Unter den drei x war mit einem Füllfederhalter ein Name gekritzelt worden, von dem man nur ein großes G entziffern konnte. Es war eine Unterschrift, die Diaz schon früher gesehen hatte. Als er den Kopf hob, blickte er in Frans glühende Augen.

»Er hat recht, was die Sache mit dem Arschloch betrifft«, sagte sie.

»Es ist völlig natürlich, wenn Sie durcheinander sind.«

»Ich kann schon auf mich selbst aufpassen, Inspector. Aber ich mache mir Sorgen um die Frau, mit der er jetzt zusammen ist. Was, wenn er beschließt, sie umzubringen, so wie er dieses schlampige kleine Model umgebracht hat?«

»Das sind sehr schwerwiegende Beschuldigungen, *señora*. Mit welchen Fakten wollen Sie sie untermauern?«

»Nachdem ich den Brief gefunden hatte, habe ich noch einmal über diesen Abend nachgedacht. Ich bin mir sicher, dass Gregori zu Amanda gegangen ist, nachdem ich ihn ausgesperrt hatte. Wahrscheinlich hat sie ihn ausgelacht, als er ihr erzählt hat, dass ich ihn rausgeschmissen habe. Sie hat Männer gehasst und sie gern gedemütigt. Hat zwar die Beine breit gemacht, aber niemandem jemals erlaubt, sie anzurühren.«

Ihre Lippen wurden zu zwei harten dünnen Strichen. »Ich bin mir sicher, dass er einen Wutanfall gekriegt und sie umgebracht hat. Heißt es nicht, wenn man einmal getötet hat, wenn man einmal erfahren hat, wie es sich anfühlt, Macht über Leben und Tod zu haben … dass dieses Gefühl wie eine Droge wirkt?«

»Kürzlich hatten Sie noch eine ganz andere Meinung über *señor* Gregorowitschs psychologische Fähigkeit, einen Mord zu begehen. Vielleicht hängen Sie ja immer noch an ihm.«

»Sie sind ein Schwein, Inspector.«

»Ich tue nur meinen Job.« Diaz faltete den Brief zusammen und schob ihn sich in die Tasche. »Ich würde liebend gern ein wenig mit *señor* Gregorowitsch plaudern. Sobald wir ihn aufgespürt haben.«

»Plaudern?« Fran stieß ein freudloses Lachen aus. »Aber was ist mit der Frau, bei der er jetzt ist? Was, wenn er …« Ihre Hände zitterten.

»Sie stehen unter großem Stress, *señora*.« Diaz wartete einen Moment lang, bevor er aufstand. Er war erleichtert, dass Fran keine Anstalten machte, zusammenzubrechen oder Hals über Kopf auf die Damentoilette zu fliehen. »Danke, dass Sie sich die Zeit für einen Drink mit mir genommen haben. Aber jetzt muss ich wieder an die Arbeit gehen. *Pronto*.«

Sie lächelte wie eine Madonna. »Bitte besuchen Sie mich bald wieder auf eine Tasse Tee in meinem Studio, Inspector. Oder auf einen Drink. Was auch immer Sie mögen. Ich verspreche Ihnen, dann nicht so langweilig zu sein.«

Es war ein Angebot, von dem er wusste, dass er es nicht würde ablehnen können.

Kapitel 24

Felicia verbrachte eine gute Stunde am Telefon und verließ das Revier der *Judiciales* erst gegen zehn Uhr. Die Zeit wurde allmählich knapp, aber noch hatte sie eine Stunde bis zu der Frist, die Diaz ihr gesetzt hatte. Außerdem war der Inspector in die *Wonder Bar* gegangen, angeblich auf einen Kaffee. Was sollte also diese ganze Hektik?

Als Felicia ihren Arbeitsplatz verließ, war sie sich so sicher, wie man es in dieser Welt überhaupt sein konnte, dass Bass Smallwood, seit er am Samstagnachmittag verschwunden war, kein Flugzeug auf dem Internationalen Flughafen von Guanajuato bestiegen hatte.

Der Tag, der kalt und wolkenverhangen begonnen hatte, war angenehm mild geworden, und der Himmel präsentierte sich in einem milchigen Blau. Felicia legte einen kurzen Halt in Victors Café ein, um sich einen Kaffee und ein Stück Kuchen zu gönnen.

»Wie läuft's so?«, erkundigte sich Rafael, der die Espressomaschine bediente. Er war seit den Tagen in Felicia verliebt, als sie noch Rallyes gefahren war und er für die Boxencrew eines anderen Fahrers gearbeitet hatte.

Ihr Gesicht verzog sich zu der asymmetrischen Fratze eines Wasserspeiers. Sie schlang ihr gezuckertes Gebäck hinunter und trank ihren Espresso in zwei schnellen Schlucken, während sie die Passanten vor dem Café beobachtete und mit ihrem internen Kriminalometer auf ihr verbrecherisches Potential abschätzte.

»Ich muss los«, sagte sie wortkarg und hob die Hand zu so etwas wie einem Abschiedswinken. Das geringste Anzeichen einer Ermutigung würde nur dazu führen, dass sich Rafael in einen Stalker verwandelte.

Sie durchquerte den *jardín*, der wie immer von spazierenden Touristen und herumlungernden Taugenichtsen bevölkert wurde, und marschierte mit zügigen Schritten zehn Minuten lang durch enge und hüglige Gassen, bis sie die *Calle Frida Kahlo* erreicht hatte, eine alte, erst kürzlich umbenannte Straße.

Syd's Collectibles hatte noch geschlossen. Felicia betrachtete die kleine Softporno-Statue von Amanda und ihren Freundinnen. Ein ziemlich aufreizendes Luder, wie sie fand. Das kleine Flittchen hatte zu seinen Lebzeiten zweifellos eine beachtliche Anziehung auf einen breiten Querschnitt der männlichen Bevölkerung San Miguels ausgeübt. Jetzt, nach ihrem Tod, war es ihr irgendwie gelungen, geradezu Heiligenstatus zu erlangen. Zumindest in den Augen von Inspector Diaz. Von Hector …

Scheiß drauf, dachte sie. *Nicht mein Problem*. Andererseits, sollte Diaz eine Art Nervenzusammenbruch erleiden, konnte sich ihre offizielle Beförderung zum Corporal der *Judiciales* endlos hinauszögern. *Hör auf, dir darüber den Kopf zu zerbrechen, und tu einfach deinen Job*, ermahnte sie sich.

Also, wo steckst du, Sydney?

Zwei Häuser weiter gab es einen *tabaquero*, wo billige handgerollte Zigarren, Zigaretten, Lotterielose, Postkarten, Hustenpastillen und – für die *gringos* – unter dem Ladentisch Ecstasy-Pillen verkauft wurden. Genau der richtige Ausgangspunkt für die Suche nach dem ominösen Syd.

»Eine Cheroot, bitte«, sagte sie und musterte das Gesicht des Verkäufers. Er musste mindestens hundert Jahre alt sein. Zumindest erschien er ihr so. Was wohl bedeutete, dass sie in seinen Augen nicht älter als fünfzehn Jahre sein konnte. »Und eine Schachtel Streichhölzer«, fügte sie hinzu.

Sie zählte die von ihm verlangte Summe in Münzen ab und musste ihm das Geld in die ausgestreckte Hand legen, bevor er bereit war, sich von der Zigarre und der *cajita de fósforos* zu trennen.

Nachdem sie die Zigarre angezündet hatte, bestellte sie eine Fanta. Während sie sich an dem Götternektar labte und die mit Ziegenmist versetzte Zigarre paffte, fragte sie scheinbar beiläufig: »Wo kann ich Syd finden?«

»Syd macht erst ab eins auf«, erwiderte der Alte.

»Ist mir bewusst. Aber ich muss sofort mit ihm sprechen.«

»Wenn du Arbeit suchst, kann ich dir verraten, dass du dir keinen Gefallen tust, wenn du sie zu Hause aufsuchst.«

»Soll das heißen, Syd ist eine Frau?«

»Syd ist sich da selbst nicht ganz sicher.«

»Wie auch immer. Ich muss sie oder ihn sprechen.«

»Bist du eine Kundin? Syd zahlt mir immer eine kleine Provision, wenn ich ihm Kunden bringe.«

»Klar, sicher doch. Ich bin eine Kundin. Wenn ich Syd sehe, werde ich ihr oder ihm erzählen, dass Sie mich aufgegabelt haben, als ich ziellos durch die Straßen geirrt bin.« Felicia drückte dem uralten Verkäufer eine Hundert-*peso*-Note in die Hand. Er hielt den Schein gegen das Licht, um ihn auf seine Echtheit hin zu überprüfen. Offenbar fiel das Ergebnis zu seiner Zufriedenheit aus, denn er strich ihn glatt, faltete ihn zusammen und schob ihn sich in die Hemdtasche. »Syd Diamante wohnt zwei Häuserblocks weiter in einer kleinen Mietwohnung.« Er nannte Felicia die Adresse.

»Eine grauenhafte Zigarre«, sagte sie und ließ die Cheroot

in den Rinnstein fallen, wo sie wie ein politisch inkorrekter Gedanke weiter vor sich hin qualmte.

»Leck mich, Fräulein. Und Syd mag keine Besucher, schon gar nicht vor dem Mittag.«

Fünf Minuten später stand Felicia vor einem zweigeschossigen, mangofarbenen Mietshaus. Ein paar wahllos angebrachte marineblaue Wandfliesen und urwaldgrüne Türen vervollständigten das quietschbunte Erscheinungsbild. Die *Calle Edgar Poe* Nummer 94 konnte bestenfalls als eklektisch bezeichnet werden, schlimmstenfalls als ein herausragendes Beispiel exquisiter Geschmacklosigkeit.

Die Titelmelodie einer Soap Opera, die aus dem Apartment Nummer 1 A drang, hallte von den Wänden und der Decke wider, als versuchte sie, vor sich selbst wegzulaufen. Die Eingangstür zu der Wohnung stand weit offen. Da Felicia nirgendwo eine Klingel entdecken konnte, klopfte sie gegen den Türrahmen und spähte in das Halbdunkel, das auf der anderen Seite herrschte. Ein auf die höchste Drehzahl gestellter Deckenventilator blies ihr einen Luftstrom ins Gesicht.

Vor einem altmodischen Röhrenfernseher hockte eine Frau in einem gewagt geschnittenen Morgenmantel aus Kunstseide und schüttete sich irgendeinen dunklen Alkohol aus kleinen Schnapsgläsern in den Rachen. Eine einzelne Neonleuchte aus dem Badezimmer tauchte das Zimmer in ein Wechselspiel aus Licht und Schatten.

»Syd Diamante?«, fragte Felicia.

Die Frau verdrehte den Kopf und warf einen Blick durch die Eingangstür. »Syd is' nicht hier«, sagte sie.

»Verarschen Sie mich nicht«, erwiderte Felicia und schob sich entschlossen durch die Tür. »Sie sind Syd. Sie entsprechen haargenau der Beschreibung.«

»Habe ich Ihnen erlaubt einzutreten?«

»Polizei.«

»Wenn das so ist, müssen Sie natürlich unbedingt reinkommen. Fühlen Sie sich ganz wie zu Hause. Wie wär's mit einem Drink?«

Als Syd aufstand und mit den großen braunen Augen klapperte, erkannte Felicia, dass sie keine Frau, sondern einen hübschen jungen Mann vor sich hatte, aus dessen Wangen und Kinn kurze dunkle Bartstoppeln sprossen wie winzige Drahtimplantate und der eine blonde, platt gedrückte und etwas schief sitzende Perücke trug. Seine Lippen waren mit dem gleichen Rot bemalt, dem Marilyn Monroe zur Berühmtheit verholfen hatte. Ein Morgenmantel mit Leopardenfellmuster umhüllte seinen schlanken Körper. Als er sich mit alkoholgeschwängerter Lässigkeit vor Felicia verbeugte, rutschte ihm die blonde Perücke vom Kopf und blieb reglos wie ein Albinoäffchen auf dem Boden liegen, das von einem tödlichen Aneurysma dahingerafft worden war.

»Upps«, stieß er hervor, als müsste er sich entschuldigen. »Sie können mich Syd nennen. Schicke Klamotten, die Sie da tragen.« Er schwieg einen Moment lang und fügte dann hinzu: »Sind Sie geladen?«

»Geladen?«

»Bewaffnet?«

»Ich bin wegen dem Künstler hier, der die Keramikstatuette von den drei nackten Nutten in Ihrem Schaufenster gemacht hat«, sagte Felicia, ohne auf seine Frage einzugehen. »Ich muss wissen, wie er heißt und wo ich ihn finden kann.«

»Ach, das Ding. Sie wären überrascht, wie viele Touristen Geld für so einen geschmacklosen Schund ausgeben.«

»Davon bin ich überzeugt.« Felicias Stimme klang ungeduldig. Sie klopfte mit einem Fingernagel auf die versiegelte

Oberfläche eines Beistelltischchens, dessen Platte aus einem Fliesenmosaik bestand. »Verraten Sie mir ganz einfach den Namen dieses beschissenen Künstlers!«

Ihr aggressiver Tonfall schien Syd einzuschüchtern. »Wenn es denn unbedingt sein muss, er heißt Cy Vega. Cy Muñoz Vega. Er wohnt in einem alten *palacio* am höchsten Punkt der *Calle Obispo.*«

»Okay. Lassen Sie uns gehen. Wir werden auf dem Weg zu *señor* Vega einen kleinen Umweg über Ihren Laden machen, um die Skulptur mitzunehmen.«

»Nein, nein, nein! Sie verstehen das nicht. Ich habe vor, mich heute Morgen zu betrinken. Ich werde nirgendwo hingehen. Ich habe Ihnen den Namen und die Adresse genannt. Das reicht.« Syd hielt die Schnapsflasche in die Höhe, die sich als Havanna Club Rum entpuppte. »Wie wär's mit einem Schluck?«

»Ziehen Sie sich was an. Sie kommen mit mir. Sie sind ein wichtiger Zeuge in einer Mordsache. Außerdem habe ich keine Ahnung, wie dieser Cy Vega aussieht.«

Syd stieß ein Stöhnen aus, ließ sich rücklings auf das karamellfarbene Ledersofa fallen und legte mit einer theatralischen Geste der Hoffnungslosigkeit einen Unterarm über das Gesicht. Der Morgenmantel aus unechtem Leopardenfell klaffte auf und enthüllte seinen gut durchtrainierten Körper sowie einen überdimensionalen zwischen seinen Beinen herabbaumelnden Schwanz.

Felicia blinzelte. *Das darf doch nicht wahr sein!*, schoss es ihr durch den Kopf. Dann wurde ihr bewusst, dass sie das dringende Bedürfnis zu pinkeln verspürte, weil sie vergessen hatte, vor dem Verlassen des Reviers noch einmal auf die Toilette zu gehen.

»Wo ist das Klo?«, fragte sie.

Noch während sie die Frage formulierte, entdeckte sie auch schon eine halb geöffnete Tür hinter der Kochnische, die in einen winzigen gekachelten Raum führte, aus dem ein penetranter Uringestank drang. Felicia durchquerte die abstoßend schmutzige Küchenzeile, in der sich dreckiges Geschirr stapelte, betrat das Badezimmer und zog die Tür hinter sich zu. Uringeschwängerte Luft und Schimmelsporen attackierten ihre Nase. Der winzige Raum war mit einer uralten Kloschüssel und einem Waschbecken ausgestattet, auf dessen Sims sich Unmengen von Cremetuben und Make-up-Döschen drängten. Felicia streifte ihre Hose und den auberginefarbenen Slip herunter, kauerte sich über die Kloschüssel und urinierte. Da es nirgendwo Klopapier oder Papiertücher gab, spritzte sie sich anschließend etwas Wasser aus dem Spülbecken in den Schritt.

Mit einem Seufzer der Erleichterung betätigte sie die Spülung und betrachtete sich einen Moment lang in dem zerkratzten und verschmierten Badezimmerspiegel. Sie fragte sich, ob sie die passenden Augen für einen Bullen hatte. Wirkten sie unterkühlt und bedrohlich genug? Oder einfach nur aufreizend?

Sie kramte das Mobiltelefon aus ihrer grauen Makrameeumhängetasche und drückte die Kurzwahltaste für Hector. Während sie darauf wartete, dass die Verbindung zustande kam, musterte sie erneut ihr Gesicht im Spiegel und kam zu dem Schluss, dass sie einen dunkleren Lidschatten benötigte, der ihr ein einschüchternderes Aussehen verleihen würde.

»Diaz«, meldete sich die Stimme ihres Vorgesetzten.

»Wie viele Drinks hast du mittlerweile intus?«

Ein Schweigen, das so dick und schwer wie die Vorhänge eines Varietétheaters aus den Zeiten des Zweiten Weltkriegs war, senkte sich herab. Dann dröhnte Diaz' Stimme unwirsch aus dem Hörer: »Ich habe gesagt, um elf Uhr in meinem Büro! Du bist fünfundvierzig Minuten über die Zeit. Wo, zum Teufel, steckst du?«

»Der Name des Bildhauers ist Cy Muñoz Vega. Triff mich in einer Viertelstunde vor seinem *palacio.*«

»*Palacio*? Welcher *palacio*?«

»Wir sehen uns dort.« Felicia beendete das Gespräch ohne irgendwelche weiteren Erklärungen. Als Diaz gleich darauf zurückrief, ließ sie die Mailbox anspringen und schickte ihm Vegas Adresse als Textbotschaft.

Diaz konnte sehr einschüchternd sein.

Syd lag auf den Knien und kotzte in eine Messingschüssel, als sie die Badezimmertür öffnete. Sie ließ kaltes Wasser über ein Handtuch laufen und legte es ihm auf die Stirn. »Ich habe gerade mit meinem Boss gesprochen«, sagte sie. »Er besteht darauf, dass Sie mich begleiten. Also, auf geht's, Macho Man.«

Sie packte ihn am Kragen, zog ihn hoch und wirbelte ihn herum. Dann drehte sie ihm einen Arm auf den Rücken und schob ihn vor sich her in sein Schlafzimmer. Nachdem sie ihm noch heftigere Schmerzen angedroht hatte, schlüpfte er eilig in ein pflaumenfarbenes Baumwollhemd, eine trapezförmig geschnittene hüftlange Jacke aus schwarzem Schweinsleder und eine geradezu unglaublich enge schwarze Jeans, die keinen Zweifel an der imponierenden Größe seines Gehänges ließ. Anschließend rieb er sich Styling-Gel in das kurze braune Haar und zündete sich eine Zigarette an. »Verfügen Sie über mich«, sagte er. »Jetzt gehöre ich Ihnen.«

»Sehr lustig.«

Gerade als sie das Mietshaus verließen, kam ein Taxi die *Calle Edgar Poe* entlang. Felicia winkte es heran und quetschte sich mit Syd auf die Rücksitzbank. Der Taxifahrer verdrehte die Augen, als sie ihm ihre Dienstmarke zeigte. Das Geld für die Fahrt von der Polizei einzutreiben würde ihn etliche Monate Zeit und Berge an Papierkram kosten.

Es war nur ein Katzensprung bis zu *Syd's Collectibles*. Felicia zerrte den Besitzer des Geschäfts aus dem Taxi, ohne die Wagentür zu schließen, und schleifte ihn die drei Stufen zur Ladentür hinauf. Er schloss gehorsam auf und deaktivierte die Alarmanlage. Felicia musste auf eine kleine Trittleiter steigen, um über die Sichtschutzwand greifen zu können, die das Schaufenster von dem Verkaufsraum trennte. Sie beugte sich hinunter, legte die Hände unter jeweils eine Brust auf beiden Seiten der Statue und hob sie an. Die Keramikfigur war überraschend leicht, so leicht, dass Felicia beinahe rücklings von der Trittleiter kippte. Erst im letzten Moment gewann sie ihr Gleichgewicht zurück, indem sie sich wie eine exotische Tänzerin verrenkte, die sich einem Sturm entgegenstellt, und hin und her schwankte.

»Langsam!«, rief Syd besorgt. »Vorsicht mit der Ware!« Er legte ihr die Hände um die Waden und half ihr, die Leiter hinunterzusteigen, während sie das zu einer Einzelfigur verschmolzene aufreizende Nuttentriumvirat gegen ihre auch nicht unansehnlichen Brüste gedrückt hielt.

»Wir müssen die Statue in einem Karton verstauen und mit jeder Menge Styroporplättchen auspolstern«, sagte er. »Und kriege ich nicht irgendeinen Beleg von Ihnen, bevor Sie mit meinem Eigentum verschwinden?«

»Ich scheiße auf die Formalitäten«, erwiderte Felicia. »Dafür habe ich jetzt keine Zeit. Wir müssen vor meinem Boss bei Cy Vega eintreffen.«

»Okay. Dann schaffen Sie die Mädchen schon mal runter zum Taxi, während ich den Laden wieder abschließe.«

Felicia schob sich an ihm vorbei durch die Eingangstür und setzte den Fuß auf die erste der drei Steinstufen.

Genau in diesem Moment war der Taxifahrer nach einer längeren inneren Debatte zu dem Entschluss gekommen, seine finanziellen Einbußen zu begrenzen. Er lehnte sich so weit wie möglich über die Rückenlehne des Fahrersitzes in den Fond, packte den Griff der offen stehenden Hintertür und schlug sie zu. Dann trat er das Gaspedal hinunter. Das Taxi schoss mit quietschenden Reifen los.

»Hey!«, schrie Felicia ihm hinterher. »Warte!«

Doch da war es schon zu spät. Der Fahrer konnte sie nicht mehr hören, das Taxi bog bereits in die nächste Seitenstraße ein.

Ich hätte ihm ein paar pesos *geben sollen*, dachte Felicia, als ihr Fuß über die Kante der zweiten Stufe rutschte. Sie verlor das Gleichgewicht und stürzte vornüber, tastete hektisch auf der Suche nach irgendeinem Halt in der Luft herum – nach einem Geländer, einer helfenden Hand, einer zufällig vorbeikommenden Großmutter. Doch ihre Hände griffen ins Nichts.

Die keramische Dreieinigkeit, plötzlich so frei wie drei Nymphen, die ihre Unterwäsche im Eingangsbereich eines Nudistencamps abgegeben hatten, stieg zuerst kurz in die Höhe, bevor sich ihre Flugbahn bedenklich abwärts neigte. Als sie den tiefsten Punkt der Parabel erreicht hatte, der mit dem harten Steinpflaster der *Calle Frida Kahlo* identisch war, zerbarst die Statue in unzählige scharfkantige Splitter.

»Scheiße!«, stieß Felicia verbittert hervor.

Kapitel 25

Fran Kovacs zuzusehen, wie sie die Straße hinaufgetänzelt und hinter der nächsten Straßenkreuzung verschwunden war, hatte Diaz emotional völlig aufgewühlt. Er hatte die Ellbogen auf den Mahagonitresen der *Wonder Bar* gestützt und trank einen Whiskey, um seine Libido zu zügeln, als Felicia anrief.

Fran Kovacs hatte *señor* Gregorowitsch als Amanda Smallwoods Mörder benannt, allerdings ohne irgendeinen Beweis dafür zu präsentieren. Eine Anschuldigung, die vermutlich ihrer Eifersucht entsprungen war. Andererseits blieb Gregori Gregorowitsch nach wie vor ein verschwundenes und rätselhaftes Puzzlestück in diesem Fall.

Dann hatte Felicia angerufen und ihn aus heiterem Himmel mit der Frage überfallen: »Wie viele Drinks hast du mittlerweile intus?« Der Satz hing wie ein unheiliger Furz in der Luft. Woher nahm sie nur die Frechheit, in seinen Privatangelegenheiten herumzuschnüffeln?

Nachdem er sie angeschnauzt hatte, war sie mit dem Namen des neuen, von Amanda Smallwoods prächtigen Möpsen inspirierten Künstlers rausgerückt. Es schien eine geradezu endlose Reihe davon zu geben – inspirierte Künstler, nicht Möpse.

Cy. Was für ein Name war das denn? Die Kurzform von Cynthia? Oder von Cynbal aus dem Walisischen, was so viel wie Kriegshäuptling bedeutete? Oder eine Verniedlichung von Cyclops?

»Triff mich in einer Viertelstunde vor seinem *palacio*«, hatte sie gesagt, und gleich darauf war die Leitung tot gewesen. Nur eine unbedeutende Störung im drahtlosen Telefonnetzwerk oder der unvermeidbare Zusammenbruch der globalen Infrastruktur?

Als er die Rückruftaste gedrückt hatte, war er auf Felicias Mailbox gelandet. Was für ein Riesenhaufen Scheiße!

Er stürzte den letzten Rest von seinem Whiskey hinunter und bat Felix, ihm das Telefonbuch zu bringen. Ob Cy Vega wohl darin verzeichnet war?

In diesem Moment meldete sein Telefon das Eintreffen einer Textnachricht. Eine Adresse am anderen Ende der Stadt. Unter normalen Umständen hätte er seinen Fahrer gerufen und wäre stilvoll vor dem mondänen *palacio* erschienen. Nur war das leider ausgerechnet Felicia.

»Ruf mir ein Taxi, Armleuchter«, knurrte er Felix an.

Manchmal neigte er aus Verzweiflung heraus zu gedanklichen Kurzschlüssen und zu existentiellem Überdruss, doch im Moment fühlte er sich einfach nur streitsüchtig. Ganz allgemein angekotzt. Zum Glück für seine Mannschaft hatte er seine Dienstwaffe bereits eingesteckt und musste nicht mehr ins Revier zurückkehren, wo er den anderen garantiert die Hölle heißgemacht hätte.

Nach einer endlos scheinenden Zeit ertönte draußen vor der Bar eine Autohupe.

Diaz klaubte das Wechselgeld auf dem Tresen zusammen und ließ nur zwei korrodierte kleine Münzen liegen. Ein kümmerlicher Betrag. Die Münzen starrten ihn wie die Augen eines Besessenen an, erinnerten ihn an das furchteinflößende Bild eines Hexenzirkels von Goya – dem Maler, nicht Felicia. Er hatte es während seiner ersten und einzigen Reise nach Spanien vor ein paar Jahren im Prado gesehen.

Draußen hupte das Taxi erneut.

Diaz trat aus dem Halbdunkel der Bar ins helle Tageslicht

hinaus, stapfte über den Bürgersteig zur Hintertür auf der Beifahrerseite, riss sie auf und schob sich auf die Rücksitzbank, auf der die Glut unzähliger Zigarren ihre Spuren in Form von Brandlöchern hinterlassen hatte.

»Palacio St. Jude«, befahl er, bevor er bemerkte, dass der Fahrer ein gerade einmal sechzehnjähriger Bursche war, der vermutlich ungefähr genauso gut über das alte San Miguel Bescheid wusste wie der Regierungschef von Usbekistan.

»Hey, Pops, wissen Sie vielleicht auch, in welcher Straße das ist?«, fragte der Junge.

Diaz nannte ihm die Adresse und drückte ihm eine Zehn-*peso*-Münze in die Hand, auf der ein Adler abgebildet war, der eine Klapperschlange fraß. »Das ist ein Polizeieinsatz.«

»Was immer Sie sagen. Rechnen Sie mit einer wilden Schießerei?«

»Wovon redest du da?«

»Sie wissen schon, so wie in diesem Film von Robert Rodriguez, *El Mariachi*.«

»Magst du Filme?«, erkundigte sich Diaz.

»Manchmal.«

»Geht mir genauso. Ich halte nicht viel von *El Mariachi*. War mir viel zu unrealistisch.«

Sie umrundeten mit quietschenden Reifen eine Straßenkreuzung. Die Fliehkräfte zerrten Diaz zur Seite. »Hey!«, rief er. »Etwas langsamer!«

Der junge Fahrer warf einen Blick in den Rückspiegel. »Wahrscheinlich gefallen Ihnen eher solche anspruchsvollen Bullenfilme wie *L. A. Confidential*.«

Diaz hatte keine Lust, sich mit einem jugendlichen Straftäter auf eine ausführliche kritische Diskussion über Spielfilme einzulassen. Er sah auf seine Uhr. Sie würden sich verspäten. Aber dies konnte der große Durchbruch in den

Ermittlungen sein. Vielleicht war Cy Vega Amanda Smallwoods Mörder. Unvermittelt über die Skulptur im Schaufenster von *Syd's Collectibles* zu stolpern war ihm so vorgekommen, als hätte er den Hauptgewinn gezogen. Trotzdem nahm er sich vor, keine allzu großen Hoffnungen in Cy Vega zu setzen. Solche Fährten neigten in der Regel wie das Leben selbst dazu, wie eine entkorkte und vergessene Flasche Champagner schnell schal zu werden.

Das Taxi folgte der steilen Straße an den letzten Häuserblocks vorbei bis zu einer T-förmigen Kreuzung, hinter der der *Palacio St. Jude* thronte. Von dem mehrstöckigen alten Gebäude aus hatte man freie Sicht auf San Miguel, den friedlichen Laja Rio und die weiten Täler, die sich am Fuß des Hügels ausbreiteten. Am Straßenrand gegenüber dem Haupteingang des *palacio* saßen Felicia und ein offensichtlich schwuler Mann, der eine körperbetonte Lederjacke trug, an einem klapprig aussehenden Tisch vor einem Imbissstand. Es war der einzige Tisch.

»Okay, das ist weit genug«, sagte Diaz.

Der Junge bremste so scharf ab, dass sich Diaz' Organe geografisch neu positionierten. »Soll ich auf Sie warten?«, fragte er.

»Als Fahrer bist du echt scheiße«, erwiderte Diaz, allerdings erst, als er ausgestiegen war und mit der Hand am Türgriff neben dem Taxi stand. Er wartete, bis das Taxi weggefahren war, dann überquerte er die Straße, blieb neben dem Tisch stehen und musterte Felicia und den jungen Mann neben ihr. Die beiden blickten ihrerseits zu ihm auf. Der junge Mann trank eine normale Coca-Cola, Felicia eine Cola Light.

»Schön«, sagte Diaz. »Wie ich sehe, nehmen wir eine kurze Auszeit.«

»Genau genommen ist jetzt Mittagszeit«, gab Felicia zurück. »Ich habe dreimal *tacos carnitas adobo* für uns bestellt.« Sie deutete auf ihren Begleiter. »Das ist Syd. Syd, Inspector Diaz.«

»Sie sehen nicht besonders gut aus, Syd«, sagte Diaz. »Vielleicht sollten Sie darüber nachdenken, ein Vitaminpräparat einzunehmen.«

»Syd hat ein morgendliches Alkoholproblem«, erklärte Felicia.

Währenddessen trat eine *mestiza*, ihres Zeichens Inhaberin des Imbissstandes und Starköchin, barfuß mit einem Tablett voller immer noch brutzelnder *tacos*, *pico de gallo* und *salsa* aus gegrillten Tomaten an den klapprigen Tisch. Diaz merkte plötzlich, dass er fast am Verhungern war.

Er setzte sich auf die Stufen neben dem Tisch, beugte sich weit vor und schlang drei *tacos* in sich hinein, die so reichhaltig mit *salsa* und *pico de gallo* gefüllt waren, dass er den Bürgersteig vollkleckerte. Felicia aß zivilisierter, schaffte aber ebenfalls drei *tacos*. Syd, dem offensichtlich übel war, hielt sich an seiner Coke fest und vermied es, das Essen auch nur anzusehen.

»Ich fühle mich scheiße«, murmelte er. »Sind Sie sicher, dass ich dabei sein muss?«

Statt einer Antwort sprang Diaz auf, klopfte sich die Hose ab und rief mit lauter Stimme unternehmungslustig: »Also, worauf warten wir noch?«

Während sich Felicia die Finger mit einer frischen Serviette abwischte und Syd, von Diaz' unerwarteter Reaktion und aggressivem Tonfall überrascht, Coke aus Mund und Nase prustete, warf Diaz einen Blick auf seinen Schritt, um sich zu vergewissern, dass er den Reißverschluss seiner Hose zugezogen hatte. Felicia klopfte Syd herzhaft mit der flachen

Hand auf den Rücken. Mit jedem Schlag sank sein Kopf ein Stückchen tiefer, bis seine Nasenspitze fast die Tischplatte berührte, die mit einer dünnen, mit Corona-Beer-Logos bedruckten Blechfolie überzogen war.

»Ruhig, Mann, ganz ruhig«, sagte sie. Gleich darauf kniff sie ihm kräftig ins Ohr, ganz die hartgesottene Polizistin.

»Au!«, stieß Syd hervor, zuckte zurück und rieb sich das schmerzende Ohrläppchen. Diaz legte eine Handvoll Geld auf den Tisch. Sie überquerten gemeinsam die Straße und blieben vor dem *Palacio St. Jude* stehen. Felicia betätigte die Türklingel.

Eine dunkelhäutige Indianerin in einer magentafarbenen Bluse öffnete eine schmale, in das große hölzerne Tor der Villa eingelassene Tür.

»Polizei«, sagte Diaz und hielt seine Dienstmarke hoch. »Wir sind gekommen, um Cy Muñoz Vega zu sprechen.«

»*Señor* Vega darf von niemandem gestört werden«, entgegnete die Frau.

»Natürlich dürfen wir ihn stören. Ich bin Inspector Diaz von der *Policía Judicial.* Und dies hier ist meine Kollegin Corporal Goya.« Er machte sich nicht die Mühe, Syd vorzustellen.

Als die Indianerin versuchte, ihnen die Tür vor der Nase zuzuschlagen, schob sich Diaz so rücksichtslos hindurch, dass die Frau das Gleichgewicht verlor, stolperte und auf ihrem Hinterteil landete.

Sie betraten einen Vorhof, der mindestens 250 Jahre alt war und auf drei Seiten hufeisenförmig von der Villa umschlossen wurde. Das Gebäude setzte sich aus stuckverzierten Adobeziegeln, dekorativen Steinmauern und Marmortreppen zusammen. Der Hof wurde von einem barocken moosbewachsenen Springbrunnen mit vier Putten beherrscht, die in hohem Bogen in das Wasserbecken pinkelten und ihrerseits von einem Konquistador in herrischer Pose überragt wurden, der eine nur spärlich bekleidete aztekische Prinzessin umklammert hielt. In den meergrünen Tiefen des Wasserbeckens schwammen dicke Goldfische gemächlich umher.

Felicia half der gestürzten Bediensteten wieder auf die Füße. »Bingen Sie uns zu *señor* Vega!«, befahl sie. *»Pronto!«*

Sie folgten der Frau, deren Gesicht sich in eine düstere Maske verwandelt hatte, drei breite Treppenstufen hinauf in ein Wohnzimmer, das im frühen *caballero*-Stil gehalten war: mit Pferdefell bezogene Möbel, Kuhfellteppiche mit Zebrastreifen, verschnörkelte schmiedeeiserne Bodenlampen. Über einem Kamin hing ein Gemälde aus dem neunzehnten Jahrhundert, eine Tropenlandschaft in leuchtenden Farben. Diaz fand, dass es wie ein Frederic Church aussah. War es möglicherweise sogar ein Original?

Im Hintergrund schloss sich ein schattiges Speisezimmer an, zur Linken befand sich eine kleine Kapelle. Hinter den weit geöffneten Türflügeln war eine primitive gekreuzigte Christusfigur zu sehen, handbemalt in Himmelblau, Blutrot und einem Blattgold, das in strahlendem Glanz leuchtete. Vor der göttlichen Gestalt flackerte ein halbes Dutzend Kerzen. Daneben stand ein Teller mit diversen Speisen als Opfergabe. Es konnte eben nicht schaden, vorsorglich alle Register zu ziehen.

Die mürrische Dienerin führte die Besucher einen Treppenaufgang hinauf, dessen Marmorstufen im Laufe der Zeit von zahllosen Füßen ausgetreten worden waren. Am Ende der Treppe klopfte sie zögernd an eine uralte, mit schmiedeeisernen Einlegearbeiten verzierte zweiflüglige Tür.

»Komm rein, gottverdammt!«, ertönte eine tiefe Stimme. »Komm schon rein, komm rein!«

Diaz stieß die Türflügel auf und erblickte eine weitläufige, teilweise nicht überdachte Galerie.

Im hinteren Drittel des Raumes, der die Ausmaße einer Scheune hatte, erhob sich eine riesige Gestalt hinter einem filigranen, reich verzierten Schreibtisch, einem handbemalten französischen Möbelstück, das vielleicht ebenso alt wie die Villa selbst war. Eine Hand des Mannes fuchtelte mit einem schweren Spazierstock aus knotigem Holz herum. Ein zerzauster Bart versuchte erfolglos, die fahle, ungesund erscheinende Haut seines Trägers zu kaschieren. Kalt glitzernde Augen blickten aus tiefen, von Fleisch und Knochen geformten *barrancas* hervor.

Der Riese öffnete mit theatralischer Mimik den Mund. »Wer sind diese Arschlöcher, die mich zu dieser kritischen Stunde heimzusuchen belieben?«, dröhnte seine tiefe Bassstimme.

»Entschuldigen Sie uns«, erwiderte Diaz ungerührt.

»Das ist *señor* Vega«, warf Syd ein.

»Sie stören mich in einem heiligen Moment, da ich im Begriff bin, die Eingeweide zu lesen«, verkündete Vega. »Ich muss Sie bitten zu gehen, bevor Sie mit Ihren fremden Schwingungen die Essenz des Deutungsmediums versauen.«

Vega kam näher, um den ungebetenen Besuchern mit seiner massigen Gestalt die Sicht auf den Schreibtisch zu versperren, doch Diaz konnte noch eine große, anscheinend tote Taube erkennen, die seitlich auf dem mit einer Schicht Zeitungspapier bedeckten Schreibtisch lag. Aus einem unregelmäßigen Schnitt im Bauch des Vogels quollen blutige Gedärme hervor. Diaz fragte sich, ob es sich bei dem, was Vega hier trieb, um einen Vorgang handelte, der aus strafrechtlicher Sicht verboten war.

Er und Vega umtänzelten einander, täuschten wie Fechter Ausfälle nach links und nach rechts an, bis Diaz schließlich an Vega vorbei zu einer Sitzgruppe unter dem offenen Dach der Galerie huschte. Liegestühle mit schmiedeeisernen Gestellen und geblümten Polsterauflagen gruppierten sich in einem Viereck um einen niedrigen Tisch herum. Diaz nahm unaufgefordert auf einem der Liegestühle Platz und blickte zu Vegas riesiger Gestalt empor.

»*Señor* Vega, nehme ich an.«

Vega fuhr sich mit einer großen Pranke über das Gesicht, als könnte er nicht glauben, was hier geschah. Als hoffte er, dass alles zu dem unbefleckten dharmischen Zustand zurückkehren würde, der bis zum Eintreffen dieser störenden Arschlöcher in seinem Heim geherrscht hatte, wenn er nur die Augen schloss, sich dreimal um die eigene Achse drehte, gegen den Wind spuckte und den Urin einer seltenen Hochlandkröte trank.

»Wir ermitteln in einem Mordfall«, fuhr Diaz fort. »Dessen Spur uns hierhergeführt hat.«

»Ein Mord. Ja, natürlich beschäftigt Sie das. Das große Vermächtnis des zwanzigsten Jahrhunderts, millionenfacher Mord. Ethnische Säuberungen.« Vega wandte sich dem Zimmermädchen, der Köchin oder was auch immer sie sein mochte zu. »Paloma, du kannst an deine Arbeit zurückkehren. Es ist alles in Ordnung.«

Paloma machte mit einem verkniffenen Lächeln kehrt und verschwand wortlos.

»Und bring uns bitte Kaffee!«, rief er ihr hinterher. Sein Blick glitt von Diaz über Syd zu Felicia und blieb an ihr hängen. »Kaffee für vier Personen.«

Felicia erwiderte seinen Blick unbeeindruckt. »Ich hätte lieber eine Cola Light«, sagte sie.

»Bravo!«

»*Señor* Vega«, begann Diaz. »Trifft es zu, dass Sie Künstler sind? Bildhauer, um genau zu sein?«

»Ich bin ein Gott, Inspector. Ein Künstler war ich in einem früheren Leben.«

»Natürlich sind Sie das«, erwiderte Diaz verständnisvoll. Der Mann war offensichtlich irre.

»Syd verkauft Ihren Kram, nicht wahr?«, erkundigte sich Felicia. Sie nickte in die Richtung des schweigenden jungen Mannes, der nach wie vor stand. »Ich meine, die Sachen, die von Ihrem früheren Ich hergestellt werden.«

»Für ein wenig Taschengeld. Manchmal reicht meine monatliche Berufsunfähigkeitsrente nicht aus, um meine täglichen Ausgaben abzudecken.«

Und sollte es trotzdem einmal eng werden, könntest du ja immer noch für ein paar Millionen das Church-Gemälde verkaufen, dachte Diaz. Aber vielleicht handelte es sich dabei ja doch nur um eine gute Kopie.

»Und Sie haben Amanda Smallwood als Modell benutzt?«, hakte Felicia nach.

»Ich benutze immer die strapazierfähigsten Frauen, die ich kriegen kann. Aber ich erinnere mich nicht an ihre Namen.«

»Es ist die Frau in der Mitte der kleinen Statue aus Syds Schaufenster.«

»Oh, die da.« Vielleicht war es die Erinnerung an ein sinnliches Erlebnis, die Vegas Augen einen Moment lang groß werden ließ.

»Sie ist letzten Donnerstag ermordet worden.«

»Ich weiß, ich lese Zeitung.«

Paloma kehrte mit einem Tablett zurück, auf dem drei dampfende Tassen *café con leche* und eine Dose Cola Zero mit einem Strohhalm standen. »Keine Cola Light«, murmelte sie, während sie das Tablett abstellte und sich unauffällig zurückzog.

»Wo waren Sie letzten Donnerstag, *señor* Vega?«, erkundigte sich Diaz.

»Offensichtlich war ich hier.«

»Wo Sie an einer neuen Skulptur gearbeitet haben, bei der auch die verstorbene Frau eine Rolle gespielt hat?«

»Warum nicht?«

Diaz saß auf der äußersten Kante seines Liegestuhls und fummelte an der Tasse herum, ohne sie jedoch in die Hand zu nehmen.

»Ist es okay, wenn ich jetzt gehe?«, fragte Syd. Er war der Einzige, der sich immer noch nicht gesetzt hatte.

Felicia nagelte ihn geradezu mit ihren Blicken fest, worauf er sich ebenfalls setzte und Zucker in seinen Kaffee zu löffeln begann.

»Amanda Smallwood hat letzten Donnerstagabend für Sie Modell gestanden, nicht wahr?«, setzte Diaz das Verhör fort.

»Ich glaube, es war der Nachmittag. Mein Atelier geht nach Westen hinaus, und das Licht ist an den winterlichen Nachmittagen magisch.«

»Dann war sie also nicht hier, als Sie sie umgebracht haben?«

»Was?«

»Ich meine, als Sie sie später an diesem Abend umgebracht haben, war das nicht hier.«

»Sie ist gegen fünf gegangen. Hat gesagt, sie wäre verabredet. Und ich bin auch allmählich müde geworden.« Vega, der die Arme in einer dramatischen Geste weit ausgebreitet hatte, blickte zum Himmel empor, über den ein Düsenjäger einen weißen Kondensstreifen zog. »Also, das war schon eine schöne Frau, ein Geschöpf wie aus der griechischen Mythologie.«

»War das der Grund, aus dem Sie sie umgebracht haben?«

»Weil sie schön war? Was für einen kranken Geist Sie doch haben, Inspector! Sie war ein Geschenk der Götter.«

»Vielleicht haben Sie ihr ja nur versehentlich das Genick gebrochen.«

»Legen Sie mir bitte keine Worte in den Mund. Ich habe Ihnen gesagt, dass sie um fünf Uhr gegangen ist. Paloma wird meine Aussage bestätigen.«

»Davon bin ich überzeugt.«

Plötzlich zerriss ein Schrei die Nachmittagsruhe.

Vega war trotz seiner beachtlichen Körperfülle augenblicklich auf den Beinen. Als der nächste Schrei ertönte, rannte er bereits los wie ein aufgeschreckter Wasserbüffel.

Syd warf sich auf den Boden. Felicia legte eine Hand auf den Griff der Glock in ihrem Holster und sah zu Diaz hinüber. Diaz war ebenfalls aufgesprungen, blieb aber mit einem angespannten Gesichtsausdruck stehen, anstatt Vega blindlings hinterherzustürmen. Es war diese Vorsicht im Angesicht unbekannter Gefahrensituationen, die ihn mehr als zwanzig Jahre im aktiven Polizeidienst hatte überleben lassen.

Vega umkurvte Möbel, Blumentöpfe mit Bougainvillea und einen prächtig blühenden Weihnachtskaktus, als wäre er ein Footballspieler in Ballbesitz auf dem Weg zum entscheidenden Touchdown kurz vor Spielende, und stürmte eine schmale, geländerlose Treppe empor, die in das oberste und kleinste Stockwerk des *Palacio St. Jude* führte.

Diaz drehte sich zu Felicia um. »Was ist da oben?«, knurrte er.

»Ich habe nicht die leiseste Ahnung.« Sie zuckte die Achseln. »Vielleicht eine Fickwiese?«

Obszönitäten aus dem Mund einer Frau haben eindeutig etwas Erregendes, dachte Diaz.

Im obersten Stockwerk peitschten zwei Schüsse auf, gefolgt von lauten tumultartigen Geräuschen.

Diaz zog vorsichtig seine Waffe und ging hinter den gepolsterten Liegesesseln in Deckung. Felicia folgte seinem Beispiel.

Plötzlich ertönte über ihnen ein dumpfer Aufprall, als wäre irgendein schwerer Gegenstand – oder ein massiger Körper – zu Boden gefallen.

»Scheiße!«, stieß Diaz hervor.

Als er auf die Treppe zulief, kam Paloma auf dem oberen Treppenabsatz in Sicht. Unter ihrer zerrissenen Bluse lugte eine schmale braune, nicht unattraktive Schulter und eine rasierte Achselhöhle hervor. Ihre Augen wirkten so entrückt wie die einer unter Drogen stehenden indianischen Prinzessin, die auf dem höchsten Punkt einer aztekischen Pyramide darauf wartete, dass der Priester ihr mit einem Obsidiandolch die Brust aufschlitzte, um ihr anschließend bei lebendigem Leib das noch zuckende Herz herauszureißen. Oder so verschleiert wie die Augen einer Frau, die unter Schock stand.

»Irgendjemand hat *señor* Vega erschossen!«, stieß sie hervor.

Diaz erreichte die letzte Stufe, hechtete auf die unsicher taumelnde Paloma zu, riss sie mit sich zu Boden und begrub sie unter seinem Körper, um sie aus der unmittelbaren Gefahrenzone zu schaffen. Dann rollte er sich von ihr herunter auf den Bauch, die Ellbogen auf den Boden gestützt, die Pistole schussbereit in der Hand.

Plötzlich erschien schräg hinter ihm ein Fuß in einer *huarache* und trat ihm die Pistole aus der Hand. Die Glock schlitterte klappernd über die Bodenfliesen. Der Lauf eines großkalibrigen Revolvers, der von oben auf ihn herabzuckte, verfehlte seine Schläfe nur um Haaresbreite.

Alles, was Felicia von ihrer Position aus auf der obersten Etage des *palacio* wahrnehmen konnte, waren schattenhafte Bewegungen. Sie gab einen Warnschuss ab, der den Angreifer offenbar in Panik versetzte. Statt erneut zu versuchen, Diaz mit dem Revolverlauf auf den Kopf zu schlagen, beschränkte er sich darauf, ihm mit seiner schäbigen *huarache* einen letzten Tritt gegen das Kinn zu versetzen, bevor er herumwirbelte und zum entgegengesetzten Ende des Raumes floh.

Diaz rollte sich seitlich ab. In seinem Kopf dröhnte es, verwaschene schwarze Schatten huschten vor seinen Augen umher. Er zählte bis fünf, bevor er sich auf Hände und Knie hochstemmte und sich schüttelte, um die Benommenheit und Schmerzen zu vertreiben und wieder einen klaren Gedanken zu fassen. *Du verdammtes Arschloch!*, schoss es ihm durch den Kopf. Obwohl alles so schnell gegangen war, hatte er den Eindringling erkannt. Es war Emile Zato.

Während er noch darum kämpfte, die Kontrolle über seinen Körper zurückzugewinnen, war der Bandit bereits quer durch das Atelier in Richtung eines bienenkorbförmigen Brennofens gerannt. Er schob seinen alten Colt .45 unter den Gürtel seiner schmierigen Hose und hechtete auf die Brüstung, die hinter dem Brennofen verlief. Einen Meter unter der Ebene des Ateliers erstreckte sich eine zerfallende alte Trennmauer von einem Nachbarhaus über einen feuchten Hinterhof bis zur Außenmauer des *Palacio St. Jude*. Zato sprang ohne das geringste Zögern wie Dracula über das Geländer und landete auf der Mauer, die beide Gebäude miteinander verband. Lose Ziegel und große Mörtelbrocken lösten sich unter seinen Füßen und prasselten zwei Stockwerke tiefer auf den Boden. Der Bandit balancierte über die marode Mauerkrone, die Arme seitlich ausgebreitet, den schmutzstarrenden Schaffellumhang wie zwei Fledermausschwingen hinter sich herziehend.

Felicia erreichte den oberen Treppenabsatz gerade noch rechtzeitig, um sehen zu können, wie Zato einem Vampir gleich von der Brüstung sprang. Sie erfasste den gesamten Raum mit einem schnellen Blick. Das Atelier war ein chaotisches Durcheinander aus Arbeitstischen, tönernen Gussformen, diversen Werkzeugen, Säcken mit Tonerde, Farbdosen, Pinseln und Bürsten. Ein verrostetes Eisendach überspannte nur einen Teil des Stockwerks. Neben dem Brennofen stand ein Regal mit säuberlich gestapelten Hartholzscheiten. Cy Vega lag inmitten einer großen Blutlache auf dem Boden seines Studios, das Gesicht eine Maske des Todes.

Diaz richtete sich stöhnend auf und stolperte auf die Brüstung zu, hinter der Emile Zato verschwunden war, als hätte er sich in Luft aufgelöst.

Felicia wirbelte herum, ohne ein Wort zu verlieren, und hastete die Treppe zur ersten Etage hinunter, immer zwei Stufen gleichzeitig nehmend. Aus halber Höhe der Treppe zwischen erstem Stock und Erdgeschoss sprang sie einfach los, landete auf den rutschigen Bodenfliesen, fand mit rudernden Armen das Gleichgewicht wieder und eilte auf den Vorhof der Villa hinaus.

Zu ihrer Rechten verlief die Mauer, die sich wie ein Brückenbogen vom Nachbarhaus zur Außenmauer der Villa spannte. Zato balancierte noch immer über die Mauerkrone. Felicia hob ihre Waffe und zielte, doch da sprang der Bandit plötzlich in die Tiefe und verschwand im Labyrinth der benachbarten Gebäude. Im obersten Stock der Villa tauchte Diaz' Kopf über der Brüstung auf. Er starrte mit einem resignierten Gesichtsausdruck in die Tiefe, ohne Anstalten zu machen, dem Flüchtenden auf diesem Weg zu folgen. Ein Sturz aus dieser Höhe konnte leicht tödlich enden.

Felicia schob ihre Pistole ins Holster zurück, lief durch das Eingangstor des *Palacio St. Jude* ins Freie und ließ den Blick über die Fassaden des Häuserblocks wandern. Das Gebäude direkt neben der Villa war ein altes Lagerhaus oder eine Art Fabrik, unbewohnt und mit Brettern vernagelt. Direkt hinter ihm verlief eine schmale Seitengasse.

Sie eilte zur Einmündung der Gasse in die Straße, zog erneut ihre Waffe, hielt sie in Brusthöhe und riskierte einen schnellen Blick um die Ecke. Die Gasse führte in Schlangenlinien steil aufwärts und ging schließlich in eine Reihe primitiver Stufen über, die zwischen den nackten Mauern der Häuser weiter in die Höhe führten. Von dem geflohenen Banditen war keine Spur zu sehen.

War er überhaupt in dieser Gasse herausgekommen und hatte sich über die Stufen in Sicherheit gebracht? Oder trieb er sich immer noch irgendwo in den dunklen Tiefen des Lagerhauses herum?

Felicia schob sich um die Hausecke herum und schlich vorsichtig die steile Gasse aufwärts, den Körper eng an die Mauer gedrückt. Ihr Fuß berührte etwas Weiches. Vor ihr stellte sich eine Ratte auf die Hinterbeine, die Zähne bösartig gebleckt. Das einzige sichtbare Auge funkelte angriffslustig.

Eine Bewegung über ihr ließ Felicia aufblicken. In rund

zwei Metern Höhe tauchte die dunkle Gestalt des Flüchtigen in einem gähnenden Mauerdurchbruch auf. Er schob langsam den Oberkörper vor und spähte nach rechts und links, ohne einen Blick auf die Gasse direkt unter sich zu werfen.

Felicia erstarrte, eng gegen die Mauer gepresst.

Der Bandit sprang mit weit ausgebreiteten Armen und flatterndem Schaffellmantel in die Tiefe. Seine *huaraches* klatschten laut auf dem Kopfsteinpflaster, als er in der Gasse landete.

Felicia löste sich von der Wand, die Waffe fest in den Händen. »Keine Bewegung, Arschloch!«, zischte sie.

Der *pistolero* fuhr herum und versuchte, die Schusshand mit der schweren Waffe hochzureißen.

Zu spät, zu langsam.

Die Glock in Felicias Händen bellte zweimal kurz auf, die Kugeln konnten ihr Ziel aus dieser Nähe gar nicht verfehlen. Der schmuddelige Bandit wurde zurückgeschleudert und brach tödlich getroffen zusammen. Felicia beugte sich über ihn und starrte auf ihn hinab. Sein Gesicht hatte sich zu einer unmenschlichen Fratze verzerrt, einer obszönen Mischung aus Gier, Hass, Geilheit und Wahnsinn. Er hatte die Kiefer fest zusammengebissen und die Zähne wie ein Hund gefletscht. Das Licht in seinen Augen war erloschen.

Felicia durchsuchte den Leichnam flüchtig, fand aber nichts außer ein paar Ersatzpatronen Kaliber .45, einige unidentifizierbare Pillen und ein zerknittertes pornografisches Foto. Sie hob den Revolver des Toten auf, der wie ein vergessenes Souvenir zwischen dem Unrat in der Gasse lag, drehte sich um und ging den selben Weg zurück, den sie gekommen war.

Im Inneren des *Palacio St. Jude* herrschte hektische Betriebsamkeit. Ein Sanitäter behandelte Palomas Kinn, das sie sich auf den harten Fliesen aufgeschlagen hatte, nachdem sie von Diaz zu Boden gerissen worden war, mit einer Wundsalbe. Ein weißes Laken wurde über Cy Muñoz Vegas sterbliche Überreste ausgebreitet. Die beiden Kugeln des Mörders hatten seine inneren Organe zerfetzt. Diaz saß steif aufgerichtet reglos auf einem Stuhl mit gerader Rückenlehne und verfolgte das Geschehen mit einem verkniffenen Gesichtsausdruck. In der Zwischenzeit war Sergeant Armando Ruiz eingetroffen und schnüffelte überall herum. *Er sucht garantiert nach irgendwelchen Wertsachen, die er heimlich mitgehen lassen kann*, dachte Diaz.

Eine zweite Sanitäterin rannte unablässig um ihn herum, bis er sie mit einer ungeduldigen Handbewegung fortscheuchte. »Nicht jetzt«, knurrte er. »Ich muss nachdenken.«

Er starrte das menschliche Gebirge unter dem Laken an, das einmal der ominöse C. V. gewesen war. *Vielleicht sollten wir zu Abwechslung einmal in deinen Eingeweiden lesen*, ging es ihm durch den Kopf.

Felicia kam die Treppe hinauf und näherte sich ihm, die Dose Cola Zero in der Hand. »Der Bandit ist tot«, sagte sie. »Alles in Ordnung mit dir, Hector?«

»Sehe ich vielleicht so aus, als wäre alles in Ordnung?«, fragte er verbittert zurück. »Höre ich mich so an? Derselbe Bastard hat vorgestern schon einmal versucht, mich umzubringen. Das kann kein Zufall sein, das stinkt geradezu nach einem abgekarteten Spiel.«

»Was meinst du damit?«

»Wir waren wahrscheinlich gerade kurz davor, dem Mörder von Amanda Smallwood auf die Schliche zu kommen, als ein Verbrecher, den ich vor einigen Jahren hinter Schloss und Riegel gebracht habe, einen der Hauptverdächtigen umgelegt hat, unmittelbar bevor er ein Geständnis ablegen oder uns ein paar Namen nennen konnte.«

»Klingt für mich nach einer ziemlich unwahrscheinlichen Theorie«, meinte Felicia. »Außerdem hat Vega behauptet, ein Alibi für die Tatzeit zu haben.«

Diaz verzog das Gesicht. »Du musst versuchen, außerhalb der gängigen Muster zu denken, Goya.«

»Ja, *jefe*.«

»Da fällt mir ein, was ist überhaupt aus Vegas pikanter kleinen Statue geworden?«

»Du wirst es mir kaum glauben, Hector …«, begann Felicia und lief dabei so rot an wie eine vollreife Tomate.

Gegen vier Uhr am Nachmittag hatte Diaz folgende Erkenntnisse gewonnen:

1. Der Fahrer des Wagens, den Bass Smallwood am Sonntagmorgen vor seinem Hotel bestiegen hatte, war nicht bis zur Mittagszeit in seinem Büro erschienen und würde höchstwahrscheinlich auch in nächster Zeit nicht dort auftauchen. Bei einer weiteren Befragung des Nachtportiers war herausgekommen, dass ihm der Fahrer, ein unbekannter Mexikaner, fünfhundert *pesos* zugesteckt und Smallwoods Namen genannt hatte. An der Beschreibung des Wagens hatte sich nichts verändert. Es handelte sich um eine dunkle amerikanische Limousine, Marke und Nummernschild unbekannt.

2. Sofern er keinen falschen Pass benutzt hatte, hatte Bass Smallwood in den letzten 48 Stunden keine Maschine bestiegen, die vom Internationalen Flughafen Guanajuatos nach Dallas, Miami, Mexico City, Tegucigalpa oder sonst wohin geflogen war.

3. Es war noch immer kein Rückruf von Smallwoods Telefonanschluss in Dallas erfolgt. Der Speicher des Anrufbeantworters in seiner Galerie war um zwei Uhr nachmittags voll gewesen. Bass Smallwood schien wie vom Erdboden verschluckt worden zu sein.

4. Trotz Diaz' Bemühungen, die ausgetretenen Denkpfade zu verlassen, gingen die Ermittlungen im Fall Amanda Smallwood langsam den Bach runter.

Fünf Minuten nach sechs warf er eine Tasche mit allem, was er für eine Nacht außer Haus benötigte, auf die Rücksitzbank des dunkelblauen, nicht als Einsatzfahrzeug gekennzeichneten Ersatzpolizeiwagens und nahm auf dem Beifahrersitz Platz. Felicias Hände lagen entspannt auf dem Lenkrad. Sie wartete, bis sich Diaz angeschnallt hatte, bevor sie den ersten Gang einlegte und das Gaspedal durchtrat. Die Limousine schoss die *Calle Canal* hinunter, jagte durch das Labyrinth der Nebenstraßen und sprang schließlich über eine Bodenschwelle auf die Fernstraße nach Guanajuato.

Diaz legte den Kopf auf die Nackenstütze und schloss die Augen. Kurz darauf war er auch schon eingeschlafen.

49 Minuten und 17 Sekunden später parkte Felicia am Internationalen Flughafen von Guanajuato. Sie verstauten ihre Dienstwaffen im Kofferraum des Wagens. Der letzte Flug nach Dallas ging um fünf nach acht. Da er hungrig war, besorgte sich Diaz zwei fettige Rindfleischtacos an einem Imbissstand in der Abflughalle. Felicia begnügte sich mit einem alkoholfreien Bier. Während sie langsam daran nuckelte, machte sie sich Gedanken über ihr Verhältnis zu Diaz, sowohl in beruflicher als auch in privater Hinsicht.

Kapitel 26

Es war Mitternacht, als Diaz und Felicia den Zollbereich des D/FW International Airport verließen und mit einem Mietwagen die zwei Meilen zum *Double Suites Inn* fuhren. Blitze zuckten durch die Wolkenbänke am Horizont. Das trockene Präriegras des Winters wogte im kalten Wind.

Diaz bestellte zwei Zimmer bei einem mondän herausgeputzten Portier. Der Mann hatte ganz offensichtlich zu lange in irgendeinem Transvestiten-Nachtclub herumgetrödelt und nicht mehr die Zeit gefunden, vor Dienstbeginn eine Reinigungscreme aufzutragen und sein Make-up zu entfernen. Er klickte wiederholt mit der Computermaus, während er den Zimmerbelegungsplan des Hotels überprüfte. »Es müssen keine benachbarten Zimmer sein«, sagte Diaz.

Der Portier hob eine maulbeerfarbene Braue. Er wusste, weshalb seine mexikanischen Gäste auf zwei getrennte Zimmer bestanden. »Ich habe zwei freie Zimmer in der zweiten Etage, die einander direkt gegenüberliegen«, erwiderte er.

»Schön.« Diaz reichte ihm seine Kreditkarte. Der Portier zog sie durch den Schlitz des digitalen Lesegeräts, während er die Frau hinter Diaz prüfend musterte. Da Felicia praktisch bereits im Stehen schlief, entging ihr glücklicherweise, dass der Amerikaner sie offenbar für eine Prostituierte der Extraklasse hielt.

Zwanzig Minuten später lag Diaz nackt in den kühlen Laken, eine brennende Zigarette zwischen den Lippen. Er fragte sich, ob Felicia im Zimmer gegenüber ebenfalls wach in der Dunkelheit lag, allein und vielleicht ein bisschen einsam.

Tatsächlich aber schlief Felicia bereits tief und fest, das Kinn in die linke Hand gebettet. Einer ihrer Füße ragte unter der Decke hervor. Die Finger ihrer rechten Hand waren noch immer feucht und rochen nach ihrer Vagina, an der sie noch vor wenigen Minuten herumgespielt hatte.

Diaz konnte nicht einschlafen. Die Gesichter der in diesen Fall verstrickten Personen aus den vergangenen Tagen schwirrten ihm im Kopf herum, bis er sie nicht mehr auseinanderhalten konnte und einzelne Gesichtspartien mit anderen wie in einem Kinderspiel die Plätze tauschten. Als das erste matte Grau der frühen Morgendämmerung durch die Fenster sickerte, duschte er, rasierte sich und zog sich an. Sein Körper wirkte ausgezehrt. Er musste unbedingt mehr essen und weniger rauchen. Der steife Kragen eines frisch gestärkten weißen Hemdes schnitt ihm tief in den Hals. Diaz fühlte sich kraftlos.

Er saß bereits seit einiger Zeit in der Hotellobby, wo er Zeitung las und dünnen Kaffee trank, als Felicia erschien. Im Gegensatz zu ihm wirkte sie frisch und ausgeruht und hatte, abgesehen von einer Spur Lippenstift, kein Make-up aufgelegt. Sie studierten gemeinsam die Straßenkarte von Dallas und legten ihre Route vom *Double Suites Inn* zu Smallwoods Galerie in der Elm Street fest. Felicia trank Orangensaft aus einem Styroporbecher. In ihrem perlgrauen Hosenanzug und der beigefarbenen Bluse mit dem weiten Kragen erinnerte sie mehr an eine Modeexpertin als an eine Polizistin.

Selbst ihr Talent als Rennfahrerin musste vor dem morgendlichen Berufsverkehrsinfarkt kapitulieren. Sie kämpfte sich verbittert Meter für Meter vorwärts, bis sie endlich eine Ausfahrt fand und die Schnellstraße verlassen konnte. Über die Nebenstraßen kamen sie deutlich schneller voran.

Schließlich bogen sie auf die Elm Street ab und hielten vor der Glas- und Ziegelfassade eines Hauses in einer Reihe eingeschossiger Gewerbegebäude. »Smallwood Galerie« verkündete ein Schild mit schwarzer Schrift auf weißem Grund über dem Haus.

Felicia warf Diaz, dessen Augen vor Erschöpfung und Schlafmangel gerötet waren, einen prüfenden Blick zu. »Was, glaubst du, werden wir hier finden?«

»Bass Smallwood, hoffentlich«, erwiderte er. In einer seiner Wangen zuckte ein kleiner Muskel.

Sie stiegen aus und traten vor das Schaufenster der Galerie. Die Jalousien vor der verspiegelten Glasfront waren heruntergelassen, die Eingangstür war verschlossen. Auch die Geschäfte ringsum schienen verlassen oder geschlossen zu sein. Nirgendwo war ein Mensch zu sehen.

Diaz bog in eine Nebengasse ein. Nachdem sie einige Läden passiert hatten, erreichten sie ein offenes, von Unkraut überwuchertes Gelände. Zwischen dichtem Brombeergestrüpp stand eine verrostete Eisentonne, die an eine postindustrielle Buddhastatue erinnerte. Glassplitter glitzerten wie Piranhazähne im Sonnenlicht.

In die mit Graffiti beschmierten Ziegelsteinfassaden der flachen Gebäude waren metallene Brandschutztüren eingelassen. Eine davon stand einen Spalt weit offen.

»Die da führt in Basswoods Galerie«, sagte Diaz und tastete automatisch mit der rechten Hand nach der Glock im Holster unter seiner linken Achselhöhle, bevor ihm wieder einfiel, dass er seine Waffe in Mexiko zurückgelassen hatte.

Er näherte sich der halb geöffneten Tür und spähte in einen düsteren Flur hinein, der sich in der Dunkelheit verlor. Felicia legte ihm eine Hand auf den Ellbogen.

»Hallo?«, rief er.

Er erhielt keine Antwort. Aus dem Gang kam nicht einmal ein Echo zurück. Diaz fluchte stumm, schob sich durch den Türspalt und tastete die Wand auf der Suche nach einem Lichtschalter ab. Auf der rechten Seite konnte er undeutlich eine Türöffnung erkennen. Schließlich fand er einen Lichtschalter und legte ihn um. Hinter der Tür, die er im Halbdunkel gesehen hatte, entdeckte er eine Toilette und ein Waschbecken.

Die nächste Tür führte in ein Büro. An den Wänden stumpfgraue Metallschränke. Ein Schreibtisch. Inmitten eines Durcheinanders von Papieren entdeckte Diaz eine schmutzige Kaffeetasse, ein gerahmtes Foto von Bass Smallwood und Amanda, ein Telefon und einen Anrufbeantworter, in dem ein kleines rotes Lämpchen wie ein mattes Leuchtfeuer blinkte. Der einzige Wandschmuck bestand aus einem Kalender. Ms. Februar, eine vollbusige Frau, nackt bis auf ein schwarzes Lederhöschen, lag wie ein erlegter Hirsch auf der Motorhaube eines Dodge Viper.

Am Ende des Ganges gab es einen weiteren Schalter. Helles Licht riss die Galerie aus der Dunkelheit, als Diaz ihn umlegte. Ihm bot sich ein chaotischer Anblick. Überall auf dem Boden verstreut lagen zerfetzte Gemälde herum, Leinwände, die von ihren Unterlagen gerissenen worden waren. Zu scharfkantigen Splittern zertrümmerte Holzrahmen.

»Heilige Scheiße!«, entfuhr es Felicia.

»Das kannst du laut sagen«, erwiderte Diaz.

Er durchsuchte den Raum nach Leichen, konnte aber keine finden. Seine Augen huschten durch den langgestreckten Raum mit den weißgetünchten Wänden. Schließlich ließ er sich in die Hocke nieder und strich mit den Fingern über eine verknitterte Leinwand, auf der ein mexikanischer

Bauer einen Esel durch eine von Kakteen und blühenden Mesquitesträuchern geprägte Landschaft führte.

Die Signatur auf dem Bild, bis auf das große G unlesbar, war identisch mit der Unterschrift auf dem Brief von Gregorowitsch, den Fran Kovacs Diaz gegeben hatte. Der Stil und das klischeehafte Motiv ähnelten den Bildern aus dem Stapel in Gregorowitschs Atelier.

Amanda Smallwood, Künstlermuse und launische Tochter. Gregori Gregorowitsch, mittelloser Maler und Weiberheld. Bass Smallwood, Galeriebesitzer und gescheiterter Ehemann. Da hatte sich schon eine bemerkenswerte Mischung unterschiedlicher Charaktere zusammengefunden.

Und es schien immer wahrscheinlicher zu werden, dass Amanda nicht die Einzige war, die die Welt der Lebenden verlassen hatte.

Diaz drehte das zerstörte Gemälde auf dem Boden zu seinen Füßen um. Irgendjemand hatte die Leinwand mit roher Kraft von ihrem Holzrahmen gerissen. Die ungewöhnlich dicken Leisten des Rahmens waren mit einem Messer oder einem anderen scharfen Gegenstand aufgebrochen worden und erwiesen sich als innen hohl.

Man musste kein Genie sein, um sich vorstellen zu können, was darin transportiert worden war.

Plötzlich spürte Diaz die Berührung von kaltem Metall auf der Haut direkt hinter einem seiner Ohren. Ein kalter Schauer lief ihm über den Rücken. War das sein Ende?

»Keine … gottverdammte … Bewegung«, sagte eine leise Stimme. Jedes einzelne Wort bohrte sich ihm wie eine Nadel ins Gehirn. »Leg dich mit dem Gesicht auf den Boden, die Hände auf den Kopf.«

Während Diaz die Anweisung befolgte, presste ihm der Unbekannte brutal ein Knie in den Rücken, riss ihm die

Arme zurück, drückte sie fest zusammen und ließ Handschellen um seine Handgelenke einrasten. Wo, zum Teufel, steckte Felicia?

»Ich bin Polizist«, sagte Diaz so ruhig wie möglich.

»Na klar«, knurrte die Stimme in seinem Rücken. »Und ich bin Dirty Harry.«

Diaz wurde auf die Knie hochgezogen, und ein stiernackiger Mann in einer billigen, schlecht sitzenden Navyjacke schob sich in sein Blickfeld. Er hielt einen großkalibrigen Revolver in einer riesigen Pranke, den er auf einen Punkt zwischen Diaz' Augen gerichtet hatte. Als der erste Adrenalinschub in Diaz' Blutbahn abebbte, registrierte er auch das Gesicht des Mannes. Eine breite, von tiefen Falten gefurchte Stirn. Blassblaue Augen, die so geheimnisvoll wie Kristalle leuchteten. Nur oberflächlich rasierte Wangen. Zwei Reihen teure, zu einem breiten Grinsen gefletschte Zahnprothesen.

»Okay, Kumpel, du hattest deinen Spaß dabei, diesen Schuppen auseinanderzunehmen«, sagte der Mann. »Also, wer, zum Geier, bist du?«

»Das habe ich Ihnen bereits gesagt«, erwiderte Diaz. »Ich bin Polizist. Aus San Miguel de Allende in Mexiko. Ich bin gestern Nacht nach Dallas geflogen. Wir untersuchen das Verschwinden von Bass Smallwood, dem Besitzer dieser Galerie.« Er schwieg einen Moment lang, bevor er fragte: »Und wer sind Sie?«

»Detective Bruccoli, Dallas Police Department.«

Diaz schätzte den Mann auf Ende fünfzig, in einem Alter, in dem er Anspruch auf die volle Pension hatte, sollte er aus dem Dienst ausscheiden.

Ihr Gespräch wurde durch das gedämpfte Rauschen einer Toilettenspülung unterbrochen. Eine Tür öffnete sich quietschend. »Das ist eine Kollegin, die mich begleitet«, erklärte Diaz eilig, um zu verhindern, dass der Amerikaner die Lage falsch einschätzte und Felicia anschoss.

»Geben Sie keinen Laut von sich!«, zischte Bruccoli.

Er drückte sich mit dem Rücken neben der Tür zum Flur an die Wand. Felicia betrat die Galerie und blieb wie angewurzelt stehen, als sie Diaz auf dem Boden knien sah. Eine plötzliche religiöse Erleuchtung? Er blinzelte heftig. Die Warnung, sofern es überhaupt eine hatte sein sollen, kam zu spät.

Bruccolis freie Hand schoss vor und krallte sich in Felicias Schulter. Er wirbelte sie herum und stieß sie rückwärts gegen die Wand. Den Lauf seines Revolvers gegen ihre Stirn gedrückt, tastete er sie mit der anderen Hand ab, ließ sie unter ihre Anzugjacke, über ihre Brüste, unter ihre Achselhöhlen und auf beiden Seiten ihres Körpers bis zu ihren Hüften abwärts wandern. Dann glitten seine Finger kurz durch ihren Schritt und tasteten beide Pobacken ab, bevor sie über die Innenseiten ihrer Beine bis zu den Fußknöcheln strichen. Zwischendurch warf er immer wieder einen kurzen Blick über seine Schulter, um sich zu vergewissern, dass Diaz auch weiterhin in der Haltung eines Verdächtigen auf dem Boden knien blieb.

Nachdem er zu seiner Zufriedenheit festgestellt hatte, dass Felicia unbewaffnet war, trat Bruccoli einen Schritt zurück, ein kleines Ledermäppchen und den Pass aus Felicias Jackeninnentasche in der Hand. Die Mündung seines Revolvers hatte einen tiefroten Kreis auf ihrer Stirn hinterlassen. Felicia gab keinen Laut von sich, doch das wütende Lodern in ihren Augen sprach für sich: *Brenn in der Hölle!*

»Lassen Sie mich raten: Sie sind ebenfalls eine Polizistin aus Mexiko?«

Felicia beobachtete ihn stumm.

Bruccoli warf einen kurzen Blick auf ihren Pass und klappte das Ledermäppchen auf. Im ersten Fach steckte Felicias Dienstausweis der *Policía Judicial* mit ihrem Foto. Die Lippen des Detectivs zuckten unschlüssig. Dann zog er Diaz auf die Füße und überprüfte auch dessen Polizeiausweis.

Allmählich ließ die Spannung nach. Bruccoli schob seine Waffe ins Holster zurück, drehte Diaz herum und schloss die Handschellen auf. Felicia sah immer noch so aus, als hätte sie vor, ihm das Knie in die Kronjuwelen zu rammen. Oder jeden einzelnen Finger der Hand zu brechen, die sie abgetastet hatte.

»Okay, ich will mal davon ausgehen, dass ihr wirklich zwei mexikanische Bullen seid«, sagte Bruccoli, ohne seinen Sicherheitsabstand aufzugeben, die Schusshand wachsam in Nähe seiner Waffe. »Aber ihr solltet lieber eine verdammt gute Erklärung dafür parat haben, was ihr hier zu suchen habt.«

Diaz berichtete in tadellosem Englisch von Amandas Ermordung, Bass Smallwoods Eintreffen in San Miguel und seinem anschließenden Verschwinden.

»Irgendetwas hat mich geradezu gezwungen, nach Dallas zu fliegen«, schloss er. »Wir sind gleich am Morgen von unserem Hotel am Flughafen zu Smallwoods Galerie gefahren. Die Hintertür stand offen. Also sind wir reingegangen und haben das hier vorgefunden.«

»Offenbar ist irgendwer richtig scharf auf moderne Kunst«, kommentierte Bruccoli.

Diaz hob den Rahmen von Gregorowitschs zerstörtem Bild auf und zeigte Bruccoli, wo die Holzleisten ausgehöhlt worden waren. »Ich schätze, es dürfte Ihre Leute von der

Spurensicherung interessieren, was darin versteckt war. Ich tippe auf Heroin.«

»Das ist also der Grund für das ganze Chaos. Sie glauben, hier ist irgendwer eingebrochen, der nach einer Lieferung *Mexican brown* gesucht hat?«

Diaz nickte.

»Gottverdammt! Ich habe gerade beim Frühstück gesessen, als mich die stellvertretende Galeriemanagerin auf meinem Mobiltelefon angerufen hat. Sie kennt mich persönlich, weil ich manchmal auf einen Drink zu den Eröffnungen vorbeikomme. Sie war völlig aufgeregt, hat immer wieder gesagt, hier sei eingebrochen worden. Und jetzt erzählen Sie mir, die Galerie ist ein Teil eines international agierenden Drogenrings?«

»So ungefähr«, bestätigte Diaz. »Ich weiß noch nichts mit Sicherheit. Es war nur so eine Idee von mir. Das mit dem Heroin, meine ich.«

»Was ist mit Bass Smallwood?«

»Ich hatte gehofft, ihn hier zu finden. Aber eigentlich habe ich nicht wirklich damit gerechnet. Mittlerweile mache ich mir große Sorgen um *señor* Smallwoods Seele.«

Kapitel 27

Jane Ryder, nackt wie Gott sie geschaffen hatte, spürte, wie ihr die harten Konturen des Korbsessels, dessen Sitzkissen entfernt worden waren, tief ins Fleisch schnitten. Der Rest des schäbigen Mobiliars ihrer Suite im *The Pines* drängte sich in einer Ecke des Raumes. Gregori Gregorowitsch, der nur in Boxershorts am anderen Ende der Suite stand, trug hektisch Farbe auf die Leinwand auf. »Nicht bewegen!«, rief er, als Jane versuchte, in eine weniger unangenehme Position zu rutschen.

Während sie ihr schmerzendes Hinterteil wieder auf die raue, harte Sitzfläche des Sessels sinken ließ, erwachte kurz in ihr die niederschmetternde Erkenntnis, benutzt zu werden. Aber gleich darauf war das Gefühl auch schon wieder verflogen. Sie war verliebt. Gregori mit Leib und Seele verfallen und sexuell erregt.

Die Zeitung, deren Seiten kreuz und quer vor ihren Füßen verstreut herumlagen, war von diesem Tag. Doch Jane hatte das Gefühl, als würde die Zeit stillstehen. Oder als wäre sie irgendwie völlig aus dem normalen Zeitgefüge herausgetreten.

Die letzten zweieinhalb Tage hatten sie sich im *The Pines* verkrochen und es wie zwei geile rumänische Kaninchen miteinander getrieben, für die es kein Gestern und kein Morgen gab. Gregorowitschs sexuelle Vorlieben hatten sich als ziemlich langweilig und einfallslos erwiesen. Es war Jane vorbehalten gewesen, ihr Liebespiel mit allerlei Variationen und ausgefallenen Ideen anzuheizen. Sie hatte ihn und sich selbst mit einem Doktor-Krankenschwester-Rollenspiel in einen Zustand regelrechter sexueller Hysterie gestürzt. Und ihre Verkörperung von Teddy Roosevelt, der mit einer Reitpeitsche den San Juan Hill hinunterjagte, hatte Gregori Gregorowitsch zu beeindruckend verruchten Hochleistungen angespornt.

Da er völlig abgebrannt war, blieb es Jane überlassen, für die Zimmermiete und die Verpflegung aufzukommen. Sie rechnete ständig damit, irgendwann aufzuwachen und feststellen zu müssen, dass sich ihr Liebhaber mit all ihrem Bargeld und den Kreditkarten aus dem Staub gemacht hatte. Aber jedes Mal, wenn sie die Augen öffnete, war er noch da, bereit für den nächsten wilden Fick, der die verschlissene Federkernmatratze ihres Bettes wie die Stoßdämpfer eines alten, mit Vollgas über einen holprigen Feldweg rasenden Chrysler LeBaron quietschen ließ.

Jetzt, um den späten Vormittag herum, trat Gregorowitsch, der mittellose Maler, besessene Künstler und fleißige Liebhaber, von dem in Arbeit befindlichen Bild Jane Ryders zurück, das er an einer geraden Stuhllehne befestigt hatte, und betrachtete nachdenklich sein Werk. Auf dem Boden zu seinen Füßen standen zwei billige Sporttaschen und eine alte Schreibmaschine, die er im Verlauf eines nächtlichen Raubzugs aus seinem alten Atelier entwendet hatte. Aus einer Nylontasche, deren Reißverschluss offen stand, ergossen sich jede Menge Pinsel und Farbtuben wie die Eingeweide einer Opferziege über den Boden. Jane verspürte plötzlich das Bedürfnis, diese Eingeweide zu lesen, um herauszufinden, welche Schwierigkeiten sie ihr für die nächste Zukunft prophezeiten. Schließlich konnte es nur noch eine Frage der Zeit sein, bis ihre verrückte Affäre in eine Katastrophe mündete.

Gregori warf einen Blick auf seine schäbige digitale Armbanduhr. »Scheiße! Ich bin spät dran für mein Treffen mit

Dillinger. Ich muss unbedingt rausfinden, wie die Ausstellung gelaufen ist. Wie viele von meinen Bildern sich verkauft haben.«

Er schlüpfte in eine mit Farbe bekleckerte Jeans, kramte in der zweiten Reisetasche herum und förderte ein sauberes T-Shirt zutage, das er überstreifte.

Jane beschloss, dass sie es riskieren konnte, sich aus dem abgenutzten Rattansessel mit seinen scharfen Spitzen und Kanten zu erheben. Sie war kaum aufgestanden, als Gregori zu ihr eilte und ihren nackten Körper mit Küssen bedeckte.

»Ich bin so bald wie möglich zurück«, sagte er und war auch schon verschwunden.

Nachdem sie zum ersten Mal seit zweieinhalb Tagen wieder ganz allein war, machte sie es sich auf dem Bett gemütlich und räkelte sich ausgiebig. Dann las sie die Zeitung und entsorgte sie anschließend zusammen mit den Überresten des mitgebrachten Essens im Mülleimer. Das Bett knarrte, als sie sich schwungvoll daraufwarf.

Schließlich zog sie das gelbe Sommerkleid an, das sie am Samstag auf dem Weg zur *fiesta* gekauft hatte, und verließ das *The Pines*, um sich einen billigen Thriller zu besorgen, mit dem sie die Zeit bis zu Gregoris Rückkehr totschlagen wollte. Ihre Schritte hallten hohl von den Wänden des kahlen Hotelflurs wider.

Kurz darauf schlenderte sie durch die engen Gassen des alten Zentrums von San Miguel, ohne sich zu erinnern, weshalb sie das Hotel überhaupt verlassen hatte. Vor einer weißgetünchten Kirche saßen drei Indianerinnen auf einer Steinbank und vertrieben sich die Zeit mit Strickarbeiten. Zwei Jugendliche, die unter dem Einfluss irgendwelcher Drogen standen, kicherten grundlos über Gott und die Welt. In einem Rinnstein verweste eine tote Taube.

Alles, was sie sah, bestärkte Jane in dem seltsamen Gefühl, dass Unheil drohte.

Gott weiß, mein Leben ist fade wie Spülwasser, dachte sie. Aber verschaffte ihr der zügellose Sex mit einem völlig Fremden wirklich so etwas wie eine *raison d'être*? Oder würde sie sich damit nicht eher irgendeine unheilbare Geschlechtskrankheit einfangen?

Mit diesen nagenden Gedanken kehrte sie ins *The Pines* zurück. Gregori war immer noch fort, die Zimmertür aber nicht abgeschlossen, wie sie es eigentlich hätte sein müssen. Allerdings schien nichts zu fehlen. Das Bett war frisch gemacht worden, und im Badezimmer hingen saubere Handtücher. Wahrscheinlich hatte das Zimmermädchen nur vergessen, die Tür hinter sich wieder abzuschließen.

Jane setzte sich auf den Boden, trank langsam Tequila direkt aus der Flasche und betrachtete ausgiebig Gregoris Gemälde, das sie in all ihrer zerzausten, ungeschminkten nackten Pracht zeigte. Was wohl der gute alte Niles zu dem Bild sagen würde? Wahrscheinlich würde er in das spöttische schnaubende Lachen ausbrechen, das sie so gut kannte.

Langsam senkte sich der Abend herab. Und mit ihm hielten Finsternis, Einsamkeit und Verzweiflung Einzug. Was, zum Teufel, war aus ihrem russischen Liebhaber geworden? Was führte er wohl im Schilde? Zog er sich vielleicht gerade jede Menge Pot mit seinen Künstlerfreunden rein? Oder aber, was viel wahrscheinlicher war, vergnügte er sich damit, irgendein anderes Paar Titten in einer heruntergekommenen *bodega* zu begrapschen?

Wer war dieser Gregori Gregorowitsch überhaupt? Welche Geheimnisse schleppte er mit sich herum?

Die nackte Glühbirne in der schirmlosen Deckenfassung warf ihr hartes gelbes Licht auf die beiden Sporttaschen, die

Gregori in eine der Zimmerecken gequetscht hatte. Jane beäugte sie misstrauisch mit plötzlich neu erwachter Neugier.

arme fran. es ist wahr, ich habe sie nie wirklich geliebt. aber ich habe ihr trotzdem viel zu verdanken. sie hat mich bei sich aufgenommen, als ich völlig am ende war. mich davor bewahrt, in der gosse zu landen.

als ich zum ersten mal höre, wie sie ihren namen flüstern, glaube ich, dass sie einen witz machen.

dann hinterlassen sie mir nachrichten. in meiner sockenschublade. einen zusammengeknüllten zettel in einer schuhspitze. mit kreide auf eine adobeziegelwand gekritzelte botschaften. fran. fran. fran. ich werfe die papierzettel weg, wische die kreideschrift von den wänden. doch ihre flüsternden stimmen werden immer lauter und steigern sich zu einem crescendo.

ich biete ihnen andere an. ein flittchen, das ich auf einer party getroffen habe. eine einsame blondine, die ihre besten jahre bereits hinter sich hat.

nein, sagen sie. fran ist es, die sie wollen.

am ende habe ich keine wahl. sie folgen mir überallhin, verlangen von mir, es endlich zu tun. ihre worte hallen in meinem kopf wider. ich kann nicht mehr schlafen oder mich selbst denken hören.

schließlich tue ich, was sie verlangen.

Kapitel 28

Es dauerte nicht lange, bis ein Team der Spurensicherung des Dallas Police Department eintraf und Diaz' Vermutung bestätigte. Die ausgehöhlten Holzstreben des Bilderrahmens enthielten Spuren von extrem reinem mexikanischem Heroin.

Die stellvertretende Managerin der Galerie, eine zierliche kleine Frau mit kastanienbraunem Haar, die kurz darauf eintraf, blieb wie angewurzelt in der offenen Tür stehen und betrachtete fassungslos die Verwüstungen. Dann begann sie, heftig zu zittern. Ein Schluck aus einer Cognacflasche, die die Polizisten in Smallwoods Büro gefunden hatten, beruhigte sie ein wenig. Danach paffte sie geistesabwesend an einer Zigarette herum und erzählte ohne Punkt und Komma in einem breiten Südstaatendialekt, von dem Diaz kein Wort verstand.

Felicia schlenderte währenddessen gelangweilt durch die Galerie und betrachtete die auf dem Boden verstreut herumliegenden Gemälde. Gelegentlich rückte sie ein Bild mit dem Fuß zurecht, um es sich besser ansehen zu können.

All das dauerte seine Zeit.

Anschließend bestand Bruccoli darauf, seine mexikanischen Kollegen zu einem verspäteten Mittagessen in ein Restaurant einzuladen, das sich hoch über der Stadt in einem Betonturm drehte, der einem Wasserturm ähnelte. Von dort aus waren mindestens zehn echte Wassertürme zu sehen. Nach einigen Drinks auf nüchternen Magen hatte Diaz den Überblick verloren. Der Ausblick war spektakulär. Auch wenn er durch die unablässige Drehbewegung des Restaurants ein leichtes Schwindelgefühl verspürte.

Nach dem Essen fuhren sie in die Zentrale des Dallas Police Department, wo Diaz und Felicia eidesstattliche Erklärungen mit allen Erläuterungen abgaben, aus denen hervorging, was sie zu ihrer Reise nach Dallas bewogen hatte. Sie schüttelten Bruccolis Boss, einem knochenharten Nachfahren ehemaliger Baumwollpflücker, die Hand und wurden einem Haufen anderer Detectives vorgestellt. Es war nicht alltäglich, dass das Dallas PD hohen Besuch von Kollegen aus Mexiko bekam.

Gegen vier Uhr nachmittags trafen sich Diaz, Felicia, Bruccoli und einige der anderen Detectives in der Bar der berühmten *The Sons of Herman Hall*, einem ziemlich rustikalen, aber sympathischen Schuppen.

So kam es, dass Diaz und Felicia erst knapp eine Stunde vor dem letzten Rückflug nach Guanajuato wieder am D/FW International Airport eintrafen. Bass Smallwood blieb nach wie vor verschwunden. Während sich die Nacht wie der Mantel eines Zauberers über der Prärie ausbreitete, warteten sie in einer Flughafenbar darauf, dass ihr Flug aufgerufen wurde.

»Amanda hat doch gewusst, dass in den Bilderrahmen Heroin versteckt war, nicht wahr?«, vergewisserte sich Felicia.

»Wahrscheinlich«, erwiderte Diaz.

»Und aus diesem Grund ist sie ermordet worden.«

»Wahrscheinlich. Aber das erklärt immer noch nicht, warum ihr der Mörder die Augen herausgerissen hat.«

»Vielleicht als Warnung an andere. Zum Beispiel an uns. Als Aufforderung, nicht allzu genau hinzuschauen.«

Diaz antwortete nicht. Felicia zog sich in sich selbst zurück, starrte in die Ferne und nuckelte an ihrer Coke Light. Ihre Lippen bewegten sich in einem stummen Monolog.

Diaz stärkte sich für den zweistündigen Flug mit Kentucky Sour Mash Bourbon. Schließlich konnte er die Rechnung auf das Spesenkonto setzen. Neben ihm begann Felicia, leise zu schnarchen. Er bedachte sie mit einem kurzen Blick und fasste den Entschluss, ihr Verhältnis bei einer Vater-Tochter-Ebene zu belassen, auch wenn sie nicht miteinander verwandt waren.

Der Flughafen von Guanajuato war bei ihrer Ankunft wie ausgestorben. Ihre Schritte hallten hohl vom Terrazzofußboden wider. Der Parkplatz war nur spärlich beleuchtet. Eine böse Vorahnung schien in der Luft zu liegen.

Nachdem sie das Gewerbegebiet des Flughafens hinter sich gelassen hatten, breitete sich das Land in tiefster Dunkelheit aus. Die einzige Lichtquelle waren die Scheinwerfer des Wagens. Felicia fuhr. Die winzigen Lichtpunkte Tausende von Lichtjahren entfernter Sonnen, die verschwommen am nächtlichen Firmament glitzerten, konnten Diaz keinen Trost spenden. *Niemand wird jemals die riesigen Distanzen zwischen den Sternen überwinden und die unglaubliche Kälte des Weltraums überleben*, dachte er. Wenn niemand mehr hier war, würde es dann immer noch Licht geben?

Er nickte ein.

Das plötzliche wilde Schlingern des Wagens ließ ihn gegen das Armaturenbrett prallen. Einen Moment lang hatte er das Gefühl zu ertrinken. Ein scharfer Schmerz schoss seinen Arm hinauf durch seine Schulter und weiter bis in sein Gehirn. Wieder hellwach, stemmte er sich mit Händen und Füßen gegen die unberechenbaren Fliehkräfte. Der Wagen verließ hüpfend die Straße und jagte einen Schotterweg mit tief eingeschnittenen Fahrspuren entlang, der wie ein ausgetrockneter Bachlauf bergab führte. Felicia trat mehrmals die Kupplung durch und rammte den Schaltknüppel gewaltsam in den ersten Gang. Das Getriebe protestierte mit einem ohrenbetäubenden metallischen Kreischen.

Die Limousine schleuderte wie verrückt hin und her, schleuderte Steine und Sandfontänen in alle Himmelsrichtungen. Ein Reifen explodierte.

Trotz all ihrer Mühe verlor Felicia die Kontrolle über den Wagen, der schließlich in einem dichten Durcheinander aus Gestrüpp und altem Zaundraht zum Stehen kam. Diaz stieß sich die Nase so heftig an der Windschutzscheibe, dass sie einen Moment lang taub wurde. Er schmeckte Blut auf der Zunge.

Felicia zog den Zündschlüssel aus dem Schloss, lehnte sich zurück und sog in tiefen Zügen die Luft ein. »Da war auf einmal ein Lastwagen auf der Straße!«, stieß sie hervor. »Er ist direkt vor mir ausgeschert. Er hat mir keinen Platz gelassen, um auszuweichen.«

»Trotzdem leben wir noch, richtig? Du hast großartig reagiert. Aber jetzt müssen wir verschwinden, bevor die Typen hier aufkreuzen.«

»Wie meinst du das?«

»Das ist ein Hinterhalt.«

Angst loderte in Felicias Augen auf.

»Mach den Kofferraum auf!«, befahl Diaz. »Und schalt das Licht aus!«

Ohne Vorwarnung peitschte von irgendwoher ein Feuerstoß aus einer Maschinenpistole auf und ließ die Scheinwerfer zersplittern. Diaz und Felicia hechteten rechts und links aus dem Auto in die Dunkelheit. Über ihnen stieg die Kofferraumhaube wie der Deckel von Draculas Sarg in die Höhe.

Als Diaz einen Arm in den Kofferraum schob, um seine und Felicias Pistolen daraus hervorzuziehen, klangen erneut Schüsse in der Nacht auf. Er warf sich mit den beiden Glocks in der Hand hinter dem Heck der Limousine auf den Boden und schirmte seine Augen mit der anderen Hand ab, als hoch am Himmel das blendend helle phosphorisierende Licht einer Leuchtgranate aufflammte. Sofort begann die automatische Waffe wieder zu feuern, zerfetzte den Kühlergrill und die Motorhaube des Wagens. Die Windschutzscheibe explodierte zu Myriaden winzigen Glassplittern.

Der Kugelhagel kam nicht von der Straße her, sondern von der zerfallenen Ruine einer *hacienda* auf einem Hang ganz in der Nähe. Die Feuerstöße erfolgten in planlosen Salven. Nicht auf die ruhige und kontrollierte Art eines Attentäters mit militärischer Ausbildung. Diaz vermutete, dass es sich bei dem Schützen um den durchgeknallten Indianer handelte, den er vor zwei Tagen flüchtig hinter dem Steuer des Dodge Ram gesehen hatte, der wie ein kastrierter Bulle die *Calle Terrapien* entlanggerast war.

Er feuerte wütend ein paar Schüsse in Richtung der zerfallenden *hacienda* ab.

»Ich nehme mir den Schützen vor«, zischte er Felicia zu. »Du gibst mir Feuerschutz. Und hältst mir den Rücken frei. Es könnten noch mehr Angreifer von der Straße her kommen.«

Felicia ergriff ihre Waffe und tauchte im Schatten eines Mesquitegebüschs neben dem Wagen unter. Diaz huschte auf der anderen Seite in das dornige Dickicht. Der steinharte Lehmboden schlitzte ihm die Hosenbeine über den Knien auf.

Einige Sekunden später blitzte das Mündungsfeuer von Felicias Glock aus der Deckung einer Ansammlung riesiger Kakteen auf. Die Kalaschnikow erwiderte das Feuer mit zehnfacher Intensität. Diaz schlängelte sich inmitten des Lärms dicht über den Boden durch die Dunkelheit voran.

Das Feuer der Maschinenpistole kam aus einer in der Vorderseite der Ruine gähnenden rechteckigen Fensteröffnung. Hoch oben am Nachthimmel flammte eine weitere Leuchtgranate auf, doch der Raum hinter der Fensteröffnung blieb weiterhin in pechschwarze Finsternis getaucht.

Diaz jagte aus fünf Metern Entfernung eine Salve in das schwarze Loch. Es war, als würde er ins Nichts schießen, in ein Tor, das sich im Weltall aufgetan hatte. Damit gelang es ihm nur, den unsichtbaren Schützen auf sich aufmerksam zu machen. Ein Kugelhagel zerfetzte das Dickicht aus *cholla*-Kakteen und Mesquitebüschen, das Diaz als Deckung diente. Er presste sich flach auf die Erde wie auf eine willige Nutte, schob mit zitternden Fingern eine Hand unter sein Hemd und berührte das goldene Amulett des Windgottes *Ehécatl*, das vor seiner Brust hing.

Die zweite Leuchtgranate sank zu Boden und erlosch, aber noch immer wurde die Szenerie in kaltes Licht getaucht. Mittlerweile war der Halbmond in majestätischer Stille über den Horizont geklettert.

Unvermittelt klangen irgendwo rechts hinter Diaz Schüsse aus Handfeuerwaffen auf. Von der Stelle auf dem Boden aus, wo er lag, konnte er nichts sehen, nur den Schusswechsel zwischen Felicia und den Gangstern hören, die sich offensichtlich von der Straße her näherten. Ein plötzlicher schriller Aufschrei ließ ihm das Blut in den Adern gefrieren.

Felicia war getroffen worden!

Fast wäre er aufgesprungen, aber im letzten Moment siegte sein gesunder Menschenverstand. Der Schütze, der in den Ruinen der *hacienda* hockte, würde ihn erwischen, bevor er auch nur die Hälfte der Strecke bis zu Felicia zurückgelegt hatte.

Als er sich erneut dem unsichtbaren Attentäter zuwandte, erschien plötzlich ein monströser Schemen über der zerbröckelnden Ruine und verwandelte sich in eine riesige glühende Erscheinung, die so hoch wie die Stahlmasten einer Überlandstromleitung in den Himmel ragte. Im silbernen Mondlicht gerann die Erscheinung zu einem alptraumhaften Geschöpf, der aztekischen Gottheit *Ehécatl*, wiederauferstanden aus dem blutigen Herz des alten Mexiko. Wiedergeboren mit all seiner Macht aus den Anfängen der Zeit! Den Vogelkopf in Federn von unaussprechlichen Farben gehüllt! Ein Anblick, der jeden Sterblichen mit unendlichem Entsetzen erfüllen musste!

Diaz' Herz schlug im Rhythmus einer urtümlichen Trommel in seiner Brust. Die Augen drohten ihm aus den Höhlen zu quellen. Seine Finger wurden kalt wie Eiszapfen. Das Grauen breitete sich wie ein Schwarm elektrischer Ameisen kribbelnd unter seiner Haut aus.

Und dann begann sich die wiederauferstandene aztekische Gottheit zu bewegen, schob ihre in scharfen Klauen endenden Arme in das schwarze Herz des zerfallenen Gebäudes.

Aus den dunklen Tiefen der verlassenen *estancia* schrie der Schütze gellend auf. Dann sprang er durch das Rechteck der Fensteröffnung aus der Finsternis ins silbrige Halbdunkel wie durch ein futuristisches Zeitportal.

Diaz stemmte sich auf die Ellbogen hoch, richtete die Glock auf den Killer und drückte auf den Abzug. Doch die Pistole blieb stumm. Das Magazin war leer.

Der Indianer stürzte sich in einem irrsinnigen Tempo auf ihn, die Augen durch den Anblick von *Ehécatl* wie geblendet. Plötzlich hielt er ein Messer mit einer stumpf schimmernden Klinge in der Hand. Als das Messer auf ihn herabzuckte, rollte sich Diaz seitlich ab, bekam ein Fußgelenk des Angreifers zu fassen und brachte ihn aus dem Gleichgewicht.

Er sprang wieder auf, hetzte ihm hinterher und brachte ihn zu Fall. Sie prügelten aufeinander ein und wanden sich ineinander verschlungen wie zwei Spinnen im tödlichen Zweikampf.

Als sie sich durch den Staub wälzten, berührte Diaz' Hand einen alten eisernen Zaunpfosten und griff instinktiv zu. Der Indianer konnte sich aus Diaz' Umklammerung befreien und winkelte ein Bein an, um ihm den Stiefelabsatz ins Gesicht zu rammen. Diaz packte den Zaunpfosten mit beiden Händen und riss ihn mit aller Kraft in die Höhe. Der Pfosten beschrieb einen Aufwärtsbogen, und als sein spatelförmiges Ende den höchsten Punkt seiner Bahn erreicht hatte, grub er sich so mühelos in den Schädelknochen des Indianers, als wäre er so weich wie eine Papaya. Die Schädeldecke des Killers spaltete sich, und der Indianer stürzte zu Boden, wo er noch zweimal kurz wie eine zerquetschte Spinne zuckte, bevor er reglos liegenblieb.

Diaz kämpfte sich hoch, den Blick wie hypnotisiert auf *Ehécatl* geheftet. Die mystische mexikanische Gottheit flackerte wie eine defekte Neonröhre und löste sich von einer Sekunde auf die andere in Nichts auf, verschwand genauso schnell und unerklärlich, wie sie kurz zuvor erschienen war.

Kosmische Stille senkte sich herab, nichts regte sich. Die ganze Welt schien die Luft anzuhalten, als wäre jeder Atemzug ein Sakrileg. Dann klang irgendwo in der Ferne dreimal der Ruf einer Eule auf. Oder war es die Stimme von *Ehécatl*?

Diaz brach den Bann, indem er ein volles Ersatzmagazin

aus seiner Jackentasche zog und es in den Kolben seiner Pistole rammte. Dann ließ er sich neben dem Indianer in die Hocke nieder und legte ihm die Finger auf die Halsschlagader. *Nada*. Blut und flüssige Hirnmasse sickerten aus dem furchtbaren Spalt, den der Eisenpfosten in den Schädel des Psychopathen geschlagen hatte. Die letzten Lebensfunken in seinen Augen erloschen. Er war endgültig tot.

Trotzdem verpasste ihm Diaz einen letzten Tritt mit der Stiefelspitze zwischen die Beine, nur um ganz sicherzugehen. *Motherfucker!*

Plötzlich erinnerte er sich wieder an Felicia und die restlichen Angreifer, die sich ihnen von der Straße her genähert hatten.

Genau aus der Richtung wehte jetzt das Winseln eines Anlassers herüber, und der Motor des Lastwagens erwachte dröhnend zum Leben. Die Erscheinung von *Ehécatl*, die ihnen allen zuteilgeworden war, schien die anderen Angreifer in heilloser Panik in die Flucht geschlagen zu haben. Vermutlich hatte sich jeder Einzelne von ihnen in die Hose geschissen.

Diaz fand Felicia neben dem Schotterweg im Staub liegend, den Kopf an den Stamm einer verkümmerten Eiche gelehnt. Er konnte die Schmerzen in ihren Augen erkennen.

»Es ist mein Arm«, flüsterte sie.

Er kniete sich neben sie und schnitt ihr mit seinem Taschenmesser den Ärmel der Jacke ab und die Bluse darunter auf. Felicia blutete stark, aber es war nicht das Pulsieren einer verletzten Arterie. Als er ihr sein Taschentuch als Aderkompresse um den Arm schlang, konnte er die gesplitterten Knochen unter ihrer Haut fühlen.

»Was war das … dieses Ding im Himmel?«, fragte Felicia.

»Du meinst die Phantomerscheinung?«

»Ich schätze, man könnte es wohl eine Erscheinung nennen.«

»Wäre ich ein Mann, der gerne wettet, würde ich wahrscheinlich sagen, dass wir gerade gesehen haben, wie uns der aztekische Windgott *Ehécatl* zu Hilfe geeilt ist. Aber ich habe noch nie zu der Sorte von Männern gehört, die auf das Unwahrscheinliche setzen.«

»Und wohin führt uns diese Erkenntnis?«

»Nirgendwohin.«

Der Polizeiwagen war hoffnungslos ruiniert, das Funkgerät zertrümmert, die Scheinwerfer zersplittert und die Windschutzscheibe nicht mehr vorhanden. Das machte zwei zerstörte Fahrzeuge innerhalb einer Woche. *Und wieder einmal ist das Budget einer ganzen Abteilung zum Teufel*, dachte Diaz.

Hinter der zerfallenen *estancia* entdeckte er den alten, von Rost zerfressenen VW-Käfer des toten Indianers. Der Zündschlüssel steckte im Schloss. Auf der Rücksitzbank lagen ein Glasröhrchen mit Aufputschmitteln und eine gewissenhaft gepflegte Machete, deren Schneide so rasiermesserscharf wie die eines Samuraischwertes geschliffen war.

Diaz half Felicia auf den Beifahrersitz, wobei er eine Hand versehentlich in das weiche Fleisch ihrer Brüste unter dem Spitzen-BH drückte, aber sie reagierte nicht auf die Berührung. Der Motor des Käfers sprang gleich beim ersten Versuch an. Die Reifen waren völlig abgefahren und hatten praktisch kein Profil mehr. Diaz ließ die Kupplung kommen und fuhr so schnell, wie er es wagte, zurück nach San Miguel.

Nach fünfundvierzig Minuten auf der Notfallstation des Krankenhauses versicherte ihm der leitende Arzt, dass Felicias Verletzung nicht lebensgefährlich war, und riet ihm dringend, nach Hause zu gehen und sich ins Bett zu legen.

Doch Diaz war nicht nach Schlaf zumute. Es war bereits lange nach Mitternacht, als er die Huren in der Nähe des Busbahnhofs aufsuchte. Eine dunkelhaarige dünne Frau, mit der er früher schon einmal geschlafen hatte und die seine sexuellen Vorlieben kannte, lockte ihn mit dem Versprechen, sich viel Zeit für einen Blowjob und einige andere ausgefallene Spielarten der Lust zu nehmen. Sie feilschten eine Weile um den Preis. Als sie sich schließlich geeinigt hatten, schlenderten sie wie alte Bekannte Arm in Arm gemächlich zu Diaz' Apartment. Ihr Atem roch nach Cumin, scharfen *habaneros* und billigem Tequila.

Lange nachdem sie wieder gegangen war, schlief Diaz endlich ein. Doch dann träumte er von *Ehécatl* und erwachte schweißgebadet vor Angst.

Kapitel 29

Sein erster Weg am nächsten Morgen führte ihn in die Kirche *La Parroquia* mit ihren großen neogotischen Türmen, die wie riesige Stalagmiten über den *jardín* aufragten, um für seinen Großvater zu beten. Nachdem er die Fingerkuppen in das Weihwasserbecken getaucht und sich gewissenhaft bekreuzigt hatte, nahm er lautlos auf einer der hinteren Sitzbänke Platz. Schwarzgekleidete Frauen knieten betend unter den gewölbten Dachkuppeln. Ein einzelner Tourist schlenderte mit einem Fotoapparat vor der Brust ziellos umher und betrachtete die in der Kirche ausgestellten Reliquien. Diaz kniete sich nieder und faltete die Hände, wie man es ihn in seiner Kindheit gelehrt hatte.

Vater im Himmel, begann er. *Beschütze die Seele meines Großvaters, der bei Dir im Himmel wohnt.*

Übergangslos wandte er sich mit seinem weiteren Gebet direkt an seinen Großvater.

Großvater. Du hast mich so manche Dinge über das alte Mexiko und seine Götter gelehrt. Aber du hast mich nie davor gewarnt, dass sie eines Tages wieder zum Leben erwachen könnten. Oder war das, was ich gestern zu sehen geglaubt habe, lediglich eine Halluzination? Auch wenn Ehécatl oder sein Geist anscheinend nicht nur mir, sondern auch meiner Kollegin und meinen Feinden erschienen ist. Wird das Erlebnis dadurch realer? Ich gebe es offen zu, ich habe mir vor Angst fast in die Hose geschissen. Gib mir die Weisheit und die Gelassenheit, diese Erscheinung zu akzeptieren, ohne mich einzupissen.

Zum Abschluss richtete er sein Wort noch einmal an Gott.

Barmherziger Gott, bewahre Deinen unwürdigen Diener vor allem Bösen und der Furcht, die das Herz der Menschen vor Kälte erstarren lässt. Amen.

Nach dem Gebet fühlte er sich bedeutend besser, auch wenn er wegen des Schlafmangels und aus einigen anderen Gründen immer noch fahrig und todmüde war. Er verließ die Kirche und trat ins helle Sonnenlicht hinaus. Vor den Kirchenstufen entdeckte er den Karren eines Obstverkäufers und nutzte die Gelegenheit, ein Glas frisch gepressten Guavensaft zu trinken.

Armando erwartete ihn bereits am Eingang des Reviers. Er wirkte angespannt, woraus Diaz sofort schloss, dass sich Felicias Zustand im Laufe der Nacht verschlechtert haben musste.

»Nein, nein, Felicia ist nichts passiert«, beruhigte ihn Armando. »Es geht ihr gut. Als ich auf dem Weg hierher bei ihr im Krankenhaus vorbeigeschaut habe, hat sie aufrecht in ihrem Bett gesessen, einen Teller *huevos y frijoles* gegessen und Zeitung gelesen.«

»Und warum dann diese besorgte Miene?«, wollte Diaz wissen.

»Vor zehn Minuten ist eine blonde *gringa* ins Revier gestürmt und hat verlangt, den Chef der Abteilung zu sprechen«, berichtete Armando. »Sie hat wie ein Wasserfall gequasselt und irgendwas davon erzählt, dass ihr Freund angeblich ein Serienmörder ist. Ich habe sie in dein Büro gebracht.«

»Wo ist der Rest der Truppe?«

»Ortiz ist noch nicht aufgetaucht. Quevedo war die ganze Nacht über auf den Beinen und hat in einem der Hotels rumgeschnüffelt, wo in die Zimmer eingebrochen worden ist. García ist zu einem Einsatz gerufen worden. Damit bleibe nur noch ich übrig.« Armando richtete sich kerzengerade auf, die Finger an die Hosennähte gelegt, und trat einen Schritt vor wie ein Soldat, der die Befehle seines Vorgesetzten erwartet.

»Kaffee, schwarz«, sagte Diaz. »Ich weiß nicht, was es mit dieser Frau auf sich hat.«

Die Blondine, von der Armando gesprochen hatte, saß seitlich vor seinem Schreibtisch, den Blick auf die gerahmten Urkunden an der rückwärtigen Wand gerichtet. Sie hatte ein schönes, glattes, zu drei Vierteln nacktes Bein über das andere, ebenso schöne und nackte Bein geschlagen. Der Rest ihrer Oberschenkel verschwand unter einem winzigen gelben Sommerkleid, das mehr oder weniger den Körper einer *gringa* bedeckte, an die sich Diaz trotz seines extrem angespannten Zustands vage zu erinnern glaubte.

»Kann ich Ihnen helfen, *señora*?«, fragte er.

Die Frau drehte sich zu ihm herum, ihre Augen huschten so unruhig umher wie zwei kleine Wildkätzchen. »Ich kenne Sie«, sagte sie.

Das brachte Diaz einen Moment lang aus dem Konzept. Doch dann fiel ihm plötzlich wieder ein, wo er das knappe gelbe Kleid und die Frau, die es trug, schon einmal gesehen hatte. Auf der Terrasse des Cafés, das den *jardín* überragte. Das war letzten Samstag gewesen, vor einer Ewigkeit.

»Inspector Hector Diaz«, stellte er sich vor und deutete eine Verbeugung an.

»Gott sei Dank«, erwiderte die Blondine erleichtert.

»Und Sie sind Jane Ryder.«

Sie stand auf und strauchelte unvermittelt. Diaz sprang auf sie zu und fing sie auf, bevor sie zusammenbrechen konnte. Ihre Achselhöhlen waren feucht und rochen ranzig. Armando stand wie erstarrt in der Tür, zwei Espressotassen in den Händen.

»Tequila«, korrigierte Diaz seine Bestellung. Er ließ Jane wieder auf ihren Stuhl sinken.

»Oje, wie dumm von mir«, murmelte sie. »Ich bin die ganze Nacht durch die Straßen geirrt.«

»Das kann ziemlich gefährlich sein, *señora*«, sagte Diaz. *Oder aber auch sehr lukrativ*, fügte er in Gedanken hinzu.

Ein schwacher Hauch von Rosenwasser schwang in dem Geruch nach abgestandenem Schweiß mit, den Jane verströmte. Armando überreichte Diaz ein Schnapsglas mit einer bernsteinfarbenen Flüssigkeit.

Diaz gab das Glas an Jane weiter. »Trinken Sie!«

Sie stürzte den Inhalt wie ein Profi in einem Zug hinunter. In der anderen Hand hielt sie ein paar zerknitterte Seiten Papier. »Ich habe Angst«, gestand sie.

»Wovor?«

Sie streckte die Hand mit den Blättern aus. Diaz nahm die mit Schreibmaschine beschriebenen Seiten entgegen.

»Ich habe mir eingebildet, ich würde ihn lieben«, sagte Jane tonlos. »Aber jetzt glaube ich, dass er dieses Mädchen umgebracht hat.«

»Welches Mädchen?«

»Das auf den Gemälden in der *Galería Rana*.« Jane beobachtete Diaz, der hinter seinem Schreibtisch Platz genommen hatte und den Inhalt der Seiten überflog.

»Ich habe sie in einer von Gregoris Taschen gefunden«, fuhr sie fort. »Ich glaube, es ist sein Tagebuch, das Tagebuch eines Massenmörders. Ich verstehe nicht, wie ich mich überhaupt in ihn verlieben konnte.«

»Wir alle machen Fehler«, murmelte Diaz, noch immer

auf die Schreibmaschinenseiten konzentriert. Als er aufblickte, loderte ein Feuer in seinen Augen. »Wo ist Gregori Gregorowitsch jetzt?«, fragte er.

Ortiz, der im Revier aufgetaucht war, als Jane gerade ihren zweiten Tequila trank, parkte den Polizeiwagen einen Häuserblock vom Eingang des *The Pines* entfernt. Auf dem Passagiersitz neben ihm überprüfte Diaz zum zweiten Mal im Verlauf der letzten zwölf Stunden das Magazin seiner Glock. Ein weiteres amtlich aussehendes Fahrzeug hielt direkt hinter ihnen. Es war ihre Rückendeckung: Corporal Florio von der *Policía Preventiva* und ein junger Polizist, den Diaz noch nie zuvor gesehen hatte und der seiner äußeren Erscheinung nach gerade einmal fünfzehn Jahre alt sein konnte.

Ortiz und die beiden Männer der *Policía Preventiva* warteten in der Lobby des Hotels, während sich Diaz im Büro des Portiers vorsorglich noch einmal von der genauen Lage der Suite überzeugte, in der Jane Ryder und Gregori Gregorowitsch abgestiegen waren. Dem Portier, einem schlecht rasierten Burschen in einem Flanellhemd mit abgeschnittenen Ärmeln, brach der Schweiß aus, als Diaz seinen Polizeiausweis zückte.

Nein, er hätte die beiden Gäste, die die Brautsuite gemietet hatten, das Hotel heute weder betreten noch verlassen gesehen, sagte er. Also wüsste er auch nicht, ob sich zurzeit gerade irgendjemand in der Suite befand. Und nein, keines der Zimmer hatte ein Telefon.

»Bleiben Sie ganz ruhig«, ermahnte ihn Diaz.

Er verließ die Lobby und führte seine Truppe durch den Garten und die Treppe des Seitenflügels hinauf, in dem er Gregori Gregorowitsch endlich zu fassen hoffte. Sie bewegten sich schnell und leise, bis auf einige knappe Anweisungen von Diaz sprach niemand ein Wort.

Der Flur im oberen Stockwerk war menschenleer. Eine der Neonröhren an der Decke flammte in regelmäßigen Abständen kurz auf und erlosch dann wieder, als litte sie unter einer manisch-depressiven Zwangsstörung. Diaz stellte fest, dass er auf Zehenspitzen durch den Gang schlich, die Glock schussbereit in der Hand.

Kann man sich noch alberner aufführen?, fragte er sich.

Kurz darauf trat Ortiz schwungvoll die Tür ein. Die Männer stürmten die Suite, schwenkten ihre Waffen und brüllten kurze knappe Befehle, als wären sie einer Polizeifernsehserie entsprungen.

Gregori Gregorowitsch, hager und vollkommen nackt, wirbelte erschrocken herum und schwenkte einen Pinsel durch die Luft, die Augen voller Panik weit aufgerissen. Aus dem erst halb fertigen Gemälde auf der Staffelei hinter ihm grinste eine nackte Jane Ryder die Polizisten lüstern an.

»Hände auf den Schwanz, *capullo*!«, schnauzte Diaz. »Und keine Bewegung!«

Der Pinsel in Gregorowitschs Hand fiel klappernd zu Boden.

Nachdem sich der Maler angekleidet hatte und seine Arme mit Handschellen hinter seinem Rücken gefesselt worden waren, führte Ortiz ihn die Treppe hinunter und die Schotterauffahrt entlang zu den Polizeifahrzeugen. Diaz bahnte ihnen den Weg durch eine kleine Gruppe von Gaffern, die sich in kürzester Zeit vor der Einmündung der Auffahrt in die Straße versammelt hatte. Florio, mit zwei Reisetaschen, einer altmodischen Schreibmaschine und einem noch nicht ganz fertigen erotischen Gemälde beladen, bildete die Nachhut.

Der jugendliche Polizist blieb im *The Pines* zurück, um zu verhindern, dass Neugierige die Brautsuite betraten, bevor die Spurensicherung ihre Arbeit beendet hatte. In San Miguel beschränkte sich die Spurensicherung darauf, ein paar Schwarzweißfotos vom Tatort zu schießen und ihn mehr oder weniger planlos auf Fingerabdrücke zu durchsuchen, Tätigkeiten, die normalerweise in Felicias Aufgabenbereich fielen. Solange sie noch dienstunfähig war, würde Armando für sie einspringen müssen.

Im Verhörzimmer des Reviers saß Gregorowitsch in sich zusammengesunken vor einem Tisch, die Ellbogen aufgestützt, das Kinn in den Händen vergraben, die ein V um seine Wangen formten, und starrte über Diaz' Kopf hinweg auf einen Wasserfleck an der nackten, weißgetünchten Wand. In seinen Augen verwandelte sich der Fleck in die Konturen eines exotischen Tänzers, der mit Brennnesseln gezüchtigt wurde.

»Was wollten Sie Jane Ryder antun, wenn Sie ins Hotel zurückgekehrt wäre?«, fragte Diaz.

Gregorowitsch verdrehte die Augen. »Nichts. Überhaupt nichts.«

Armando, der neben Diaz saß, schrieb eifrig mit, obwohl auf dem Tisch ein Miniaturrecorder lag, dessen rotes Kontrolllämpchen wie ein blutunterlaufenes Auge glühte. Ein Zeichen, dass sich das Gerät im Bereitschaftsmodus befand und nur noch eingeschaltet werden musste.

»Sie hatten also nicht vor, sie zu ermorden und ihr anschließend die Augen aus den Höhlen zu reißen?«, hakte Diaz nach.

»Nein. Ich liebe Jane.«

Irgendwie fühlte sich Diaz von Gregorowitschs schlichtem Eingeständnis unangenehm, fast peinlich berührt. Er hielt ihm die beschriebenen Seiten entgegen. »Das liest sich in diesem Tagebuch aber ganz anders.«

»Wovon reden Sie da? Ich habe noch nie in meinem Leben ein Tagebuch geführt.«

»Wir haben die von Ihnen benutzte Schreibmaschine. Es ist also sinnlos, zu behaupten, Sie hätten das hier nicht geschrieben.« Diaz wedelte Gregorowitsch mit den Blättern, die *señora* Ryder in einer seiner Sporttaschen entdeckt hatte, unter der Nase herum, als wären es magische Utensilien, wie sie ein Schamane zum Austreiben von Dämonen benutzte.

Das altbekannte Frage-und-Antwort-Spiel hätte noch endlos so weitergehen können, wäre nicht plötzlich von draußen lautes Triumphgeheul in das Verhörzimmer gedrungen. *Was hat das jetzt schon wieder zu bedeuten?*, dachte Diaz genervt. Er öffnete die Tür und schob den Kopf hindurch.

Im Großraumbüro nebenan führte Queveda gerade eine Art Flamencotanz auf seinem Schreibtisch auf, die Arme hoch in die Luft gereckt. Die Absätze seiner Cowboystiefel trommelten in einem rasenden Tempo auf der Tischplatte herum. Ortiz, der neben ihm stand, feuerte ihn auch noch an, indem er aufmunternd in die Hände klatschte. Quevedo brach seinen Freudentanz abrupt ab, als Diaz den Raum betrat.

»Ich habe ihn erwischt«, verkündete er mit gespielter Reue und stieg von seinem Tisch. »Der Typ hatte sogar tatsächlich einen goldenen Schneidezahn. Und wie wir bereits vermutet haben, hatte jemand aus den betroffenen Hotels die Hände mit im Spiel. Eine Cousine zweiten Grades von dem Kerl mit dem goldenen Schneidezahn. Sie hat als Nachtportier abwechselnd in allen Hotels gearbeitet und ihrem Cousin verraten, wer von den Gästen teuren Schmuck dabeihatte. Ein lukrativer Nebenverdienst für sie.«

Diaz legte ihm einen Arm um die Schultern und schlenderte mit ihm zum Wasserspender hinüber. »Gute Arbeit, Jorge«, sagte er gefährlich sanft. »Aber hat dich Ortiz nicht darauf hingewiesen, dass ich gerade nebenan einen psychopathischen Killer verhöre?«

Quevedo versuchte, Ortiz einen Blick über die Schulter zuzuwerfen, aber Diaz' mörderisch fester Griff hinderte ihn daran, den Kopf zu drehen. Außerdem hatte sich Ortiz ohnehin bereits unauffällig in die Toilette geschlichen, wo er sich in Sicherheit wähnte.

»Und dann bin ich gestern erst knapp einem Mordanschlag entkommen, dem dritten innerhalb weniger Tage«, fügte Diaz hinzu.

Jorge Quevedo verspürte ein plötzliches Stechen im Nacken, die Vorboten von Kopfschmerzen. Dann begann es, in seinem linken Ohr schmerzhaft zu pochen. Er wusste, dass ihm heftige Kopfschmerzen bevorstanden, ungefähr so schlimm wie damals, als ihn seine Frau in flagranti mit dem Zimmermädchen in der Vorratskammer erwischt hatte.

»Ich wäre dir also sehr dankbar, wenn du mit deiner Siegesfeier warten könntest, bis ich diese Geschichte hinter mich gebracht habe«, fuhr Diaz fort.

Das Summen seines Mobiltelefons unterbrach ihn. Es gab schlechte Neuigkeiten.

Kapitel 30

Fran Kovacs dümpelte tot mit dem Gesicht nach unten in ihrem Swimmingpool. Der nasse Stoff ihres Kleides, der dicht unter der Wasseroberfläche schwebte, verdeckte ihr nacktes Hinterteil wie der letzte Vorhang, der am Ende einer griechischen Tragödie gefallen war. Offenbar hatte sie Unmengen von Blut verloren, denn das Wasser des Pools hatte sich zu einem hellen Rosa verfärbt.

Diaz kauerte am Beckenrand, García stand direkt hinter ihm. Gerade näherte sich Ortiz mit einem feinmaschigen Netz, das an einer langen Aluminiumstange befestigt war. Er zog die Leiche mit der Stange näher zu sich heran und versuchte, sie auf den Rücken zu drehen, aber sie schaukelte nur träge hin und her.

»Um Christi willen, zieh sie doch einfach raus!«, stöhnte Diaz. »García, hilf ihm!«

Die beiden Polizisten ergriffen jeweils eine Hand der Toten, zogen sie aus dem Pool und ließen sie mit dem Rücken auf den Betonboden sinken, wobei der Stoff des Kleides über ihrer Hüfte aufriss. Ihre Augen fehlten, und in ihrer Kehle klaffte ein tiefer Schnitt von einem Ohr zum anderen. Ortiz stieß einen tonlosen Pfiff aus.

Diaz verzog angewidert das Gesicht, was jedoch keine Reaktion auf Ortiz' Pfiff, sondern auf das plötzliche Ziehen in seiner Leistengegend war. *Eigentlich handelt es sich bei Nekrophilie ja um eine abendländische Krankheit*, dachte er. *Wann habe ich mich wohl damit angesteckt?*

»Besorgt mir eine Decke!«, befahl er.

Ortiz zog den Fotoapparat der Spurensicherung aus seiner Tragetasche und begann, Aufnahmen von der Toten zu schießen. García schien Ewigkeiten zu brauchen, eine Decke aufzutreiben. Diaz nahm sich vor, dafür zu sorgen, dass die Fotos nach ihrer Auswertung in der untersten Schublade seines Schreibtischs verschwanden.

Als Ortiz endlich die Kamera sinken ließ, hatte er genug Bilder für ein ganzes Fotoalbum geschossen.

Nachdem Frans sterbliche Überreste von einer Decke verhüllt auf einer Bahre aus ihrem Garten getragen wurden, um sie in Dr. Mozas Obduktionsraum zu bringen, ließ sich Diaz auf eine Couch in dem hellen Wohnzimmer fallen. Es war genau dieselbe Stelle, auf der er schon einmal gesessen hatte, damals, während seines ersten Besuchs in der *Calle Terrapien* Nr. 83. Einen Moment lang sah er Fran Kovacs wieder auf der anderen Seite des Kaffeetischs sitzen, das Kinn trotzig in die Höhe gereckt, während sie behauptete, keine Spur von Zuneigung mehr für Gregori Gregorowitsch zu empfinden. Kaum zwanzig Minuten später hatte sie einen Farbenspachtel ergriffen, um damit das pornografische Bild von Amanda zu zerstückeln. Nach ihrem grausamen Ende entpuppte sich all das als bloße Augenwischerei.

Ortiz war verschwunden. Vermutlich durchwühlte er gerade die Schubladen mit Frans Unterwäsche in ihrem Schlafzimmer. García war draußen am Swimmingpool und sammelte Spuren.

Diaz schloss die Augen. Auf der Leinwand seines Kopfkinos liefen kurze Ausschnitte des letzten Traums, an den er sich erinnern konnte. Der goldene Körper einer Frau, die sich durch himmelblaues Wasser schraubte. Eine Fontäne aus Schaum, als sie die Wasseroberfläche durchbrach. Dann der furchtbare Anblick ihrer leeren Augenhöhlen, der tiefe Schnitt durch ihre Kehle wie ein roter grinsender Mund.

Woher war der Traum gekommen? Wie hatte er wissen können, dass sie sterben würde? Verwandelte er sich in einen beschissenen Psychopathen, oder verlor er ganz einfach nur den Verstand?

Die Leute hatten behauptet, sein Großvater hätte eine besondere Gabe gehabt. Dass er die Fähigkeit besaß, Kontakt zur Unterwelt aufzunehmen. Diaz hatte über diese Geschichten stets nur lächeln können. Der Mann war sein Großvater und Mentor gewesen. Er hatte ihn ohne Vorbehalt geliebt. Aber mit den Toten zu sprechen oder die Zukunft vorherzusagen, war für ihn immer absoluter Unfug gewesen.

Doch nach der gestrigen Erscheinung von *Ehécatl* hatte er plötzlich den so sicher geglaubten Boden unter den Füßen verloren. Auf einmal wusste er nicht mehr, was er von dem Hang des alten Mannes zum Okkulten halten sollte. Sie waren gemeinsam durch entlegene Gegenden gewandert, hatten tief in den Bergen gecampt und unberührte aztekische Grabstätten geöffnet. Der Tod des alten Mannes hatte eine Leere in Diaz hinterlassen, die durch nichts gefüllt werden konnte. Blutende Male waren auf seiner Brust, auf seinen Händen und seinen Füßen erschienen und erst im Lauf eines Jahres allmählich wieder verschwunden.

Da er sich immer noch weigerte, die Existenz eines übernatürlichen Elements in Bezug auf seinen Großvater zu akzeptieren, suchte Diaz Zuflucht in der Anzahl von Mördern, die er während der letzten zwanzig Jahre ohne die Hilfe von Séancen, Parapsychologie und ähnlichem Hokuspokus zur Strecke gebracht hatte. In diesem Fall aber war er noch nicht am Ziel, allen überwältigenden Belegen für Gregorowitschs psychotischen Geisteszustand zum Trotz. Das sagte ihm sein sechster Sinn.

Wo war der Fehler?

Seine Finger strichen über einen Gegenstand in seiner Tasche. Er zog ihn hervor. Es war ein zusammengefaltetes Blatt Schreibmaschinenpapier. Die Nachricht, die Gregorowitsch Fran Kovacs geschrieben hatte. Der Buchstabe X stand in dreifacher Ausfertigung über der Unterschrift. Jedes X war schief geneigt – drei betrunkene *paisanos*.

Er schob das Blatt zurück in seine Jackentasche und starrte finster vor sich hin. Hoffnungslosigkeit hatte sich wie ein düsteres Leichentuch über Frans Wohnzimmer gelegt.

Er hatte sie wirklich anrufen wollen. Bei ihrer letzten Begegnung hatte sie ihn eingeladen, sie zu besuchen. Und wie er war sie nikotinsüchtig gewesen.

Aber jetzt war sie ... *fini*. Diaz warf die Hände in die Luft, als diskutierte er bei einem Glas billigen Weinbrands mit Philippe, dem Priester. Er hatte schon vor langer Zeit seinen Glauben verloren, aber trotzdem trafen sie sich immer noch regelmäßig in der einen oder anderen schäbigen *bodega*, um gemeinsam über den Untergang des Abendlandes zu lamentieren. In einem früheren Leben waren sie auf dieselbe Schule gegangen, hatten denselben Fußball über dasselbe staubige Spielfeld gekickt.

Als Ortiz in Frans Wohnzimmer auftauchte, schenkte sich Diaz gerade ein Glas Wasser aus einer Flasche ein, die er im Kühlschrank gefunden hatte.

»Dein Name und deine Telefonnummer stehen auf einem Notizblock, der neben Fran Kovacs' Bett liegt«, sagte Ortiz. »Gibt es vielleicht irgendwas, das du mir erzählen willst, Hector?«

»Verpiss dich!«, knurrte Diaz.

»Heißt das, dass wir hier fertig sind? Ich habe nämlich eine Verabredung heute Abend.«

»García kann den Rest hier erledigen. Wir haben noch ein Verhör durchzuführen.«

Ortiz' Gesicht nahm einen theatralisch überzeichneten leidenden Ausdruck an.

»Verarsch mich nicht«, knurrte Diaz. »Die einzige Verabredung, die du heute Abend hast, ist die mit dem Höschen, das dir da aus der Tasche hängt.«

Ortiz stopfte das schwarze Spitzenhöschen eilig tiefer in seine Tasche.

Sie fuhren schweigend zurück ins Revier.

In seinem Büro starrte Diaz das gerahmte Diplom an der Wand an und erinnerte sich an eine sommersprossige *gringa* mit einer scharf geschnittenen Nase, die er im letzten Jahr ihres Medizinstudiums an der Universität von Monterrey kennengelernt hatte. Ihre Fingernägel waren immer schmutzig gewesen. Diaz hatte sich gefragt, wie eine angehende Ärztin nur schmutzige Fingernägel haben konnte. Aber es hatte eine erotische Anziehung zwischen ihnen gegeben. Sie hatte seinen kurzen, aber dicken Schwanz geliebt, und er war genauso hingerissen von den rosafarbenen bodenlosen Tiefen zwischen ihren Schenkeln gewesen. Am Ende des Jahres hatte sie ihn gebeten, mit ihr an einen Ort namens Providence in Rhode Island zu ziehen, wo sie ihre Zeit als Assistenzärztin ableisten sollte. Doch er konnte es einfach nicht übers Herz bringen, San Miguel den Rücken zu kehren.

All diese Erinnerungen. Irgendetwas wühlte die zähen Sedimente auf, die sich am Grund seines Gedächtnisses abgelagert hatten, erfüllten seinen Kopf mit längst vergessen geglaubten umherwirbelnden Bildern.

Er griff nach den Seiten des Tagebuchs, die Jane Ryder ihm gegeben hatte. Geschrieben von Gregori Gregorowitsch.

In der Mitte der zweiten Seite des zweiten Eintrags entdeckte er schließlich die Diskrepanz. Es war die Zeile: *mein blick ist von den abständen zwischen den hexagonalen bodenkacheln gefesselt, gänzlich auf sie fixiert.* Das *X* in beiden Wörtern war nicht schief geneigt.

Diaz eilte in das Gemeinschaftsbüro des Reviers und suchte nach den Dingen, die sie in Gregorowitschs Suite im *The Pines* beschlagnahmt hatten. Die alte Schreibmaschine stand auf Garcías Schreibtisch, die beiden Sporttaschen lagen in der Nähe auf dem Boden. Er beugte sich über die Schreibmaschine und drückte kräftig auf eine Taste. Der Hebelarm mit dem dazugehörenden Buchstaben auf dem Stempel an seinem Ende schoss in die Höhe und schlug auf den in die Trommel gespannten Papierbogen. Das X, das dabei herauskam, war genauso schief und krumm wie seine drei *paisanos*.

»Was ist los, Boss?«

Diaz fuhr wie von der Tarantel gestochen zusammen. »Armando!«, keuchte er. »Ich dachte, du wärst schon nach Hause gegangen.«

»Hier geht alles drunter und drüber. Ich wusste nicht, ob du nicht vielleicht bei irgendwas Hilfe brauchst.«

»Alles unter Kontrolle.«

»Ich habe *señora* Ryder zurück in ihr Hotel begleitet und ihr gesagt, dass sie San Miguel erst dann verlassen darf, wenn du es ihr erlaubst.«

»Gut.«

»Äh … *jefe*. Was hast du da gerade mit der Schreibmaschine gemacht?«

»Einen Test durchgeführt, Armando.« Diaz fragte sich, ob es das war, was man als praxisorientierte Ausbildung bezeichnete. Im letzten Newsletter der *Judiciales* hatte ein Artikel zu dem Thema gestanden. »Um zu überprüfen, ob das X auf dieser Schreibmaschine mit denen in Gregorowitschs Tagebuch identisch ist.«

»Und, ist es identisch?«

»Nein.«

»Wenn das Tagebuch also nicht auf dieser Schreibmaschine getippt worden ist …«

»… muss es irgendwo in San Miguel noch eine ganz ähnliche Schreibmaschine geben.«

»Du bist gut, *jefe*.«

»Geh nach Hause, Armando.«

Nachdem Armando verschwunden war, trat Diaz vor das Fenster zum Verhörzimmer, dessen Scheibe von innen verspiegelt war, und sah eine Weile zu, wie Ortiz Gregori Gregorowitsch auf der anderen Seite durch die Mangel drehte. Die Ergebnisse seiner Bemühungen waren genauso fruchtlos wie die Resultate, die Diaz zuvor mit seinen zivilisierteren Verhörmethoden erzielt hatte.

»Ich weiß nichts über Fran Kovacs' Tod«, wiederholte Gregorowitsch beharrlich. »Nichts! *Nada!*« Er schloss die Augen, als Ortiz plötzlich aufsprang, sich weit über den Tisch beugte und die nächste Frage brüllte.

Diaz verließ das Revier, ging die Stufen hinunter, wandte sich nach links, bog an der nächsten Kreuzung nach rechts ab, dann wieder halblinks und folgte schließlich der Straße bergaufwärts, vorbei an der Stierkampfarena. Es war die Zeit des Abends, zu der sowohl die *gringos* als auch die *mejicanos* ihre Cocktails zu trinken pflegten. Er hätte gern in der einen oder anderen Bar Halt gemacht, aber stattdessen marschierte er unbeirrt weiter.

Eine Viertelstunde später erreichte er die Sackgasse, an deren Ende Dillingers Haus stand. Trotz der Schachtel Zigaretten, die er täglich rauchte, hatte sich sein Atem nicht beschleunigt.

Das Buntglasoberlicht über der Tür tauchte den Eingangsbereich in warme rote, blaue und gelbe Farbtöne. Eine Indianerin öffnete ihm die Tür. Ihre Augen waren so schwarz, hart und schmal wie zwei Apfelkerne.

Diaz ließ sie in der Tür stehen, durchquerte den Flur und betrat das große Arbeitszimmer, in dem Licht und Schatten ein Fleckenmuster bildeten. Es schien niemand da zu sein. Der Holzfußboden quietschte und knarrte wie ein Heer von Grillen unter seinen Füßen. *Billiger neumodischer Schrott*, dachte er.

Die alte Schreibmaschine, an die er sich von seinem ersten Besuch her erinnerte und die so aussah, als hätte sie früher einmal Ernest Hemingway gehört, stand immer noch an ihrem alten Platz in einem der Glasschränke. Sie trug den gleichen Markennamen wie die von Gregorowitsch. ROYAL. Die Schranktür war verschlossen, ihre Glasscheibe zitterte, als Diaz am Türgriff rüttelte.

»Überlegst du dir jetzt, ob du die Scheibe einschlagen sollst, *cabrón*? Nichts, was da drin steht, bringt mehr Geld ein, als ein Essen für zwei Personen in einem halbwegs anständigen Restaurant kostet.«

Dillinger, dessen Spiegelbild in der Glasscheibe sichtbar wurde, nachdem sie zu zittern aufgehört hatte, zog die Doppelflügeltür hinter sich mit einer Hand zu und schloss sie ab. In der anderen Hand hielt er lässig einen verchromten Revolver Kaliber .38. Diaz drehte sich langsam herum, die Arme leicht vom Körper abgespreizt, die Handflächen nach vorn gedreht.

»Na, wenn das mal nicht Inspector Diaz ist!« Dillinger lachte. »Was für eine Überraschung! Sollte das ein Einbruch werden? Oder sind Sie nur vorbeigekommen, um noch einmal ein bisschen zu plaudern?«

Er schob sich an Diaz heran und drückte ihm den Revolverlauf gegen die Schläfe. Dann tastete er ihn mit der freien Hand ab, unter den Achseln und um die Hüfte herum, ließ seine Finger auf der Innenseite des einen Beins hinauf und auf der anderen Seite wieder hinabgleiten, von einem Fußgelenk zum Schwanz hinauf und dann wieder von den Eiern zum anderen Fußgelenk hinab.

Diaz war unbewaffnet. Er hätte Dillinger während der flüchtigen Leibesvisitation mit Leichtigkeit den Arm brechen, ihm die glänzende 38er entwenden und ihn dreimal zu Boden schlagen können, aber er wollte ein Geständnis von ihm hören.

»Sie sehen völlig fertig aus, Hector. Ausgelaugt. Ich darf Sie doch Hector nennen, oder?« Ohne eine Antwort abzuwarten, fuhr Dillinger fort: »Leute in Ihrem Alter neigen dazu, einen Herzinfarkt zu bekommen, wenn sie sich zu sehr aufregen.«

»Ich bin hier, um Sie zu verhaften«, sagte Diaz kühl.

»Wofür?«

»Für die Ermordung von Amanda Smallwood, Fran Kovacs und aller weiteren Opfer, die wir erst noch finden müssen.«

»Und was könnte mich mit diesen Todesfällen in Verbindung bringen?«

»Zum einen die Tatsache, dass Sie die Nachricht von Fran Kovacs' Tod überhaupt nicht zu überraschen scheint, obwohl nur die Polizei und der Mörder selbst davon wissen können. Zum anderen, weil ich glaube, dass Gregorowitschs gefälschtes Tagebuch auf der Schreibmaschine in Ihrer Vitrine getippt worden ist. Entweder von Ihnen persönlich oder von jemandem aus Ihrem Umfeld. Vielleicht von der Frau, die ich bei meinem ersten Besuch kurz gesehen habe.«

»Sie sind viel schlauer, als es Ihrer beschissenen Gesundheit zuträglich ist, Hector. Aber ich fürchte, ich bin noch nicht für meine *despedida* in der Stierkampfarena bereit, nur weil Sie so ein gerissenes Arschloch sind. Ich bin mir allerdings sicher, dass sich mein geschätzter Komplize eine kreative Lösung für unser Problem einfallen lassen wird.«

Dillinger deutete mit einem Nicken in einen Winkel des Raumes, der in tiefem Schatten lag. Lieutenant Morales erhob sich aus einem dunklen Ledersessel. Diaz erkannte ihn schon anhand seiner schwarzen Silhouette, noch bevor Morales ins Licht trat. Allmählich keimte in ihm der Verdacht auf, dass die beiden Männer ihn erwartet hatten. Als hätte sie irgendjemand angerufen und vorgewarnt. Armando?

Der Lieutenant wippte auf den Fußballen hin und her, als stünde er unter großer Anspannung, und verstärkte damit Diaz' Nervosität.

Morales ersparte sich jegliche Höflichkeitsfloskeln. »Ich will offen mit Ihnen sprechen, Diaz. Wir hatten da eine hübsche kleine Sache mit Smallwood und seiner Galerie am Laufen. Schwarzer Teer. *Mexican brown*. Jeden Monat ein paar Kilo. Aber dann wollte *señorita* Smallwood plötzlich einen größeren Anteil haben. Wie alle Frauen hatte sie einen gierigen Zug an sich. Brian war bereit, sich um das Problem zu kümmern. Aber wie Sie ja bereits wissen, haben ihm die Details Schwierigkeiten bereitet. Wir mussten irgendjemanden finden, den wir als Sündenbock vorschieben konnten. Dafür hat sich dieser pornografische russische Maler geradezu angeboten, nachdem er bereits vor einer Anzeige wegen Vergewaltigung aus L. A. abgehauen war. Die Sache hätte auch funktioniert, wenn Sie Gregorowitsch und diese kanadische *puta* früher aufgespürt hätten. Aber dann ist Brian nervös geworden und hat eigenmächtig entschieden, dass Sie einen Anreiz in Form einer weiteren verstümmelten Leiche bräuchten, um Gregorowitsch schneller zur Strecke zu bringen.«

Die Wucht der Enthüllungen ließ Diaz taumeln. Seine *cojones* zogen sich in Erwartung kommenden Unheils zusammen. Sein Ende war nahe. Er riss sich zusammen und fragte: »Aber warum die Augen?«

»Sammlertrophäen«, sagte Dillinger. Er schwenkte einen mit einer grünlichen Flüssigkeit gefüllten Glasbehälter, in dem zwei Augenpaare schwammen, die einander wie grässlich aussehende Tischtennisbälle träge umkreisten.

Diaz hatte Mühe, seinen Brechreiz zu unterdrücken.

»Brian ist schon ein seltsamer Kauz«, sagte Morales.

Ein wahnsinniges Arschloch, dachte Diaz.

»Danach habe ich befohlen, die ganze Sache abzublasen«, fuhr Morales fort.

»Was bedeutete, dass Bass Smallwood verschwinden musste.«

»Darauf läuft es hinaus.«

»Warum erzählen Sie mir das alles?«

»Weil ich finde, dass Sie die Umstände kennen sollten, die zu Brians unerwartetem Tod geführt haben.«

Dillinger stand gerade vor der Minibar und schenkte sich einen Drink ein, den Rücken Morales zugewandt. Er trug ein weißes T-Shirt mit dem Schriftzug irgendeiner Heavy-Metal-Band auf der Rückseite, ein Sammlerstück. Die erste Kugel aus Morales' 45er Standardmodell ruinierte das Sammlerstück und schleuderte Dillinger in den Wandschrank. Glas splitterte und regnete in einem kurzen Moment der Stille zu Boden, bevor der zweiten Schuss aufpeitschte.

Und der dritte. Jeder Treffer ließ Dillinger wie einen Hip-Hop-Tänzer mit Verdauungsstörungen zusammenzucken.

»Da haben Sie Ihren Killer, Diaz. Bereit, ihn wie einen preisgekrönten Schwertfisch an einem Gerüst aufzuhängen, zu messen, zu wiegen und zu fotografieren.«

Mit einem Mal fiel jede Last von Diaz ab. Er fühlte sich plötzlich so federleicht wie ein mit Helium gefüllter Gasballon. »Also werden Sie mich nicht töten«, sagte er. »Ich kann seelenruhig mit einem Ohr dieses Kotzbrockens als Andenken in der Tasche hier herausspazieren und dazu die Nationalhymne pfeifen.«

»Wie auch immer Sie die Sache durchziehen wollen, Hector. Die Besitzer des Import-Export-Unternehmens, für die ich arbeite, möchten nicht, dass Ihr Tod einen wahren Feuersturm auslöst. Nach dem, was sich gestern Nacht dort draußen auf dem *campo* ereignet hat, als eine Sondereinsatztruppe oder wer auch immer ausgerückt ist, um Sie zu retten, ist meinen Chefs klargeworden, dass Sie mächtige Freunde ganz weit oben in den höchsten Kreisen haben. Sie möchten, dass die schlechte Presse aufhört. Deshalb dürfen Sie den Ruhm dafür ernten, den psychopathischen Killer erledigt zu haben, und ich bekomme meine längst überfällige Beförderung.«

Der Lieutenant trat ganz dicht an Diaz heran. »Nein, Hector, ich werde Sie nicht erschießen«, sagte er und holte mit seiner 45er aus. »Aber ich werde mich jetzt für den Abend vor ein paar Tagen in Ihrem Büro revanchieren.«

Im letzten Moment tauchte Diaz seitlich unter dem herabsausenden Revolverlauf weg. Der Geist von *Ehécatl*, der in dem von Diaz' Hals herabbaumelnden Amulett wohnte, stieg wie eine metallisch schimmernde Fledermaus in die Höhe und zog Morales' Aufmerksamkeit auf sich. Vielleicht war es aber auch nur das Licht, das von den Glassplittern der zertrümmerten Vitrine reflektiert wurde.

Diaz landete auf dem Boden, rollte sich ab und kam vor Dillingers Schreibtisch, auf dem der SS-Dolch neben einem Stapel ungeöffneter Briefe lag, wieder auf die Beine. Ohne darüber nachzudenken, packte er den Dolch, schwenkte ihn herum und zog die doppelseitig geschliffene Klinge mit aller Kraft, die er aufbringen konnte, in einem waagerechten Bogen durch Morales' Gedärme. Sie schlitzte die Bauchdecke des Lieutenants genauso mühelos auf, wie ein Kampfstier sein Horn in den ungeschützten Bauch eines *picador*-Pferdes bohrte.

Ein Ausdruck grenzenloser Überraschung machte sich auf Morales' Gesicht breit, als er an Diaz vorbeistolperte und sich mit seinem ganzen Gewicht auf den Tisch stützte. Seine Eingeweide quollen aus dem klaffenden Schnitt in seinem Bauch. Dann verdrehte er die Augen zur Decke hin und sackte an der Schreibtischkante zu Boden. Diaz beobachtete ihn wachsam, doch es gab keinen Grund, ein weiteres Mal zuzuschlagen. Morales war tot.

Da hast du deine Beförderung, dachte Diaz, den Blick auf Morales' scharfe Züge und die blutgetränkte Fallschirmspringerhose gerichtet. Innerhalb weniger Sekunden verwandelte sich das Gesicht des Lieutenants in eine toltekische Totenmaske.

Diaz entfernte seine Fingerabdrücke vom Griff des Dolches und warf ihn neben Dillinger auf den Boden. Er schnupperte an der Mündung des schicken 38ers, bevor er ihn in der Tasche des Toten verstaute. Chrombeschichtet, Einlegearbeiten aus Knochen im Griff und seit ewigen Zeiten nicht mehr abgefeuert. Dillinger, der harte Bursche. Der Frauenmörder.

»Weichei«, murmelte Diaz.

Angesichts der Position der Toten war ihm klar, dass niemand an einen Zweikampf der beiden glauben würde. Doch alle anderen Umstände würden beweisen, dass Dillinger die beiden *gringas* getötet und verunstaltet hatte. Und niemand würde einen feuchten Dreck auf Morales geben. Kein *narcocorrido* würde seinem jämmerlichen Ableben eine Träne nachweinen.

Aber war der Gerechtigkeit damit ausreichend Genüge getan worden? Nicht, soweit es Diaz betraf.

Ein Relikt in einer der Vitrinen erregte seine Aufmerksamkeit. Er nahm das 600 Jahre alte Obsidianmesser in die Hand. Die Schneide des vulkanischen Glasgesteins war noch immer rasiermesserscharf.

Mit zwei kreisförmigen Schnitten entfernte er Dillingers Augen, die sich so leicht aus ihren Höhlen lösen ließen wie zwei dicke Austern aus ihren Schalen. Er wickelte die blutverschmierten babyblauen Kugeln in sein Taschentuch, dann wischte er die Messerklinge und den Griff an Dillingers T-Shirt ab.

Als er die Türflügel des Arbeitszimmers öffnete, herrschte sprichwörtliche Totenstille im Haus. Diaz trat in den Flur, verschloss die Glastüren und polierte die Türknäufe sorgfältig mit seiner Jacke. Die Indianerin war nirgendwo zu sehen, aber er entdeckte eine kleine Gästetoilette unter der Treppe, wo er Dillingers Augen in die Kloschüssel warf und herunterspülte. Er achtete gewissenhaft darauf, dass das Schloss einrastete, als er die Eingangstür hinter sich zuzog. Draußen auf der Straße knüllte er sein Taschentuch zusammen und ließ es in einen Gully fallen.

Der nächtliche Nebel leckte wie mit einer kalten Zunge über den Rinnstein. Einige Straßenblocks weiter lockte warmes gelbes Licht, das aus der geöffneten Tür einer *bodega* fiel, mit dem Versprechen von Gastlichkeit. Diaz trat ein. Der Mezcal, in einem Zug hinuntergekippt, brannte in seiner Kehle. Als der Barkeeper von dem Glas aufblickte, das er gerade polierte, forderte Diaz ihn mit einem Nicken auf, ihm nachzuschenken.

In einem Fach seines Portemonnaies entdeckte er die Visitenkarte der jungen Frau, die er während der Verkaufsausstellung in der *Galería Rana* kennengelernt hatte. Er erinnerte sich undeutlich an ihr hübsches Gesicht. Spontan wählte er die Nummer auf der Karte. Das Telefon klingelte endlos, aber niemand nahm den Hörer am anderen Ende der Leitung ab.

Diaz fragte sich, in welcher Stimmung er wohl Martina vorfinden würde, wenn er einfach wie aus heiterem Himmel bei ihr hereinschneite. Er hatte sie die ganze Woche nicht mehr angerufen. Mit einem Achselzucken stürzte er den zweiten Mezcal hinunter und warf ein paar Münzen auf den Tresen. Dann trat er aus dem warmen Licht hinaus in die eisige Dunkelheit und machte sich auf den Weg zu Martina.

Danksagung

Kapitel 3 erschien bereits in leicht veränderter Form in Melissa Manns riesengroßem Abenteuer *Beat the Dust*.

Muchas gracias an alle, die zur Entstehung des Buches beigetragen haben, unter anderem an Jay Parini, Ben Fountain, Michael Ray, Hannah Tinti, Dani Shapiro, Michael Marin, John Burnham Schwartz, Valerie Martin, Susan Tomaselli, Anthony Neil Smith, Rachel Kendall, Tony Black, Todd Robinson, Allan Guthrie, Lou Boxer, Keith Rawson, Cameron Ashley, Jimmy Callaway, Laura Roberts, Jed Ayres, Scott Montgomery, the Writer's Garret, Brian Lindenmuth, Sandra Ruttan und zu guter Letzt Jon Bassoff.